KLAUS BRABÄNDER

Mitgift

Kriminalroman

EDITION SCHAUMBERG

Edition Schaumberg, 1. Auflage, März 2017

Titelbild: »1. Mai«, Gemälde von Walter Bernstein (Ausschnitt);
1970, Mischtechnik auf Pappe, 73 x 98 cm; Eigentum Landkreis Neunkirchen.
Lektorat, Gestaltung, Satz: Thomas Störmer
Schrift: Janson Text
Druck: TZ Verlag & Print GmbH, Roßdorf

ISBN 978-3-941095-44-1

FÜR FEE UND TOM

1.

Die alte Frau fühlt sich nicht gut. »Ob's am Wetter liegt?«, fragt sie sich. Ich werde alt!« Diese Einschätzung ist zwar zutreffend, aber in den letzten Tagen hat sie die 80 Lebensjahre heftiger gespürt als sonst. Auf der Couch im Wohnzimmer geht es einigermaßen, da ist der Schwindel weniger schlimm. Die Promis in der Kochshow kann sie durch den wässrigen Schleier vor den Augen kaum erkennen, und der Ton, der aus dem Fernseher dringt, wird von einem unangenehmen Rauschen übertönt, dessen Quelle in der Mitte des Gehirns zu liegen scheint.

»Zum Teufel aber auch! Das habe ich sonst nicht! Und dieses fürchterliche Schwitzen!« Schlimmer als in den Wechseljahren, aber das ist eine halbe Ewigkeit her. »Mein Gott, warum schwitze ich so?« Der Blutdruck sei völlig in Ordnung, hatte der Doktor beim letzten Check freudig verkündigt, und das war gerade vier Wochen her. Ein Herz wie eine Fünfzigjährige! Und überhaupt: alles bestens!

»Ob's vom Magen kommt?«

Das Pilzragout war es mit Sicherheit nicht und der Reis schon gar nicht! Alles frisch! Hatte super geschmeckt! Viel hatte sie nicht gegessen, außerdem war das gestern. Oder war es vorgestern? Nein gestern! Und der Salat von heute kann es auch nicht gewesen sein, was konnte da verderben? Ohne Sahne, nur mit Zitrone und ein paar gerösteten Brotwürfeln. Nein, das war es nicht!

»Es kann nur am Wetter liegen! Ausruhen und viel trinken! Wenn es morgen nicht besser ist, gehe ich zum Arzt.« Jetzt ist die Praxis sowieso schon geschlossen. Das wird schon. Morgen früh sieht die Welt bestimmt ganz anders aus.

»Zum Kaffee im Obst- und Gartenbauverein bin ich wieder fit, das wäre doch gelacht. Viel trinken, das schadet nie! Herrgott, die Wasserflasche steht in der Küche. Vergessen! Nützt alles nichts, muss ich eben noch mal auf!«

Mit schweren Beinen quält sich die alte Dame aus den Kissen, stützt sich mit einer Hand am Couchtisch ab und hangelt sich an der Tischkante entlang. Das würde noch fehlen, wenn sie ins Straucheln käme. Es geht einigermaßen, auch wenn es seine Zeit braucht. Sie würde das schon schaffen, bis zur Küche sind es nur ein paar Schritte.

»So ist das eben, wenn man alleine ist. Wenn die Männer früher sterben, ist das kein Segen, selbst wenn der Wilhelm am Schluss eine Belastung war mit seiner Erkrankung; und vorher war es keineswegs einfach mit dem Kerl. Es ist, wie es ist. Wenn ich schon unterwegs bin, kann ich gleich zur Toilette«, beschließt die alte Frau und biegt in Richtung Flur ab.

Bis zum Türrahmen – aber dann nimmt der Schwindel plötzlich zu. Die Hände werden nass, der Schweiß läuft in Strömen von der Stirn. Der Boden schwankt und die alte Frau schafft es gerade noch bis zum Hocker vor dem Telefontisch. In panischer Angst krallt sie sich an der Kante fest; die Kraft reicht noch aus, um die Nummerntasten für den Notruf zu drücken. Sie stammelt ihren Namen und ihre Adresse, mehr geht nicht mehr. Dann kippt sie vom Hocker und verliert das Bewusstsein, bevor sie auf dem Teppich aufschlägt.

Noch Tage und Wochen später wundern sich die Nachbarn darüber, dass die rüstige alte Dame unverhofft und plötzlich verstorben ist. Ein schöner Tod, meinen die einen, sie war doch so agil, urteilen die anderen.

Als die Wohnung durch den einzigen Erben, den niemand in der Pfarrei kennt, entrümpelt wird, landet der Müll mit den Resten des Pilzgerichtes im Abfall.

2.

Ein Jahr ist vergangen, seit in Spiesen-Elversberg drei Rentner mitsamt ihren Garagen und einer Gartenlaube in die Luft geflogen sind. Zwei waren ums Leben gekommen, einer hatte mit viel Glück überlebt. Den Täter hatten wir mit gehörigem Aufwand bis ins deutsch-französische Grenzgebiet verfolgt und schließlich geschnappt. Das war einer der merkwürdigsten Fälle meiner Karriere gewesen, noch kurioser als der Fall mit dem toten Penner auf der Friedhofsbank und dem mysteriösen Hotel im Schürer Wald ein Jahr zuvor. Nach dem ersten Fall hatte ich den Kontakt nach Spiesen und zu Marion abreißen lassen, weil ich zu viel um die Ohren hatte, aber seit den Rentnermorden war ich am Ball geblieben; ich hatte Marions Nähe sogar gesucht.

Im klassischen Sinne sind wir sicherlich kein Paar, denn wir wohnen nicht zusammen, kaufen nicht gemeinsam ein, haben getrennte Finanzen und streiten nicht über Kleinigkeiten, wie das andere Menschen für eine funktionierende Beziehung anscheinend voraussetzen. Wir treffen uns regelmäßig an den Wochenenden, gehen uns aber ansonsten nicht auf den Wecker.

Marions Nachbarinnen und Freundinnen sehen das weniger differenziert. Für sie bin ich der Lebensabschnittsgefährte, wie ein Saurier, der im Trias auftaucht und im Tertiär wieder spurlos verschwindet. Kein anderes Wort ist treffender, um die Vergänglichkeit des Seins zu beschreiben. *Lebensabschnittsgefährte* – was für eine hirnrissige Wortschöpfung! *Wochenendhausbesetzer* – so bezeichnen mich die Männer. Das gefällt mir viel besser, weil es etwas revoluzzerhaftes in sich trägt.

Ich bin des öfteren in Spiesen präsent und dementsprechend näher an den Geschehnissen des Ortes dran – zutreffender gesagt: Mitten drin, denn vor allem in der Siedlung Am Köppchen werden die Ereignisse derart schnell kommuniziert, dass ich mich manchmal frage, ob sich das Geschehen nicht etwa nach den Gerüchten einstellt – ob Zeit tatsächlich die Abfolge allen Geschehens ist, oder ob sie sich nach dem richtet, was in der Siedlung erzählt wird.

Deshalb kann ich mich nicht entziehen, als eines Samstags im September, gerade als ich im Mittagsschlummer liege, ein völlig verzweifelter Nachbar namens Wolfgang an der Tür klingelt und mich bittet, mit ihm zu Markus zu gehen, weil der anscheinend ziemlich in der Klemme steckt. An Marion kann ich diese Aufgabe nicht delegieren, denn die ist zum Einkauf unterwegs. Deshalb bleibt mir keine Wahl!

Zu diesem Zeitpunkt kann ich nicht wissen, dass ich in einen Fall hineingeraten werde, der mich tagelang beschäftigen und an den Rand des Wahnsinns treiben wird.

Hätte ich das geahnt, hätte ich mich schlafend gestellt und die Tür nicht geöffnet. Andererseits hätte es nichts genützt, denn die Leute vom Köppche sind hartnäckig!

3.

»Was hat Markus für ein Problem?«, rufe ich Wolfgang durch die offene Haustür zu, während ich in meine Schuhe schlüpfe.

»Irgendwas mit der Polizei«, antwortet Wolfgang. »Genaues weiß ich nicht, aber anscheinend hat er Angst um seinen Lappen.«

»Mein Gott, wie soll ich ihm helfen?«, bemerke ich, während ich die Haustür absperre. »Ich bin weder bei der Verkehrspolizei noch bei der Führscheinstelle beschäftigt.«

»Das will er dir selber sagen.«

»Wieso hat er dich geschickt? Kann er nicht selbst kommen?«

Wolfgang macht das allseits bekannte Zeichen vom Becher, der zum Mund geführt wird. Das kann ja heiter werden!

Markus und seine Frau Dagmar wohnen nur wenige Häuser entfernt. Er sitzt niedergeschlagen im Wintergarten.

»Da sitzt mein Göttergatte und bibbert!«, erklärt Dagmar. »Wenn sie ihm den Lappen wegnehmen, kann er schauen, wie er auf die Arbeit nach St. Ingbert kommt. Ich spiele jedenfalls nicht den Chauffeur!«

Ich rieche aus zwei Metern Entfernung, wo das Problem liegt, kann aber nicht einschätzen, ob es sich um Kirsch, Zwetschge oder Williams-Christ handelt.

»Wie viel hattest du?«, frage ich Markus.

»Wie?«

»Was hat der Alkohol-Test angezeigt?«

»Nichts! So weit sind wir noch nicht!«, erklärt er mit schwerer Zunge.

»Verstehe ich nicht! Erzähl!«

»Wollt ihr was trinken?«, ruft Dagmar aus der Wohnung.

»Nein danke, ich nicht!«

»Wenn's kalt ist, nehme ich ein Bier!«, antwortet Wolfgang.

»Jetzt erzähl endlich, was los ist!«, fordere ich Markus auf.

»Ich war zum Pilzesuchen in der Haberdell.« Markus stockt nach dem ersten Satz.

»Bis hierhin ist alles in Ordnung. Weiter!«

»Hinter dem Parkplatz ist eine Schranke vor dem Waldweg.« Wieder macht er eine ewig lange Pause.

»Ich nehme an, die hat dich wenig interessiert.«

»Genau! War nicht abgesperrt.«

»Das heißt, du hast nichts beschädigt?«

»Nein! War nicht abgesperrt! Du hörst mir überhaupt nicht zu!«

»Doch, aber nur, wenn du was sagst!«

»Ich also durch und über den Waldweg. Immer weiter bis ans Ende; das ist eine ziemliche Strecke!«

»Um dort Pilze zu suchen.«

»Genau! Sagte ich bereits!«

»Und dann?«

»Habe ich Pilze gesucht!«

»Pilze oder Pilse?«, fragt Wolfgang amüsiert, als Dagmar das Bier bringt.

»Der brauchte keine Pilse, weil er zwei Flachmänner dabei hatte«, erklärt sie und zeigt auf ihren Mann.

»Drei!«, stellt der richtig.

»Wieso drei?«, wundere ich mich. »Hattest du jemanden dabei?«

»Nee, ich konnte mich nicht entscheiden. Kirsch, Mirabelle oder der Willi von Christoph.«

»Und da hast du eben von jedem was abgefüllt«, ergänze ich.

»Genau! Ist ein großes Gebiet.«

»Und die hast du alle gesoffen!«

»Nee! Christophs Willi war nicht gut.«

»Also nur zwei! Immerhin ein drittel weniger! Wie kann man nur so bescheuert sein?«

Ich fasse es nicht! Haut sich der Kerl zwei Flachmänner in die Birne und fährt Auto.

»Oh, ich habe lange gesucht, aber es hat sich gelohnt. Echt! Maronen, Pararasol, Goldlöhrrringe ... röhlinger ... röhrlinge, Flsch ... Flaschenschaub- staubstaulinge...«

»Waren eher Flachmannstaublinge«, stänkert Wolfgang.

»Nee, echt ...«

»Ja, ist gut!«, unterbreche ich. »Komm auf den Punkt! Wo ist das Problem?«

»Wo mein Problem ist? Ich habe keins! Der Förster hat eins! Das war nämlich so ...«

Umständlich und alkoholschwer erklärt Markus, dass auf der Rückfahrt die Schranke geschlossen gewesen sei, und der Förster auf der Lauer gelegen habe. Es sei zu einem Disput gekommen, im Laufe dessen der Förster die Autonummer notiert und angekündigt hatte, Anzeige wegen Trunkenheit am Steuer, unerlaubten Befahrens eines Forstweges, Beleidigung und Wilderei zu erstatten. Schließlich habe ein Wort das andere ergeben …

Bis Markus seine Geschichte einigermaßen verständlich zusammen hat, ist Wolfgang beim zweiten Bier angekommen. Ohne dass Markus es explizit schildert, entnehme ich seinen Äußerungen, dass er dem Förster mit körperlichem Schmerz gedroht hatte, falls er ihn weiter aufhalten würde. Der Förster hatte seine Drohung aufrechterhalten, schließlich aber den Weg freigegeben.

Unterwegs und zu Hause ist Markus in den Sinn gekommen, dass er gerade eine Menge Mist gebaut hatte. Da sitzt er nun wie ein Häufchen Elend im Sessel und fürchtet, dass jeden Augenblick die Polizei vorfährt, um ihn mitzunehmen und zu einer Blutprobe vorzuführen.

Ich bin mir ziemlich sicher, dass es soweit nicht kommen wird. Die Polizei hat im Augenblick anderes zu tun, als auf Zuruf hinter vermeintlichen Alkoholsündern herzujagen, die im Wald rumsausen. Allenfalls wird Markus einen Bußgeldbescheid wegen der Wegebenutzung bekommen, inklusive eines Anhörungsbogens, auf dem er sich erklären kann. Allerdings sehe ich im Augenblick keine Veranlassung, Markus aus seinem schlechten Gewissen zu entlassen. Es wird ihm nicht schaden, wenn ich ihn eine Weile im eigenen Saft schmoren lasse.

»Tja, mein Lieber, das ist eine ernste Sache! Dumm gelaufen, da kann ich dir nicht helfen.«

»Was soll ich denn machen, wenn die kommen?«, stottert Markus.

»Am besten, ihr macht nicht auf, oder Dagmar behauptet, du seist nicht da!«

»Dann kriegen sie mich am Ende wegen Fahrerflucht dran!«

Markus kann die Situation in seiner panischen, vom Alkohol eingetrübten Verzweiflung nicht mehr überblicken. Dagmar setzt noch einen drauf.

»Wenn die kommen, liefere ich ihn aus; dann habe ich wenigstens für eine Weile meine Ruhe. Von mir aus können sie ihn für ein paar Tage einsperren!«

»Ich fürchte, deine Hoffnung ist unberechtigt«, entgegne ich. »Ganz so schlimm wird's schon nicht werden.«

»Ich hasse euch«, murmelt Markus. »Keiner hat mich lieb!«

»Auf den Schreck trinkst du am besten erstmal einen Schnaps«, stichelt Wolfgang.

»Raus!«, schreit Dagmar. »Besser ihr geht jetzt! Und du legst dich ins Bett!«

»Aber die Pilze müssen verteilt … ich meine, die sind bestellt … und die warten …«

»Das übernehme ich«, erklärt Dagmar. »Ich weiß, wer welche bestellt hat!«

Wolfgang und ich verabschieden uns. Aus der Fortsetzung meines Mittagsschlafes wird es nichts, denn Marion ist gerade dabei, die Einkäufe aus dem Kofferraum ihres Kombis auszuladen. Irgendwie scheint sich eine Hundertschaft zu Besuch angemeldet haben, denn das Ausräumen und Verstauen in der Wohnung dauert eine halbe Ewigkeit. Zwischendurch setze ich Kaffee auf. Als die Arbeit getan ist, lassen wir uns die Schokoladentorte schmecken, die Marion am Morgen gebacken hat.

Da Marion nicht nachfragt, erzähle ich nichts von Markus' Problemen. Ich habe anderes im Sinn und eröffne Marion meinen Plan. Wenige Minuten später stehen wir unter der Dusche.

4.

»Das Fernsehprogramm am Samstagabend entspricht weder meinem noch Marions Geschmack, weshalb wir spontan beschließen, Micos Kneipe einen Besuch abzustatten.

»Der verschwindet demnächst für einige Wochen nach seinem geliebten Sizilien«, erklärt Marion. »Wir könnten ihm bei der Gelegenheit eine gute Reise wünschen.«

»Ich habe aber nicht vor, mir heute Abend die Kanne zu geben«, antworte ich.

»Du kannst heimgehen, wann's dir passt!«

Damit ist klar, wer als Erster geht!

Bei Mico sitzen die Stammgäste, die an Fernsehsendungen um diese Zeit anscheinend generell nicht interessiert sind und lieber ein Schwätzchen halten, ohne dass deren Inhalt in tiefsinnigere Sphären abgleiten muss.

Günther diskutiert mit Gerd über die Ergebnisse des Bundesligaspieltages. In ihrer Gewichtsklasse müssten sie sich eigentlich über Sumo-Ringen unterhalten. Mico wuselt hinter der Theke und erklärt seiner Bedienung Claudia, dass Olivenöl, welches nicht aus seiner sizilianischen Heimat stammt, bestenfalls zum Einölen einer Kettensäge zu gebrauchen ist. Michael, genannt Ehl, erzählt, dass er sich bei einem neuen Musical-Projekt in Neunkirchen beworben hat.

»Das Stück heißt Sommernachtstraum.«

»Und du spielst den Schlafwandler, oder wie?«, vermutet sein Bruder August, der von Hause aus Thomas heißt, aber aus unerfindlichen Gründen nach seinem Geburtsmonat genannt wird.

»Sommernachtstraum, das ist ein Tee!«, behauptet Claudia. »Wenn du den trinkst …«

»Wirst du tierisch geil!«, ruft Mico hinter der Theke. »Ich hatte heute schon eine ganze Kanne! Willst du eine Tasse, Marion?«

»Sommernachtstraum ist von Shakespeare«, erklärt Peter, das wandelnde Lexikon. »Der Hofnarr heißt Puck!«

»Dummschwätzer!«, wehrt sich Ehl. »Ich gebe den jugendlichen Liebhaber.«

»Der heißt Lysander«, doziert Peter. »Und der war in Wirklichkeit ein berühmter Feldherr, der später zum Gott erkoren wurde.«

»Passt!«, erkennt Ehl. »Ein göttlicher jugendlicher Liebhaber! Sag ich doch!«

»Götterspeise passt eher!«, bemerkt Claudia.

Ernst zu nehmende Gespräche sind in dieser Kneipe die Ausnahme, und das ist genau der Grund, warum die Stammgäste hier sind. Marion und ich beteiligen uns kaum an den Gesprächen und hören lieber amüsiert zu. Zwischendurch, wenn Mico Zeit zum Plaudern hat, unterhalten wir uns über seine bevorstehende Reise in die Heimat und die Olivenernte. Nach zwei Stunden denke ich an den Heimweg und bestelle den gewohnten Scheidebecher in Form eines doppelten Espresso. Da klingelt plötzlich Kurtis Mobiltelefon.

Kurti Kurt ist ein ganz ruhiger, ein stiller Genießer. Er gehört zu der Kneipe wie ein Stück der Einrichtung. Ganz selten, dass er etwas von sich gibt. Normalerweise steht er still an seinem Stammplatz an der Theke und schlürft sein Bier. Dabei lauscht er kommentarlos den Gesprächen der anderen Gäste; nicht mal aufs Klo hat man ihn je gehen sehen, er ist einfach nur da. Allerdings ist er dabei so unauffällig, dass hinterher keiner mehr sagen könnte, ob er tatsächlich da gewesen ist. Kurti verschwindet nach draußen, kommt nach kurzer Zeit zurück und wirkt nun besorgt.

»Ich muss nach Hause!«, sagt er ruhig. »Helga geht es nicht gut.«

Er zahlt, greift seine Jacke und verlässt grußlos das Lokal.

»Wer ist Helga?«, frage ich unbedarft und fange mir dafür Blicke ein, als sei ich von einem anderen Stern.

»Du kennst Helga nicht?«, fragt Peter entrüstet. »Die Helga!«

»Woher sollte ich die Helga kennen? Wer ist das überhaupt?«

»Josch ist Halb-Pfälzer, das erklärt alles!«, entschuldigt August.

»Helga hatte früher diese Kneipe hier«, erklärt Marion. »Sie war ein Original; als Wirtin und als Type. Sie kann nicht mehr vor die Tür, weigert sich aber beharrlich, ein neues Hüftgelenk einbauen zu lassen. Mittlerweile dürfte sie nahe an die Achtzig sein.«

»Und was hat sie mit Kurti am Hut?«

»Sie ist seine Tante.«

»Kurtis Vater und Helga sind Geschwister«, weiß Peter. »Besser gesagt: Waren! Der alte Sayler ist nämlich schon gestorben, als Kurti ein Kind war. Helga hat den Kleinen aufgezogen, er hat seine Kindheit quasi in dieser Kneipe verbracht.«

Das ist Gerds Stichwort.

»Die Kneipe hat nämlich früher …«

Es folgt ein Rückblick über mindestens sechs Jahrzehnte. Das Wort Lokalkolorit erfährt dabei eine neue Bedeutung. Gerd lässt den Mauerbau, die Wiedervereinigung und die erste Mondlandung zwar aus, weiß aber zu berichten, wann und wie oft die Theke umgebaut wurde, und dass die Biermarke von Schloss-Bräu über Bitburger zu Karlsberg gewechselt ist; sogar die Namen der einzelnen Bierkutscher werden überliefert. Bei Helga hatten die Mädels auf dem Tisch getanzt, und die Burschen unter dem Tisch ihren Rausch ausgeschlafen.

»Ha, das waren Zeiten! Da blieb kein Auge trocken und die Mädels auch nicht!«

Mico fühlt sich auf den Schlips getreten.

»Willst du damit vielleicht sagen, dass heute nix mehr los ist?«, wettert er. »Erinnere dich an die Fahndung nach der tote Wuzze voriges Jahr oder an die Schießerei vor der Tür!«

»Das war keine Ballerei!«, widerspricht Peter. »Joschs Kollege hat einen mit dem Auto über den Haufen gefahren.«

»Ja, aber erst, nachdem der andere vorbeigeschossen hat. Dann ist er abgehauen, aber August hat ihn nicht gekriegt. Ist halt kein Sizilianer! Ich hätte ihn mit einem Bein erwischt.«

»Wie der sizilianische Pirat!«, meint Günther von der anderen Seite der Theke.

»Wie, was, sizilianischer Pirat?«, fragt Mico.

»Na der mit den zwei Augenklappen!«

»In Sizilien gab es schon Piraten, da waren die Schiffe noch nicht erfunden!«, wettert Mico und schmollt.

Ich bleibe ein bisschen und höre mir die Frotzeleien weiter an. Es bedarf nur eines Stichwortes, und schon geht der Palaver zum nächsten Thema über.

Kurti und Helga sind bald vergessen. Keiner kann ahnen, dass sie uns sehr bald wieder ins Gedächtnis gerufen werden sollten; dass es der Anfang einer üblen Geschichte werden würde, konnte erst recht keiner wissen.

5.

Weil der Samstagabend nicht ausufernd lange war, sitzen wir am Sonntagmorgen für unsere Verhältnisse früh um neun Uhr am Frühstückstisch. Marion schlägt vor, dass wir das schöne Wetter zu einem kleinen Ausflug nutzen sollten.

»Wer weiß, wie lange das Wetter hält?«

Ich halte das für eine ausgezeichnete Idee, die uns mit Sicherheit an einem Eis-Café vorbeiführen wird. Wir diskutieren einige Ausflugsziele, können uns aber nicht entscheiden, ob wir das Elsass, Luxemburg oder die Zitadelle in Bitsch ansteuern sollen. Nach längerem Hin und Her entscheiden wir uns für das Centre-Pompidou in Metz.

Als wir eine halbe Stunde später den Wagen aus der Garage holen wollen, hören wir das schnell näher kommende Einsatzsignal eines Rettungsfahrzeuges. Dann rauscht ein Notarztwagen an uns vorbei und verschwindet um die Ecke. Nach ein paar Sekunden verstummt der Signalton.

»Oh Gott!«, entfährt es Marion. »Was ist denn da los?«

»Das sieht nicht gut aus, vielleicht sollten wir nachschauen.«

Normalerweise hechele ich nicht aus Neugier oder Sensationslust hinter jedem Einsatzfahrzeug her, das verbietet schon mein Beruf, aber hier geht es eventuell um Freunde oder Bekannte aus der Nachbarschaft. Mit einem Affenzahn schießt ein Krankenwagen an uns vorbei. Wir gehen um die Ecke und stellen fest, dass der Notarztwagen in der Einfahrt gegenüber von Markus und Dagmar steht. Der Krankenwagen hält vor dem Anwesen. Die Rundumlichter spiegeln sich in den Fenstern der umliegenden Häuser.

»Das ist bei Susanne!«, behauptet Marion.

»Susanne?«, frage ich, weil ich im Augenblick kein Gesicht zu diesem Namen im Gedächtnis habe.

Das geht mir oft so. Namen kann ich mir einfach nicht merken, und wenn doch, weiß ich meist nicht, wie die betroffene Person aussieht. Umgekehrt fehlt mir häufig der Name, wenn ich eine bekannte Person vor mir habe. Für einen Kriminalbeamten wäre das eine Katastrophe, aber merkwürdigerweise passiert mir das nur im privaten Umfeld; dienstlich habe ich damit keine Probleme. Ein Psychologe hat mir auf Nachfrage vor ein paar Monaten erklärt, das sei bei mir eine angeborene Schusseligkeit und somit normal.

»Falls sie sich mit Blick auf eine frühzeitige Pensionierung auf eine einsetzende Demenz berufen wollen: Vergessen sie's!«, hatte er erklärt. »Wer bei der Wahrheit bleibt, braucht im Übrigen kein gutes Gedächtnis!«

»Falls der von ihnen ist«, hatte ich vorgeschlagen, »sollten sie sich den Spruch patentieren lassen.«

»Leider nein! Theodor Heuss!«

»Du kennst Susanne!«, reißt mich Marion in die Realität zurück. »Susanne Spaniol! Die Tante von Markus!«

»Ah!«, ich hab's wieder. »Die ist schon älter, wenn ich mich richtig erinnere.«

»Ich glaube, die wird demnächst 80, aber das ist heutzutage kein Alter. Hoffentlich ist nichts Schlimmes passiert!«

Wir gehen näher zu dem Haus. Mittlerweile sind andere Nachbarn aufmerksam geworden und stehen auf der Straße. Keiner weiß Näheres, daher geht Marion zu Dagmars Haus und klingelt. Niemand öffnet.

»Vielleicht sind sie drüben bei Susanne.«

»Wahrscheinlich! Markus wird nicht zu Hause sitzen, während bei seiner Tante der Notarzt vorfährt!«

»Musst du immer einen auf Kommissar machen?«, faucht Marion.

»Nein, es ist aber logisch!«

»Ist gut! Ich gehe hin!«

»Ich weiß nicht ...«

»Vielleicht kann man helfen.«

»Gut, geh hin und hilf dem Notarzt.«

»Susanne ist bestimmt gestürzt und hat sich was gebrochen«, spekuliert Nachbarin Margit.

»Ich tippe auf Oberschenkelhalsbruch, das hat man in dem Alter öfter«, weiß Lotti, die zwei Jahre älter ist als das vermeintliche Unfallopfer.

»Höchstens zweimal«, kommentiert Wolfgang, der sich ebenfalls herbeigeschlichen hat.

»Was zweimal?«, fragt seine Frau Trudi.

»Oberschenkelhalsbruch! Mehr geht nur bei Vierbeinern.«

»Spinner!«, faucht Trudi.

»Wo er recht hat, hat er recht«, unterstütze ich Wolfgang.

»Ihr zwei hättet besser das Hochamt besucht«, kommentiert Margit.

Marion ist unterwegs zu Susannes Haus und verschwindet in der Einfahrt hinter dem Notarztwagen. Wir warten und schweigen. Kein gutes Zeichen! Je länger es dauert, umso gedrückter wird die Stimmung. Der Notarzt scheint allerhand zu tun zu haben, das macht mir Sorgen. Ich will gerade vorschlagen, dass wir nach Hause gehen, um auf Marions Bericht zu warten, statt hier wie die Gaffer rumzuhängen, als Marion auftaucht, und die Sanitäter die Trage aus dem Krankenwagen holen.

»Es ist tatsächlich Susanne!«, japst Marion. »Das sieht nicht gut aus. Sie hat die ganze Nacht erbrochen, und heute Morgen hat sie anscheinend starke Kopfschmerzen bekommen und Markus gerufen. Als der kam, hat sie plötzlich nix mehr gesehen und ist kollabiert. Markus hat den Notarzt gerufen. Apropos Notarzt …«

»Ist sie bei Bewusstsein?«, fragt Margit.

»Nein, ich glaube nicht. Der Puls scheint ziemlich flach zu sein, ich durfte aber nicht näher zu ihr hin. Soviel ich mitbekommen habe, legen sie ihr eine Infusion an. Rat mal, Josch, wer …«

»Ist sie umgefallen?«, will Trudi wissen.

»Stehend wird sie nicht kollabiert sein«, analysiert Wolfgang treffsicher.

»Josch weißt du, wer …«

Wieder wird Marion unterbrochen, diesmal von Lotti.

»Ist Dagmar bei ihr?«

»Natürlich! Dagmar und Markus fahren mit ins Krankenhaus. Die Notärztin …«

»In welches Krankenhaus?«

»Das weiß ich nicht, zum Donnerwetter! Lasst mich ausreden!«

»Ich sag doch gar nichts!«, wehre ich mich.

»Du nicht, aber alle anderen! Was glaubst du, wer die Notärztin ist?«

»Woher soll ich das wissen?«

»Andrea!«

»Wie Andrea?«

»Deine Andrea! Tu nicht so! Die mich vor Jahren zusammengeflickt hat. Deine Notärztin von damals! Die nach Worms verduftet ist!«

»Andrea? Dr. Andrea Kihm?«

»Ach, sieh an! An den Namen kannst du dich erinnern!«

Oh Gott, Andrea! Die hat mir gerade noch gefehlt! Nein, es geht nicht um Andrea selbst! Aber ausgerechnet jetzt und hier! Wieso ist die im Saarland?

Nach dem Mordfall damals in Schüren, in dessen Verlauf sie mir zunächst über den Weg gelaufen und später näher gekommen war, hatte Andrea die Arbeitsstelle gewechselt und war nach Worms gegangen. Ich bin mir bis heute nicht sicher, ob nicht ich der wahre Grund für diese Entscheidung war. Wir waren seinerzeit auf dem vagen Weg, eventuell ein Paar zu werden, aber irgendwie hatte es nicht funktioniert. Der Altersunterschied, die Schichtdienste … es hatte nicht sollen sein! Marion kennt die Geschichte, und wie es scheint, hat sie die Eifersucht eingeholt.

»Wieso sollte ich mich nicht an ihren Namen erinnern? Schließlich sind wir befreundet!«

»Sind! Du hast Kontakt zu ihr!«

Oha, da braut sich ein Problem zusammen! Darauf werde ich mich nicht einlassen! Sind wir hier im Kindergarten? Was soll das?

»Nein! Mach kein Problem, wo keins ist!«

»Na gut, wenn es für dich kein Problem ist, ist es eben keins«, schmollt Marion. »Hauptsache, du hast kein Problem damit!«

»Da tut sich was!«, unterbricht Lotti unseren Disput.

Tatsächlich verlassen alle Hauptakteure das Haus. Susanne Spaniol wird auf der Trage in den Krankenwagen gehievt, die Notärztin, in der ich auf die Entfernung Andrea erkennen kann, steigt ebenfalls ein, die Sanitäter hechten ins Führerhaus, und schon fährt der Krankenwagen mit Blaulicht davon. Dagmar und Markus steigen im Notarztwagen zu.

»Da fährt sie hin, deine Notärztin«, keift Marion.

»Kann es sein, dass du im Augenblick spätpubertierst? Etwas spät mit 58!« Ich achte darauf, dass Lautstärke und Tonfall meine Verärgerung deutlich rüberbringen. »Meine Gedanken sind jedenfalls eher bei Frau Spaniol!«

Ohne eine weitere Erklärung drehe ich mich um und lasse den Rest der Gruppe stehen. Falls die anderen nicht verstanden haben, was gerade zwischen Marion und mir vorgefallen ist, soll sie es erklären. Oder nicht, es ist mir völlig egal! Eine solche Eifersuchtsszene vor allen Leuten muss ich mir nicht anhören.

Die Lust auf einen gemeinsamen Ausflug ist mir gründlich vergangen. Ich werde in die Kirche gehen, nachdenken, mich entspannen und den lieben Gott bitten, dass er Susanne Spaniol noch ein paar schöne Jahre gibt. Mein Vorhaben schreibe ich auf einen Zettel und lege ihn auf Marions Esszimmertisch. Es gibt meinerseits nix zu entschuldigen, deshalb lasse ich es sein.

6.

Die ersten Schritte sind getan, es gibt kein Zurück! Es hat lange gedauert, bis der sichere – der todsichere – Plan entwickelt war.

Seit Monaten bin ich hinter den Mumien her und froh, dass sie bis hierhin durchgehalten haben. Es wäre ein großes Ärgernis gewesen, wenn die Herzallerliebsten den Abgang gemacht hätten, bevor alles unter Dach und Fach ist. Ärgerlich für sie, mehr noch für mich!

Drei Monate ist ein ausreichender Zeitraum, die Papiere sind in Ordnung. Diesbezüglich muss ich mir keine Sorgen machen.

Die Methode ist perfekt! Es war nicht einfach, die Lücke im Panzer zu finden, die Schwachstellen und Möglichkeiten zu analysieren und die Situation zu erkennen, in der ich zuschlagen konnte. Endlich ist es so weit.

Der Herbst ist eine wunderschöne Jahreszeit! Vor allem für Pilze und Sammler. Und natürlich für die kulinarischen Liebhaber dieser Gewächse. Oder Liebhaberinnen! Manchmal erwischt man die falsche Sorte. Soll vorkommen!

Schicksal!

7.

Wir hatten das Thema Dr. Andrea Kihm am Sonntag nicht weiter aufgegriffen. Auch über Susanne Spaniol war kein Wort mehr gefallen. Nach dem Hochamt war ich in Marions Wohnung gefahren, aber sie war nicht zu Hause gewesen. Ich hatte mich auf die Couch gelegt, aber als ich mitbekam, dass sich der

Start des Formel-1-Rennens hinziehen würde, hatte ich den Fernseher ausgeschaltet.

Im Halbschlaf hatte ich ständig an Andrea denken müssen, aber weniger, weil ich sie vermisste, sondern weil ich mich fragte, warum sie ins Saarland zurückgekehrt ist. Marion war irgendwann aufgetaucht und hatte erzählt, dass sie bei ihren Eltern gewesen sei. Von da an war der Sonntag ohne weitere Diskussionen verlaufen. Wir hatten gelesen, im Internet gesurft und am Abend den Tatort geschaut; wie gewohnt hatte ich den Schluss verschlafen.

Jetzt sitze ich an meinem Schreibtisch im Dezernat K3 und simuliere, warum Andrea in Worms hingeschmissen hat. Mein Telefon klingelt. Am Display erkenne ich Marions Dienststellennummer vom St. Ingberter Rathaus.

»Josch!«, ruft sie aufgeregt in den Hörer. »Es ist etwas Schlimmes passiert! Susanne Spaniol ist gestorben. Dagmar hat mich gerade informiert.«

»Sch… Das tut mir leid. Woran ist sie gestorben?«

»Dagmar sagt, dass sie die Leiche obduzieren wollen, weil die Ärzte im Krankenhaus sich nicht einig sind. Dürfen die das überhaupt – obduzieren?«

»Ja, unter bestimmten Umständen schon! Wenn die Todesursache nicht eindeutig festgestellt werden kann oder Verdacht auf Fremdverschulden besteht, kann eine Obduktion gerichtlich angeordnet oder vom Staatsanwalt beantragt werden.«

»Fremdverschulden? Du meinst: Mord?«

»Naja, nicht jedes Fremdverschulden ist Mord. Das ist … egal, erkläre ich dir ein anderes Mal. Sind Markus und Dagmar die nächsten Verwandten?«

»Soviel ich weiß, die Einzigen. Lebende, meine ich.«

»Markus soll auf dem Totenschein nachschauen, was der Arzt angekreuzt hat. Wenn …«

»Die Beiden sind im Augenblick ziemlich durch den Wind.«

»Kann ich mir vorstellen. Wir sollten heute Abend zu ihnen rüber gehen.«

»Ja, das machen wir. Noch sauer?«

»Bis heute Abend!«

So einfach werde ich es dir nicht machen, meine Liebe!

Hm. Alltäglich ist das nicht! Warum obduzieren die Susanne Spaniol? Eine alte Frau? Von einem Gewaltverbrechen war keine Rede gewesen! Im Prinzip finde ich das gut, falls es Zweifel gibt. Seit Jahren bemängeln wir seitens der Kriminalpolizei, dass viele Gewaltverbrechen nicht erkannt werden, weil der allgemeine Spar-Wahn kaum noch Obduktionen genehmigt. Wenn sie's hier tun, müssen sie triftige Gründe haben. Das verspricht nichts Gutes! Wenn es dumm läuft, habe ich demnächst einen Fall auf dem Tisch. Ich rufe in der Notrufzentrale an.

»Schaum, LKA, Dezernat! Kollege, ich brauche deine Hilfe! Gestern Morgen muss ein Notruf eingegangen sein. Eine Notarztanforderung nach Spiesen, Am Köppchen. Kannst du rausfinden, wohin … also, in welches Krankenhaus die Frau …«

Pause. Rückfragen.

»Ja, gestern … gegen zehn … genau … Am Köppchen … ja … danke!«

Susanne Spaniol ist ins Städtische nach Neunkirchen gebracht worden. Ich rufe an, trage der Zentrale mein Anliegen vor und lasse mich zur Station verbinden, die den Notfall aufgenommen hat. Nach etlichen Weiterleitungen habe ich den Stationsarzt am Telefon.

»Herr Hauptkommissar, sie werden verstehen, dass ich am Telefon keine weiteren Auskünfte geben kann. Außerdem wurde Frau Spaniol von meiner Kollegin aufgenommen; ich bin erst seit heute Morgen im Dienst.«

»Von Frau Dr. Kihm?«, frage ich scheinheilig.

»Nein, die ist die Notärztin.«

»Seit wann?«

»Vier oder fünf Wochen. Warum fragen sie?«

»Weil ich den Namen bei euch noch nie gehört habe«, lüge ich.

»War's das? Ich habe zu tun!«

»Sofort, Herr Doktor. Wer hat die Obduktion von Frau Spaniol beantragt?«

»Woher wollen sie wissen, dass obduziert wird?«

»Ich mache meinen Job! Also?«

»Ich habe das initiiert!«

»Warum?«

»Keine Auskunft am Telefon! Tut mir leid.«

»Okay, akzeptiert. Ich bin spätestens in einer Stunde bei ihnen, Herr Dr. Wollscheid. Wie lange sind sie im Hause?«

»Ich bin hier bis morgen früh um sieben!«

»So lange wird es nicht dauern. Bis später!«

Ich brauche keine Stunde bis nach Neunkirchen, wäre aber schneller gewesen, bestünden die Autobahnen nicht aus einer Aneinanderreihung von Baustellen. Wahrscheinlich hat das Saarland die weltweit größte Dichte an Autobahnbaustellen. Am Krankenhaus einen Parkplatz zu finden, ist eine größere Herausforderung, als sicher auf dem Mond zu landen. Irgendwer sollte den Stadtplanern erklären, dass Patienten hin und wieder Besucher erwarten oder mit dem Auto zur ambulanten Behandlung gebracht werden.

Gegen elf bin ich auf der Station von Dr. Wollscheid. Das Treiben auf dem Flur lässt mich an unserem Gesundheitssystem zweifeln. Weiß bekittelte Menschen, mehrheitlich weiblichen Geschlechts, rennen, auf den ersten Blick ziellos und unkoordiniert, den Gang auf und ab. Fast lautlos huschen weiße Pantoffeln über weißen Socken unter weißen Hosen über den grauen Spiegelglanzfußboden. Ernste Gesichter, hektische Betriebsamkeit, Karren mit Geschirr, Medikamenten oder Wäsche, vereinzelt Ampullenträgerinnen oder Klemmbretttransporteure. Gang rauf, Tür rauf, rein, raus, weiter, zurück,

Tür auf, Tür zu ... Das kann nicht gesund sein! Weder fürs Personal noch für die Patienten. Wer hier ohne Burn-out reinkommt, geht mit wieder hinaus. Dazwischen gemächlichere Reinigungskräfte in beruhigendem Kobaltblau oder Lindgrün.

Ich frage mich nach Dr. Wollscheid durch und erhalte die Auskunft, dass er auf der Station unterwegs ist. Ich soll mich gedulden und im Besucherzimmer Platz nehmen, damit ich nicht im Wege stehe.

Es dauert nicht lange. Als der Stationsarzt erscheint und sich vorstellt, bekomme ich zunächst einen Schreck. Der Mann sieht ungesund aus, wie einer seiner kranken Patienten, dabei schätze ich ihn gerade auf Ende dreißig, Anfang vierzig. Seine Haut hat lange keine Sonne gesehen, der Körper kennt Fett nur vom Hörensagen; Übergewicht im zweistelligen Minusbereich, kein Wunder, dass das schüttere Haar keine Kraft hat, um eine ordentliche Frisur zu entwickeln. Unaufgefordert zeige ich meinen Dienstausweis.

»Ich weiß von Verwandten der Verstorbenen, dass eine Obduktion angeordnet wurde«, beginne ich. »Außerdem war Frau Spaniol eine Nachbarin von mir. Meine Neugier ist daher nebenbei von privater Natur.«

»Verstehe!«, erklärt der Arzt und runzelte die Stirn. »Frau Spaniol wurde heute Morgen in die Gerichtsmedizin überstellt. Ich kann nicht mit Sicherheit sagen, was zu ihrem Tod geführt hat. Wollen sie es ausführlich?«

Ich sehe dem Arzt an, dass er unter Zeitdruck steht, und will ihn nicht weiter quälen.

»So, dass ich es einigermaßen verstehen kann. Der Rest steht ohnehin später im Obduktionsbericht.«

»Bei der Einlieferung sah es nach einem Kreislaufkollaps aus, ausgelöst durch den Flüssigkeitsverlust nach einer Magen-Darm-Geschichte. Erbrechen, Durchfall ... die bekannten Symptome. Einen älteren Menschen bringt so etwas schnell an seine Grenzen. In der Nacht hat sich ihr Zustand dramatisch verschlechtert. Der ganze Organismus lief Amok und … es ging rasend schnell … um es kurz zu machen: Ich kann eine Vergiftung nicht ausschließen.«

»Vergiftung? Welcher Art?«

»Die Patientin hatte sich gegenüber meiner Kollegin dahin gehend geäußert, dass sie am Vorabend Pilze gegessen hatte.«

»Eine Pilzvergiftung? Sind sie sicher?«

»Nein, aber ich kann es nicht ausschließen.«

Siedend heiß kommt mir Markus der Pilzsammler in den Sinn. Langsam! Keine Panik! Alles nur Spekulation!

»Ich finde es richtig gut, dass sie es sich trotz ihrer Arbeitsbelastung nicht einfach gemacht haben, Herr Dr. Wollscheid. Ich möchte nicht wissen, wie viele Vergiftungen unentdeckt bleiben.«

»Da haben sie wahrscheinlich recht, Hauptkommissar Schaum. Ehrlich gesagt steckt dahinter ein gewisses Eigeninteresse.«

»Inwiefern?«

»Sehen sie, wir haben nicht die Zeit und die technischen Möglichkeiten, um den Dingen so auf den Grund zu gehen, wie es nötig wäre. Selbst wenn die Politik das anders sieht: Das System steht kurz vor dem Kollaps, der Formalismus grenzt an Irrsinn. Möglicherweise wurde die alte Dame Opfer dieser … Fehlentwicklung, und das ist auch für uns sehr schmerzhaft. Wir stoßen hier permanent an unsere Grenzen oder gehen darüber hinaus, eine Besserung ist nicht in Sicht. Vielleicht bringt uns die Autopsie Erkenntnisse, mit denen wir zukünftig in ähnlichen Fällen besser reagieren können.«

»Ich verstehe. Trotzdem ist es irgendwie makaber.«

»Ich kann's nicht ändern! Es ist frustrierend.«

»Ich danke ihnen, Herr Dr. Wollscheid. Warten wir ab, was die Autopsie ergibt. Gut möglich, dass ich noch einmal vorbeikomme.«

»Rufen sie bitte vorher an, sonst wird das nix.«

»Mach ich! Ach, sagen sie, wo finde ich die Notärztin?«

»Unten in der Notaufnahme.«

Hätte ich selber drauf kommen können!

Fünf Minuten später stehe ich in der Notaufnahme, zeige meinen Dienstausweis und frage nach Frau Dr. Kihm. Es dauert nicht lange, bis sie hinter dem Vorhang einer Behandlungskabine hervortritt.

»Sieh an!« In ihrem Gesichtsausdruck lese ich Überraschung und Freude zugleich. »Der liebe Josch! Schön, dich zu sehen! Und, mein Alter?«

»Das mit dem Alter hättest du dir sparen können!«, feixe ich. »Hallo Andrea!«

Wir umarmen uns. Ich fühle, dass es ihr gut geht und nichts zwischen uns steht. Freude und Erleichterung!

»Ich habe mitbekommen, dass du wieder im Land bist.«

»Und bist hergekommen, um mich zu sehen! Wie romantisch.«

Andrea lacht entspannt. Ich lache mit.

»Ja und nein! Das heißt: ja! Will sagen, ich bin dienstlich hier. Erzähl erstmal, seit wann und warum du zurück bist.«

»Oh je, das ist kompliziert. Eine Beziehung, Heimweh, Zufall – von allem ein bisschen.«

»Du hast jemand kennengelernt? Das freut mich für dich.«

»Ja! Überrascht dich das?«

»Nein! Doch! Ich weiß nicht! Eher, weil du relativ schnell zurückgekommen bist.«

»Ja, es war ein kurzes Gastspiel. Es ist anders verlaufen als geplant. Ich habe in Worms einen Arzt kennengelernt. Josua! Irgendwie hat es gepasst. Wie der Teufel es will, bekam er ein Angebot von der Homburger Uniklinik. Er fragte mich, ob ich Lust hätte mitzukommen, ich sagte ja, und da bin ich! Schnellfassung! In Wirklichkeit war's komplizierter.«

»Josua! Ein Israeli?«

»Nein, ein Chinese!«

»Echt?«

»Quatsch! Er ist Argentinier, seine Mutter war Deutsche, jüdische Auswandererfamilie … ach was soll die Ahnentafel? Wie geht es dir, Josch? Alles gut?«

Wir plaudern ein bisschen, aber Andrea hat nicht viel Zeit. Im Schnelldurchlauf erzähle ich ihr, wie und warum ich zu ihr gefunden habe.

»An eine Pilzvergiftung habe ich bei der Erstversorgung nun wirklich nicht gedacht«, erklärt Andrea. »Akutes Kreislaufversagen, Flüssigkeitsverlust, Magen-Darm-Virus und so weiter. Ich hatte nicht die Möglichkeit zu einer sicheren und detaillierten Diagnose. Im Übrigen habe ich nirgendwo Pilze rumstehen sehen. Ich war nicht in der Küche.«

»Wenn es tatsächlich Pilze waren, wird sie die am Abend vorher gegessen haben. Wer macht sich Pilze schon zum Frühstück?«

»Hätte ich gerochen.«

»Die kann sie sonst wo gegessen haben. Ist dir was Besonderes in Erinnerung?«

»Nein, nicht dass ich wüsste. So, Josch; ich muss … hast du noch die alte Telefonnummer?«

»Ja, alles beim Alten. Telefon, Handy, Mail-Adresse, Auto, Stammkneipe.«

»Mico?«

»Genau!«

»Noch solo?«

»Nein, so kann man es nicht nennen. Stellst du mir Josua vor?«

»Klar, wirst ihn irgendwann kennenlernen. Ich melde mich. Tschüss!«

Andrea haucht mir einen Abschiedskuss auf die Wange, bevor ich etwas entgegnen kann, und verschwindet im Labyrinth der Kabinengänge.

Im Rausgehen höre ich, wie man Andreas Namen ruft. Anscheinend wartet der nächste Einsatz.

Ich habe zwei Möglichkeiten. Entweder ich fahre zur Rechtsmedizin an der Uni-Klinik in Homburg, oder ich begebe mich zurück ins Büro und versuche, von dort aus Kontakt aufzunehmen. Nach kurzer Überlegung entscheide ich mich fürs Präsidium, denn ich kann nicht absehen, ob Susanne Spaniol bereits obduziert ist oder wann das stattfinden soll. Es macht keinen Sinn, aufs Geratewohl nach Homburg zu fahren.

Wenn ich ehrlich bin, ist das ein vorgeschobenes Argument. In Wirklichkeit hasse ich es wie die Pest, einer Leichenschau beiwohnen zu müssen.

8.

»Der Professor ist heute nicht im Hause, Herr Hauptkommissar«, höre ich gut eine Stunde später am Telefon. Frau Böhms freundlich entspannte Stimme passt irgendwie nicht zum Sekretariat eines forensischen Instituts. Nach Dutzenden von Telefonaten mit ihr müsste ich mich an diesen Widerspruch gewöhnt haben, aber es überrascht mich aufs Neue.

»Das ist wirklich blöd, Frau Böhm. Ich hätte Dr. Novak dringend … naja, kann man nichts machen. Wer kann mir Auskunft geben über eine Person, die zu euch überstellt wurde?«

»Ach, Herr Hauptkommissar, wie sie sich ausdrücken! Bleiben sie tiefenentspannt! Um welches Leichlein geht's denn diesmal?«

»Susanne Spaniol. Kam vom Städtischen Neunkirchen.«

»Wann?«

»Heute Morgen.«

»Ach geh! Herr Kommissar! Die Neuzugänge sind noch

nicht alle im System. Zuerst kommen die Abgänge an die Reihe. Dauert eben, weil ich hier alleine bin. Wenn die von oben die Stellen streichen, kann ich's nicht ändern.«

»Was glauben sie, wann …?«

»Ich merke schon, es ist dringend!«

»Bei uns ist es immer dringend!«

»Rufen sie bitte in einer Stunde noch mal an … nein, wir machen das anders: Ich rufe nachher bei Dr. Mitripilos an und frage, wie weit er ist. Er kann sie zurück …«

»Wie? Sokrates? Ist der wieder im Land?«

»Der war nie weg, Herr Kommissar! Sie meinen seinen Bruder Stephanos.«

»Ich gebe zu, dass ich die beiden nie auseinanderhalten konnte.«

»Ist ziemlich einfach. Sokrates hat ein Muttermal an der Hüfte, Stephanos nicht.«

»Aha! Wenn sie es sagen!«

Das ist überaus informativ. Schau an, die Frau Böhm! Kennt die Zwillinge bis ins Detail! Nun ja, eineiige Zwillinge haben einiges gemeinsam, in diesem Fall anscheinend Frau Böhm!

»Nicht was sie denken, Herr Hauptkommissar! Mein Gott! Das weiß ich von der Einstellungsuntersuchung, da wurde dies vermerkt, damit man die beiden überhaupt auseinanderhalten kann. Mann!«

»Ach so, na dann!«

»Männer! Nur ein Thema!«

»Der Professor ist aber noch bei euch?«, frage ich, um abzulenken. »Oder habt ihr den in Rente geschickt?«

»Wie sind sie denn heute drauf? Sind sie unter die Zyniker gegangen? Ich bitte sie! Der Professor und sie sind ungefähr gleich alt, wenn ich es halbwegs richtig einschätze.«

»Eben, deshalb frage ich ja.«

»Nix da! Ich bin 65 und arbeite immer noch. Macht ihr

ruhig ein paar Jährchen weiter! So weit kommt's noch! Der Professor ist auf Weiterbildung.«

»Auf Weiterbildung? Wie will sich der Leiter der Forensik weiterbilden? Oder ist das ein Seminar mit den Toten Hosen?«

»So kenne ich sie! Was weiß ich, was das für ein Seminar ist? Mir sagt ja keiner was!«

Ich bedanke mich bei Frau Böhm und gebe ihr sicherheitshalber meine Handynummer. Falls Frau Spaniol tatsächlich an einer Vergiftung gestorben sein sollte, ist sie bei Dr. Sokrates Mitripilos in der toxikologischen Forensik in guten Händen. Fragt sich nur wann? Ich habe keine Wahl, obwohl Warten nicht gerade zu meinen Stärken gehört.

Im Augenblick herrscht bei uns gehobenes Arbeitsniveau ohne Überlastungsrisiko – oder anders gesagt, ich habe keinen konkreten Fall auf dem Schreibtisch. Das macht die Warterei nur schlimmer.

Pilzvergiftung! Mit diesem Thema habe ich mich nie beschäftigen müssen. Ein Giftmord ist mir in meiner Laufbahn nicht untergekommen, bisher hatten die Täterinnen und Täter eher die rustikalen Methoden gewählt. Messer, Schusswaffen, Baseballschläger, einmal eine Kristallvase, Äxte, Beile, Knüppel, Explosivstoffe … – halt, stimmt nicht ganz! Der Hotelier vom Mansion, den hatte wahrscheinlich der Geheimdienst mit einer Giftspritze ins Jenseits befördert, richtig dahinter gekommen waren wir nie, weil wir nicht weiter ermitteln durften.

Bei Susanne Spaniol lag die Sache möglicherweise anders. Das Blödeste, was ich mir im Augenblick denken kann, ist ein Zusammenhang mit der Pilzsucherei ihres Neffen Markus. Wenn der im besoffenen Zustand den falschen Pilz erwischt haben sollte … In diesem Fall wird der gute Markus ein Problem bekommen. Fahrlässigkeit! Davon will ich zunächst nicht ausgehen, aber das Thema Pilze interessiert mich zunehmend.

Im Internet googele ich nach Pilzvergiftungen, Giftpilzen und Symptomen. Meine Güte, was es alles gibt! Wenn sich jemand richtig gut auskennt, kann er ganze Stadtteile ausrotten.

Ich kenne nur Champignons und Pfifferlinge vom Markt, aus der Dose, auf Wildgerichten und beim Rahmschnitzel. Daneben noch Fliegen- und Knollenblätterpilze von Bildern, oder die Parasiten, die sich auf modrigem Holz rumtreiben. Als Pilzsammler würde ich meinen ersten Beutezug nicht überleben. Die Vielfalt der Natur ist genauso bemerkenswert wie die Fantasie des Menschen bei der Namensgebung für diese Gewächse. Wer kann sich schon den Breitblättrigen Holzrübling, den Spitzkegligen Kahlkopf oder den Wechselfarbigen Täubling merken?

Pilzsammler brauchen nicht nur wetterfeste Kleidung, sondern auch ein außergewöhnliches Gedächtnis. Wer einen Pilz als Tötungswerkzeug benutzen will, muss zudem ziemlich gut über die Wirkung, die Dosis und die Nachweisbarkeit des Giftes Bescheid wissen. Und nicht nur das: Wenn er den perfekten Mord plant, muss er etwas über die Konstitution des Opfers, seine Essgewohnheiten und vieles mehr wissen. Kurzum: Er muss sein Opfer gut kennen!

Ehe ich mich versehe, hat mir das Stöbern im Internet den Rest des Nachmittags geklaut. Völlig verschwendete Zeit, denn merken kann ich mir all diese Informationen nicht. Da Marion und ich vereinbart haben, Markus und Dagmar einen Beileidsbesuch abzustatten, wird es Zeit, dass ich mich auf den Heimweg mache. Außerdem muss ich dringend eine Kleinigkeit essen. Kondolieren mit leerem Magen geht nicht. Kurz vor sechs bin ich bei Marion. Zwei Wiener, das ist alles, was der Kühlschrank hergibt. Zum Einkaufen habe ich keinen Bock. Marion steht unter der Dusche, deshalb nehme ich das Abendmahl alleine ein. Um sieben Uhr klingeln wir bei Dagmar und Markus. Dagmar öffnet die Tür; sie macht einen ziemlich gefassten Eindruck.

»Kommt rein! Mein Göttergatte sitzt im Wohnzimmer.«

Wir gehen ins Wohnzimmer und sprechen Markus unser

Beileid aus. Er scheint betroffener zu sein als seine Frau, ist aber deutlich besser drauf als vor zwei Tagen, was daran liegt, dass sein Alkoholpegel bei null zu liegen scheint. Dagmar bietet etwas zum Trinken an; ich lehne ab, die anderen nehmen Bier. Es herrscht die bei diesen Anlässen übliche Stille, fast peinlich für alle kollektiven Schweiger, weil keiner weiß, was er sagen soll. Dennoch schafft es keiner, diesem Schweigen seinen Stempel aufzudrücken oder ihm die Peinlichkeit zu nehmen, damit daraus eine Andacht wird.

Markus ist von Natur aus sowieso nicht sonderlich kommunikativ, aber dass die beiden Frauen die Zähne nicht auseinanderbringen, gehört zu den seltenen Momenten, die man gerne im Bild festhalten möchte. Frauen schweigen nur, wenn sie trauern oder traurig sind. Während des Schweigens frage ich mich, ob das ein Statement ist oder eine hirnrissige Vermutung. Mir kommen die merkwürdigsten Gedanken in den Sinn.

Jemanden zum Schweigen bringen. Volksmündlicher Ausdruck für Mord. Im vorliegenden Fall hat Susanne Spaniols Tod Dagmar, Marion und Markus zum Schweigen gebracht, das ist eine völlig andere Sichtweise der …

»Was glaubst du, wann sie Susanne zur Beerdigung freigeben werden?«, fragt Dagmar und schaut mich erwartungsvoll an.

»Keine Ahnung!«, antworte ich und beschließe, kein Wort darüber zu verlieren, wo die Leiche gerade untersucht wird. »Hat man euch nicht informiert, wie es weitergeht?«

»Nein, mit uns hat niemand geredet«, erklärt Markus. »Wir wissen nicht einmal, wohin man sie gebracht hat.«

»Normalerweise dauert es ein oder zwei Tage«, versuche ich zu beruhigen.

»Wie soll sie denn bestattet werden?«, fragt Marion.

Die Frauen erwachen aus ihrer Schockstarre. Es folgt eine längere Diskussion über das Für und Wider der Bestattungsarten, den zugehörigen Zeremonien, der Auswahl der Gaststätte für den Leichenschmaus und die Auswahl der Trauerkleidung. Dagmar und Marion steigern sich in einen Rausch von Variationen. Schließlich wird es Markus zu bunt.

»Wir beerdigen Tante Susanne ganz traditionell. Neben ihrer Schwester. Das hat sie mir als ihren Wunsch erzählt. Und so wird es gemacht! Der Leichenschmaus ist beim Leo, wo sonst? Und damit ist die Diskussion beendet! Ich fahre runter ins Pfarramt und erkundige mich.«

»Um diese Zeit ist da keiner mehr«, weiß Marion.

»Egal! Gleich ist Spätmesse; ich greife mir den Pfarrer. Ich kann mir nicht deshalb extra einen Tag Urlaub nehmen.«

»Ich rufe morgen im Pfarramt an«, schlägt Dagmar vor.

»Nein, sie war schließlich meine Tante«, beharrt Markus, geht in den Flur, zieht die Schuhe an und verschwindet.

»Lass ihn!«, sagt Dagmar, als ich mich anbieten will, ihn zu begleiten. »Der geht nicht nur zum Pfarramt. Markus muss alleine mit seiner Trauer fertig werden. So cool, wie er macht, ist er nicht.«

»Hoffentlich trinkt er nicht und fährt mit dem Auto«, bemerke ich.

»Keine Sorge, Josch. Nach dem Auftritt am Samstag habe ich ihm unmissverständlich erklärt, was passiert, wenn das noch mal vorkommt.«

»Was noch mal vorkommt?«, fragt Marion neugierig. »Welcher Auftritt?«

Mir fällt ein, dass Marion von den Aktionen mit den Pilzen, den Flachmännern und dem Förster nichts mitbekommen hat, deshalb erkläre ich es ihr in abgeschwächter Form. Schnell stelle ich fest, dass diese Informationsweitergabe ein grundlegender Fehler war. Die beiden Frauen fühlen sich nun bemüßigt, mir zu erklären, zu welchem Blödsinn Männer – und nur die – in der Lage sind. Als einzige Spezies dieser Gattung im Raum bekomme ich die volle Ladung für das ganze Universum ab. Nach einer Weile habe ich die Nase voll von dem Geschnatter.

»Ich muss los!«, verkünde ich. »Ich habe ein paar wichtige Telefonate zu führen.«

Marion schaut mich fragend an. Wahrscheinlich hegt sie den Verdacht, dass Andrea der Grund meines schnellen Aufbruchs sein könnte.

»Dienstlich!« ergänze ich. »Keine Sorge, mit Andrea telefoniere ich, wenn es unauffälliger ist.«

Marion schießt die Zornesröte ins Gesicht. Dagmars Neugier ist geweckt.

»Andrea? Habe ich etwas verpasst?«

»Ich muss los, Marion soll es dir erklären, ist nix Neues! Ihr wisst, wozu Männer fähig sind!«

Ich mache mich aus dem Staub und hoffe tatsächlich auf ein dienstliches Gespräch, aber meine Erwartungen erfüllen sich nicht. Dr. Sokrates Mitripilos meldet sich nicht. Warum ruft der Kerl nicht an? Diese Ungewissheit macht mich wütend. Eine alternative Telefonnummer zu Sokrates Handy habe ich nicht.

Warum bin ich so scharf auf das Ergebnis der Obduktion? Ich kann es mir nicht erklären, aber irgendetwas macht mich misstrauisch.

Bauchgefühl? Bauchgefühl!

9.

»Am Dienstagmorgen bin ich um 7 Uhr im Büro und gehe mein elektronisches Postfach durch. Auch auf diesem Weg hat sich die Forensik nicht gemeldet. Da mein Frühstück nur aus einer Tasse Kaffee bestanden hat, gehe ich runter zur Kantine und kaufe etwas zum Essen.

Außer am Wochenende frühstücken wir zu Hause nie ausgiebig, aber heute Morgen war die Stimmung am Tisch besonders frostig, weil meine Bemerkung vom Vorabend anscheinend noch nachhallte. Möglicherweise hatten sich Dagmar und Marion in meiner Abwesenheit in Rage geredet. Als Marion nach Hause gekommen war, hatte ich längst im Bett gelegen.

Bei einem Kaffee denke ich darüber nach, ob ich irgendetwas falsch gemacht habe, aber ich sehe den Fehler nicht bei mir. Auslöser der miesen Stimmung ist eindeutig Marions übertriebene Eifersucht gegenüber Andrea. Ich sehe keine Veranlassung, mich dafür zu entschuldigen, dass Andrea zurückgekommen ist! Natürlich ist sie mir nicht egal, und klar ist, dass ich mich über das Wiedersehen gefreut habe, aber ich habe sie nicht gerufen. Außerdem hat sie einen Neuen, und wenn sie seinetwegen ihren Job aufgekündigt hat, muss es was Ernstes sein. Das alles könnte ich Marion natürlich ausführlich erklären, aber was soll das? Wenn ich anfange, alles zu erklären … nein, aus dem Alter bin ich raus! Ich trinke den Kaffee und kehre in mein Büro zurück.

Mittlerweile ist Inge Manderscheid, die 'Perle des Büros' eingetroffen. Diese antiquierte Bezeichnung stammt von Kriminalrat Rudi Closter, dem Leiter des Dezernats K3 höchstpersönlich. Rudi ist mein Jahrgang aber irgendwie geistig schneller gealtert. Ich bin mit Anfang 60 weit davon entfernt, mich als alten Sack und reif fürs Rentenalter zu bezeichnen. Bei Rudi ist das anders, für ihn sind diese Bezeichnungen durchaus zutreffend. Sein graues Haar trägt er akkurat gescheitelt, stets glatt rasiert, Anzug mit Krawatte Marke uralt und Manschettenknöpfe. Dennoch: Rudi ist einer meiner liebsten Kollegen und nur auf dem Papier mein Chef. Vor vielen Jahren hatte ich beschlossen, meine Karriere nicht in Richtung Dezernatsleitung zu orientieren oder höhere Ämter anzustreben. Ich bin ein Kriminalbeamter fürs Grobe, für die Front des Verbrechens, dort, wo man den Wahnsinn, das Übel und das Unglück persönlich kennenlernt. Zum Aufstellen von Dienstplänen, dem Verfassen von Bittschriften für Personalaufstockungen und zum Aufstellen von Statistiken tauge ich nicht. Rudi mag das, Rudi kann das und Rudi macht das ausgezeichnet. Dass er dabei zwangsläufig das Auge und den Bezug zur Auflösung von Kapitalverbrechen weitestgehend verloren hat, stört uns nicht. Ich mache mit meinen Leuten meinen Job und Rudi hält uns den anderen Kram weitestgehend vom Hals.

Inge Manderscheid nimmt es mir krumm, dass ich bereits gefrühstückt habe. Aus der Nummer komme ich nur raus, indem ich eines ihrer Mandelhörnchen vernasche. Um acht Uhr verliere ich schließlich die Geduld.

»Verdammt noch mal, warum meldet sich dieser Totendoktor nicht?«, maule ich lauter als beabsichtigt.

»Welcher Totendoktor?«, fragt Inge verblüfft.

»Ach nix weiter, ich warte auf einen Anruf aus der Rechtsmedizin.«

»Haben wir einen neuen Fall?«

Inge ist als Bürohilfskraft angestellt, fühlt sich aber wie ein Ermittler und entwickelt bisweilen tatsächlich einen erstaunlich kriminalistischen Spürsinn.

»Mal den Teufel nicht an die Wand, Inge! Es geht um … ist nicht wichtig.«

Von meinem Büro aus rufe ich in der Uniklinik an. Frau Böhm nimmt meinen Anruf entgegen.

»Sie sind aber fleißig, Herr Hauptkommissar!«, lacht sie, als ich mich melde. »So früh schon auf den Beinen?«

»Ich hoffe, dass ich nicht der Einzige bin. Vielleicht ist euer Doc schon aus den Federn.«

»Dr. Mitripilos?«

»Wer sonst! Der Chefarzt ist bekanntlich auf Sylt.«

»Wieso auf Sylt?«

»Weiterbildungen für Mediziner sind auf Sylt! Im Winter in Gstaad, St. Moritz oder in Kitzbühel.«

»Höre ich einen Unterton von Neid, Herr Hauptkommissar?«

»Keineswegs! Bottrop ist auch nicht übel, da war ich auf einem Kongress. Ist nebenbei viel preiswerter als Sylt.«

»Ich schau nach, wo Dr. Mitripilos steckt.«

»Sagen sie bloß, der hat tatsächlich den Kittel schon an!«

»Und ob! Er ist mir in aller Herrgottsfrühe über den Weg gelaufen. Moment, bleiben sie dran!«

Eine ganze Weile herrscht Stille, dann kracht es plötzlich fürchterlich aus dem Hörer; ein gedämpfter Fluch.

»Bist du das, Josch?«

»Leibhaftig und wohlauf, im Unterschied zu deiner Kundschaft. Guten Morgen, Sokrates! Was war das denn eben für ein Krach?«

»Mir ist der Hörer aus der Hand gerutscht. Es ist eindeutig zu früh, um zu arbeiten.«

»Das kommt davon, wenn sich der Chef in Sylt rumtreibt.«

»Muss ich diesen Witz verstehen?«

»Nein!«

»Du rufst wegen der Pilzvergiftung an?«

»Genau! Susanne Spaniol! Wie sieht's aus?«

»Wie gut kennst du dich in der Mykologie aus?«

»Mir kommt hier im Präsidium manches recht mythisch vor. Manche behaupten bisweilen, ich selbst sei ein Mythos.«

»Es geht um Mykologie. Mit »k« – Pilzkunde!«

»Ich weiß, war ein Scherz!«

»Also! Kennst du dich aus?«

»Ich habe gestern im Internet gestöbert, aber ich kann mir diese verdammten Namen nicht merken.«

»Okay, ich versuche es in der einfachen Version.«

»Altersgerecht bitte! Schieß los!«

»Die Frau hatte mit Sicherheit eine Muscarinvergiftung, hervorgerufen durch den Risspilz, genauer gesagt: den ziegelroten Risspilz! Sehr giftiges Teil! Vergiftungssymptome sind Erregung, Schweißausbrüche, Erbrechen, bis hin zum Kollaps …«

»Das passt alles, aber …«

»Moment, ich bin noch nicht fertig! Man hat ihr rechtzeitig ein atropinhaltiges Gegenmittel verabreicht, so weit so gut! Jetzt kommst du möglicherweise ins Spiel.«

»Ich habe ihr weder die Pilze noch das Gegenmittel gegeben. Wieso ich?«

»Weil du der Kommissar bist. Wir haben im Magen der Toten unter anderem Verdauungsreste des besagten Risspilzes gefunden. Auch andere Pilzarten waren dabei. Nach meiner Einschätzung war die Menge der eingenommenen Mahlzeit zu gering, um einen lebensbedrohlichen Vergiftungszustand auszulösen; selbst wenn man das Alter der Verstorbenen berücksichtigt. Ihr körperlicher Allgemeinzustand war gut, die Organfunktionen …«

»Machs nicht so spannend, Sokrates! Was willst du mir damit sagen?«

»Etwas, was du nicht gerne hören willst. Ich habe meine Bedenken, ob die Pilze todesursächlich waren.«

»Sondern?«

»Soweit bin ich noch nicht. Das muss ich genauer untersuchen.«

»Hast du einen Verdacht?«

»Ja, aber den werde ich nicht äußern. Gib mir ein paar Stunden, die Untersuchungen sind relativ aufwendig.«

»Fremdverschulden, oder wie darf ich das verstehen?«

»Weiß ich nicht. Ist nicht mein Problem, sondern dein Job!«

»Du bist mir ein Spaßvogel! Was soll ich machen, solange ich nicht weiß, ob oder in welche Richtung ich ermitteln soll?«

»Josch, wenn sich mein Verdacht bestätigt, ist das eine brisante Angelegenheit. Könnte ein sehr gefährliches Gift sein.«

»Ich lasse die Wohnung auf den Kopf stellen und versiegeln, aber sag mir, wonach ich suchen soll!«

»Das Versiegeln wäre aus meiner Sicht der richtige Schritt, aber mehr kann ich dir nicht sagen. Bis Mittag werde ich dir das Ergebnis liefern können.«

»Ich bin also im Geschäft!«

»Ich fürchte: ja! Aber das ist eine vorläufige Einschätzung. Falls ich daneben liege, hast du ein paar Stunden Hektik, mehr nicht. Danach kannst du wieder in deinen Dämmerzustand verfallen.«

»Danke für die Einfühlsamkeit! Ich gebe dir meine Handy-Nummer. Sobald du Genaueres weißt, ruf mich an! Bis später!«

Als ich auflege, ist mein Bauchgefühl in eine Magenverstimmung umgeschlagen. Mir schwant nichts Gutes. Ich bitte die Oberkommissare Ken Arndt und Marius Sorg in mein Büro. Wir sind ein eingespieltes Team, ich weiß, dass ich mich auf sie verlassen kann.

»Was ich euch erzähle, behandelt ihr vorerst bitte vertraulich, weil wir offiziell nicht mit den Ermittlungen betraut sind. Deshalb müssen wir sehr … dezent vorgehen. Ich kläre das nachher gleich mit Rudi Closter und der Staatsanwaltschaft ab. Die Sachlage ist folgende: …«

Ich erkläre den Kollegen, was in den vergangenen drei Tagen vorgefallen ist. Dabei verschweige ich nicht, dass ich zu Markus, Dagmar und deren verstorbener Tante ein persönliches Verhältnis habe. Des Weiteren bitte ich darum, keine unnötige Unruhe in die Angelegenheit einzutragen, solange das endgültige Untersuchungsergebnis der Rechtsmedizin nicht vorliegt.

»Willst du dich als befangen erklären?«, fragt Marius Sorg.

»Nein, das tue ich nicht. Wenn die Staatsanwaltschaft das anders sieht, soll sie mich abziehen, wenn es soweit ist. Ich will nicht den Eindruck aufkommen lassen, dass wir diesen Anfangsverdacht ignorieren, obwohl er vage ist. Deshalb werde ich die Staatsanwältin sofort informieren. Wenn sie meine Ansicht für übertrieben hält, soll sie es sagen.«

»Du kennst Dr. Mitripilos länger als ich, Josch«, bemerkt Ken Arndt. »Was hältst du von seiner Vermutung?«

»Sokrates gilt als Kapazität auf seinem Gebiet, daran gibt es nichts zu deuteln. Er kann an deinem Händedruck erkennen, ob du vergiftet worden bist. Spaß beiseite – wenn er einen Verdacht äußert, ist was dran.«

»Was nicht zwangsläufig heißen muss, dass es sich um eine Straftat handelt«, äußert Marius Sorg.

»Korrekt! Aber wenn doch, können wir uns stilles Abwarten einfach nicht leisten.«

»Das stimmt, Josch. Was machen wir jetzt? Du bist der Boss!«

»Daran werde ich dich erinnern, wenn du mir beim nächsten Mal den letzten Kaffee vor der Nase wegschnappst. Ich gehe gleich zu Rudi und zur Staatsanwältin. In einer halben Stunde bin ich zurück und erkläre euch, wie es weitergeht. In der Zwischenzeit informiert ihr bitte inoffiziell und prophylaktisch K4, dass eventuell recht bald … ihr wisst schon!«

Das Dezernat für Kriminaltechnik, kurz K4, ist direkt nach der Tatortgruppe für die Ermittlung und Sicherung von Spuren sowie deren Erstanalyse zuständig. Die Kollegen um Kriminalrat Krusch, der die Abteilung leitet, genießen im Präsidium und darüber hinaus einen ausgezeichneten Ruf und ein hohes Ansehen. Allen voran Oberkommissar Hubertus Sonne, der mit seiner eigenen Art zwar alle Kollegen binnen Kürze auf die Palme bringt, aber mit verblüffenden Analysen überrascht.

Zunächst muss ich umgehend Kriminalrat Rudi Closter informieren. Rudi ist mein Chef, aber letztendlich nur im Organigramm, das weiß jeder. Wir kennen uns seit ewigen Zeiten, haben miteinander manche Höhen und Tiefen durchlebt und kennen den Laden besser als jeder andere. Wir haben einige Polizeipräsidenten, Minister, Polizeireformen und Möchtegernkommissare überlebt, das schweißt zusammen. Ich klopfe der Form halber an Rudis Tür und trete ein, ohne eine Aufforderung abzuwarten. Keiner da! Der Schreibtisch ist penibel aufgeräumt. Rudi könnte von jetzt auf gleich in Rente gehen, ohne dass sich in seinem Büro etwas verändern würde. Bei mir müsste erst das Aufräumkommando für eine Woche ran.

»Wo ist Rudi?«, frage ich bei Inge Manderscheid nach.

»Hat sich gerade eben krankgemeldet.«

»Was Ernstes?«

»Glaub ich nicht. Er sagt, er hat es mit dem Magen.«

»Hat er Pilze gegessen?«

»Woher soll ich das wissen? Warum fragst du?«

»Ach vergiss es, Inge! Ich bin bei der Staatsanwaltschaft. Zehn Minuten! Hoffentlich ist wenigstens die Staatsanwältin da!«

Daniela Sommer ist da!

Das höre ich, bevor ich die Tür öffne. Irgendjemanden scheint sie gerade verbal in der Mangel zu haben. Für den ist der Tag gelaufen!

Die Staatsanwältin ist gewiss kein Ausbund weiblicher Grazie, aber sie hat weitaus wichtigere Qualitäten, die mangelnde Schönheit und Übergewicht wettmachen. Sie hat Charisma, trägt das Herz auf der Zunge, ist absolut teamfähig und steht hinter den Ermittlern. Als sie im vorigen Jahr zu uns nach Saarbrücken versetzt wurde, hat sie sich im Fall der Sprengstoffanschläge* gleich beweisen müssen. Sie hat sich damals

---

* Klaus Brabänder: »Für Eich«, ISBN 978-3-941095-36-6, Edition Schaumberg

sehr intelligent dafür entschieden, sich nicht vor den Karren der Oberstaatsanwaltschaft und des Polizeipräsidenten spannen zu lassen, sondern auf die Erfahrung der Ermittler zu setzen und ihnen zu vertrauen, was schließlich zum Erfolg geführt hat. Seitdem kann sich Daniela Sommer darauf verlassen, dass ihr Wort Gewicht hat; insofern hat sie mit ihrer Gestalt gleichgezogen.

Ich spare mir die Mühe, höflich anzuklopfen, das würde die Staatsanwältin bei ihrem stimmgewaltigen Disput sowieso nicht hören. Stattdessen stecke ich den Kopf durch den Türspalt. Als sie mich erkennt, winkt sie mich herein und bedeutet mir, Platz zu nehmen.

»Wo ihr das Geld hernehmt, ist mir völlig wurscht! Wir brauchen hier ein schnelles und stabiles Netz, die technischen Details interessieren mich nicht die Bohne. Und das Sparprogramm des Ministers schon gar nicht! Sie werden mir nicht ernsthaft erklären wollen, dass das Saarland den Schuldenschnitt nicht schafft, nur weil eine kleine aber übergewichtige Staatsanwältin ein schnelleres Internet braucht! Oder? Soll ich bei der nächsten Pressekonferenz sagen: Entschuldigen sie, meine Damen und Herren, der Verdächtige ist uns durch die Lappen gegangen, weil er schneller war als unsere Datenleitung. Machen sie zu, Mann, und stellen sie nicht andauernd diese dämlichen Fragen, wo … tun sie, was sie nicht lassen können, aber …!«

Die gnädige Frau ist unverkennbar auf 180! Aber nachdem sie den Hörer aufgelegt hat, ist sie die Ruhe in Person und lächelt mich an.

»Das musste sein! Der arme Kerl vom Rechnungsamt kann zwar nix dafür, aber da muss er durch! Ist doch wahr! Wo drückt denn der Schuh, Josch?«

Daniela Sommer und ich hatten während der schwierigen Ermittlungen im letzten Jahr vereinbart, dass wir uns mit Vornamen ansprechen, ohne zum »Du« überzugehen. Das gab einerseits eine gewisse Vertrautheit, ließ aber andererseits den notwenigen Respekt nicht vermissen. Diese Regelung hatte sich als Kompromiss einfach angeboten und anfangs zu einigen Irritationen bei den Kollegen geführt. Manchmal vergessen wir in der Hitze des Gefechts allerdings diese Vereinbarung, was zu noch größerer Verwirrung im Kollegenkreis führt.

»Daniela, die Angelegenheit ist nicht ganz einfach zu erklären …«

»Oha! Wenn sie so anfangen, ist es was Ernstes! Worum geht's denn?«

Ich bringe Daniela Sommer auf den aktuellen Informationsstand. Nachdem ich geendet habe, macht sie ein nachdenkliches Gesicht und schaut aus dem Fenster. Ihr ist anzusehen, dass die grauen Zellen arbeiten, nach Lösungsvarianten suchen, abwägen und eine Entscheidung vorbereiten. Ich sitze derweil still und warte.

»Hm!«, brummt sie schließlich. »Ich kenne sie und von den Fähigkeiten des Herrn Dr. Mitripilos habe ich gehört. Bei jedem anderen wäre ich zunächst skeptisch, aber so!«

Sie dreht sich um und schaut mir in die Augen.

»Hand aufs Herz, Josch! Trauen sie ihrem Bekannten zu, dass er etwas mit dem Tod der alten Dame zu tun hat? Egal mit welchem Motiv!«

»Nein, tu ich nicht! Das kann ich mir beim besten Willen nicht vorstellen! Aber im Moment tut das nichts zur Sache. Ich suche noch nicht nach einem Täter oder Motiv. Ich will bis zur endgültigen Feststellung der Todesursache lediglich verhindern, dass unter Umständen wichtige Spuren oder Beweise verloren gehen; deshalb die Bitte um den Durchsuchungsbeschluss oder zumindest die Versiegelung der Wohnung von Susanne Spaniol.«

»Verstehe!«

»Das soll nicht heißen, dass ich unbedingt von einer wissentlichen oder absichtlichen Spurenvernichtung ausgehe.

Die alte Dame ist verstorben, die Verwandtschaft sortiert den Nachlass, womöglich saust eine Putzfrau neugierig durch die Wohnung. Mein Antrag ist rein präventiv.«

»Verstehe! Dann würde ich mich an ihrer Stelle beeilen! Sie sagten, dass ihre Bekannten im Haus gegenüber wohnen?«

»Korrekt!«

»Die werden die Aktion unweigerlich mitbekommen. Deshalb werden sie nicht selbst hinfahren. Schicken sie Arndt oder Sorg hin. Sie warten hier das Ergebnis der Gerichtsmedizin ab!«

»Meine beiden Oberkommissare stehen in den Startlöchern.«

»Sie haben darauf spekuliert, dass ich zustimme!«

»Falsch! Ich war mir sicher, dass sie ihre Weitsicht zu keinem anderen Ergebnis kommen lässt!«

»Josch, sie sind ein Schurke! Aber ein netter! Kein Durchsuchungsbeschluss! Ihre Leute sollen sich umschauen, Fotos machen, aber nichts beschlagnahmen. Das kann ein paar Stunden warten. Versiegeln sie die Wohnung und halten sie mich auf dem Laufenden!«

Fünf Minuten später sind Ken Arndt und Marius Sorg unterwegs. Den Auftrag der Staatsanwältin habe ich unwesentlich abgeändert. Hubertus Sonne vom K4 ist mit ihnen unterwegs. Er ist für die Fotos zuständig. Falls er bei der Begehung rein zufällig etwas Verdächtiges entdecken sollte … naja jedenfalls hat er sicherheitshalber die Asservatenbeutel dabei. Um Kosten für einen erneuten Transport zu sparen, liegt seine gesamte Ausrüstung im Kofferraum des Dienstfahrzeuges. Ich kann mir vorstellen, dass Sonne sein teures Gerät nicht unbeaufsichtigt im Wagen zurücklässt. Deshalb würde es mich nicht wundern, wenn er alles mit in die Wohnung schleppt. Soll einer sagen, wir denken nicht kostenbewusst!

10.

Seit eineinhalb Stunden sitze ich in meinem Büro und warte auf den Anruf aus der Gerichtsmedizin. Jeder weiß, dass Geduld nicht zu meinen Stärken gehört, aber niemand nimmt darauf Rücksicht. Auch Sokrates Mitripilos nicht; mein Gott sind diese Analysen denn wirklich so zeitaufwendig? Oder findet er wieder einmal sein Telefon nicht?

Marius Sorg hat mich vor einer halben Stunde angerufen und mitgeteilt, dass sich die Truppe in Susanne Spaniols Wohnung umschaut, aber bisher nichts Ungewöhnliches entdeckt hat; jedenfalls nicht auf den ersten Blick. Die Nachbarin von gegenüber sei vorbeigekommen und habe gefragt, was der ganze Zirkus zu bedeuten habe. Weisungsgemäß hatte Marius keine Auskünfte erteilt und erklärt, es handele sich um Routineuntersuchungen.

Kurz nach zehn klingelt mein Telefon. Ich erkenne am Display, dass es nicht die Gerichtsmedizin, sondern Marions Anschluss in der Musikschule der Stadt St. Ingbert ist.

»Ja? Was gibt's, Marion?«

»Du, Josch! Dagmar hat mich gerade angerufen. Warum macht ihr bei ihrer Tante eine Hausdurchsuchung?«

»Tut mir leid, meine Liebe, aber darüber kann ich im Moment keine Auskunft erteilen! Selbst Dir nicht!«

»Meine Güte! Du tust ja, als sei dort ein Terroristennest! Was ist an der Sache geheim?«

»Kein Kommentar!«

»Sag mal, spinnt ihr jetzt? Dagmar kommt fast um vor Sorge! Sie hat Markus von der Arbeit abberufen. Also ehrlich, was geht ab?«

»Da geht gar nichts ab! Es gibt keinen Grund, einen Aufstand zu veranstalten. Die Polizei macht ihre Arbeit wie immer, wenn es darum geht, einen Todesfall aufzuklären. Deshalb muss man nicht hysterisch werden!«

»Hysterisch? Sagtest du hysterisch? Kannst du dir vorstellen, wie es Dagmar und Markus geht? Die Tante plötzlich verstorben, die Leiche wird nicht freigegeben und nun wird das Haus auf den Kopf gestellt. Und du sprichst von hysterisch! Was ist los? Sag schon!«

Wenn Marion von der Neugier überfraut wird, ähnelt sie einem Rudel Löwen, das in der Serengeti die Witterung einer Zebraherde aufgenommen hat. Mag sein, dass ich zu Hause in meinem Schlafdress eine gewisse Ähnlichkeit mit einem dieser Huftiere erwecke, aber von Afrika bin ich weit entfernt und in die Flucht schlagen lasse ich mich schon gar nicht!

»Jetzt reicht's! Es gibt Gründe, weshalb wir so vorgehen müssen! Gründe, die wir zurzeit nicht nennen. Wenn alles geklärt ist, werden wir die unmittelbar Betroffenen zuerst informieren, das versteht sich. Und damit Ende der Debatte! Wenn ihr euch in die polizeilichen Ermittlungen einmischt, habt ihr sehr schnell ein sehr großes Problem! Wir hoffen, dass wir in ein paar Stunden klarer sehen werden. Bis dahin haltet ihr die Füße still! Das ist eine Ansage und ich hoffe, dass ich mich klar genug ausgedrückt habe. Punkt.«

»Sehr klar, Herr Hauptkommissar Joachim Schaum. Sehr klar! Danke für das Gespräch!«

»Wenn Dagmar Fragen oder ein Problem hat, soll sie bei mir direkt anrufen, und nicht dich als Buschtrommel benutzen! Sie bringt dich und mich damit in Teufels Küche!«

»Wieso das denn?«

»Weil du mit der Sache nichts zu tun hast und ich dir keine Auskünfte über laufende Ermittlungen geben darf.«

»Wäre das anders, wenn wir verheiratet wären?«

Oh Gott! Bitte nicht dieses Thema!

»Mach dir keine Hoffnungen, meine Schweigepflicht ist ehestandsunabhängig!«

»Aber Andrea weiß bestimmt Genaueres!«

Aha, daher weht der Wind! Marion ist eifersüchtig, dass

Andrea einen Wissensvorsprung haben könnte. Wie kann man nur so einseitig gepolt sein?

»Die weiß wahrscheinlich nicht einmal, dass Frau Spaniol gestorben ist.«

»Habt ihr nicht darüber gesprochen?«

Fangfrage!

»Nein, wann denn?«

»Weiß ich nicht! Hätte ja sein können.«

»Falls sie es weiß, vielleicht vom Stationsarzt oder aus den ärztlichen Berichten; von mir jedenfalls nicht!«

»Kannst du wenigstens sagen, warum die Leiche nicht freigegeben wird?«

»Nein!«

»Was wurde denn Außergewöhnliches bei der Obduktion entdeckt?«

»Marion, vergiss es einfach! Du kannst mir Fragen stellen bis morgen früh, von mir erfährst du nichts! Das Einzige, was du damit erreichst, ist, dass du mich von der Arbeit abhältst und alles noch länger dauert! Außerdem werde ich langsam sauer!«

»Geschieht dir Recht! Dickkopf!«

»Ich mache Schluss!«

»Aha! Also doch Andrea! Oder ist es eine andere? Sag schon!«

»Ich meinte das Telefonat!«

»Dein Glück! Ich bringe dich um, wenn du …«

»Das bringt dich nicht weiter! Du hättest eine Staatsanwältin am Hals, mit der nicht gut Kirschenessen ist, wenn man ihr Ermittlerteam dezimiert. Also dann, ich melde mich!«

Mein Gott, ist die Frau heute anstrengend! Wenn sie sich etwas in den Kopf gesetzt hat, …

»Du sollst in der Gerichtsmedizin anrufen!« Inge Manderscheid streckt den Kopf in mein Büro. »Die haben es schon ein paar Mal versucht, aber ans Handy gehst du nicht und dein Anschluss ist dauerbesetzt. Scheint dringend zu sein!«

Zum Donnerwetter, wieso ... Ich schaue nach und stelle fest, dass das Handy auf lautlos gestellt ist. Wahrscheinlich aus Versehen oder in der Jackentasche ... das passiert mir andauernd ... zu blöd aber auch. Ich habe keine Zeit, mich zu ärgern und rufe sofort in der Uniklinik an.

»Gerichtsmedizinisches Institut, Böhm!«

»Joachim Schaum! Frau Böhm, ich soll zurückrufen!«

»Dr. Mitripilos versucht die ganze Zeit, sie zu erreichen. Moment, ich stelle durch.«

»Mitripilos!«

Ich entnehme dem Tonfall, dass der Mann genervt ist.

»Hallo Sokrates, du erwartest meinen Rückruf!«

»Wird auch Zeit, ich ...«

»Ich weiß! Es ging nicht früher. Was gibt's Neues?«

»Mein Verdacht hat sich bestätigt. Es wird dich vom Hocker hauen.«

»Ich höre!«

»Thallium!«

»Thallium? Sagtest du Thallium?«

»Du hast richtig gehört. Ist mir seit 20 Jahren nicht mehr untergekommen. Als ich die Haare und die Fingernägel der Toten unter die Lupe genommen habe, hatte ich bereits einen Anfangsverdacht.«

»Wer schaut sich bitteschön bei einer Pilzvergiftung die Fingernägel an?«

»Ein gewissenhafter Toxikologe und das nicht ohne Grund! Schon mal von Mees-Nagelbändern gehört?«

»Jedenfalls nicht so, dass es mir in Erinnerung geblieben wäre.«

»Auf den Fingernägeln sind quer laufend bandartige Verfärbungen zu sehen. Das und massiver Haarausfall sind Anzeichen für eine Vergiftung durch das Metall Thallium.«

»Mein Gott! Bisher kenne ich das nur als radioaktive Substanz, die von Geheimdienstlern eingesetzt wird, um unliebsame Regimekritiker zu beseitigen.«

»Bis auf die Radioaktivität stimmt das in etwa. Was in deinem Kopf rumgeistert, ist der Fall dieses russischen Oppositionellen, der in London ... ist egal. Das Zeug ist jedenfalls hochgiftig. Ein halbes Gramm hätte bei Frau Spaniol genügt, aber ...«

»Wer sollte ein Interesse daran haben, eine alte Frau mit Thallium zu vergiften? Susanne Spaniol hat keiner Fliege etwas zuleide getan. Außerdem: An das Zeug kommt man sicherlich nicht einfach ran, oder?«

»Lass mich ausreden und hör einfach zu, anstatt mir dauernd dazwischen zu quatschen! Thallium war früher in Rattengift enthalten, heutzutage in speziellen Lacken und Kunststoffen. Im freien Handel schwer zugänglich, aber übers Internet bekommt man bekanntlich fast alles. Woher? Das rauszukriegen ist dein Problem!«

»Ich weiß! Du stellst nur Schaden und Ursache fest! Ist mir bekannt!«

»Na also! Pass auf! Es muss nicht unbedingt eine vorsätzliche Vergiftung gewesen sein. Vielleicht hat die alte Dame sich aus Versehen selbst vergiftet. Oft neigen alte Menschen dazu, Dinge zu horten und über längere Zeiten aufzubewahren. Eine alte Tüte Rattengift, nicht mehr gewusst, was drin ist, eine Verwechslung ... Eine Thallium-Vergiftung kommt schleichend, das ist keine Aktion von heute auf morgen.«

»Es waren demnach nicht die Pilze!«

»Das kann man so nicht sagen! Die Pilze haben ihres dazu beigetragen, weil das System durch Thallium vorgeschädigt war. Wahrscheinlich hat eine kleine Menge des Pilzgerichtes ausgereicht.«

»Wäre sie auch ohne die Pilze gestorben?«

»Das wäre Spekulation. Aber ja, ohne Behandlung ... sehr wahrscheinlich, aber erst ein bis drei Wochen später. Oder nicht, aber mit Folgeschäden.«

»Was sind die Symptome einer Thallium-Vergiftung?«

»Zunächst Durchfall und Erbrechen. Danach folgt eine ruhigere Phase, bevor es zu Haarausfall, geistiger Verwirrtheit und Aussetzen motorischer Funktionen kommt. Am Ende Komplettversagen der Organe und verschiedener Hirnfunktionen. Kein schöner Tod. Im Übrigen: Die Mees-Nagelbänder entstehen innerhalb der ersten zehn Tage nach Beginn der Vergiftung. Aber das ist nur ein sehr allgemeiner Wert.«

»Frau Spaniol war, soweit ich weiß, recht fit für ihr Alter. Ob sie diese Symptome zeigte, muss ich erst rausfinden. Wenn ich das richtig verstehe, muss sie das Thallium innerhalb der letzten ein bis zwei Wochen zu sich genommen haben.«

»Davon kann man als Grobanalyse ausgehen.«

»Wie sieht das Zeug aus? Wonach müssen wir in der Wohnung suchen?«

»Rattengift, Pestizide, Lacke. Reines Thallium halte ich für äußerst unwahrscheinlich. Und nehmt von allem, was essbar ist, eine Probe.«

»Falls sie das Gift außerhalb zu sich genommen oder gelagert hat, haben wir schlechte Karten.«

»Ermittlerschicksal!«

»Wie weit bist du mit den Analysen? Fertig?«

»Nein, ich habe nur die Erstbestätigung. Die Feinanalysen dauern.«

»Die Leiche kann nicht freigegeben werden?«

»Nein. Es sei denn, ihr verzichtet auf weitere Untersuchungen und lasst die Sache auf sich beruhen.«

»Solange ein Selbstverschulden nicht nachgewiesen ist, kommt das nicht infrage.«

»Einer eurer Spurenermittler ist dieser komische Kauz, der immer in der dritten Person von sich spricht. Ist der noch bei euch?«

»Klar! Hubertus! Hubertus Sonne.«

»Setz den dran! Fähiger Mann! Wenn es in der Wohnung etwas gibt, findet es dieser Mensch!«

»Du kennst ihn?«

»Nicht persönlich, aber ich habe schon einiges über ihn gehört. Nur Positives! Wenn ihr ihn loswerden wollt, schickt ihn zu mir, ich nehme ihn sofort!«

»Hubertus bleibt bei uns! Besorg dir dein Personal gefälligst woanders! Spaß beiseite: Wenn ich noch Fragen habe, melde ich mich.«

»Es wäre mir lieb, wenn du nicht alle zehn Minuten anrufen würdest.«

»Ich werde bemüht sein, meine Fragen zu bündeln. Danke fürs Erste!«

Mein lieber Schwan! Das ist ein Hammer! Jetzt ist mir klar, warum sich Sokrates am Morgen bedeckt gehalten hat. Ich nehme mir eine Minute Zeit, um mich zu sammeln und klare Gedanken zu fassen.

Marius informieren! Danach die Staatsanwältin. Die letzten Tage von Susanne Spaniol rekonstruieren. Hubertus Sonne anfordern. Dagmar und Markus befragen; nein – befragen lassen! Gibt es ein Testament? Kontaktpersonen. Beschwerden gesundheitlicher Art in letzter Zeit. Krankheitsbilder, Auffälligkeiten. Vermögensverhältnisse. Erbschaft als Motiv? Verwandte. Lebensversicherung. Essgewohnheiten … es gibt viel zu tun!

Zunächst rufe ich Marius Sorg an. Er soll zusammen mit Hubertus alles auf den Kopf stellen. Beschluss liefere ich nach. Ken Arndt weise ich an, das Ehepaar John ins Präsidium zu bestellen und dort zu befragen; ich werde mich vorerst raushalten. Vorerst!

Staatsanwältin Sommer informiere ich über die Ergebnisse. Sie hat wenig Zeit, weil sie am frühen Nachmittag wichtige Termine hat und sich vorbereiten muss.

»Dr. Mitripilos hat den richtigen Riecher gehabt. Ich segne die Ermittlungen ab, aber sie bleiben im Hintergrund. Wir ermitteln zwar offiziell, aber das hängen wir nicht an die große Glocke. Wir wissen zu wenig! Wo ist ihr Chef?«

»Rudi ist krank.«

»Dann leiten sie die Ermittlungen aus der Distanz! Wir treffen uns um 16 Uhr 30 zur Besprechung! Sagen sie ihren Leuten und K4 Bescheid, ich möchte alle dabei haben!«

Dass Daniela Sommer nicht lange fackelt, imponiert mir. Toughe Frau! Sie könnte anders verfahren, und sich erst Rückendeckung von oben holen. Wir wissen beide, was dann passieren würde. Die nächste, spätestens die übernächste Ebene würde das Gesundheitsamt, das THW, den Gefahrenzug der Feuerwehr oder den Katastrophenschutz in Marsch setzen oder Umweltalarm auslösen. Ähnliche Überreaktionen habe ich in meiner langjährigen Dienstzeit nicht selten erlebt.

Mit Thallium ist nicht zu spaßen, das steht außer Frage; mit eitler Profilierungssucht und Effekthascherei allerdings auch nicht. Zumindest vorerst herrscht Ruhe an der Front, solange die Öffentlichkeit nicht Wind von der Sache bekommt. Diesbezüglich gibt es zwei Risikofaktoren, die ich unter der Decke halten muss: Marion und Dagmar!

Das wird nicht einfach!

11.

Ich frage bei Marius nach, ob er in Susanne Spaniols Wohnung die Adresse eines Arztes oder einer Apotheke entdeckt hat. Des Weiteren erkundige ich mich nach etwaigen Medikamenten. Marius ist fündig geworden und gibt mir die Informationen durch. Eine Stunde später bin ich in Spiesen, um den Hausarzt und die Apothekerin zu befragen. Dass ich wegen der Schweigepflicht keine Details erfahren werde, muss ich hinnehmen, aber einen allgemeinen Überblick will ich mir verschaffen.

Die Patientin sei weder kränklich noch klagend gewesen, erklärt Dr. Kohlmann. Die üblichen altersbedingten Beschwerden, zumeist im Bereich der Extremitäten und Gelenke, manchmal war es der Blutdruck, aber nichts, was Anlass zur Besorgnis gegeben hätte. Dass seine Patientin verstorben ist, hat sich in der Praxis über die örtliche Buschtrommel herumgesprochen. Dr. Kohlmann ist überrascht, aber nicht sonderlich betroffen. Eine persönliche Beziehung habe er zu Frau Spaniol nicht entwickeln können, dafür sei sie zu selten vorstellig geworden. Zu Hausbesuchen sei er nie gerufen worden. Grippeimpfungen, Lungentest, Darmspiegelung und andere Vorsorgeuntersuchungen habe Frau Spaniol stets vehement abgelehnt.

»Klar, dass sich zwischen Arzt und Patientin keine persönliche Beziehung aufbauen kann, wenn stets nur die Grundleistungen der Kasse abgerechnet werden können«, erkläre ich. Diese Bemerkung bringt mich nahe an den Rand des Rauswurfs aus der Praxis, aber das ist mir reichlich egal, weil ich ohnehin im Aufbruch begriffen bin.

Die Betroffenheit der Apothekerin ist nicht gespielt. Ihre Mutter und Frau Spaniol waren lange Zeit befreundet. Leider sei die Mutter vor zwei Jahren verstorben. Ich verkneife mir die Frage, ob sie Pilze gegessen habe, und frage über Umwege nach der Todesursache.

»Ein Autounfall! Ein betrunkener Vollidiot ist bei Rot über die Ampel und ...«

Ich erfahre den Unfallhergang bis ins Detail aber nichts über Susanne Spaniol. Anscheinend war die alte Dame aus pharmazeutischer Sicht ein unbeschriebenes Blatt. Selten einmal ein Schmerzmittel oder eine Salbe.

»Verkaufen sie Rattengift?«, frage ich unvorsichtigerweise.

»Hallo!«, entrüstet sich die Apothekerin. »Das ist eine

Apotheke!«

»Ich weiß das! Aber immerhin gab es einen Krimi … okay, also nicht!«

»Nein, das gab es früher einmal. Da hatte der eine oder andere Kollege nebenbei … bei uns gab's das nie!«

»Und Thallium?«

»Zeigen sie mir bitte noch mal ihren Dienstausweis! Sind sie sicher, dass sie von der Kripo sind? Wer kommt denn auf die Idee, dass wir hier Thallium verkaufen?«

»Entschuldigung!«, stelle ich mich unwissend. »Ich wusste nicht, dass das krass abwegig ist.«

»Na hören sie mal! Stellen sie sich vor, was das bedeuten würde. Wir …«

»Schon gut, ich habe verstanden! Aber es gibt sicher thalliumhaltige Medikamente.«

»Die führen wir nicht, nur auf Anfrage. Kam in meiner Zeit hier noch nie vor. Die Präparate werden in der Regel zu diagnostischen Zwecken als Kontrastmittel in der Kardiologie benutzt. Was hat das alles mit Frau Spaniol zu tun? Sie machen mir Angst!«

»Nichts!«, lüge ich. »Überhaupt nichts! Genauso wenig die Frage nach dem Rattengift. Ich habe vor kurzem einen Krimi gelesen, in dem jemand mit Thallium vergiftet worden ist. Daher meine private Neugier, ob …«

»Agatha Christie! Das fahle Pferd! Stimmt's?«

»Äh, ja! Genau!«

Ausgerechnet jetzt muss ich auf eine Apothekerin treffen, die sich auf Giftmorde in Kriminalromanen spezialisiert hat! Hoffentlich komme ich aus der Nummer wieder raus!

»Und? Wie fanden sie's?«

»Toller Krimi!«

»Das will ich meinen! Der vierte apokalyptische Reiter! Genial!«

»Ich habe eine Schwäche für Miss Marple.«

»Die kommt im Original nicht vor, nur in der Neuverfilmung!«

»Oh, dann habe ich das verwechselt!«

»Auf wen haben sie getippt? Auf Venable oder Osbourne?«

»Wie?«

»Als Mörder!«

Verdammt! Jetzt hat sie mich! Meine Chancen stehen 50:50! Ich kenne nur Ozzy Osbourne, den Rockmusiker, aber der hat mit der Sache bestimmt nichts zu tun.

»Ja! Anfangs Venable, aber dann den Osbourne.«

»Da sieht man den Fachmann! Ich habe bis zum Schluss auf Venable getippt. Woran haben sie erkannt, dass …«

»Tut mir leid, ich muss los! Meine Kollegen warten auf mich. Vielen Dank für die Auskünfte.«

Eilends verlasse ich die Apotheke und mache mich auf den Weg ins Präsidium. Bis auf Agathas apokalyptischen Reiter namens Osbourne bin ich keinen Schritt weiter gekommen. Weder vom Arzt noch in dieser Apotheke hat Susanne Spaniol ein verdächtiges Medikament bekommen.

Woher stammt dieses verdammte Thallium?

12.

Im Präsidium habe ich gerade noch Zeit, um mich bei einer Tasse Kaffee über die neuesten Erkenntnisse aus Susanne Spaniols Wohnung zu erkundigen.

Marius Sorg hat Neuigkeiten zu berichten, will sie mir aber nachher persönlich mitteilen. Er sagt, dass Hubertus Sonne mit dem Auswerten der Spuren beschäftigt sei und ebenfalls zur Besprechung hinzustoßen würde.

Ken Arndt sitzt mit Markus John im Vernehmungszimmer; Dagmar John wartet im Nebenzimmer auf ihren Mann. Auf Kens Ergebnisse bin ich besonders gespannt.

»Wieso bist du noch hier?«, frage ich Inge Manderscheid. »Hast du nicht längst Feierabend?«

»Ja, aber ich muss wissen, ob wir einen neuen Fall haben.«

»Inge, das wird sich heute möglicherweise nicht klären lassen. Es kann spät werden. Ich brauche dich morgen in aller Frische, damit ist uns allen mehr geholfen. Mach Schluss für heute!«

»Wie du meinst! Ich will mich nicht aufdrängen!«

»Nun sei nicht beleidigt! Alles in Ordnung, aber du kannst hier im Augenblick wirklich nichts anderes tun, als die Zeit totzuschlagen.«

»Okay, der Kaffee steht im Besprechungszimmer.«

»Bist ein Schatz, Danke.«

Ich warte im kleinen Sitzungszimmer und kümmere mich um die Technik. Staatsanwältin Sommer kommt als Erste und nimmt sich einen Kaffee. Sie sieht ziemlich geschafft aus.

»Im Stress?«, frage ich.

»Der übliche Wahnsinn! Wann sehen die endlich ein, dass wir kurz vor dem Kollaps stehen? Der Fisch stinkt vom Kopf. Soll aber nicht ihr Problem sein. Was gibt's Neues?«

»Von meiner Seite leider nichts, was uns weiterbringen könnte. Hoffentlich haben die Kollegen mehr zu bieten.«

Ich erzähle von meinen Nachforschungen beim Hausarzt und in der Apotheke.

»Naja, viel ist das wirklich nicht«, seufzt Daniela Sommer. »Können wir einen Suizid vollkommen ausschließen?«

»Ausschließen können wir überhaupt nichts, aber nach allem, was ich weiß, ist Thallium die umständlichste, schmerzhafteste und ungewöhnlichste Methode. Ich glaube das einfach nicht. Gut möglich, dass irgendein krankes Hirn auf diese Idee kommen kann, aber Susanne Spaniol? Nein!«

»Okay! Wie würden sie es machen, wenn sie in die Situation kämen, Josch?«

»Was stellen sie denn für Fragen, Daniela? Bekommt ihnen der Kaffee nicht? Wie soll ich das denn verstehen?«

»Nur so! Gesetzt der Fall: Wie würden sie es machen?«

»Mein Gott, glauben sie, ich renne den ganzen Tag in der Gegend rum und überlege, wie ich mir das Leben nehmen würde? Am besten, ich werfe mich vor ein Einsatzfahrzeug, dann hat der Polizeiapparat wenigstens posthum seinen Spaß mit mir. Oder besser: Ich erhänge mich im Büro der Staatsanwaltschaft! In ihrem Zimmer! Noch so eine Frage und ich tue es wirklich!«

Wir müssen das Thema glücklicherweise nicht vertiefen. Hubertus Sonne betritt den Raum. Wer ihn nicht kennt, vermutet nicht, dass sich hinter seinem Erscheinungsbild ein hochintelligentes Gehirn mit außergewöhnlichen analytischen Fähigkeiten verbirgt. Die Jeans und das Baumwollhemd hingen allem Anschein nach vor Jahren in einem Secondhand-Shop oder in einer Kleiderbörse. Mit den Sandalen scheint ein Wunderheiler vor mehr als 2.000 Jahren die Landschaft von Judäa durchwandert zu haben. Im krassen Gegensatz zu der Kleidung steht der kahl rasierte Schädel. Auf der Nase sitzt eine Nickelbrille. John Lennon als Hooligan! Sonne ist ein genialer Spurenanalytiker, aber er hat eine ziemlich nervende Macke: Von sich und anderen spricht er stets in der dritten Person und sein Satzbau ist bisweilen derart kompliziert, dass es anstrengend ist, ihm zuzuhören.

An seiner Seite erscheint Nora Klein, Sonnes Assistentin vom K4. Die gepflegte Mittvierzigerin ist genau das Gegenteil zu Hubertus; modisch gekleidet mit langem schwarzen Haar, das zu einem Pferdeschwanz gebunden ist. Nora zeigt sich selten in Besprechungen und Zusammenkünften, deshalb bin ich überrascht, als sie neben Sonne auftaucht.

»Seid gegrüßt«, beginnt Sonne. »Er hat sie mitgebracht,

wie ihr es befohlen, Frau Staatsanwältin.« Dabei zeigt er auf Nora Klein.

»Das ist prima, Herr Sonne! Ich hoffe, das wird unsere Konversation erheblich vereinfachen. Sie liefern die Ergebnisse und ihre Kollegin trägt vor. Damit erreichen wir ein Optimum an Effizienz.«

»Pareto-Optimierung!«, erklärt Sonne, ohne eine Miene zu verziehen. »Basiert auf der Überlegung, dass die Optimierung zweier guter Eigenschaften nicht gleichzeitig erfolgen kann, ohne dass eine der Eigenschaften das Optimierungsziel per se nicht erreicht. Demzufolge ist das ein Kompromiss, der ...«

»Genau, Oberkommissar Sonne!«, unterbricht die Staatsanwältin. »So sehe ich das auch!«

Nora Klein schüttelt den Kopf und schaut an die Decke.

»Hoffentlich geht das gut!«, seufze ich. »Kollege Sonne hat noch nie mit einem Dolmetscher gearbeitet.«

»Da irrt er aber gewaltig. Hubertus hat sich ihrer Hilfe bereits des Öfteren bedient.« Sonne zeigt auf Nora Klein, die die Augen verdreht und nickt. »Ja, wir hatten zwei legendäre Auftritte beim ehemaligen Polizeipräsidenten und beim damaligen Oberstaatsanwalt. Vor zwei Jahren«, erklärt sie.

»Oh, war das der Grund, warum die beiden frühzeitig in den Ruhestand getreten sind?«, feixe ich. »Jetzt ist mir alles klar!«

Marius Sorg betritt den Raum, kurz danach Ken Arndt.

»Okay, wir sind vollzählig«, stellt Frau Sommer fest. »Lasst uns anfangen! Josch, sie haben die Gesprächsleitung! Oberkommissar Sorg, starten sie bitte das Aufnahmegerät.«

Ich beginne mit dem leidigen protokollarischen Teil. Ort, Datum, Uhrzeit, Name und Dienstgrad der Teilnehmer. Danach komme ich zum Thema.

»Fangen wir mit der Wohnung an! Marius, Hubertus, Frau Klein – wer trägt vor?«

»Wir haben die Wohnung viereinhalb Stunden lang gründlich untersucht«, beginnt Marius. »Es ist davon auszugehen, dass vor uns jemand in der Wohnung war und sauber gemacht oder aufgeräumt …«

»Dagmar John gibt zu, am späten Sonntagnachmittag in der Wohnung gewesen zu sein. Sie hat in der Tat das Erbrochene und so weiter beseitigt, die Wäsche in die Waschmaschine gesteckt und die Küche aufgeräumt«, erklärt Ken Arndt.

»Sonntagnachmittag war Susanne Spaniol im Krankenhaus«, erinnere ich. »Zu diesem Zeitpunkt hat sie noch gelebt. Weiter, Marius!«

»Im Müll haben wir Reste des Pilzgerichtes gefunden. Dazu kann K4 gleich mehr sagen. Ansonsten fanden wir die Wohnung in einem tadellos aufgeräumten und geordneten Zustand vor.«

Marius zeigt einige Fotos, auch welche von der Mülltonne und den Speiseresten.

»Gibt es dazu schon erste Analysen?«, frage ich bewusst in Richtung von Hubertus Sonne. Ich kann mit seiner Art zu sprechen ganz gut leben, obwohl er mir manchmal auf den Keks geht. Seine Aussagen haben Inhalt, da ist die Form nebensächlich. Bei anderen ist es umgekehrt, aber es regt sich keiner drüber auf. Wenn Frau Staatsanwältin sich lieber mit Nora Klein unterhalten möchte, soll sie es gefälligst sagen!

»Ein Schnelltest! Die Auflistung der Pilzsorten kann die Person zur Linken vortragen, wenn's beliebt«, erklärt Hubertus, sichtlich um Klarheit bemüht und zeigt auf Nora Klein. »Flamme zeigt leuchtendes Grün! Hubertus hält Thallium für möglich. Die weitergehende Analyse wird Aufschluss …«

»Wie kam das Zeug ins Pilzgericht?«, hinterfrage ich.

Nora Klein ahnt, was kommen wird und springt ein, als Hubertus tief Luft holt.

»Thallium-eins-Sulfat!«, erklärt sie. »War früher als Rattengift erhältlich, ist aber schon lange verboten. Was nicht heißt, dass man es sich über Umwege besorgen kann. Internet, im Ausland. Geruchlos, weiß, geschmacklos, bereits in kleinsten Mengen tödliches …«

»Geschmacklos?«, frage ich. »Hat das jemand freiwillig ausprobiert?«

»Das war ebenso geschmacklos wie dieses Zeugs!«, maßregelt mich die Staatsanwältin. »Weiter, Frau Klein! Lassen sie sich von diesem Witzbold nicht aus dem Konzept bringen!«

»Eine andere Form ist Thalliumchlorid. Das kann man aus dem vorgenannten Sulfat gewinnen und es wird in verschiedenen Formen vornehmlich als Kontrastmittel in der Kardiologie benutzt. Vor allem in der Industrie zur Herstellung von hochspezifischen Kunststoffen und Lacken.«

»Wurde etwas in dieser Richtung im Umfeld des Opfers entdeckt?«

»Nein!«, lautet die lakonische Antwort von Hubertus Sonne.

»Sicher?«, hakt die Staatsanwältin nach.

»Wenn er Nein sagt«, brummt Sonne, »dann meint er Nein. Andernfalls und nach positiver Einschätzung würde er mit Ja antworten.«

Staatsanwältin Sommer holt tief Luft, lächelt aber tapfer. Ich habe kein Mitleid, was fragt sie so blöd?

»Gut, also nicht!«, seufzt sie. »Dass die Pilze dieses Gift von sich aus entwickeln, ist ausgeschlossen?«

»Ja!«

»Wir müssen demnach davon ausgehen, dass das Gift nicht aus der Wohnung des Opfers stammt«, bemerke ich. »Folglich müsste es vor der Zubereitung den Pilzen beigemischt gewesen sein. Oder es wurde von jemandem hineingetan, der sich während des Essens in der Wohnung befand. Suizid schließe ich aus!«

»Pilze werden vor der Zubereitung gewaschen und geputzt«, erklärt Frau Sommer.

»Sie können kochen?«, witzele ich.

»Spekulieren sie nicht auf eine Einladung, Josch! Ich koche nicht für Dritte!«

»Und für ihren Partner?«, fragt Ken Arndt kess, obwohl ihm bekannt sein dürfte, dass Frau Sommer Single ist.

»Junger Kollege, wenn ich einen Mann nach Hause schleppe, dann sicherlich nicht, weil ich nix Besseres zu tun habe, als ihn zu bekochen!«

»Was hat sie denn mit ihm vor?«, fragt Hubertus unbedarft und erhält von mir dafür einen hochgestreckten Daumen.

»Männer!«, antwortet die Staatsanwältin lächelnd. »Immer dasselbe Thema. Hätte ich Ihnen nicht zugetraut, Sonne.«

»Wer hat denn damit angefangen?«, beschwert sich Marius.

»Schluss jetzt, weiter im Text! Wir gehen weiterhin von einer Thallium-Vergiftung im Zusammenspiel mit diesem Pilzgericht aus, wissen aber nicht, wie das Gift in das Essen gekommen ist. Ob uns das abschließende Ergebnis der Forensik weiterhilft, werden wir sehen. Herr John hat die Pilze gesammelt, darunter dieser giftige rote sowieso. Der alleine war jedoch nicht todesursächlich!«

»Punkt!«, ergänze ich. »Gute Zusammenfassung für die Tatsache: Wir haben nichts!«

Allgemeines Schweigen!

»Nun zu Dir, Ken! Was hat sich aus den Gesprächen mit dem Ehepaar John ergeben?«

»Beide sind äußerst kooperativ und aufgeschlossen. Er leidet mehr als seine Frau, weil er sich Vorwürfe wegen der Pilze macht und an eine Mitschuld am Tod seiner Tante glaubt. Seine Frau sieht das völlig anders, weil sie der festen Überzeugung ist, dass ihr Mann diesen giftigen Pilz nicht gesammelt hat.«

»Was sagt er zum Thema Ziegelroter Risspilz?«

»Er behauptet felsenfest, dass er den Pilz unter normalen Umständen im Schlaf erkennt und niemals gesammelt hätte, aber …«

»Gibt es besondere Umstände?«, unterbricht die Staatsanwältin.

»Allerdings!«, antworte ich. »Unser Pilzfreund war bei seinem Beutezug sturzbesoffen.«

»Warum erzählt mir das keiner?«

Ich erkläre ihr, was sich am vergangenen Samstag zugetragen hatte.

»Und Herr John gibt das offen zu?«

»Ja, aber Frau John ist sich sicher, dass beim Sortieren und Waschen kein Ziegelroter Risspilz dabei war!«

»Kennt sie sich aus?«

»Behauptet sie jedenfalls. Ihr Mann bestätigt das.«

»Wir brauchen einen Pilzfachmann! Der soll die beiden testen und ein Gutachten verfassen!«

»Okay«, bestätigt Ken. »Ich bringe das morgen auf den Weg.«

»Falls doch ein Giftpilz dabei war, könnten wir ihn höchstens der fahrlässigen Körperverletzung mit Todesfolge anklagen. § 222 StGB.«

»Nicht mal das«, interveniere ich. »Solange wir ihm nicht nachweisen können, dass er für das Thallium, ob bewusst oder unbewusst, verantwortlich ist, können sie ihn wegen einer Trunkenheitsfahrt anklagen, aber selbst dafür fehlt mittlerweile der eindeutige Nachweis.«

»Warum sollte der Mann seine Tante umbringen wollen? Sehen sie bei ihm oder seiner Frau ein Motiv, Herr Arndt?«

»Frau Spaniol war während der Amtszeit von Ministerpräsident Zeyer Regierungsrätin. Das lässt auf eine ansehnliche Rente schließen. Die Tante galt als sparsam mit unauffälligem Lebensstil. Von einem größeren Vermögen wissen die Johns angeblich nichts.«

»Aber wir!«, meldet sich Marius Sorg. »Wir haben zwei Sparbücher gefunden. Auf jedem stehen rund 25.000 Euro. Auszüge des Girokontos weisen ein Guthaben von etwa 5.000

Euro aus. Außerdem gibt es einen Schlüssel für ein Wertfach, vermutlich bei der Sparkasse.«

»Upps«, entfährt es Nora Klein. »Altersarmut sieht anders aus.«

»Ein Neologismus«, bemerkt Hubertus Sonne.

»Ein was?«, fragt Ken Arndt.

»Kann er nicht nachvollziehen, dafür ist er zu jung. Eine Wortneuschöpfung! Laut Duden: Armut im Alter bedingt durch mangelnde Altersversorgung.«

»Gut, somit hätten wir das geklärt«, seufzt die Staatsanwältin. »Wer erbt?«

»Nach Aussage der Johns ist Markus John als Neffe der einzige lebende Verwandte.«

»Falls testamentarisch nichts Gegenteiliges verfügt ist, wäre er damit Alleinerbe. Damit hätte er ein Motiv!« Daniela Sommer schnalzt mit der Zunge.

»Wurde ein Testament gefunden?«, frage ich. »Manchmal neigen ältere Menschen dazu, die Kirche, ein Tierheim oder andere Vereinigungen zu bedenken.«

»Nichts dergleichen gefunden«, erklärt Marius.

»Ein Safe?«

»Nein.«

»Schmuckkassette?«

»Ja. Schmuck; ob echt oder nicht, kann ich nicht sagen. Perlenkette, Armreife, Ohrringe, Ketten, das Übliche.«

»Gehen sie davon aus, dass er echt ist«, bemerkt die Staatsanwältin. »Ältere Damen mit diesem sozialen Hintergrund tragen keine Imitationen.«

»Da haben sie möglicherweise recht«, bestätige ich. »Wir sollten uns morgen das Wertfach in der Bank ansehen. Dazu brauche ich einen Beschluss.«

»Sie wissen, dass das nicht so einfach ist wie bei der Wohnung! Dazu brauche ich handfeste Beweise und konkrete Hinweise, dass eine Straftat vorliegt oder verhindert werden könnte. Mit leeren Händen kann ich nichts machen!«

»Mir würde spontan einfallen, dass …«

»Keine Tricks! Ich weiß, dass sie sehr kreativ sein können, aber die Banken sind diesbezüglich sehr empfindlich. Außerdem haben sie die Presse schnell bei der Hand. Nein, so läuft das nicht!«

»Aber die Erben könnten!«

»So sie denn die Erben sind!«

»Jetzt beißt sich die Katze in den Schwanz! Klarheit bekommen wir womöglich erst, wenn wir das Bankfach öffnen.«

»Dazu bräuchte Markus John einen Erbschein, den er nach meiner Einschätzung vom Nachlassgericht mittelfristig nicht bekommen wird.«

Daniela Sommer hebt die Hand, als wolle sie uns um Bedenkzeit bitten. Die Hand bleibt oben, während sie nachdenkt. Schließlich scheint der Groschen gefallen zu sein.

»Es gibt aber noch eine Möglichkeit: Falls Frau Spaniol bei der Bank eine postmortale Vollmacht hinterlegt hat, kann der Bevollmächtigte die Öffnung erwirken.«

»Die Johns müssten davon wissen, wenn sie bevollmächtigt wären!«

»Üblicherweise ja, aber nicht zwingend!«

»Hast du sie danach gefragt, Ken?«

»Nein. Sorry, soweit habe ich nicht gedacht!«

»Nicht weiter tragisch. Wo sind die beiden jetzt?«

»Nach Hause gefahren. Wir haben keine Handhabe, sie weiterhin hier festzuhalten.«

»Ich möchte klarstellen, dass die Bevollmächtigung über den Tod hinaus Gültigkeit haben muss. Das muss explizit erwähnt sein, sonst ist sie unwirksam«, bemerkt die Staatsanwältin.

»Das kann man abklären«, melde ich mich erneut. »Wenn sie nichts dagegen haben, versuche ich, das heute noch zu klären.«

»Wie?«

»Indem ich die Johns danach frage.«

»Ich könnte Befangenheit unterstellen. Wie sehen sie das selbst, Josch?«

»Wenn sie das so sehen wollen, kann ich das nicht ändern, Daniela. Die Johns sind sehr gute Bekannte von mir. Ich kann und will ihnen nicht dauerhaft aus dem Weg gehen, egal was passiert ist. Sie könnten mir ein vorläufiges Kontaktverbot aussprechen, aber wie ich sie einschätze, werden sie das nicht tun. Gleichermaßen werden sie mir nicht unterstellen wollen, dass ich Ermittlungsergebnisse verfälsche, weiterleite, unterschlage oder ...«

»Schon gut, Josch! Reden sie mit ihnen. Aber bleiben sie bei den weiteren Ermittlungen möglichst im Hintergrund!«

»Auch damit habe ich kein Problem.«

Wir sitzen eine Weile zusammen und beratschlagen. Außer einigen kuriosen Zwischenbemerkungen von Hubertus Sonne kommt nichts dabei heraus. Wir haben keine logischen Verdachtsmomente!

Es ist fast 19 Uhr, als ich das Präsidium verlasse.

13.

Ohne mein Kommen in Spiesen angekündigt zu haben, parke ich eine Dreiviertelstunde später Am Köppche vor dem Haus der Familie John. Ich habe beschlossen, das Gespräch mit Markus alleine zu führen. Nach dem Telefonat mit Marion vom Vormittag hege ich die Befürchtung, dass alles andere zu einem Fiasko führen würde. Falls Dagmar zu Hause ist, werde ich Markus um ein Gespräch unter vier Augen bitten und hoffen, dass ich nicht deutlicher werden muss.

Als ich klingele, öffnet Dagmar! Ich hab's geahnt! Sie ist zwar nicht erfreut, mich zu sehen, das merke ich sofort, aber sie hält sich zurück.

»Komm rein!«, sagt sie knapp.

»Stör ich?«

»Im Augenblick stört jeder und alles!«

»Ist Markus da?«

»Sitzt im Wohnzimmer.«

»Ich würde ihn gerne unter vier Augen sprechen.«

»Mit mir redet er im Augenblick sowieso nicht. Geh rein!«

»Danke.«

»Willst du was trinken?«

»Nein, danke. Ich bleibe nicht lange.«

Markus John sitzt auf der Couch und starrt durchs Fenster.

»Hallo Markus!«

Keine Antwort. Erst jetzt bemerke ich die Kopfhörer über seinem Schädel. Ich gehe näher ran und bewege mich in sein Blickfeld. Wie elektrisiert reißt er sich die Apparatur vom Kopf.

»Mein Gott, hast du mich erschreckt! Warum schleichst du dich heimlich an?«

»Entschuldige, ich schleiche nicht! Mit den Dingern auf dem Kopf hörst du nicht mal Kanonendonner!«

»Kommst du, um mich zu verhaften?«

»Nein! Hätten wir denn einen Anlass dazu?«

»Vielleicht die Pilze?«

»Deine Tante Susanne ist nicht an deinen Pilzen gestorben.«

»Ach nein? Woran dann? Könnt ihr nicht endlich mit dieser verdammten Geheimniskrämerei aufhören? Ich werde noch verrückt!«

»Ich kann dich verstehen, aber da musst du durch, das ist nicht zu ändern. Ihr seid zwar nicht ganz aus dem Schneider, aber das wird sich alles hoffentlich demnächst aufklären.«

»Pah, nicht aus dem Schneider! Du glaubst nicht wirklich, dass ich meine Tante absichtlich umgebracht habe!«

»Was ich glaube, spielt zwar keine Rolle, aber davon gehe ich tatsächlich nicht aus, Markus. Deshalb bin ich hier.«

»Was genau hat zum Tod von Tante Susanne geführt?«

»Markus, das kann und darf ich dir im Augenblick nicht sagen. Nimm einfach nur zur Kenntnis, dass die Pilze alleine es nicht waren! Ihr müsst uns weiterhelfen, um Licht in das Dunkel zu bringen. Es ist in eurem eigenen Interesse!«

»Dann sagt mir endlich, was ich tun soll!«, Markus springt auf und rennt im Wohnzimmer auf und ab. »Das kann alles nicht wahr sein!«

Ich kann verstehen, dass er von der Rolle ist.

»Markus, beruhige dich, wir schaffen das schon!«

»Du redest wie seinerzeit die Kanzlerin! Wir schaffen das!«

»Der Vergleich beleidigt mich!«

»Sag endlich, was du von mir willst!«

»Hast du eine Vollmacht für das Bankkonto Deiner Tante? Wir sprechen von der Sparkasse, sehe ich das richtig?«

»Ja, aber das ist nur für den Notfall gedacht. Ich habe davon nie Gebrauch gemacht.«

»Was ist mit dem Schließfach? Weißt du davon?«

»Sie hat das erwähnt, aber ich habe dafür keinen Schlüssel oder Passwort oder was man dazu braucht.«

»Gilt die Vollmacht über ihren Tod hinaus?«

»Keine Ahnung! Gibt es da einen Unterschied? Darüber haben wir nie gesprochen. Ich habe vor Jahren die Unterschrift geleistet und das war's!«

»Seit ihrem Tod warst du nicht am Konto?«

»Nein! Glaubst du etwa …«

»Ich glaube gar nichts! Hast du eine Kredit- oder Bankkarte für dieses Konto?«

»Nein! Wie gesagt: Das war für den Notfall … zugegeben, jetzt ist es einer! Aber so weit haben wir nicht gedacht bei all dem Zirkus.«

»Kennst du den Kontostand?«

»Nein, was soll das?«

»Wie sieht es mit Sparbüchern aus?«

»Hatte sie welche?«

»Das will ich von dir wissen!«

»Keine Ahnung! Langsam dämmert es mir. Tante Susanne hatte Kohle und ihr glaubt, das ist das Mordmotiv.«

»Was nicht heißt, dass ich es für dein Motiv halte!«

»Damit gibst du zu, dass es Mord war?«

»Ich sagte bereits, dass wir ermitteln, was hinter ihrem Tod steckt.«

»Du sprichst wie ein Diplomat. Ich hoffe, du verstehst das nicht falsch: Geht es um viel Geld? Ich meine, wir wussten, dass sie nicht gerade am Hungertuch nagt, aber ...« Markus stockt.

»Viel ist ein relativer Begriff. Sagen wir so: Es wurden schon Menschen wegen weniger umgebracht. Die einzige Möglichkeit, schnell aus der Schusslinie zu kommen, ist die Zusammenarbeit mit uns. Offen und ohne Vorbehalte. Mit Geduld und Zuversicht. Wenn ich denken würde, dass du oder Dagmar einen Mord geplant hätten, wäre ich mit Sicherheit nicht hier.«

»Wie geht's weiter? Was machen wir jetzt?«

»Wir gehen morgen in Begleitung der Staatsanwältin zur Sparkasse. Ihr habt ausgesagt, dass ihr nichts von einem Testament wisst. In der Wohnung wurde keines gefunden. Aber! Es besteht immerhin die Möglichkeit, dass die Tante eine Nachlassregelung in ihrem Schließfach hinterlegt hat. Für uns ist das wichtig. Du alleine kommst im Augenblick nicht ran. Kein Totenschein, kein Erbschein. Falls Tante Susannes Vollmacht an dich posthum gilt, kann die Staatsanwaltschaft beantragen, mit dir zusammen Einsicht zu nehmen.«

»Und wenn kein Testament drin ist?«

»Bist du der Alleinerbe.«

»Und weiterhin verdächtig!«

»Ja! Das bist du aber sowieso, es sei denn, wir finden ein anderes Motiv.«

»Ich habe die Wahl zwischen Cholera und Pest! Kein Erbe, kein anderes Motiv, kein Testament ... ich bin der einzige Verlierer!«

»Falsch! Der Verlierer ist deine Tante. Du kannst im Augenblick nur gewinnen. Wir werden sehen! Ich hole dich morgen früh um acht Uhr 30 ab.«

»Kann Dagmar mit?«

»Mir ist das wurscht. Soll die Staatsanwältin entscheiden.«

»Was soll die Staatsanwältin entscheiden?«, tönt es aus dem Flur.

Ich habe es befürchtet. Neugier ist schlimmer als Bronchitis, die wird man mit geeigneten Medikamenten irgendwann wieder los.

»Ob du mitkommst zur Sparkasse«, antworte ich.

»Seit wann entscheidet der Staat darüber, wohin ich gehe und wohin nicht?«

»Seit heute Morgen!«

»Wie das? Wurde spontan das Grundgesetz geändert? Das wüsste ich aber!«

»Nein, aber seit heute Morgen haben wir die Ermittlungen mit Verdacht auf ein Tötungsdelikt aufgenommen.«

»Ja und?«

»Seitdem gelten für Tatverdächtige und das unmittelbare Umfeld des Opfers besondere Spielregeln. Und du kannst sicher sein, dass der Staat die Möglichkeit hat, diese Spielregeln durchzusetzen. Und er wird einen Teufel tun, um hinsichtlich deiner Person die Spielregeln zu ändern! Ich will das nicht vertiefen, nur so viel: Ich würde an deiner Stelle den Ball ziemlich flach halten!«

Dagmar hat anscheinend nicht mit dieser verbalen Maßregelung gerechnet und steht mit offenem Mund in der Tür. Es kommt nicht oft vor, dass man sie sprachlos sieht. Fassungslos starrt sie mir nach, als ich das Haus verlasse.

Natürlich tun mir die beiden leid, aber die Ansprache musste sein, auf die Gefahr hin, dass Dagmar mir das zeitlebens übel nimmt. Ich darf nicht den Eindruck aufkommen lassen, dass die Johns im Zuge der Ermittlungen eine Sonderbehandlung erfahren.

Als ich an Marions Haustür klingele, ist es kurz vor 21 Uhr. Ich habe zwar einen Haustürschlüssel, aber um diese Zeit kündige ich mich lieber an. Falls Marion wie üblich vor dem Fernseher eingeschlafen ist, mildert der sanfte Klingelton wenigstens das Aufwachtrauma. Erst nach dem zweiten Klingeln entdecke ich den Zettel, der neben dem Klingelschild hängt.

Bin bei Mico. Ricarda feiert ihren Geburtstag. Komm bitte nach!

Das passt mir überhaupt nicht in den Kram! Sie weiß, dass ich in der Siedlung bin, sonst hätte sie den Zettel nicht hingehängt. Wenn ich mich einfach davonstehle und nicht zur Geburtstagsfeier erscheine, hängt der ohnehin schon schräge Haussegen komplett schief.

Zu Fuß mache ich mich auf den Weg zu Micos Kneipe, die nur fünf Gehminuten entfernt ist.

***

Vor der Kneipe hängt ein Schild: Geschlossene Gesellschaft. Blöde Formulierung! Die Kneipe ist geschlossen! Nicht die Gesellschaft! Was soll's! Ich gehe rein und stelle fest, dass fast alle Stammgäste da sind.

Hinter der Theke schimpft der sizilianische Wirt wie ein Rohrspatz. Ein Gast scheint ihn provoziert zu haben. An der linken Seite der Theke stehen Marion, Lotti, Trudi und Ricarda, das Geburtstagskind. Noch haben sie mich nicht entdeckt und diskutieren gestenreich durcheinander. Es würde mich nicht wundern, wenn es dabei um ganz unterschiedliche, individuelle Themen geht; man ist schließlich zur Konversation hier und nicht zum Zuhören. Ich bleibe eine Weile in der Tür stehen und schaue dem munteren Treiben zu.

Weitere Gäste stehen rechts am Tresen: Günther und Kurti, dahinter Peter und Ehl, um die Ecke stehen Gerd und seine Frau, die sich mit Christel unterhält. Die gepolsterte Sitzbank ist wie üblich nicht besetzt; zu weit ab vom Schuss, da bekommt man das Wesentliche nicht mit. Dort sind die Plätze für verliebte Turteltäubchen. In Micos Kneipe ist diese Gattung längst ausgestorben. Hier geht's um den Disput und vor allen Dingen ums Recht haben! Jetzt erkenne ich Micos Streitpartner: Ehls Bruder August, der den Fehler macht, sich mit der Musikbox zu beschäftigen. Das kann nicht gut gehen! Lieder mit nicht-italienischem Sprachtext werden von Mico generell als abartige Kunst abgestempelt. August ist bekennender Hardrock-Fan! Hier treffen zwei Welten aufeinander, die nebeneinander nicht existieren können. Sylvester Stallone und Florian Silbereisen im selben Film.

»Wasse machse du für einer scheiß Musica? Hä? Da fliegen dem Ochsen die Hörner weg«, wettert der Sizilianer.

»Deswegen mache ich es ja, du Ochs!«, kontert August.

»Hassde du wasse an die Ohre? Mamma mia!«

»Warum hast du diese Musik in der Box, du Südschwede?«

»Damit solche Idioti wie du ihr Geld reinwerfen. Wovon soll ich leben?«, antwortet Mico und schüttelt sich vor Lachen über seinen eigenen Gag.

Während der drei Millisekunden, in denen Ricarda zwischen zwei Erzähltiraden Luft holt, bemerkt Marion meine Anwesenheit. Sie kommt zu mir und begrüßt mich mit Küsschen.

»Hallo Josch, bist du schon lange hier?«

»Eine gute Stunde«, flunkere ich, ohne eine Miene zu verziehen.

»Spinner! Ich bin selbst erst seit einer Viertelstunde hier.«

»Ricarda hat Geburtstag?«

»Ja!«

»Wie alt?«

»Keine Ahnung, spielt das eine Rolle? Komm rüber zu uns!«

Marion zieht mich hinter sich her, als sei ich ein Dackel und ich Idiot trotte brav hinterher. Was soll ich machen? Nicht schon wieder Zoff und schon gar nicht vor allen Leuten in einer Kneipe. Ich gratuliere Ricarda zum Geburtstag, drücke sie herzlich und hauche ihr einen Kuss auf die Backe. Trudi und Lotti bekommen auch einen. Claudia hinter dem Tresen stellt den gleichen Anspruch.

»Sonst gibt's kein Bier!«, meint sie.

Das ist ein Argument, dem ich mich nicht entziehen kann.

»Ich hasse Monopolisten!«, maule ich.

»Wir spielen hier kein Monopoly, höchstens Skat oder Billard!«

Plötzlich wird es ruhig in der Kneipe, die Musikbox ist verstummt.

»Der sizilianische Bandit hat den Stecker gezogen!«, beschwert sich August.

»Bei Deine Scheiße Musica ist die Sicherung rausgeflogen!«

Der Streit um die Musik geht in eine neue Runde. Marion nimmt mich zur Seite und fragt mich dezent, was es bei Dagmar und Markus Neues gibt.

»Ein Alkoholfreies wie immer?«, fragt Claudia dazwischen.

Ich bestätige und erkläre Marion, dass ich ihr zu dem Gespräch mit den Johns nicht viel erzählen kann. Überraschenderweise akzeptiert sie das. Anscheinend sind meine deutlichen Worte vom Vormittag auf fruchtbaren Boden gefallen. Als Ricarda uns zuprostet, stellen wir uns zurück in die Runde. Natürlich sind die anderen neugierig, aber ich halte mich bedeckt und gebe nur nichtssagende Antworten.

»Vor allem den Markus hat Susannes plötzlicher Tod ziemlich mitgenommen!«, behauptet Lotti.

»Kein Wunder«, bestätigt Trudi. »Schließlich war sie ihm fast wie eine Mutter.«

»Damit konnte nun wirklich keiner rechnen«, seufzt Ricarda. »Prost auf Susanne, Gott hab sie selig!«

»Ach, du kanntest sie auch«, frage ich überrascht. Ricarda wohnt ein ganzes Stück von der Siedlung entfernt, fast schon in Elversberg.

»Nein, aber trotzdem!«

Kurti hat sich vom Billardtisch losgeeist und bittet um Münzgeld für den Spieltisch.

»Hallo Kurti, wie geht es deiner Tante Helga?«, fragt Marion nebenbei. »Hat sie sich erholt?«

»Die ist gestorben«, antwortet Kurti lapidar, als ginge es um die Bekanntgabe der Wetterlage.

»Waaas?«, schreit Claudia hinter der Theke. »Das gibt's nicht! Warum erzählst du uns das nicht gleich?«

Kurti zuckt nur teilnahmslos mit den Schultern.

»Sag mal! Du bist vielleicht eine Nummer! Mein Beileid, Kurti. Wann ist sie denn gestorben?«

»Heute Nacht!«

»Der hat Nerven«, raunt Trudi. »Die Tante ist noch nicht kalt, und der spielt Billard!«

»Woran ist sie denn verstorben?«, fragt Marion.

»Weiß nicht. Sie ist eben gestorben.«

»Wie alt?«, frage ich.

»Weiß nicht. Alt eben. 80 oder so.«

»Also hör mal, das ist …«, entrüstet sich Trudi, aber Marion nimmt sie am Arm und unterbricht flüsternd.

»Lass ihn! Der Kurti weiß das nicht genau.« Dabei macht sie eine beschwichtigende Geste und wendet sich wieder Kurti zu.

»Ging das denn schnell? Ich weiß, dass du am Samstag zeitig nach Hause bist, weil ihr nicht gut war. Was war denn?«

»Ihr war schlecht. Sie hat die ganzen Pilze rausgekotzt. Und dann ist sie umgefallen.«

Die Pilze rausge… ich werde hellhörig!

»War der Notarzt da?«, frage ich.

»Ja.«

»Wann war das?«

»Morgens.«

»Am Sonntag?«

»Ja.«

»Sie ist ins Krankenhaus gekommen?«

»Ja.«

Mein Gott ist dieser Bursche zäh!

»Weißt du in welches?«

»Nach St. Ingbert, glaube ich.«

»Du sagst, sie hat Pilze gegessen. Weißt du, wo sie die herhatte?«

»Nein, ich mag keine Pilze. Claudia gibst du mir bitte Kleingeld für das Billard.«

Kurti mauert. Ob bewusst oder unbewusst, kann ich nicht einordnen. Genauso wage ich zu bezweifeln, ob unsere Beileidsbekundungen bei ihm ankommen. Wir warten, bis er sein Kleingeld bekommen hat und sich vom Tresen zurückzieht. Dann klärt Marion uns auf.

»Kurti ist im Prinzip ein armer Kerl. Als der liebe Gott den Grips verteilt hat, war Kurti nicht dabei. Sein Vater war ein ortsbekannter Trinker und Faulenzer. Das hat mir mein Papa erzählt. Angeblich hat der Alte Kurtis Mutter auf den Strich geschickt … naja jedenfalls hatte der Kurti eine ziemlich beschissene Kindheit. Die Alten sind gestorben, als er relativ jung war.«

»Wie schreibt er sich mit Familiennamen?«, will ich wissen.

»Sayler.«

»Seine Tante auch?«

»Nein. Helga Cronauer, geborene Sayler. Früh verwitwet. Eine ganz nette Frau.«

»Wo wohnte die eigentlich?«, fragt Trudi.

»Ich meine, in der Friedrichstraße. Aber frag mich nicht, wo genau. Soviel ich weiß, hat Kurti dort ein Zimmer, oder so.«

»Ja, das stimmt!«, bestätigt Claudia. »Helga wohnt unten, und Kurti oben in der Dachmansarde. Hat er mir jedenfalls erzählt. Seine Tante hat sich immer um ihn gekümmert. Hoffentlich geht er nicht unter!«

»Wie meinst du das?«, fragt Lotti.

»Die Wäsche, Essen kochen und so. Das kriegt der Kurti alleine nicht hin.«

»Der ist bestimmt Mitte vierzig!«, interveniere ich.

»Trotzdem.«

»Keine weiteren Verwandten?«

»Ich glaube nicht, aber … keine Ahnung!«

»Ich muss telefonieren«, melde ich mich ab und gehe vor die Tür, wo sonst die Raucher stehen. Ich habe mein Handy noch nicht aus der Jacke gezogen, da taucht Marion neben mir auf.

»Die Pilze!«, mehr sagt sie nicht und schaut mich traurig an.

»Genau! Bete zu Gott, dass das, was ich denke, nicht wahr ist!«

»Und wenn doch?«

»Dann hat jemand ein riesengroßes Problem.«

»Markus? Dagmar?«

»Oder ich!«

»Scheiße! Wohin rufst du an?«

»Ich versuche, den Notarzt im Krankenhaus zu bekommen.«

»Andrea?«

»Die ist in Neunkirchen. Helga Cronauer wurde angeblich nach St. Ingbert gebracht. Ich weiß nicht, wer der Notarzt war.«

»Auf Kurtis Aussage kannst du dich nicht verlassen.«

»Ich weiß, aber warum sollte er lügen?«

Zehn Minuten später weiß ich, dass Kurti die Wahrheit gesagt hat. Nach einer weiteren halben Stunde und weiteren Telefonaten, unter anderem mit der Staatsanwältin auf ihrem Privatanschluss und Rudi Closters Diensthandy, ist mir klar, dass ich heute Nacht keinen guten Schlaf haben werde. Um sieben Uhr in der Frühe haben wir uns im Präsidium zu einer Besprechung verabredet. Marion hat zwangsläufig alles mitbekommen und versteht, dass ich mich nach Hause verabschieden will.

Bevor ich mich auf den Weg mache, nehme ich mir noch einmal Kurt Sayler zur Brust. Marion hilft mir dabei, ihn zunächst vom Billardtisch weg zu lotsen und in ein belangloses Gespräch zu verwickeln, aber die Befragung ist schwierig. Außerdem müssen wir vorsichtig vorgehen, damit die anderen Gäste nicht misstrauisch werden. Mit viel Feingefühl versucht vor allem Marion, Kurti weitere Informationen zu entlocken. Wir geben uns alle Mühe, aber mehr als die Wohnadresse, den Namen und Standort seines Arbeitgebers bekommen wir nicht raus. Kurti versteht einfach nicht, was wir wollen und erkennt keine Zusammenhänge. Seine Fantasie reicht nicht aus, um über den Tellerrand hinaus zu schauen.

Ich verabschiede mich von Marion, die mich zärtlich küsst. Zu Hause steige ich unter die Dusche und gehe sofort ins Bett. Aber ich komme nicht zur Ruhe und denke unentwegt nach.

In dieser Nacht schlafe ich nicht eine Minute!

14.

»Schatz, ich bin froh, dass es bald vorbei ist!« Sie ruft es aus der Küche, während er im Esszimmer den Tisch deckt.

»Ja, ich auch! Zwei Treffer haben wir in dieser Woche schon und Nummer drei wird bald folgen.«

»Jetzt bist du an der Reihe, Schatz!«

»Ich weiß!«

»Wann ist sie dran?«

»Ich hoffe am Freitag. Es ist alles vorbereitet.«

»Anschließend machen wir uns ein schönes Wochenende und nächste Woche wird geerntet.«

»Aber keine Pilze, mein Hase!«, lacht er.

»Ich hasse Pilze!«, ruft sie und kommt ins Esszimmer gestürmt. Sie fällt ihm um den Hals und bedeckt ihn mit ihren Küssen. »Ich kann es kaum erwarten!«

»Wenige Wochen noch, dann geht es in die Sonne!«

»One-Way-Ticket to Paradise!«

Sie löst sich von ihm und reißt sich die Kleider vom Leib. Nur mit dem Slip bekleidet schmiegt sie sich an ihn und drückt ihr Knie in seinen Schritt. Dann springt sie zurück und zieht den Slip aus.

»Nimm mich! Auf der Stelle!«

»Hee, du scharfes Luder! Ich dachte, du hast Hunger.«

»Ja, auf dich! Essen können wir später. Mach schon! Los! Hier auf dem Tisch, auf dem Teppich. Überall. Sofort!«

»Okay, du geiles Stück! Mach dich auf etwas gefasst! Bis du ohnmächtig wirst!«

Der Akt war heftig und lang. Zwei Teller des teuren Geschirrs und zwei kristallene Weingläser gingen zu Bruch. In ihrem Rausch war den Akteuren alles egal.

15.

Da ich ohnehin nicht zur Ruhe komme und an Schlaf nicht zu denken ist, steige ich um fünf Uhr aus den Federn. Eine Stunde später bin ich im Präsidium und koche zwei Kannen Kaffee.

Inge Manderscheid kann nicht wissen, dass wir früh tagen wollen, deshalb übernehme ich den Part der Vorbereitungen. In der Cafeteria ordere ich belegte Brötchen und lasse sie in den Besprechungsraum bringen. Wenn es schon ein Scheiß-Tag zu werden droht, dann wenigstens nach einem anständigen Frühstück.

Als Erster trifft Kollege Rudi Closter ein.

»Geht es deinem Magen besser, Rudi?«, frage ich und klopfe ihm freundschaftlich auf die Schulter.

»Nicht wirklich, aber ich will euch in dieser Situation nicht alleine lassen. Ist es wirklich das, wonach es aussieht?«

»Das wird sich zeigen. Im Augenblick deutet einiges darauf hin, es kann aber auch ein riesiger Zufall sein.«

»Josch, du bist genauso lange dabei wie ich, wir ...«

»Nicht ganz, mir fehlen drei Monate.«

»Scheiß auf die drei Monate! Haben wir uns je mit Zufällen beschäftigt?«

Ich schüttele den Kopf und hebe beschwichtigend die Hände.

»Na also! Wir sollten uns das auf unsere alten Tage nicht angewöhnen. Ich habe gestern Abend am Telefon nicht alles mitbekommen. Bring mich bitte auf den neuesten Stand, bevor die Anderen kommen.«

So gut es in der Schnelle geht, fasse ich zusammen, was wir hinsichtlich Susanne Spaniol und den jüngsten Ereignissen um Helga Cronauer an Erkenntnissen vorzuweisen haben.

»Wir sollten schleunigst herausfinden, ob diese Pilze von dem Herrn John stammen!«

»Um halb neun sind wir mit ihm verabredet.«

»Wer?«

»Staatsanwältin Sommer und ich.«

»Mit wem bin ich verabredet?«

Daniela Sommer betritt den Besprechungsraum und steuert sofort auf den Tisch mit dem Kaffee und den Brötchen zu.

»Ausgezeichneter Service in ihrem Dezernat, Kriminalrat Closter«, lächelt sie und greift zu. »Sollte sich der Polizeipräsident eine Scheibe abschneiden. Dort gibt es nur diese Bio-Kekse. Grauenhaftes Zeug!«

»Zu viel der Ehre, die Initiative kommt nicht von mir.«

»Egal! Dank dem edlen Spender.«

»Ich lasse gleich den Hut rumgehen!«, melde ich mich.

»Schon gut, beim nächsten Mal bin ich an der Reihe. Sonst steht am Ende auf meinem Grabstein Das Dezernat 3 hat sie durchgefüttert.«

»Verdammt, wo bleiben denn die anderen?«, meckere ich ungeduldig. »Wir müssen los!«

»Zuerst zu diesem Herrn John und danach zur Bank. War doch so, oder?«

»Zur Sparkasse! Die öffnet um halb neun.«

»Wir sollten schauen, dass wir um acht Uhr bei Herrn John sind! Es gibt einige Fragen hinsichtlich Frau … wie hieß die noch mal?«

»Helga Cronauer! Das ist richtig, aber dann müssen wir in einer halben Stunde los. Wo bleiben die denn?«

Als hätten sie es gehört, kommen Marius Sorg und Ken Arndt zur Tür herein.

»Na endlich!«, entfährt es mir.

»Hallo!«, beschwert sich Marius. »Es ist drei Minuten vor sieben! Suchen wir Al Capone oder warum die frühe Hektik?«

»Schon gut! Entschuldigt! Ich bin ein wenig nervös. Schlecht geschlafen, besser gesagt: überhaupt nicht!«

»Ich habe gestern Abend spät von zu Hause aus bei den

Pilzfreunden angerufen. In meiner Freizeit hätte ich sicherlich Besseres zu tun. Okay, okay, mein Job; aber deshalb muss ich mich nicht morgens um sieben anmeckern lassen!«

»Ich habe mich entschuldigt und damit ist gut!«

Mann! Was ist das bloß für eine Stimmung heute Morgen?

»Wo haben sie angerufen?«, fragt Frau Sommer.

»Bei den Pilzfreunden. Auf die bin ich im Internet gestoßen. Pilzfreunde Saar-Pfalz e.V.; Sitz in Frankenholz. Ganz in Deiner Nähe, Josch. Vielleicht möchtest du Mitglied werden. Pilze suchen soll angeblich die Nerven beruhigen.«

»Bisher waren sie eher Gift für die Nerven.«

»Kommen sie bitte zum Punkt, Herrschaften!«, maßregelt die Staatsanwältin. »Bitte, Oberkommissar Sorg!«

»Der Chef von dem Verein hat erklärt, dass ein erfahrener Pilzsammler – Sammler, nicht Sucher, das scheint wichtig zu sein – dass der den Ziegelroten Risspilz nicht verwechselt. Nahezu ausgeschlossen, sagt er. Es gibt zwar eine gewisse Ähnlichkeit zum Maipilz, aber der erscheint schon im April.«

»Warum heißt er dann Maipilz?«, frage ich.

»Aprilscherze gibt's auch ganzjährig«, kommentiert Rudi Closter.

»Der war gut, Herr Kriminalrat«, lacht die Staatsanwältin. »Weiter im Text!«

»Diesen Risspilz findet man nicht all zu oft. Und wenn, dann eher in Parkanlagen oder so, weniger im Wald. Außerdem ist er der Meinung, dass es Mitte September schon zu spät ist.«

»Weil Maipilze eben im April blühen!«, vervollständige ich.

»Pilze blühen nicht!«, korrigiert Marius.

»Von mir aus! Sollen sie machen, was sie wollen! Interessant! Das deckt sich mit der Aussage von Dagmar John, die felsenfest behauptet, im Korb ihres Mannes sei kein Risspilz drin gewesen.«

»Wie kommt er dann ins Ragout von Frau Spaniol?«, hinterfragt Arndt.

»Gute Frage, keine Ahnung! Kollegen! Frau Sommer und ich fahren zur Familie John. Anschließend zur Sparkasse. Ken, du kümmerst dich um die Gerichtsmedizin und das Krankenhaus in St. Ingbert. Notarzt, Stationsarzt und so weiter …«

»Dr. Mitripilos in Homburg übernehme ich, Ken. Mach du das mit dem Krankenhaus, da musst du persönlich hin, telefonisch funktioniert das nicht«, erklärt Rudi zu meiner Überraschung.

»Super«, bedanke ich mich für Rudis Unterstützung. »Marius, du kümmerst dich um das Umfeld von Frau Cronauer. Nachbarn, Bekannte, eventuelle Verwandte, Kurt Sayler. Aber vorsichtig und mit Feingefühl, der Junge ist nicht … der Hellste. Versuch rauszukriegen, wer der Hausarzt ist, geh hin und in die Apotheke, wo sie Kundin war … versuch Dir ein eindeutiges Bild zu verschaffen.«

»Gute Aufteilung!«, lobt Daniela Sommer.

»Noch Fragen?«, will Rudi wissen. Schweigen.

Das Team ist eingespielt, es bedarf keiner weiteren Erklärungen. Jeder weiß, was zu tun ist. Auf dieses Team können alle stolz sein, aber die oberen Etagen bekommen das nicht mit.

»Äh, Rudi! Kannst du mir einen Gefallen tun?«

»Um was geht es denn?«

»Inge! Ich habe sie bisher nicht informieren können, was hier gerade los ist. Nicht dass sie sich zurückgesetzt fühlt. Du kennst sie. Sie fühlt sich als Teil des Teams und letztendlich ist sie das auch; es wäre …«

»Ich habe verstanden, Josch! Du hast völlig recht! Macht ihr euch auf den Weg, ich bringe Inge auf den neuesten Stand. Wenn sie das Telefon in unserer Abwesenheit koordinieren muss, sollte sie wenigstens die groben Zusammenhänge kennen.«

»Danke Rudi! Wir machen uns auf die Socken!«

Daniela Sommer nimmt einen letzten Schluck Kaffee und

greift sich im Rausgehen ein Brötchen.

»Als Wegzehrung«, murmelt sie kauend und schaut mich dabei um Verständnis bittend an, als sei ich ihr mahnender Ernährungsberater.

***

Trotz des morgendlichen Berufsverkehrs schaffen wir es, um acht Uhr vor dem Haus der Johns anzukommen.

»Wie es scheint, ist der Sommer nicht vorbei«, meint die Staatsanwältin, als wir aussteigen.

In der Tat ist es für diese Jahres- und Tageszeit erstaunlich warm. Die Sonne scheint, die Vögel machen einen Heidenlärm.

»Stimmt! Sommer, wohin ich schaue!«

Frau Sommer verdreht die Augen und will etwas entgegnen, als sich die Haustür bereits öffnet, bevor wir geläutet haben.

»Ich habe euch vom Küchenfenster aus kommen sehen«, erklärt Dagmar. »Kommt rein!«

»Wo ist Markus?«

»Oben im Bad, er macht sich gerade fertig. Warum seid ihr so früh dran?«

»Ihr kennt euch?«, frage ich, ohne weiter auf Dagmars Frage einzugehen und zeige auf Staatsanwältin Sommer.

»Wir sind uns kurz im Präsidium begegnet.«

»Dagmar, Frau Sommer weiß, dass ihr und ich gute Bekannte sind. Für den Augenblick sollte das kein Problem sein, solange wir uns an die Spielregeln halten. Ich habe dir das gestern bereits erklärt.«

»Ich hab's gestern schon kapiert.«

Dagmars abfällige Bemerkung und ihre Körpersprache rufen Staatsanwältin Sommer auf den Plan.

»Frau John, eines sollte Ihnen klar sein: Wir sind nicht hier, um auf Teufel komm raus Verdachtsmomente zu erhärten. Das ist nicht mein Stil. Ich brauche weder Quote noch den schnellen Erfolg. Dennoch muss ich sie darauf hinweisen, dass ihre Situation nicht einfach ist; nehmen sie das nicht auf die leichte Schulter! Wenn sie mit der Sache nichts zu tun haben, wird sich die Sache schnell aufklären. Es geht nicht um ihre gütige Mithilfe, sondern darum, dass sie sich selbst entlasten! Wenn die Wahrheit ans Licht kommen soll, müssen sie dazu beitragen!«

»Das hat uns Josch bereits erklärt«, antwortet Dagmar gefasst, aber die Anspannung ist ihr anzumerken. »Markus hat damit im Augenblick mehr Probleme als ich. Ich bleibe dabei: Bei den Pilzen, die Markus am Samstag gesammelt hat, war kein Risspilz dabei! Ich habe sie geputzt und gewaschen. Kein Ziegelroter Risspilz! Ich kenne mich genauso gut aus wie mein Mann!«

»So steht es im Protokoll. Wir nehmen das zur Kenntnis.«

»Wir haben womöglich eine neue Situation«, unterbreche ich. »Kennst du Helga Cronauer?«

»Klar! Kurtis Tante! Was ist mit der?«

»Habt ihr sie ebenfalls mit Pilzen beliefert?«

»Manchmal schon! Warum?«

»Auch am vergangenen Wochenende?«

»Nein, dafür hatte die Ausbeute nicht gereicht.«

»Sicher?«, hinterfragt Frau Sommer.

»Klar! Warum? Ist der etwas passiert?«

»Wer außer Susanne Spaniol hat noch Pilze von ihnen bekommen?«

»Niemand! Herrgott noch mal! Es waren nicht viele! Nach dem Putzen und Aussortieren blieben eine kleine Portion für Tante Susanne und eine Portion für uns. Die habe ich eingefroren. Die Tüte haben ihre Kollegen mitgenommen. Wie oft denn noch?«

»Stimmt!«, bestätige ich. »Da war kein Risspilz dabei.«

»Sag ich doch!«

»Frau John! Wann wurde Frau Cronauer zum letzten Mal von ihnen mit Pilzen beliefert?«

»Mein Gott, sie stellen Fragen! Das ist eine Weile her. Moment!«

Dagmar geht in den Flur und stellt sich vor die Treppe.

»Maaarkuuuuus!«

Die Staatsanwältin zuckt zusammen.

»Mein Gott! Hat ihr Mann was an den Ohren?«

»Maaarkuuuuus!« Dagmars Gebrüll ist vermutlich in der ganzen Siedlung zu hören. »Komm runtaaaa! Maaaarkuuuus!«

Oben hört man Schritte. Türenschlagen und das Knarren von Treppenstufen. Sekunden später steht Markus im Wohnzimmer.

»Hört der immer aufs Wort?«, fragt die Staatsanwältin.

»Nur wenn er etwas ausgefressen hat. Markus, wann haben wir Frau Cronauer Pilze gebracht?«

»Keine Ahnung! Warum, was ist mit der?«

»Das sagen sie mir nicht.«

»Wann, Herr John? Sie müssen doch wissen …«

»Leute, das ist Wochen her! Was weiß denn ich, wann das war?«

»In etwa?«

»Keine Ahnung! Ich führe kein Tagebuch über meine Pilz-Touren! Vier Wochen, fünf, sechs, keine Ahnung!«

»Das war Ende August, jetzt fällt's mir ein«, erklärt Dagmar. »Wir wollten zur Kirmes nach Neunkirchen und mussten auf Markus warten, weil der nicht zu Potte kam. Meine Schwester, ihr Mann und ich. Das war samstags. Sonntags habe ich ihr die Pilze gebracht.«

»Also vor etwa drei Wochen.«

»Das kommt hin! Was ist mit Helga? Könntet ihr bitteschön meine Frage endlich beantworten!«

»Sie ist leider verstorben«, erklärt die Staatsanwältin.

Markus schlägt die Hände vors Gesicht. Dagmar hebt die

Arme zum Himmel und ruft:

»Ja, leck mich am Arsch! Entschuldigung! Sagen sie bitte nicht an einer Pilzvergiftung!«

»Das wissen wir nicht genau. Jedenfalls offenbar nach dem Verzehr eines Pilzgerichtes.«

»Wann?«

»Vor zwei Tagen.«

»Das ist nicht zu fassen!«

»Aber wahr!«

»Und jetzt glauben sie, Frau Staatsanwalt, dass mein Mann daran schuld ist. Sie sind nicht bei Trost! Mein Mann kann keiner Fliege …«

»Kein Mensch behauptet das!«, mische ich mich ein. »Aber ihr müsst zugeben, dass das schon merkwürdige Zufälle sind. Okay! Ich stelle fest: A: Ihr kanntet Helga Cronauer. B: Ihr habt sie manchmal mit Pilzen beliefert. C: jedoch nicht in den letzten Wochen. Mehr gibt es dazu im Augenblick nicht zu sagen. Wir fahren zur Sparkasse! Auf geht's!«

»Kann ich mit?«, fragt Dagmar.

»Von mir aus«, erklärt Frau Sommer. »Wenn sie sich im Zaum halten können. Aber nur dann!«

»Ich werde es auf jeden Fall versuchen.«

»Dann los!«, fordere ich. »Ihr fahrt mit uns mit!«

***

Die Schalterräume der Sparkasse befinden sich im gleichen Gebäudekomplex wie die Gemeindeverwaltung. Nebenan ist das Café, das in meinem letzten Fall in Spiesen eine Rolle gespielt hatte.**

»Erinnern sie sich?«, frage ich die Staatsanwältin. »Vor etwa einem Jahr haben sie mich hier zu einem Kaffee eingeladen.«

** Klaus Brabänder: »Für Eich«, ISBN 978-3-941095-36-6, Edition Schaumberg

»Wie könnte mir das entfallen sein! Es war das erste Mal, dass ich für einen Mann die Zeche bezahlt habe. Machen sie sich keine Hoffnungen, kommt nicht wieder vor!»

»Schade! Ich hätte mich dran gewöhnen können.«

»Vergessen sie's!«

Wir betreten die Sparkasse und sind die einzigen Besucher im Schalterraum. Ein junger Mann im Anzug sortiert Broschüren in einen Auslageständer. Eine ebenso junge Frau sitzt am Schreibtisch hinter einem der drei Kundenschalter. Beide schauen ängstlich zu uns rüber, als wir forschen Schrittes durch den Schalterraum gehen. Ich zücke meinen Dienstausweis und stelle mich und die Staatsanwältin vor.

»Ist Marc Tietze da?«, fragt Dagmar ohne Vorwarnung.

»Ja, Moment, ich hole ihn«, antwortet die Sparkassenangestellte und eilt davon.

»Was ist das jetzt?«, fragen Frau Sommer und ich wie aus einem Munde.

»Marc ist hier Filialleiter. Wusstest du das nicht, Josch?«

»Nee!«

»Wie? Wer ist Marc?«, fragt Frau Sommer.

»Ein Nachbar vom Köppche«, erklärt Markus.

»Das glaube ich nicht«, seufzt die Staatsanwältin. »Die Gemeinde besteht anscheinend nur aus dieser Siedlung.«

»Kann man so sagen«, bestätigt Dagmar. »Wir akzeptieren allerdings auch andere aus dem Dorf.«

Die junge Angestellte kommt zurück. Ihr folgt ein Mann, den ich gut kenne, dessen Nachname mir jedoch nicht im Gedächtnis war. Es ist Marc, der mit seiner Familie gegenüber von Marions Haus wohnt. Seinerzeit hatte ich sein Alibi überprüfen müssen, als bei seinem Nachbarn die Garage in die Luft geflogen war. Seitdem kennen wir uns und fahren ab und zu nach Mainz ins Stadion des FSV 05. Ich weiß, dass er Banker ist, aber dass er diese Filiale leitet, ist mir neu.

»Was kann ich für sie … hey, was macht ihr denn hier?«

»Willkommen zum Siedlungsfest«, raunt Frau Sommer.

»Hallo Marc«, ergreife ich das Wort. »Wir sind dienstlich hier. Du weißt, was passiert ist; es geht um Susanne Spaniol.«

»Ja, das habe ich mitbekommen. Barbara hat es mir erzählt. Mein Beileid, Markus! Aber was hat das mit unserer Sparkasse zu tun?«

Ich erkläre Marc die Situation, verzichte allerdings auf die Darstellung, in welcher misslichen Situation sich Markus derzeit befindet. Den Tod von Helga Cronauer erwähne ich ebenso wenig wie den Umstand, dass Thallium im Spiel gewesen ist.

»Ehrlich gesagt, verstehe ich zwar nicht, was das Ganze mit der Sparkasse zu tun hat, aber wenn ich euch weiterhelfen kann … besser wir gehen in mein Büro. Frau Kohlschreiber oder Herr Pulvermüller! Bringen sie uns bitte Kaffee und Wasser! Danke!«

Wir folgen Marc und nehmen am Besprechungstisch Platz. Die Staatsanwältin formuliert unsere Anliegen und Fragen, der Filialleiter hört aufmerksam zu.

»Das ist nicht ganz einfach«, erklärt er, nachdem Frau Sommer geendet hat. »Offiziell darf ich ihnen keinen Einblick gewähren, da sie keinen Beschluss vorlegen. Ob es eine Vollmacht gibt, die greift, muss ich erst prüfen. Andererseits kenne ich die handelnden Personen persönlich – nettes Wortspiel. Dass Frau Spaniol verstorben ist, weiß ich definitiv, ein Totenschein ist eine nachzureichende Formsache. Das Bankgeheimnis bleibt …«

»Jetzt mach's nicht so spannend und gib dir 'nen Ruck, Marc!«, unterbricht Dagmar.

»Sie halten sich wie abgemacht zurück!«, wettert die Staatsanwältin.

»Wie ich dich einschätze, hast du bestimmt eine pragmatische Lösung«, ermuntere ich Marc.

»Ich kann die Kontenbewegungen der letzten drei Monate auf meinen Bildschirm legen«, erklärt er und zeigt auf seinen

Schreibtisch, wo der Monitor steht. »Natürlich nur für Dagmar und Markus gedacht, weil ich davon ausgehe, dass eine Vollmacht hinterlegt ist, wenn er's sagt. Sofern die beiden es euch gestatten, dass ihr ihnen über die Schultern schaut, kann ich das nicht verhindern. Derweil hole ich die Unterlagen, um zu prüfen, wie das mit der Vollmacht im Detail aussieht.«

»Ist Ihnen das spontan eingefallen?«, fragt die Staatsanwältin. »Oder handhaben sie das hier immer so?«

»Der Mann wohnt aufm Köppche!«, erklärt Markus. »Dort findet man meistens einen Weg!«

»Sogar mit zwei Promille!«, kommentiere ich und fange mir einen tadelnden Blick von Dagmar ein.

Marc bedient die Tastatur und fragt nach dem Geburtsdatum der Kontoinhaberin. Dagmar hat die Daten parat.

»Hast du keine EC-Karte?«, fragt Marc.

»Wahrscheinlich fliegt die irgendwo in einer Schublade rum oder er hat sie versehentlich entsorgt«, erklärt Dagmar. »Typisch Markus!«

»Was hätten sie denn in einem Notfall gemacht, um Geld abheben zu können?«, fragt die Staatsanwältin.

»Marc gefragt!«, antwortet Markus. »Was sonst?«

Frau Sommer rollt mit den Augen und kann es nicht fassen. Marc verlässt wortlos sein Büro; wir drängen uns um den Bildschirm. Das Konto weißt ein Guthaben von 5.024,96 Euro aus. Seit Monatsanfang sind keine Kontenbewegungen ersichtlich. Rückwärts betrachtet ändert sich das zum Monatswechsel.

»Hey!«, entfährt es Dagmar. »Die hatte eine Pension von über 4.000 Euro!«

»Dass sie früher ein hohes Tier in Saarbrücken war, habe ich gewusst«, erklärt Markus. »Aber das hier … mein lieber Schwan!«

Die Kontenbewegungen folgen einem wiederkehrenden Muster. Eingang der Rentenzahlung. Abbuchungen von Versicherungen. Barabhebung von 2.500 Euro, anscheinend vierteljährliche Raten für Strom, Gas, Wasser und Abfallbeseitigung. Wenige kleinere Abbuchungen, Mitgliedsbeiträge und Ähnliches.«

»Bis auf die hohen Barauszahlungen nichts Auffälliges«, meint die Staatsanwältin.

»Na, wenn diese Rente nicht auffällig ist, weiß ich's auch nicht!«, brummt Dagmar.

»Ihre Tante hatte ein bescheidenes Vermögen, Herr John, und sie wollen davon nichts gewusst haben? Das kann ich ihnen glauben oder nicht!«

Dagmar antwortet und kommt damit ihrem Mann zuvor.

»Wir hatten keine Ahnung! Denken sie vielleicht, ich Depp putze einmal im Monat die ganze Wohnung für lau, wenn ich gewusst hätte, dass 'gnä Frau sich jeden Tag eine Putzhilfe hätte leisten können. Also ehrlich! Und sie kommen daher …«

»Lass gut sein, Dagmar!«, stoppe ich und greife zu meinem Diensthandy. Während die anderen weiterhin auf den Bildschirm starren, telefoniere ich mit Rudi Closter. Es dauert eine Weile, bis er die von mir gewünschten Informationen liefert.

»Marius hat die Sparbücher bei der Hausdurchsuchung abfotografiert; ich hab's in den Akten gefunden. Auf beide Bücher wurden monatlich zeitgleich je 1.000 Euro einbezahlt.«

Ich bedanke mich und gebe die Informationen umgehend weiter.

»Damit sind die Barabhebungen erklärt«, stellt die Staatsanwältin fest. »Sie hat wohl nicht mehr als 500 Euro im Monat für den Lebensunterhalt gebraucht.«

»Bei ihrem Geiz hatte sie davon mit Sicherheit 300 Euro übrig«, entrüstet sich Dagmar.

»Von einer größeren Bargeldsumme in der Wohnung ist in den Akten nichts erwähnt«, entgegne ich.

Filialleiter Marc kommt zurück und lächelt sein eingeübtes Kundenlächeln. Wenn ich es mir recht überlege, habe ich ihn noch nie ohne Lächeln gesehen. Der Mann ist eine echte Frohnatur.

»So, Leute! Seid ihr soweit?«

»Bist du fündig geworden?«, frage ich zurück.

»Ja! Außerdem habe ich die Kollegen gefragt, wie das Kundenverhalten von Frau Spaniol war. Sie hat …«

»Kundenverhalten! Was ist denn das für ein Ausdruck?«, entrüstet sich Dagmar. »Wie sich das anhört! Eintrag ins Klassenbuch, gibt's das bei euch auch? Man könnte meinen …«

»Frau John! Bitte!«, fährt ihr die Staatsanwältin in die Parade.

»Ist doch wahr!«

»Ich mache weiter!«, erklärt Marc. »Frau Spaniol kam am Monatsanfang, man konnte fast die Uhr danach stellen. Stets die gleiche Prozedur. Sie hat Geld vom Giro abgehoben und auf die Sparbücher einbezahlt. Dauerauftrag oder Onlinebanking hat sie strikt abgelehnt. Hat man oft bei älteren Menschen.«

»Wissen wir schon!«, motzt Dagmar.

»Okay, dann ist es ja gut. Von mir habt ihr das ohnehin nicht!« Plötzlich ist Marc angefressen.

»Frau John, ein Wort und sie verlassen den Raum! Letzte Mahnung!« Langsam werde ich sauer und gehe mahnend zur förmlichen Anrede über. »Mach bitte weiter, Marc. Was ist mit der Vollmacht?«

»Es gibt eine Bevollmächtigung zugunsten von Markus John. Sonst keine. Sie gilt für die Konten, die Sparbücher und das Wertfach. Sag ich so, weil in der Vollmacht dummerweise nicht unterschieden wird. Da hat mein Vorgänger nicht sauber gearbeitet.«

»Gilt diese Vollmacht post mortem?«, fragt die Staatsanwältin.

»Auch das ist nicht explizit ausgewiesen. Angekreuzt ist nur bis auf Widerruf.«

»Den Widerruf kann sie nicht mehr geltend machen«, erklärt Dagmar trocken.

»Sie sind Raucherin Frau John, stimmt's? Haben sie Zigaretten dabei?«, fragt Daniela Sommer.

»Ja, wollen sie eine?«

»Nein danke, aber sie gehen raus! Von mir aus qualmen sie die ganze Schachtel! Hauptsache, sie bleiben draußen!«

»Das dürfen sie nicht! Sie überschreiten …«

»Dagmar, bitte! Wenn du den Schnabel nicht halten kannst, musst du eben die Konsequenzen tragen!«, pflichte ich Daniela Sommer bei. Ich will ihr nicht nach dem Mund reden, aber Dagmar geht mir nun auch gehörig auf den Senkel. Für Markus geht's ums Eingemachte und seine Frau benimmt sich wie ein kleines Kind!

Schmollend und vor sich hin brabbelnd verlässt Dagmar den Raum. Allgemeine Erleichterung.

»Schauen wir uns das Schließfach an!«, bestimmt die Staatsanwältin. »Wir können uns hier nicht ewig aufhalten.«

Der Raum mit den Schließfächern ist im Keller des Gebäudes untergebracht. Wir gehen hinunter, der Filialleiter sperrt mit dem Schlüssel der Sparkasse auf, ich habe den aus Susanne Spaniols Wohnung. Markus ist einverstanden, dass ich diesen Part übernehme und als Erster den Inhalt inspiziere. In der Kassette liegen ein Goldbarren mittlerer Größe, einige eingeschweißte Goldmünzen, ein Bündel 50-Euro-Scheine mit Banderole und ein Briefumschlag. Braun. DIN A4. Mit Siegelwachs verschlossen. Aufschrift in schwarzer Tinte: Testament.

Ich zeige die geöffnete Kassette in die Runde und entnehme den Umschlag. Die Kassette schiebe ich ins Fach zurück und drehe den Schlüssel.

»Der Rest ist vorläufig nicht interessant«, kommentiere ich. »Das ist es, was uns interessiert!«

»Wir öffnen den Umschlag im Präsidium«, entscheidet die Staatsanwältin. »Wegen der Spuren und der Fingerabdrücke. Für alle Fälle.«

»Ich habe Handschuhe und Asservatenbeutel dabei«, erkläre ich und ziehe die Utensilien aus der Jackentasche. »Lassen sie uns schauen, was drin steht, und ob der ganze Aufwand sich überhaupt lohnt! Ich glaube außerdem nicht, dass wir eine Rechtsgrundlage haben, das Dokument zu beschlagnahmen.«

»Mir wäre es auch lieber«, erklärt Markus. »Ich habe keine Lust, schon wieder ins Präsidium verfrachtet zu werden. Außerdem will ich wissen, was los ist.«

Die Staatsanwältin stimmt zu, macht aber darauf aufmerksam, dass der Filialleiter bei der Testamentseröffnung nichts zu suchen hat. Als sie ihm diese eröffnet, reagiert Marc schnippisch.

»Seien sie unbesorgt, mich interessiert das nicht. Gehen sie ruhig in mein Büro, dort werden sie nicht gestört. Ein Service des Hauses!«

»Versuchen sie es mit ein bisschen Freundlichkeit, Daniela«, raune ich der Staatsanwältin zu, als wir die Treppe hochgehen. »Ihr Ton kommt gerade nicht gut an.«

Daniela Sommer schaut mich ratlos an; fast hilflos oder erschrocken.

»Ehrlich?«

»Ganz ehrlich!«

»Hm, sorry. Das sollte nicht so rüberkommen.«

Im Büro des Filialleiters öffne ich vorsichtig das Wachssiegel. Mit den Latex-Handschuhen ist das nicht einfach.

»Ein Feinmotoriker scheinen sie nicht gerade zu sein«, hetzt Daniela Sommer.

»Wenn sie ebenfalls vor der Tür rauchen wollen, bitte tun sie sich keinen Zwang an.«

Ein einzelnes Blatt kommt zum Vorschein. Mit schwarzer Tinte beschrieben. Die gleiche Handschrift wie auf dem Umschlag. Es sind nur wenige Zeilen. Ich lese lautlos.

Mein Letzter Wille!

*Ich vermache alles meinem Neffen Markus John. Mit folgenden Ausnahmen und Auflagen**

Je 1.000 Euro sollen der Obst- und Gartenbauverein und die Pfarrgemeinde St. Ludwig bekommen.

*50.000 Euro gehen an die Gesellschaft für betreutes Wohnen im Alter, Losheim – GeWAltLos ***

Ort, Datum, Unterschrift als Name zu erkennen – Susanne Spaniol

**Falls mein Haus verkauft oder vermietet wird, dann bitte an rechtschaffene Leute aus Spiesen-Elversberg. Ich möchte nicht, dass Russen, Polen oder andere Kommunisten bei mir einziehen.*

***Ich hätte dorthin gehen sollen, als es noch frei Plätze gab. Das Haus ist zu klein geworden und soll mit Geld erweitert werden.*

Das ist das Vermächtnis der wohlhabenden alten Dame! Ohne Notar, ohne Schnörkel, ohne Emotion und ohne persönliche Ansprache an die Hinterbliebenen.

Warum diese nüchterne Form? Verbitterung? Bedauern, dass sie nichts mitnehmen kann? Warum der Ausschluss von Kommunisten? Kriegserfahrungen oder politische Borniertheit? Oder beides?

»Nicht einschlafen, Herr Hauptkommissar!«, reißt mich die Staatsanwältin aus meinen Überlegungen.

»Ist das die Handschrift deiner Tante?«, frage ich Markus und halte den Umschlag hoch.

»Das weiß ich nicht, Josch. Ich kann mich nicht erinnern, je etwas Handschriftliches von Tante Susanne gesehen zu haben. Nicht mal 'ne Glückwunschkarte.«

»Okay, wir werden nach Vergleichsunterlagen in der Wohnung suchen.«

»Darf ich lesen?«, fragt Markus und streckt fordernd die

Hand nach dem Testament aus.

»Entscheiden sie!«, ich reiche das Schriftstück an die Staatsanwältin weiter.

Sie liest es aufmerksam, ohne eine Miene zu verziehen. Plötzlich sagt sie etwas, womit ich nicht gerechnet habe.

»Ich schließe mich ihrer Entscheidung an, Herr Hauptkommissar«, erklärt sie und gibt das Testament an Markus weiter.

Nachdem er es gelesen hat, gibt mir Markus das Papier unaufgefordert zurück und nickt. Er hat verstanden, dass wir auf seiner Seite sind, die Angelegenheit für ihn jedoch noch nicht zu Ende ist.

»Danke«, sagt er. »Ich denke, wir sitzen im gleichen Boot. Das beweist doch, dass ich kein Tatmotiv habe.«

»Oder nur ein halbes«, stellt die Staatsanwältin klar. »Sagt Ihnen diese Organisation GeWAltLos etwas?«

»Nie gehört! Keine Ahnung, wie meine Tante zu diesem Verein kommt. Es ist mehr als unwahrscheinlich, dass sie etwas einer unbekannten Organisation vererben würde? Ausgeschlossen!«

»Was hatte sie gegen Polen, Russen und Kommunisten?«

»Naja, auf dem Auge war sie betriebsblind. Politisch stand Tante Susanne ziemlich weit rechts. Sie hätte im Kohlenkeller Schatten geworfen.«

»Was ist mit ihnen, Josch? Kennen sie diese Gesellschaft aus Losheim?«

»Nein! Aber ich wette drauf, dass ich in spätestens zwei Stunden weiß, wer und was sich dahinter verbergen.«

»Ich frage Dagmar«, schlägt Markus vor.

»Das übernehme ich. Wir gehen später noch mal die Wohnung durch. Los, wir haben zu tun!«

»Das Erbe werden sie vorläufig nicht antreten können, Herr John. Haben sie Geduld! Ich lasse ihnen eine Kopie des Testaments zukommen, mehr kann ich im Augenblick nicht für sie tun. Halten sie sich zu unserer Verfügung!«

»Kann ich zur Arbeit? Zu Hause werde ich verrückt!«

»Klar, aber bleibe erreichbar!«, antworte ich anstelle der Staatsanwältin. »Ich rede mit Dagmar.«

»Und ich mit dem Filialleiter«, ergänzt Daniela Sommer. »Ich muss versuchen, ein paar Punkte gut zu machen.«

Dagmar hat von der Losheimer Gesellschaft noch nie gehört. Auf ihre Frage nach dem Inhalt des Wertfaches verweise ich auf Markus; soll er ihr berichten, was wir vorgefunden haben. Die Johns lehnen unser Angebot, sie nach Hause zu fahren, dankend ab und wollen zu Fuß gehen. Als wir uns verabschieden, ist die Stimmung einigermaßen entspannt. Marc scheint versöhnt.

Als Daniela Sommer und ich uns auf den Weg machen, wissen wir, dass im Präsidium eine Menge Arbeit auf uns wartet.

16.

Auf dem Weg zurück nach Saarbrücken kommt mir für einen Augenblick die Idee, Daniela Sommer zu einem Kaffee einzuladen, aber der Gedanke geht so schnell wieder, wie er gekommen ist. Wir haben Wichtigeres zu tun und zu viel Kaffee ist nicht gesund. Außerdem muss ich nicht devot werden, nur weil Frau Staatsanwältin mir ihr Vertrauen geschenkt hat. Eigentlich ist das eine Selbstverständlichkeit, da muss ich nicht …

»Was halten sie von diesem Testament?«, fragt sie, während wir über die Sulzbachtalbrücke fahren.

»Schauen sie sich das an! Hier ist Tempo 100, aber das scheint die mit den gelben Nummernschildern überhaupt nicht zu interessieren.«

»Wundert sie das? Die Luxemburger hielten sich immer schon für etwas Besonderes! Zurück zu meiner Frage: Was halten sie von dem Testament?«

»Nichts!«

»Der Grund?«

»Ich kann mir einfach nicht vorstellen, dass die alte Dame einen Großteil ihres Vermögens an jemanden vererbt, ohne ihre nächsten Verwandten davon in Kenntnis zu setzen. Im Hinblick auf die Kirche und den Obst- und Gartenbauverein will ich das vielleicht gelten lassen. Überschaubare Beträge innerhalb des sozialen Umfeldes – von mir aus. Aber der Rest? Nein, das passt nicht!«

»Sie meinen die Gesellschaft in Losheim! Seltsamer Name für eine Seniorenbetreuung: GeWAltLos!«

»Zahnlos wäre zutreffender!«

»Sie sind wirklich eine besondere Marke!«

»Ich werde dem Verein auf den Zahn fühlen. Die alte Dame hat ganz schön was hinterlassen! Alles in allem und überschlägig dürften das … hunderttausend, plus das Haus … bald eine Viertelmillion sein!«

»Für ihre Bekannten bleiben immerhin rund hundertfünfzigtausend. Ein ausreichend großes Motiv ist das zweifellos!«

»Abzüglich der Beerdigungskosten«, stelle ich klar.

»Mir kommen die Tränen. Was kostet so was eigentlich? Ich hatte bisher das Glück, mich mit diesem Thema nicht beschäftigen zu müssen. Wer kommt später für ihre Beerdigung auf, Josch?«

»Sie!«

»Wieso ich?«

»Verursacherprinzip!«

»Zum Glück sind wir gleich da! Ich halte ihre Sprüche nicht mehr aus!«

Eine Viertelstunde später parke ich im Innenhof des Polizeipräsidiums. Inge Manderscheid ist froh, dass ich endlich komme. Sie hält als Einzige die Stellung im Dezernat K3, alle anderen sind unterwegs.

»Der Chef ist beim Polizeipräsidenten. Wochenbesprechung!«, erklärt Inge.

»Kriminalrat Closter bei den Biokeksen«, feixt die Staatsanwältin. »Ich bin in meinem Büro, Josch. Wenn es neue Erkenntnisse gibt, melden sie sich!«

»Ich bin in meinem Büro, Josch«, äfft Inge die Staatsanwältin nach, als diese das Büro verlassen hat.

»Hast du ein Problem mit ihr?«

»Nein, aber … ist egal! Gibt's was Neues?«

»Ja, wir haben ein Testament! Das muss sofort zu K4!«

Bevor ich weitersprechen kann, hat Inge die Spurenanalyse am Telefon.

»Die schicken jemand, der es abholt.«

»Super! Hat Marius sich schon gemeldet?«

»Nein!«

»Ken?«

»Auch nicht.«

»Weißt du, ob Rudi etwas bei der Gerichtsmedizin erreicht hat?«

»Keine Ahnung. Der sitzt seit über einer Stunde beim Polizeipräsidenten.«

»Ich bin in meinem Büro. Bitte keine Telefongespräche, außer der Rechtsmedizin.«

»Auch keine weiblichen Fans?«

»Nein! Außerdem habe ich keine weiblichen Fans. Sehe ich aus wie George Clooney?«

Kurze Zeit später habe ich Oberkommissar Marius Sorg am Telefon; er ist in der Wohnung von Helga Cronauer. Kurti Sayler und eine Nachbarin sind bei ihm, deshalb kann er nicht frei reden. Ich bitte ihn, in der Wohnung von Susanne Spaniol vorbeizufahren und nach handschriftlichen Unterlagen der Verstorbenen sowie Hinweisen auf eine Firma GeWAltLos

Ausschau zu halten. Als nächsten rufe ich Oberkommissar Ken Arndt an. Es dauert eine Weile, bis er ans Telefon geht.

»Sorry, ich musste erst aus dem klinischen Bereich raus. Auf Mobiltelefone reagieren die hier allergisch!«

»Wie sieht es aus?«

»Die Leiche war beim Bestatter. Rudi hat dafür gesorgt, dass sie zur Gerichtsmedizin gebracht wird. Das müsste aktuell gerade über die Bühne gehen. Frag Rudi!«

»Der sitzt beim Polizeipräsidenten.«

»Immer noch? Meine Güte!«

»Was sagen die Ärzte?«

»Dr. Asiri und sein Team behaupten fest weg, dass die Patientin an akutem Kreislaufversagen gestorben ist. Es gab Vorschädigungen am Herz, aber mehr lassen die sich nicht entlocken.«

»Keine Vergiftungssymptome? Was sagt der Notarzt?«

»Mit dem konnte ich bisher nicht sprechen, aber angeblich steht davon nichts in den Akten.«

»Die haben eine natürliche Todesursache diagnostiziert und im Totenschein vermerkt?«

»Logisch, sonst wäre die Leiche nicht zum Bestatter gekommen!«

»Ich gebe zu, dass meine Frage ziemlich bescheuert war. Okay! Sonst was Auffälliges?«

»Die sind hier alle ziemlich maulfaul!«

»Weshalb?«

»Keiner hat Zeit, alle sind überlastet.«

»Frag nach Besuchern und …«

»Hab ich schon. Fehlanzeige!«

»Merkwürdig! Na, dann, bis später.«

Sofort rufe ich erneut bei Marius Sorg an.

»Marius, schau bitte bei Helga Cronauer nach Unterlagen dieser Firma aus Losheim. Ich hatte vergessen, Dir das …«

»Josch, ich kann zwei und zwei zusammenzählen. Ganz

nebenbei: Ich mache den Job nicht erst seit gestern!«

»Entschuldigung, ich wollte bloß helfen!«

»Danke und tschüss!«

Ich muss an mir arbeiten! Die Jungs sind gut, mittlerweile sogar besser als ich, wenn es um moderne Kriminaltechniken geht. Ich sollte langsam loslassen! Die Einarbeitungszeit der jungen Kollegen ist seit Jahren vorbei, nur ich alter Esel will das einfach nicht einsehen.

GeWAltLos – es wird Zeit, dass ich mich dieser Gesellschaft widme!

Im Internet ist neben den üblichen Wort- und Rechtschreiberklärungen ein Eintrag »gewaltlos.de« aufgeführt. Er bringt mich auf die Webseite eines Heidelberger Fachverbandes, der im Sozialbereich Hilfsprogramme gegen und nach häuslicher Gewalt anbietet. Das ist nicht das, was ich suche. Noch kann ich mich alleine gegen Marion wehren.

Da ist ein weiterer Eintrag! Gewaltlos leben im Alter, eine Veranstaltung der Thomas-Morus-Akademie in Kooperation mit dem Bund Deutscher Kriminalbeamter. Was ist das denn? Was hat unsere Gewerkschaft mit dem Thema zu tun, und wer oder was ist diese Thomas-Morus-Akademie?

Ich google mich durch Raum und Zeit und versinke in den Weiten des World Wide Web!

Erwachsenen-Bildung im Erzbistum Köln. Thomas Morus: Ein Heiliger aus England, Thomas More, 1478–1535, wurde nicht sehr alt, der Knabe. Oh, zum Tode verurteilt wegen Hochverrats. Hängen, Enthaupten, Ausweiden, Vierteilen! Mein Gott, waren die gründlich! Schutzpatron der Regierenden und Politiker! Was? Wieso brauchen die einen Schutzpatron? Umgekehrt wird ein Schuh draus! Wir bräuchten eher einen Heiligen, der uns vor der Politik schützt. Schluss mit dem Unfug, ich muss mich konzentrieren!

Ich suche weiter, variiere und erweitere die Suchkriterien, aber ich werde nicht fündig. Kein verwertbarer Eintrag, weder in Losheim noch sonst wo. Langsam keimt in mir der Verdacht, dass Susanne Spaniol einer windigen Sache auf den Leim gegangen ist.

Wenn ich den Gedanken zu Ende denke, ist das völliger Blödsinn. Es muss eine Adresse geben, und zwar in Losheim! Wie sonst könnte das Erbteil übergeben werden? Folglich muss es eine Anlaufstelle geben, und zwar bei Susanne Spaniol in der Wohnung! Ich verkneife es mir, erneut bei Marius Sorg anzurufen. Wenn etwas da ist, wird er es finden!

Losheim! Losheim am See, so der vollständige Name der Gemeinde. Schöne Gegend im nördlichen Saarland. Ich war schon einige Male dort. Freiluftkonzerte am See. Tolles Erlebnis. Klassik am See, Rock am See. Ich suche weiter. Es gibt Pflegeheime, Residenzen und betreutes Wohnen. Viele Bezeichnungen für den gleichen Inhalt. Nicht billig und für die Wenigsten zu finanzieren. Für Susanne Spaniol unproblematisch, aber es waren keine Plätze frei – schreibt sie in ihrem Testament.

Noch eine Merkwürdigkeit! Warum erklärt sie es in einer Fußnote? Quasi wie eine Rechtfertigung. Warum hat sie das nicht zu Lebzeiten geäußert? Das passt nicht! – Ich werde auch bei den sozialen Alterseinrichtungen nicht fündig und beschließe, bei der Gemeindeverwaltung anzurufen; etwas Besseres fällt mir im Augenblick nicht ein.

Sie rufen außerhalb unserer Dienstzeiten an. Das Rathaus ist zwischen 12 Uhr 30 und 13 Uhr 30 geschlossen. In besonderen Fällen wenden sie sich an die …

Mittagszeit! Während der Surferei im Internet habe ich völlig die Zeit aus den Augen verloren. Ich sollte einen Happen essen, aber ich habe keinen Appetit. Stattdessen spüre ich die Müdigkeit. Das Schlafdefizit macht sich bemerkbar, mir fallen beinahe die Augen zu. Ich beschließe, mir eine kurze Pause zu gönnen und bitte Inge, mich in der nächsten halben Stunde nicht zu stören. Ein kurzes Nickerchen auf dem Besuchersessel, die Beine auf dem Schreibtischstuhl, das wird mir sicherlich guttun. Ich merke nicht, wie ich wegdämmere, schrecke aber hoch, als ich beinahe vom Sessel kippe. Beim Blick auf die Uhr stelle ich fest, dass ich vierzig Minuten fest geschlafen habe; es ist kurz nach 13 Uhr. Inge ist in der Mittagspause. Der Kaffee in der Thermoskanne ist noch leidlich warm. Auf der Anrichte finde ich eine Nussecke und betrachte sie als mein Mittagessen. Ohne anzuklopfen, kommt Rudi Closter in mein Büro gepoltert.

»Ah, da bist du ja!«, ruft er, als sei ich jahrzehntelang verschollen gewesen.

»Warst du bis jetzt beim Präsi?«

»Ach, hör mir auf! Fruchtlose Diskussionen um die Darstellung von Statistiken. Welcher Ausländeranteil wird wie oft straffällig, bei welchen Delikten, unterschieden nach Geschlecht, Altersgruppen, Bildungsgrad, sozialer Einstufung und … totaler Schwachsinn; aber so wichtig, dass sogar der Staatssekretär dabei war. Und natürlich die schreibende Presse. Die stellen Fragen … ich sag's Dir: unfassbar!«

Ich berichte von unserem Besuch bei der Sparkasse, dem Inhalt des Wertfachs und den Festlegungen im Testament sowie der verzweifelten Suche nach der Gesellschaft für Seniorenbetreuung in Losheim.

»Merkwürdige Sache«, brummt Rudi. »Gefällt mir überhaupt nicht! Find raus, was das für ein Laden ist.«

»Leichter gesagt als getan. Vielleicht findet Marius einen Anhaltspunkt. Ich fahre heute Abend zu einem Bekannten. Der ist Mitglied des Obst- und Gartenbauvereins, vielleicht hat der eine Information. Frau Spaniol war dort Mitglied.«

»Du kennst Gott und die Welt.«

»Die Welt schon; den anderen Kollegen werde ich noch kennenlernen, aber das hat aus meiner Sicht Zeit! Vielleicht weiß der Würger von Guldenthal mehr.«

»Wer?«

»Das ist der Spitzname meines Bekannten, seit er bei einem Auswärtsspiel seinen Gegenspieler gewürgt hat.«

»Welche Sportart?«

»Fußball!«

»Dein Umgang macht mich nachdenklich, Herr Hauptkommissar«, lacht Rudi.

»Keine Sorge, alles im grünen Bereich, Rudi. Was hast du bei der Gerichtsmedizin erreicht?«

»Au, das war nicht einfach!« Rudis Grimasse spricht Bände.

»Deshalb bist du Kriminalrat und ich Hauptkommissar.«

»Lästere nur! Du kennst Sokrates Minidingsbumspulos? Unaussprechlicher Name!«

»Ja, den kenne ich sehr gut!«

»Eigentlich dürfte der nicht obduzieren, weil auf dem Totenschein eine klar definierte natürliche Todesursache steht.«

»Es sei denn …«

»Ja, Herr Oberlehrer! Weil Frau Sommer nicht da war, habe ich das mit dem Oberstaatsanwalt geregelt. Wir haben einen Deal ausgehandelt. Wenn die Gerichtsmedizin Anzeichen findet, geht der Beschluss im Nachgang zu und wir übernehmen die Kosten. Wenn nicht, hat der Doktor eben Pech gehabt.«

»Er bekommt nur Geld, wenn er etwas findet? Das ist juristisch mehr als zweifelhaft! Was ist denn das für eine Logik?«

»Gar keine! Es geht nur um die Kosten und die Statistik! Obduktionen ohne rechtfertigende Ergebnisse können wir uns nicht leisten.«

»Was bin ich froh, dass ich kein Kriminalrat bin!«

»Ja, da kannst du mal sehen, womit ich mich rumschlagen muss! Übrigens: Die Leiche müsste der Doktor mittlerweile auf seinem Tisch haben. Ich hoffe, er meldet sich bald.«

»Und ich hoffe, dass Marius und Ken bald auftauchen. Bis dahin versuche ich weiter, etwas über diesen gewaltlosen Verein herauszufinden.«

Als Rudi gegangen ist, rufe ich erneut bei der Gemeindeverwaltung in Losheim an. Die Zentrale hat ihre Mittagspause beendet und verbindet mich an die Ortspolizeibehörde. In einem Frage- und Antwortspiel kristallisiert sich heraus, dass die Steuerbehörde der richtige Ansprechpartner für mein Begehren ist. Aber das erweist sich als unzutreffend. Das Einwohnermeldeamt, wer sonst? Die Gewerbeaufsicht! Fehlanzeige. Ich durchlaufe das Hauptamt, das Standesamt, Friedhofsamt und die Bürgerdienste. Fragen statt Antworten. Schließlich verlange ich nach dem Bürgermeister. Von dessen Vorzimmer erfahre ich, dass der Verwaltungschef auf Dienstreise ist. Die Dame schlägt vor, dass ich es bei der Ortspolizeibehörde versuche. Ich geb's auf! Ein Kollege soll sich darum kümmern!

Ein Seniorenpark am See ist mein nächster Telefonpartner. Es folgt eine ähnliche Weiterreichungsprozedur wie bei der Gemeindeverwaltung. Schließlich lande ich beim kaufmännischen Geschäftsführer. Der meint, sich dunkel daran erinnern zu können, dass ihm eventuell schon einmal zu Ohren gekommen sein könnte … aber nein, diesen Namen hat er noch nie gehört. Danke für die Mühe und auf Wiederhören! Es ist zum Verzweifeln!

Es klopft an meiner Bürotür. Ohne meine Antwort abzuwarten, kommt Ken Arndt herein und legt sofort los.

»Josch, wir haben ein Problem. Die Gerichtsmedizin hat mich gerade informiert. Nach derzeitigem Kenntnisstand ähneln sich die Todesumstände von Helga Cronauer und Susanne Spaniol.«

»Ist das eine abgesicherte und belastbare Information?«, frage ich nach.

»Ich fürchte ja!«

Ken berichtet, dass der Chefarzt der St. Ingberter Klinik, Dr. Asiri, sich zunächst sehr bedeckt gehalten habe. Im Verlauf des Vormittags, nach etlichen Gesprächen mit dem Klinikpersonal und Telefonaten mit Dr. Mitripilos sei diese Zurückhaltung in eine konstruktive Kooperation übergegangen. Dr. Asiri habe sich telefonisch mit der Gerichtsmedizin in Verbindung gesetzt, sodass Dr. Mitripilos schon bestens vorinformiert war, noch bevor die Leiche eingetroffen ist. Dank der Überzeugungsarbeit von Rudi Closter und der Oberstaatsanwaltschaft sei Sokrates Mitripilos sofort tätig geworden. Die bisherigen Untersuchungsergebnisse deuten darauf hin, dass auch Helga Cronauer einer Thallium-Vergiftung zum Opfer gefallen ist.

»Detaillierter Bericht folgt«, erklärt Ken zum Schluss.

»Scheiß Spiel! Wir haben es mit einem Doppelmord zu tun!«

»Wenn es ganz dumm kommt, läuft draußen ein Serientäter rum«, ergänzt Ken.

»Mal den Teufel nicht an die Wand! Ich informiere Rudi und die Staatsanwaltschaft. Wenn das die Runde macht, bricht bei den alten Leuten in Spiesen und Elversberg eine Panik aus.«

»Noch weiß es keiner. Außerdem: Wenn du ehrlich bist, hast du damit gerechnet!«

»Das ist wahr. Wir waren in beiden Wohnungen, deren Bewohner kurz zuvor gestorben sind. In Spiesen-Elversberg spricht sich das ratzfatz rum, da braucht nur jemand eine Scheißhausparole in die Welt zu setzen und schon herrscht heller Aufruhr. Was die Presse draus macht, muss ich Dir nicht erzählen.«

»Was willst du jetzt machen?«

»Wenn es nach mir ginge, die Flucht nach vorne ergreifen, aber das kann ich nicht entscheiden. Das ist eine Sache von ganz oben.«

Ich will schon zum Telefonhörer greifen, als Marius Sorg ins Büro stürmt.

»Hi, ihr zwei! Was schaut ihr so? Sehe ich aus wie ein Ork aus dem Herr der Ringe?«

»Beleidige die Orks nicht!«, ermahne ich ihn. »Du scheinst

bester Laune zu sein.«

»Das scheint nur so. Ich habe nichts gegessen, folglich kann es mir nicht gut gehen. Aber wir haben einen Hinweis. Die Spurensicherung hat es entdeckt.«

Marius fummelt umständlich an seiner Jacke herum.

»Jetzt mach schon!«, maule ich ungeduldig. »Was hast du?«

»Ein Prospekt dieser Firma GeWAltLos.«

»Zeig her!«

»Moment! Ich bin schon dabei! Ich habe es abfotografiert, das Original ist im Labor. Ich muss mein Smartphone erst an die Stromversorgung hängen, der Akku ist leer.«

Marius verschwindet kurz und kommt mit dem Ladekabel zurück. Er stöpselt ein und ruft das Foto auf. Dann schickt er es auf meinen Rechner, damit ich es für die Akte ausdrucken kann. Endlich liegt mir eine Information über den geheimnisvollen Nachlassnehmer von Susanne Spaniol vor. Der bunte Flyer sieht professionell aus. Ein Faltblatt, im Original auf Hochglanzpapier. Zentral zu sehen ist die fotomontierte Vision eines Wohntraktes direkt am Seeufer. Planung, Fiktion, Suggestion. Utopie. Nichtssagender Text. Allgemeinplätze. Blabla. Eine typische Werbebroschüre. Ein Spiel mit der Anordnung der Buchstaben, Schattenwurf, Farbtöne.

Eine Initiative von jungen Bürgern für ältere Bürger –

Generationenprojekt

Ein Name

Christian F. Finkeisen

Kein Impressum.

Die zweite Seite wäre im Original die Rückseite des Flyers. Grundrisse und Wohnungszuschnitte. Skizzenhafte Fluchten. Fotos von Massagebänken und Moorbädern. Bäderabteilung und Menschen in weißen Bademänteln. Utopien eines fernen Projektes. Im Kleingedruckten stehen Hinweise für Mieten, Eigentumswohnungen und Optionen für Pflege und Betreuung.

Christian F. Finkeisen

»Kennt jemand diesen Vogel?«, frage ich in die Runde.

Kopfschütteln.

»Die Broschüre stammt aus der Wohnung von Frau Spaniol. Steckte zwischen den Kochbüchern.«

»Warum hat sie die Broschüre versteckt?« Die Frage ist mehr an mich selbst gerichtet.

»Ich glaube nicht, dass sie den Prospekt absichtlich versteckt hat. Das Teil klebte einfach am Buchdeckel fest. Küchendunst oder statische Aufladung, was weiß ich. Bei Helga Cronauer haben wir übrigens keinen Prospekt finden können; auch nicht zwischen den Büchern.«

»Ein Testament?«

»Bisher nicht. Es gibt einen kleinen Safe, der steht unten im Kleiderschrank. Der Schlüssel lag in der Kommode. Kurt Sayler hat den Safe geöffnet. Drinnen lagen Schmuck, nichts Besonderes und eine verschlossene Kassette. Der Schlüssel fehlt. Wurde in der Wohnung nicht gefunden. Ohne Beschluss dürfen wir das Teil nicht gewaltsam öffnen.«

»Und Herr Sayler?«

»Der ist restlos überfordert und sagt gar nichts.«

»Wo ist die Kassette?«

»Noch in der Wohnung. Im Tresor, wie vorgefunden. Der Schlüssel vom Safe ist bei K4. Kurt Sayler wollte ihn nicht an sich nehmen.«

»Warum?«

»Frag ihn selbst! Der Junge handelt nicht rational.«

»Weißt du Bescheid über die Todesursache von …«

»Ja, die Kollegen haben mich auf dem Laufenden gehalten.«

»Habt ihr Essensreste sicherstellen können?«

»Alles im Labor.«

»Handschriftliche Aufzeichnungen?«

»Im Labor, Josch!«

»Okay, okay, ich frag nur! Was ist mit Kurt Sayler?«

»Ich habe lange mit ihm geredet; auch mit seinem Chef

und seinen Kollegen. Sayler gilt als fleißig, wenn man ihm genau erklärt, was er machen soll. Zu Eigeninitiativen ist er nicht fähig. Über sein Privatleben ist nichts bekannt. Ab und zu geht er in diese Kneipe, aber auffällig geworden ist er nicht; jedenfalls nicht in unseren Akten. Die Gesundheitschecks beim Forst waren okay. Einen Hausarzt hat er nach eigenem Bekunden nicht.«

»Wer kümmert sich im Augenblick um ihn?«

»Eine Nachbarin hat sich bereit erklärt, ab und zu nach dem Rechten zu sehen, sobald er wieder im Haus der Tante wohnt. Solange die Wohnung versiegelt ist, kann er im Gästezimmer bei seinem Chef in Bildstock übernachten. Geht aber nur für zwei oder drei Nächte.«

»Verwandte?«

»Er sagt: nein! Helga Cronauer lebte sehr zurückgezogen. Außer zu den Treffen beim Obst- und Gartenbauverein und in die Kirche scheint sie nirgend wohin gegangen zu sein. Das bestätigen die Nachbarn. Keine Besucher, nicht mal an den Feiertagen.«

»Immerhin zwei Gemeinsamkeiten mit Susanne Spaniol. Obst- und Gartenbauverein und die Kirche.«

»Stimmt nicht ganz. Es sind zwei verschiedene Pfarreien.«

»Aber wahrscheinlich der gleiche Pastor«, vermutet Ken. »Die Personaldecke der Kirche gibt sicherlich nicht mehr her.«

»Hast du Hinweise gefunden, woher die Pilze stammen könnten? Verpackungen oder so? Die Johns behaupten, dass sie Frau Cronauer in letzter Zeit nicht beliefert haben.«

»Im Mülleimer lag ein Gefrierbeutel. Der ist ebenfalls im Labor.«

»Gut, warten wir die Untersuchungen ab. Wo zum Teufel könnte der Schlüssel zu dieser Kassette abgeblieben sein?«

»Wer sagt uns, dass die Kassette nicht schon geleert worden ist?«, bemerkt Ken.

»Dann wäre Kurt Sayler der Hauptverdächtige«, entgegne ich.

»Das glaube ich nicht«, meint Marius. »Ich kann mir nicht vorstellen, dass der strategisch denken kann.

»Moment!«, meldet sich Ken. »Wenn wir davon ausgehen, dass sich in der Kassette für Helga Cronauer wichtige Dinge befinden, dann hatte sie den Schlüssel vielleicht bei sich, als sie ins Krankenhaus gekommen ist.«

»Sie wurde vom Notarzt eingeliefert«, entgegne ich. »Demzufolge … aber, wer weiß, vielleicht hatte sie ihn dauerhaft bei sich. Geht der Sache nach, vielleicht haben wir Glück.«

Jetzt rufe ich bei Rudi und der Staatsanwältin an! Wir brauchen einen Besprechungstermin für den Nachmittag. Der Termin wird auf 16 Uhr festgelegt, ich habe fast zwei Stunden Zeit. Die Nussecke hat nicht lange vorgehalten, ich verspüre einen Bärenhunger. Mehr als ein Schinkensandwich und ein Schokoladenpudding sind in der Kantine nicht mehr aufzutreiben. Inge steuert eine Banane bei.

Bevor ich mich auf die Suche nach Christian F. Finkeisen mache, schreibe ich einen Merkzettel: Marion, Wolfgang, Bankautomat

17.

Um 16 Uhr sitzen die Mitarbeiter des K3 fast vollzählig im Besprechungszimmer zusammen, nur Inge Manderscheid hält die Stellung am Telefon. Auch Staatsanwältin Sommer ist dabei und erklärt, dass die Kollegen von K4 nicht teilnehmen können, weil sie vollauf mit den Auswertungen der Spuren beschäftigt sind. Wir tauschen Informationen aus, versuchen die Abläufe zu rekonstruieren und suchen nach Ansätzen, um den Todesfällen der beiden alten Damen Gemeinsamkeiten zu entlocken, die unsere Vermutungen untermauern.

Mitten in der Besprechung stellt Inge einen Telefonanruf der Klinik in St. Ingbert durch. Ken Arndt führt das Gespräch, das nicht länger als eine Minute dauert. Als er auflegt, macht er einen zufriedenen Eindruck.

»Wahrscheinlich wurde der Schlüssel gefunden. Er ist an einer Kette mit einem goldenen Kreuz, die in den letzten Winkel der Nachttischschublade gerutscht war. Beim Saubermachen wurde sie anscheinend übersehen.«

»Wo ist der Schlüssel jetzt?«, frage ich.

»Abholbereit auf der Station im Krankenhaus.«

»Ich fahre auf dem Heimweg vorbei und hole ihn ab. Ken, du kommst bitte mit Kurt Sayler in die Wohnung von Helga Cronauer. Ich will, dass er die Kassette öffnet; in unserem Beisein! Wir treffen uns dort um … wann hat Sayler Feierabend?«

»Keine Ahnung!«, entgegnet Ken genervt. »Was ist üblich? Um vier oder fünf, schätze ich.«

»Dann treffen wir uns um sechs!«

»Es wird also wieder spät heute.«

»Wir dürfen nicht so viele Überstunden produzieren!«, mahnt Rudi Closter.

»Bist du der Leiter der Mordkommission oder Bezirkschef der Gewerkschaft?«, entrüste ich mich. »Der Polizeipräsident ist anscheinend kein guter Umgang für dich, Rudi!«

»Sag mal!«, regt sich Rudi auf. »Jetzt reicht's aber!«

»Stimmt!«, pflichtet die Staatsanwältin ihm bei. »Das war nicht angebracht, Herr Hauptkommissar!«

»Sorry, Rudi! War nicht so gemeint! Ich wollte nur …«

»Ist gut!«, schneidet mir Rudi das Wort ab. »Konzentrieren wir uns auf das Wesentliche! Was haben wir noch?«

»Dieser Christian F. Finkeisen macht mir Probleme«, erkläre ich. »Der Name auf der Broschüre, ihr erinnert euch! Diese Firma ist nirgendwo eingetragen. Vielleicht eine Bürgerinitiative oder etwas in der Richtung. Ich habe eine Adresse ausfindig gemacht; das scheint ein Leerstand zu sein. Die Kollegen aus Losheim waren vor Ort, aber dort wohnt niemand.«

»Das Einwohnermeldeamt …«

»Hat nur diese eine Adresse.«

»Marius soll das morgen klären!«, entscheidet Rudi. »Fahr hin und sieh zu, dass du den Aufenthaltsort von diesem Finkeisen ermittelst!«

»Noch etwas beschäftigt mich, aber ich habe keine Lösung«, ergreife ich erneut das Wort. »Angenommen, alles ist korrekt! Wie kommt der Verein an seinen Erbteil? Den Hinterbliebenen ist keine Bankverbindung dieser Organisation bekannt. Es ist auch kein Notar benannt.«

»Gute Frage«, entgegnet Staatsanwältin Sommer. »Ich werde beim Nachlassgericht eine Auskunft einholen. Ohne Aktenzeichen und Notar wird das nicht einfach. Hat jemand eine andere Idee?«

»Keine Idee, aber eine weitere Frage«, meldet sich Ken. »Erstens: Woher weiß der Verein in Losheim, dass Susanne Spaniol gestorben, und woher weiß er, dass er Erbnehmer ist?«

»Erfahren werden sie es aus der Zeitung, nehme ich an.«

»Die Todesanzeige wurde nicht geschaltet, weil die Leiche erst heute freigegeben worden ist. Die Johns haben demzufolge auch keinen Beerdigungstermin.«

»Dann wird sich dieser Finkeisen spätestens melden, wenn er die Todesanzeige liest«, behauptet Frau Sommer.

»Vorausgesetzt er weiß, dass er im Testament bedacht ist.«

»Stimmt!«, raunt Rudi. »Woher weiß er das?«

»Weil es ihm die Erblasserin gesteckt hat«, erklärt Marius. »Woher sonst?«

Kriminalrat Krusch betritt, ohne vorher anzuklopfen, den Besprechungsraum, greift sich einen Stuhl und platziert sich neben Rudi Closter.

»Ich habe bei Dir angerufen, Rudi«, beginnt Krusch. »Aber niemand ging ran. Man hat mir erklärt, dass ihr in einer

Besprechung seid. Meine Leute sind mit der Spurenanalyse beschäftigt, deshalb komme ich selbst.«

Oh Gott, denke ich still, komm endlich zur Sache!

»Wir haben Neuigkeiten!«

»Schieß los!«, fordert Rudi Closter. »Willst du einen Kaffee?«

»Ja, gerne!«

Anscheinend lösen alternde Kriminalräte bei Daniela Sommer einen Pflegereflex aus, denn Krusch wird augenblicklich von ihr bedient.

»Danke, Frau Sommer! Zum Thema: Wir haben in beiden Wohnungen, sowohl bei Frau Spaniol als auch in der von Frau Cronauer Fingerabdrücke sichergestellt, die zwar identisch, demnach der gleichen Person zuzuordnen sind, die allerdings zu keinem Vergleichsmuster uns bekannter Personen, sofern diese …«

Das ist Kriminalrat Hans-Georg Krusch, wie er leibt und lebt! Seinen ausschweifenden Erklärungen zuhören zu müssen, ist eine echte Herausforderung. Der Mann ist die personifizierte Korrektheit. Hans-Georg ist ein ganz lieber Kollege und ein feiner Kerl, ganz ohne jeden Zweifel, aber mit seiner Langatmigkeit treibt er mich bisweilen an den Rand des Wahnsinns. Wir sind fast gleichaltrig; wenn es stimmt, dass man im Alter langsamer wird, steht Hans-Georg ein Rentnerdasein in völliger Erstarrung ins Haus.

»Es sind nicht die Abdrücke von Dagmar oder Markus John?«, unterbreche ich, um Fahrt in die Besprechung zu bringen.

»Nein!«

»Auch nicht die von Kurt Sayler?«

»Nein!«

»Die Damen hatten demnach einen gemeinsamen Bekannten oder eine Bekannte, …«, resümiert Rudi Closter.

»Eher männlich«, ergänzt Krusch.

»Okay! Also jemand, der bei beiden in der Wohnung war!«

Rudis Kombinationsgabe ist bewundernswert!

»Was können wir daraus herleiten?«, werfe ich in die Runde. »Vorerst nicht viel! Beide Opfer waren im Obst- und Gartenbauverein, standen der Kirche nahe, vielleicht sind es die vom Pfarrer. Weitere Möglichkeiten gibt es zuhauf: der Getränkelieferant, der Schornsteinfeger oder zum Beispiel der Lieferservice vom Lebensmittelhändler, was weiß ich? Außerdem war Helga Cronauer vor vielen Jahren eine bekannte und beliebte Wirtin in Spiesen; das ist heute quasi meine Stammkneipe nicht weit von Susanne Spaniols Haus entfernt. Vielleicht hatten sie gemeinsame Bekannte aus alten Zeiten? Was mich überrascht, ist die Aussage der Nachbarn, dass Helga Cronauer fast nie Besuch hatte.«

Rudi steht die Enttäuschung ins Gesicht geschrieben; sein kriminalistisches Gespür hat in den Jahren als Verwaltungsbeamter gelitten.

»Ich finde das trotzdem bemerkenswert«, verteidigt sich Krusch.

»Das ist es auch, Hans-Georg!«, beschwichtige ich. »Aber wir dürfen daraus keine allzu optimistischen Schlüsse ziehen. Dennoch werden wir einen Abgleich mit unserer Datei machen.«

»Gut möglich, dass Helga Cronauers alte Stammkundschaft mittlerweile nicht mehr mobil ist. Was hast du noch?«, richtet sich Rudi erwartungsvoll an Krusch.

»Der Schnelltest ergab Spuren von Thallium am Gefrierbeutel.«

»Wir haben es somit definitiv mit einem Doppelmord zu tun!«, stellt die Staatsanwältin fest.

»Das bedeutet, dass wir intensiv nach weiteren Todesfällen mit ähnlichen Begleitumständen recherchieren müssen«, behaupte ich.

»Da ich das genauso sehe, haben wir alle Krankenhäuser

im näheren Umkreis informiert und gebeten, die Akten in dieser Richtung zu durchforsten«, antwortet Krusch nicht ohne Stolz.

»Super! Welche Krankenhäuser?«

»Neunkirchen und St. Ingbert sind ohnehin sensibilisiert. Wir haben weiterhin St. Wendel, den Kohlhof, Sulzbach und Ottweiler kontaktiert. Es wird aber eine Weile dauern, bis wir Rückmeldungen erhalten.«

»Sehr gut! Wir sollten Zweibrücken, Weiskirchen, Saarlouis, Merzig und die Saarbrücker hinzunehmen!«

»Das übernehme ich«, erklärt sich die Staatsanwältin bereit. »Die Uniklinik ist sowieso schon im Boot.«

»Außerdem sollten wir uns auf den Obst- und Gartenbauverein und die Kirchengemeinde konzentrieren«, meint Rudi, »das sind die einzigen bekannten Schnittstellen.«

»Abwarten, was in der Kassette ist!«, erkläre ich. »Vielleicht bringt uns ihr Inhalt einen Schritt weiter. So! Wenn ich um sechs in Helga Cronauers Wohnung sein will, muss ich sofort los. Ich muss vorher am Krankenhaus vorbei und den Schlüssel holen. Ihr könnt ohne mich weitermachen.

»Und ich muss Kurt Sayler abholen«, erklärt Ken.

Wir verlassen die Runde und machen uns auf den Weg. Unterwegs versorge ich mich an einem Bankautomaten mit Bargeld und beschaffe an einer Tankstelle ein Sandwich für mich und eine Tankfüllung für mein Auto. Die Müdigkeit steckt mir wie Blei in den Knochen. Um munter zu bleiben, fahre ich mit offenem Seitenfenster und genieße den Fahrtwind. Im Krankenhaus frage ich nach Dr. Asiri und werde in den zweiten Stock geschickt. Als ich mich dort als Kriminalbeamter vom LKA ausweise, wird der Arzt eilends ins Stationszimmer gerufen. Die unentdeckte Thallium-Vergiftung ist ihm sichtlich peinlich; er ist um Schadensbegrenzung für den guten Ruf der Klinik bemüht und macht daraus keinen Hehl.

»Das Ganze ist uns natürlich äußerst unangenehm«, erklärt

er nach der Begrüßung. »Ich kann nur hoffen, dass unser Haus dadurch nicht in ein falsches Licht gerückt wird.«

»Nun machen sie sich nicht ins Hemd, Herr Dr. Asiri. Sie sind nicht die einzige Klinik, die dieses Problem hat. Wir recherchieren gerade, ob es weitere ähnlich gelagerte Fälle gibt. Der Fehler liegt im System! Wenn ich sehe, was bei Ihnen los ist, kann ich der Ärzteschaft keinen Vorwurf machen. Für eine Weile werden die Kliniken sensibilisiert sein, dann wird der Alltag sie wieder einholen; ich mache mir nichts vor.«

»Ihr Kollege erzählte von einem ähnlich gelagerten Fall in Neunkirchen.«

»So ist es. Ich hoffe, dass es keine weiteren Kreise zieht.«

»Warum macht jemand so etwas? Ältere Menschen, mit Thallium?«

»Hätten sie eine bessere Methode?«, frage ich, worauf Dr. Asiri fast an die Decke geht.

»Ich bitte sie!«

»Ich meine ja nur! Mediziner hätten andere Tricks auf Lager.«

»Sie sind entweder einer von der derben Sorte, oder sie haben einen Humor, den ich nicht verstehe.«

»Letzteres Herr Doktor! Gewiss Letzteres! Ja, warum tut jemand so etwas? Mit dieser Frage beschäftige ich mich mein ganzes Berufsleben lang. Ich verrate Ihnen etwas: Mit dem Motiv finden wir meistens die passende Antwort, aber verstanden habe ich es selten. Sehr selten! Wir werden sehen, Herr Doktor. Sie haben keine weiteren verdächtigen Todesfälle?«

»Nein, ich bin sicher, dass es ein Einzelfall war. Diese Aussage gilt für die letzten sechs Monate; was weiter zurückliegt, konnten wir bislang nicht überprüfen.«

»Gut, wenigstens eine einigermaßen gute Nachricht. Geben sie mir bitte die Kette mit dem Schlüssel aus Helga Cronauers Nachttisch, ich muss weiter!«

Fünf Minuten später bin ich auf dem Weg zu Helga Cronauers Wohnung in Elversberg. Straßenbelag und Gehwege der Friedrichstraße sind zwar saniert, aber die Bausubstanz der Häuser zeigt mitunter deutliche Alterserscheinungen. Einige Häuserfassaden und Eingänge sind renoviert, aber viele der kleinen Reihenhäuser sind in einem üblen Zustand. Das Häuschen von Helga Cronauer macht keine Ausnahme; ein Backsteinbau aus der Nachkriegszeit, der langsam vor sich hin vergammelt, vor allem das Dach und die Fenster. Ich bin zwar kein Fachmann, aber wer hier eine anständige Renovierung durchführen will, muss einen hohen fünfstelligen Betrag in die Hand nehmen.

In der Hoffnung, dass Ken Arndt und Kurti Sayler demnächst auftauchen werden, spaziere ich auf und ab und betrachte die Häuserzeilen.

»Kann ich helfen?«, fragt eine freundliche Stimme hinter mir. Ich dreh mich um und erblicke einen großen hageren Mann, den ich auf Mitte fünfzig schätze.

»Danke, ich warte auf einen Kollegen. Sagen sie: Wohnen sie hier?«

»Ja! Mein Name ist Friedrich, ich wohne ein paar Häuser weiter.«

»Friedrich in der Friedrichstraße! Sie wohnen quasi in ihrer eigenen Straße!«

»Ja, so kann man das sagen!«, lacht der Herr. »Warum fragen sie?«

»Kannten sie Helga Cronauer?«, frage ich und zeige meinen Dienstausweis.

»Ja, die kannte ich. Habe mitbekommen, dass sie gestorben ist. Dass sie schwer krank war, wusste jeder, als der Notarzt da war. Ja, so ist das! Irgendwann sind wir alle an der Reihe. War nicht mehr die Jüngste! Warum die Kripo? Ist was …«

»Tut mir leid, Herr Friedrich. Bitte beantworten sie einfach meine Fragen, mehr kann und will ich im Augenblick nicht sagen.«

»Okay, verstehe! Oder besser gesagt: Verstehe nicht. Egal fragen sie!«

»Wie gut kannten sie die Verstorbene?«

»So gut, wie man jemanden kennen kann, der sich völlig abgekapselt hat und das Haus kaum verlässt. Früher war Helga eine lebenslustige Frau, die hatte Pfeffer, kann ich ihnen sagen! Als wir Kinder waren, hat sie uns flott gemacht, wenn wir auf der Straße zu laut waren. Weil sie immer lange geschlafen hat; musste sie auch, weil sie als Wirtin spät ins Bett kam. Aber wie Kinder eben sind, haben wir darauf natürlich keine Rücksicht genommen. Andererseits war Helga ganz lieb zu uns. Kaugummi oder Süßigkeiten, damit hat sie versucht, sich mit uns zu versöhnen. Aber wir hatten Respekt vor ihr. Als Willi plötzlich verstarb, hat sich von einem Tag auf den anderen alles verändert! Seitdem ging sie praktisch nicht mehr aus dem Haus. Willis Tod hat sie total verändert.«

»Ihr Mann?«

»Ja. Ist ganz plötzlich an einem Hirnschlag gestorben. Vor der Haustür umgekippt, Feierabend!«

»Wie lange ist das her?«

»Puh, da fragen sie was! Ewig! Über zwanzig Jahre!«

»Oh, damals müssen die beiden relativ jung gewesen sein.«

»Was heißt jung? Unser Alter vielleicht.«

Ein Optimist ist dieser Mensch nicht gerade! Andererseits: Wenn er mich auf seine Altersstufe stellt, kann ich das auch als Kompliment auffassen.

»Frau Cronauers Neffe Kurt – wann kam der zu seiner Tante?«

»Kurti? Oh je, das ist ein Kapitel für sich! Kurti hatte eine beschissene Kindheit. Seine Eltern waren …«

»Davon habe ich gehört. Er steht wohl nicht auf der Sonnenseite des Lebens. Gab es Probleme zwischen ihm und seiner Tante?«

»Kurti ist dazu nicht in der Lage. Ich meine, er kann Probleme weder verursachen, noch welche lösen. Ich bin Pädagoge, habe mich manchmal mit ihm unterhalten, von da her kann ich das ganz gut beurteilen. Kurti tut, was man ihm sagt, nicht mehr und nicht weniger. Er ist nicht in der Lage, selbstständig Entscheidungen zu treffen. Es reicht für die alltäglichen Dinge; er ist sauber, fleißig und er versteckt sich nicht, aber mit allem anderen ist er überfordert. Kurti wird's schwer haben. Am besten wäre es für ihn, er käme irgendwo in ein Projekt für betreutes Wohnen. Am Finanziellen dürfte das nicht scheitern.«

»Wie meinen sie das? Wenn ich mir das Haus anschaue, habe ich nicht den Eindruck, dass für den Neffen gesorgt ist.«

»Ich weiß natürlich nichts Genaues, aber ich glaube, der Eindruck täuscht. Überlegen sie mal! In früheren Jahren hatte Helga mit ihrer Kneipe eine Goldgrube. Echt! Bei Helga war rund um die Uhr was los. Damals gingen die Leute oft in die Kneipe. Die hatte eine Kegelbahn. Hausbälle, da schwärmen die Alten heute noch von! Außerdem war vor der Tür die Endstation der Straßenbahn. Mein Vater erzählt Storys, damals war die Kneipe morgens um sechs schon gerammelt voll. Eisenwerk, die Grube! Bei Schichtwechsel und so ... kann man sich heute nicht mehr vorstellen. Ja und der Willi, Helgas Mann, der hatte einen Getränkegroßhandel; der hat jedes Fest beliefert und seine Frau natürlich auch, also quasi sich selbst. Sie verstehen ...«

»Ja, ich kann mir vorstellen, worauf sie hinaus wollen.«

»Da kann mir keiner erzählen, dass nichts hängen geblieben ist! Helga und Willi waren Raffer. Sparsam, fast geizig, wenn es um sie selbst ging. Urlaub, neues Auto, Markenklamotten? Nee, das war nix für die Beiden. Dementsprechend sieht das Haus aus. Helga hat ständig gesagt, sie müsse sparen fürs Alter. Naja, das war die falsche Taktik, aber so sind manche Leute eben. Mein Vater ist nicht anders. Der ist 94!«

Aha! Das sind völlig neue Aspekte, die ich im Augenblick nicht vertiefen will, sonst wird Herr Friedrich hellhörig.

»Ist Kurti mal gewalttätig geworden?«, wechsele ich das Thema.

»Davon ist mir nichts bekannt. Warum fragen sie das alles? Hat Kurti etwas angestellt?«

»Es sind nur grundsätzliche Fragen. Im Tatort würden sie sagen: reine Routine.«

»Irgendetwas stimmt nicht! Das können sie mir nicht erzählen!«

»Ich kann ihnen dazu nicht mehr sagen! Akzeptieren sie es einfach, Herr Friedrich!«

»Wissen sie, wann Helga beerdigt wird?«

»Nein! Eine Frage noch: Ist ihnen bekannt, ob Frau Cronauer in letzter Zeit Besuch gehabt hat?«

»Ach Gott! Ich bin berufstätig, und wenn ich zu Hause bin, habe ich eine andere Leidenschaft, als die Nachbarschaft auszuspionieren.«

»Das habe ich nicht gemeint, aber es hätte sein können, dass ihnen irgendetwas aufgefallen ist, was …«

»Außer in der Kirche und auf dem einen oder anderen Fest des Obst- und Gartenbauvereins habe ich Helga in den letzten Jahren nicht gesehen.«

»War sie in Begleitung?«

»Mit Kurti! Immer! Nie ohne ihn! Das war schon merkwürdig, wie die sich abgekapselt haben. Ah, da kommt er ja!«

In der Tat steigt Kurt Sayler aus dem Wagen, den Ken Arndt auf der gegenüberliegenden Straßenseite geparkt hat. Es ist Zeit, dass ich mich von meinem Gesprächspartner verabschiede.

»Tut mir leid, dass ich unser Gespräch beenden muss. Hier ist meine Visitenkarte, wenn ihnen etwas einfällt, rufen sie mich an! Vielen Dank, Herr Friedrich, vielleicht melde ich mich bei ihnen noch mal. Schönen Abend!«

Friedrich verabschiedet sich mit Handschlag und spaziert weiter seine Straße entlang. Netter Mensch, denke ich.

»Hast du den Schlüssel?«, fragt Ken und geht auf die Haustür zu.

»Du meinst für die Kassette?«, frage ich zurück.

»Ja klar! Den für die Haustür habe ich selber!«

»Wie geht es dir, Kurt?«, frage ich und versuche zu ihm einen Kontakt aufzubauen. »Kommst du klar? – Gehst du nachher zu Mico?« Auf meine Fragen geht er nicht ein.

»Eher nicht, vielleicht ein anderes Mal.«

Ken öffnet die Tür und ich schiebe Kurti vor mir her. Gemeinsam gehen wir zum Wohnzimmerschrank, wo in der unteren Schublade die Kassette liegt. Wir brauchen keine Handschuhe, denn die Spuren wurden bei Kens letztem Besuch bereits gesichert. Ich reiche Kurti den Schlüssel.

»Öffnest du bitte!«

Kurti nickt und will die Kassette öffnen, was sich in der engen Schublade als ziemlich umständlich herausstellt.

»Warte! Oberkommissar Arndt soll sie auf den Tisch stellen, dann ist es einfacher. Aber fass nichts in der Kassette an, das mache ich!« Ich ziehe nun doch meine Latexhandschuhe an.

Kurti wäre nicht auf die Idee gekommen, die Kassette aus der Schublade zu holen, damit es einfacher ist. Er scheint tatsächlich nicht in der Lage zu sein, selbstständige und eigene Ideen zu entwickeln. Er öffnet die Kassette und schaut mich fragend an.

»Danke«, sage ich, schiebe ihn beiseite und widme mich dem Inhalt.

Ein brauner DIN-A5-Umschlag, die Lasche nach innen geklappt, nicht zugeklebt. Darauf ein goldener Ring, ich vermute der Ehering des verstorbenen Gatten. Ich entnehme alles und lege es in den aufgeklappten Deckel. Unter dem Umschlag kommt eine Klarsichthülle zum Vorschein, in der ein Sparbuch mit dem Logo der Volksbank steckt.

Kurti setzt sich auf die Couch und sitzt da, als habe er mit der ganzen Sache überhaupt nichts zu tun. Ich entnehme das Sparbuch und blättere bis zum letzten Eintrag. Am 27. August wurden 500 Euro abgehoben. Das aktuelle Guthaben beträgt 148.753,13 Euro! Der Hammer! Herr Friedrich lag mit seiner Einschätzung goldrichtig!

So viel Geld auf dem Sparbuch einer alten Frau, die in einem heruntergekommenen Reihenhaus in der Provinz lebt. Warum zum Teufel hortet jemand so viel Geld, anstatt es sich in einem renovierten Haus oder sonst wo an seinem Lebensabend gemütlich zu machen? Ich lasse mir nichts anmerken und reiche das Sparbuch an Ken Arndt weiter, der es vorsichtig mit den Fingerspitzen nimmt, hineinschaut und kommentarlos in einen Asservatenbeutel steckt.

Als Nächstes widme ich mich dem Briefumschlag. Darin befinden sich zwei gefaltete DIN-A4-Bögen, Lineatur, mit Tinte beschrieben in einer gut leserlichen Schrift, die erkennen lässt, dass sich hier jemand viel Mühe gemacht hat, um ein anständiges Schriftbild zu Papier zu bringen.

Mein Letzter Wille,

Ich, Helga Cronauer, verfasse mein Testament im Vollbesitz meiner geistigen Kräfte und ohne fremde Hilfe.

Ich war mein ganzes Leben lang sparsam. Alles, was ich hinterlasse, habe ich auf ehrliche Weise verdient. Der Rest stammt aus der Lebensversicherung meines Mannes Willi. Wir haben immer gespart, um im Alter niemand zur Last zu fallen.

Als ob die Lebensversicherung von Willi kein ehrliches Geld sei! Unglücklich formuliert, aber ich weiß, was die alte Dame ihrer Nachwelt sagen will.

Ich will, dass mein Neffe Kurt-Georg Sayler nach meinem Tod von Frau Christine Neu und ihrer Familie betreut wird. Er soll aber nicht unter ihrer ständigen Obhut leben, sondern weiterhin in unserem Haus wohnen. Frau Neu soll sich um ihn kümmern und mit dem Geld die notwendigen Ausgaben für Essen, Kleider und so weiter

bestreiten. Wenn Kurt-Georg in seiner gewohnten Umgebung bleibt und Frau Neu ein bisschen auf ihn aufpasst und versorgt, ist das für ihn am allerbesten. Alles Notwendige soll aus meiner Hinterlassenschaft bezahlt werden. Kurt-Georg muss aber zur Arbeit gehen und sein eigenes Geld verdienen, sonst geht er unter, weil er mit Geld nicht umgehen kann. Deshalb soll er das Geld nicht selbst bekommen. Damit es ihm falsche Freunde nicht abnehmen können, soll Frau Neu das Geld verwalten.
Meinen Schmuck, das Geschirr und das Silberbesteck sollen die Frauen vom Obst- und Gartenbauverein gerecht untereinander aufteilen. Aber nicht verkaufen, weil das alte Andenken sind.
Was Kurt-Georg an Mobiliar nicht gebrauchen kann, soll die Pfarrei auf dem Kirchenbasar feilbieten oder an Bedürftige geben.
Mein Begräbnis soll …

Im Rest des Testaments äußert Helga Cronauer detailliert Wünsche und Beschreibungen für ihren letzten Weg. Ich überfliege die Zeilen und wundere mich, wie akribisch sie alles durchdacht hat. Manche Menschen legen mehr Wert auf die Organisation nach ihrem Ableben als auf die Planung ihres Alltags zu Lebzeiten.

Soweit ich das in der Schnelle beurteilen kann, ist das Papier ordnungsgemäß mit Ortsangabe und Datum unterschrieben.

»Ist das die Handschrift Deiner Tante?«, frage ich Kurti und zeige ihm eine Seite.

»Weiß ich nicht!«, antwortet er ohne Zögern. Im gleichen Augenblick kommen mir Zweifel, ob Kurt Sayler überhaupt lesen kann.

»Kennst du eine Christine Neu?«

Kurti überlegt und schaut zur Decke, als ob dort die Antwort geschrieben stünde.

»Ich glaube, die war mal hier.«

»Und was wollte die? Wann war das?«

»Das ist schon lange her. Die hat uns abgeholt. Mit einem Mercedes.«

»Und dann?«

»Sind wir zum Essen gefahren. An einen See.«

»Und weiter?«

»Ihr Mann war auch dort.«

»Gab es dafür einen besonderen Anlass?«

»Tante Helga kannte die.«

»Gut?«

»Weiß ich nicht. Kann sein.«

»Woher?«

»Weiß ich nicht.«

»Ward ihr zum Essen in einem Lokal?«

»Ja.«

»Überleg mal, wann das war.«

»Vor ein paar Wochen. Es war heiß.«

»Und der Mann? Woher weißt du, dass es ihr Mann war? Kanntest du den Herrn?«

»Nein, aber sie hat es gesagt.«

»Kennst du seinen Namen?«

»Nein.«

»Hast du mit ihm gesprochen?«

»Nein.«

»Und Deine Tante?«

»Die schon.«

»Worüber haben sie geredet?«

»Weiß ich nicht.«

»Ihr ward an einem See, hast du gesagt. Weißt du, welcher See?«

»Nein.«

»Gab es dort etwas Besonderes?«

»Das Schnitzel war riesig und lecker.«

Na toll! Soll ich die Schnitzeljagd nach einem unbekannten See eröffnen? Ich frage nach weiteren Details, aber aus Kurti ist nichts rauszuholen.

»Hast du ein Sparbuch?«, wechsele ich das Thema.

»Nein.«

»Ein Bankkonto?«

»Da hat sich die Tante drum gekümmert.«

»Wie kommst du an den Lohn für Deine Arbeit?«

»Das holt die Tante von der Bank.«

»Alle sagen, sie ging nicht vor die Tür; das musst du mir erklären! Wie viel Geld bekommst du jeden Monat? Lass Dir nicht die Würmer einzeln aus der Nase ziehen!«

»Sie hat mir jede Woche fünfzig Euro gegeben.«

»Reicht das?«

»Klar!«

Oh Mann! Das ist wirklich ermüdend.

»Wie war das mit Kleidern, Schuhen und so weiter? Hast du die gekauft oder war das die Tante?«

»Da ist die Sonja mitgegangen.«

»Sonja! Welche Sonja?«

»Die kommt aus Furpach.«

»Sonja, wie noch? Der Familienname?«

»Weiß ich nicht. Sonja eben!«

Irgendjemand wird sich finden, der weiß, wer diese Sonja ist, aber bei Kurti komme ich vorerst nicht weiter. Ich wechsele das Thema.

»Ken, haben wir Frau Cronauers Bankverbindung?«

»Bankkarte und Kontoauszüge.«

»Aktuell?«

»Ziemlich!«

»Herrgott noch mal muss ich dir die Würmer einzeln aus der Nase ziehen?«

»Warum regst du dich auf, Josch? Ich habe alles bei der Besprechung erzählt. Wenn du nicht zuhörst, kann ich nichts dafür! Auf dem Konto stehen ein paar Hundert Euro. Wir haben zwei Auszüge, die sind etwa zwei Wochen alt.«

»Sonja ist immer zur Bank gefahren«, erklärt Kurti plötzlich. Ich nutze diesen Geistesblitz und hake nach.

»Alleine?«

»Weiß ich nicht.«

»Ohne die Tante?«

»Die ging nicht mit.«

Meine Erwartungen waren zu optimistisch.

»Ken, wir müssen morgen zur Bank! Denk dran, dass wir Frau Sommer informieren!«

»Machst du mich zu deiner externen Festplatte, oder wie?«, lacht Ken. »Oder willst du mein Gedächtnis testen?«

»Du hast wenigstens eins«, grinse ich zurück.

»Letzte Frage, Herr Sayler«, versucht es Ken. »Was wissen sie noch über diese Sonja?«

»Die ist nett.«

Die Erfolge meines Kollegen sind auch nicht gerade berauschend.

»Und weiter? Wie alt? Groß? Klein? Dick, dünn, blond, schwarz? Hat sie einen Hund, ein Pferd, ein Auto, ...«

Kens Geduld zeigt Risse. Kurti ist mit dieser Flut von Fragen völlig überfordert und schweigt betreten.

»Lass nur, Kurti!«, beruhige ich ihn. »Wir machen Schluss für heute. Herr Arndt fährt dich in dein Quartier. Sag mal: Möchtest du weiter hier wohnen? Ich meine später, wenn es nach der Beerdigung ein bisschen ruhiger wird.«

»Klar, aber dann muss mir jemand helfen.«

Aha! Soweit denkt er also doch im Voraus!

»Helfen? Wobei?«

»Beim Kochen. Das kann ich nicht. Und bei der Wäsche.«

»Das kann man organisieren, Kurti. Wer wäre dir lieber? Diese Frau Sonja oder Christine?«

»Die Sonja.«

»Dann müssen wir die anrufen. Ich habe aber keine Telefonnummer. Hast du eine?«

»Nein.«

»Ken haben wir ein Telefonverzeichnis gefunden?«

»Muss ich nachschauen, aber ich kann mich nicht erinnern, dass etwas in dieser Richtung dabei war.«

»Brauchst du etwa eine externe Festplatte?«

Ken murmelt Unverständliches und verschwindet im Flur. Wenige Minuten später taucht er mit einem zerfledderten Schreibheft auf.

»Das scheint es zu sein, aber es stehen nur ein paar Nummern drin. Stromversorger, Müllabfuhr, Edeka, die Bank, das Pfarramt und ein Günther.«

»Das ist der Mann, der das Fernsehen repariert und so«, weiß Kurti.

»Ken lass bitte die Telefonverbindungen der letzten paar Wochen überprüfen. Gleich die Nummern mit denen von Susanne Spaniols Telefonaten ab! Vielleicht gibt es Übereinstimmungen.«

Plötzlich fällt mir etwas ein! Helga Cronauer wurde bisweilen von der Familie John mit Pilzen beliefert, aber die Telefonnummer der Johns steht nicht im Heft. Vor die Tür ging die alte Frau selten. Wie hat sie Kontakt aufgenommen? Oder hatte sie die Nummer im Kopf? Das ist eine Frage, die Dagmar beantworten muss. Vielleicht weiß sie auch, wer diese ominöse Sonja ist. Sicher weiß sie das, Dagmar weiß dahin gehend alles, was im Ort vor sich geht. Am besten wäre es, wenn ich gleich vorbeifahre. Was für ein Tag ist heute? Mittwoch! Da besucht Marion normalerweise ihre Eltern. Es ist gleich 18 Uhr, vielleicht passe ich sie zu Hause ab.

»Ken, wir machen hier Schluss! Fahr Herrn Sayler bitte in sein Quartier ...«

»Ich gehe zu Fuß zu Mico.«

»Und wie kommst du von dort zu deinem Chef nach Bildstock?«

»Mit dem Taxi.«

»Kennst du die Adresse?«

»Der Chef hat sie auf einen Zettel geschrieben. Ich habe vierzig Euro, das reicht doch, oder?«

»Ja, Kurti, das reicht. Aber nur wenn du bei Mico die Kirche im Dorf lässt.«

Ich weiß, dass Kurti in der Kneipe nie mehr als drei Bier trinkt und vom Schnaps die Finger lässt; dennoch will ich ihm den warnenden Finger zeigen, man weiß nie.

»Ja, mach ich. Kann ich gehen?«

»Geh nur, aber pass auf dich auf!«

Kurt Sayler ist volljährig, nicht entmündigt und kann daher machen, was er will. Vordergründig tatverdächtig ist er nicht, daher habe ich keinen Grund, ihn aufzuhalten. Ken kommt Kurtis Entscheidung ganz gelegen, weil er endlich Feierabend machen kann. Kurti macht sich auf den Weg, Ken verabschiedet sich ebenfalls, und ich mache mich auf den Weg zur Siedlung Am Köppche.

Um 18 Uhr 30 klingele ich bei der Familie John. Keine Reaktion!

»Die sind im Pfarramt«, ruft Trudi vom Nachbargrundstück, wo sie halb verdeckt unter einem Buchsbaum im Vorgarten hantiert. »Wegen der Beerdigung.«

»Aha! Danke!«

»Willst du ein Bier? Wolfgang sitzt auf der Terrasse.«

»Nein danke, ich habe zu tun.«

Weiter geht's zu Marion. Ich melde mich wie üblich über die Türklingel, bevor ich aufsperre. Keine Reaktion. Ich rufe in den Flur. Nichts. Die Wohnung ist verlassen, Marion wohl schon bei ihren Eltern. Anscheinend habe ich in der Siedlung heute kein Glück. Immerhin kann ich in Ruhe zur Toilette. Ich überlege, was ich tun soll. Fahr ich in meine Wohnung nach Bexbach oder bleibe ich hier und warte auf Marion? Eins ist so blöd wie das andere. Zu Hause muss ich mir was zu essen machen, vermute allerdings, dass mein Kühlschrank nicht viel hergibt. Zum Einkaufen habe ich nun wirklich keinen Bock. Marions Küche ist für mich tabu, seit ich ihre beste Bratpfanne und die Kaffeemaschine ruiniert habe. Ich schaue im Brotfach nach, es ähnelt meinem Kühlschrankinhalt, da ist nichts zu holen.

Zu Mico gehe ich heute Abend mit Sicherheit nicht! Erstens wegen Kurti und zweitens hätte ich dort keine Ruhe. Ich könnte mir etwas vom Italiener kommen lassen, oder vom Türken, oder vom Vietnamesen oder vom Chinesen. Diesbezüglich ist Spiesen global aufgestellt.

Plötzlich habe ich eine geniale Idee! Wolfgang! Der Würger von Guldenburg! Den hatte ich sowieso auf meinem Zettel! Trudis Mann sitzt auf der Terrasse! Was macht er dort wohl? Genau: Bier trinken und grillen! Wolfgang grillt immer! Das ist die Lösung! Außerdem: Wolfgang und Trudi sind Mitglieder beim Obst- und Gartenbauverein! Und gleichzeitig Nachbarn von Dagmar und Markus John! Da habe ich den Überblick, wann die zurückkommen und kann obendrein Nachforschungen über Helga Cronauer anstellen. In Marions Tiefkühltruhe entdecke ich einen Beutel mit Grillwürstchen.

Zehn Minuten später sitze ich bei Wolfgang auf der Terrasse. Er hatte ausnahmsweise zwar nicht vor zu grillen, findet die Idee aber phänomenal.

»Für mich alleine macht's keinen Spaß, weil Trudi auf Diät ist. Dabei ist nix an ihr dran! Frauen! Gut, dass du kommst, jetzt brauch ich wenigstens kein Grünzeug zu futtern!«, erklärt er.

Wenn der Würger von Guldenberg nicht auf dem Sportplatz ausrastet, ist er ein ganz lieber Mensch. Zwei Minuten später erscheint Trudi und erklärt ihre Diät kurzfristig für unterbrochen.

»Meint ihr vielleicht, ich schau zu, wie ihr euch die Wampe voll haut? Ich mach einen Kartoffelsalat!«

»Lass nur!«, schlage ich vor. »Ein Stück Brot tut's auch!«

Nach längerer Diskussion erklärt sich Trudi zu einem

Kompromiss bereit und erklärt, dass sie schnell ein paar Nudeln aufsetzen will.

»Das Brot ist nämlich von vorgestern und reicht sowieso nicht für uns alle! Kann sein, dass Dagmar und Markus nachher rüberkommen.«

»Mach, was du willst!«, erklärt Wolfgang. »Aber gib Gas, Josch hat Hunger!«

Ach so! Auf einmal bin ich die treibende Kraft! Wahrscheinlich hat er sogar recht.

»Sag mal, Wolfgang: Du kennst doch alle Leute vom Obst- und Gartenbauverein ganz gut.«

»Ja, warum?«

»Kanntest du Helga Cronauer?«

»Klar! Von früher, als sie die Wirtschaft hatte, dort, wo Mico jetzt drin ist.«

»Hattest du in letzter Zeit Kontakt?«

»Nein. Die Helga hat sich nach Willis Tod höchstens ein- oder zweimal im Jahr blicken lassen. Beim Sommerfest und an Erntedank oder bei der Weihnachtsfeier. Aber sonst … mitgemacht an Kursen oder der Jahresfahrt hat die nie. Zahlendes Mitglied eben, wie viele andere auch.«

»Man sagt, sie sei sehr sparsam gewesen.«

»Das weiß ich nicht. Jedenfalls ist sie noch Mitglied und zahlt pünktlich. Trudi ist nämlich Schatzmeister im Verein. War sie jedenfalls. Ich hab gehört, dass sie gestorben ist. Ich meine Helga. Trudi ist bekanntlich putzmunter.«

»Ja, leider … ich meine Helga … jetzt braucht der Kurti eine Betreuung. Sagt dir der Name Christine Neu etwas?«

»Nee! Hier aus Spiesen?«

»Okay, dann hat sich das! Kennst du eine Sonja?«

»Ich kenne sogar zwei!«

»Wenn es die Richtige ist, reicht mir die Eine. Erzähl!«

»Die Eine wohnt hier in der Siedlung neben Walter … Sonja Ruffing. Die Frau vom …«

»Hat die etwas mit Helga Cronauer oder Kurti am Hut?«

»Nein, wie kommst du da drauf? Du meinst die andere Sonja!«

»Wie, du kennst die tatsächlich? Und woher? Weiter!«

»Das ist dem Erik seine Schwester. Nee, Stiefschwester glaube ich.«

»Wer ist Erik?«

»Der Wikinger! Du kennst den doch! Der Mann von der Königin.«

»Ach, der heißt Erik?«

»Und seine Frau heißt Claudia. Also offiziell!«

»Jetzt weiß ich, wen du meinst.«

Es ist fatal! Die beiden wohnen einen Steinwurf von Marion entfernt und wurden mir bisher nur mit ihren Spitznamen vorgestellt. Wie die richtig heißen, hat mir niemand gesagt. Außerdem hat sie nie jemand mit ihren richtigen Namen angesprochen.

»Diese Sonja ist mit Erik verwandt?«

»Ja, die schreibt sich Fromminger.«

»Wer schreibt sich Fromminger?«, fragt Trudi, die mit Tellern und Bestecken bewaffnet auf der Terrasse erscheint.

»Die Schwester vom Wikinger«, erklärt Wolfgang. »Weißt du, wo die wohnt?«

»Furpach oder Kohlhof. Wer will das wissen?«

»Josch!«

»Warum? Brauchst du einen Sozialdienst?«

»Wieso Sozialdienst?«, frage ich zurück.

»Naja, weil die einen privaten Sozialdienst betreibt; oder so was in der Richtung. Das hat mir die Königin erzählt.«

»Ach! Das ist interessant. Was …«

»Wieso interessiert dich das eigentlich?«, will Wolfgang wissen. »Du hast doch sonst mit dem Dorfklatsch nichts am Hut. Erzähl mir bitte nicht, dass Helga Cronauers Tod auch irgendwie …«

»Wieso auch?«

»Die Sache mit Susanne Spaniol hat mittlerweile das halbe Dorf mitbekommen«, erklärt Trudi. »Du musst uns nicht für dumm verkaufen!«

»Nichts liegt mir ferner als das, Trudi!«

Ich hätte mir denken können, dass sich die Dinge in einem kleinen Ort wie Spiesen nicht lange unter der Decke halten lassen.

»Wer hat denn geplaudert?«, frage ich und habe Marion oder Dagmar im Verdacht. Eher Marion, denn Dagmar hätte ein persönliches Interesse daran, dass nichts an die Öffentlichkeit gelangt.

»Das hättest du gern, dass wir dir irgendjemand ans Messer liefern! Vergiss es!«, mault Trudi stocksauer.

»Ich bin bei der Kriminalpolizei, schon vergessen? Deshalb kann ich nicht über alles reden. Aber damit ihr beruhigt seid: Wie es mittlerweile aussieht, haben Dagmar und Markus mit der Sache nichts zu tun.«

»Das wissen wir schon lange.«

»Ach ja? Woher?«

»Wenn du über 40 Jahre neben jemand wohnst, weißt du, wie der tickt. Da brauche ich keine Kripo, so einfach ist das.«

Trudi ist in Fahrt.

»Wie war es denn damals mit dem Toten auf dem Friedhof? Oder als der Rudi mitsamt seiner Garage in die Luft geflogen ist? Wer hat der Kripo damals geholfen? Die Leute vom Köppche! Schon vergessen? Und jetzt kommst du daher und verdächtigst einige von uns! Du bist bei der Polizei, akzeptiert! Aber man kann es übertreiben!«

»Halt die Luft an!«, verteidige ich mich. »Wie kann ich es bei einem Mord übertreiben?«

»Seit du hier aufgetaucht bist, könnte man meinen, Spiesen sei ein Verbrechernest! Ein Mord nach dem anderen!«

»Vielleicht ist es vorher bloß nicht aufgefallen«, entgegnet

Wolfgang trocken.

»Jetzt fang du auch noch an!«, ereifert sich seine Frau.

»Immerhin ist er der Schlitzer von Guldenburg!«, gebe ich zu bedenken.

»Würger!«, korrigiert Wolfgang. »Würger!«

»Nur weil er vor Jahren seinen Gegenspieler am Schlafittchen hatte … pah, Männer! Pack, Gesindel!«, faucht Trudi. »Was ist mit dem Grill? Oder reicht euer Feuer dafür nicht mehr?«

Trudi verschwindet in die Wohnung. Wolfgang nippt achselzuckend an seinem Bier. Dann schenkt er zwei Schnäpse aus.

»Am besten, du fragst Dagmar nach Sonjas Adresse. Die kennt wahrscheinlich deren Blutgruppe, Versicherungsnummer und den Stammbaum bis zur Französischen Revolution.«

Damit hat Wolfgang recht. Böse Zungen behaupten, dass das Einwohnermeldeamt bei Dagmar nachfragt, wenn die Bürokratie an ihre Grenzen stößt.

»Naja, das lasse ich vorerst besser bleiben. Ich kann mir vorstellen, dass Dagmar und Markus im Augenblick nicht sonderlich gut auf mich zu sprechen sind.«

»Och, das glaube ich nicht. Du machst deinen Job. Die werden sich beruhigen. An deiner Stelle würde ich ein Versöhnungsfest organisieren, dann hat sich die Sache.«

»Ihr löst wohl alle Probleme mit einem Fest?«

»Stimmt! Kennst du eine bessere Lösung?«

»Wo er recht hat, hat er recht! Warum das Geld in teure Rechtsstreitigkeiten investieren und die Zeit mit Zankereien vergeuden? Besser in Essen und Trinken investieren. Gartenfeste bündeln alle Energien in ein gemeinsames Ziel. Wenn nach sechs bis sieben Stunden intensiver Dummschwätzerei jeder abgefüllt bis an den Kragen am Biertisch rumhängt, sind die Streitigkeiten im Nebel des Vergessens verschwunden.

»Das hat was Soziales!«, kommentiere ich und öffne die nächste Flasche Bier.

»Dagmar würde sagen: Das ist ganz praktisch! Apropos! Ich glaube, die sind gerade heimgekommen.«

»Ich warte einen Moment«, erkläre ich.

»Mach keine Hektik!«, zügelt mich Wolfgang. »Wenn die das Grillfeuer riechen, kommen die sowieso von selbst.«

Wir werkeln am Grill, trinken Flaschenbier und diskutieren die letzten Spiele des SV Elversberg. Nach wenigen Minuten entpuppt sich Wolfgangs Vorhersage als zutreffend. Zuerst erscheint Dagmar, dann kommt Markus durch den Garten geschlendert.

»Wie ich sehe, kommen wir gerade richtig«, erklärt Dagmar, die allem Anschein nach bester Laune ist.

»Ich habe Grillzeug mitgebracht«, ergänzt Markus und zeigt auf den Korb.

»Hoffentlich hast du keine Pilze dabei!«, rutscht es mir raus. Im gleichen Augenblick wird mir klar, dass dies der größte Fettnapf war, den ich erwischen konnte.

»Ha, ha, ha!«, zischt Dagmar und verschwindet Richtung Küche. Markus folgt ihr und zeigt mir einen Vogel, lacht dabei aber schelmisch.

»Du hast vielleicht Nerven!«, kommentiert Wolfgang und prostet mir zu.

»Ist mir rausgerutscht«, versuche ich es mit einer Entschuldigung.

Es dauert nicht lange, bis Markus auf der Bildfläche erscheint. Er trägt eine Fleischplatte mit Steaks und Würsten. Dagmar kommt auf die Veranda, bewaffnet mit einer Flasche Crémant und zwei Sektgläsern.

»Nicht für euch!«, behauptet sie. »Die ist für Trudi und mich!«

»Äh, Entschuldigung für die Bemerkung eben«, stottere ich. »War ein wenig derb von mir.«

»Ja, ja«, antwortet Markus. »Wer den Spott hat, der … oder so ähnlich.«

»Lass den Onkel Hauptkommissar nur reden, Schatz«, besänftigt ihn seine Frau. »Ist nix passiert. Alles gut. Wir trinken erstmal einen. Josch, du könntest dich drum kümmern, dass das mit eurem Behördenkram ein bisschen schneller geht. Die Leiche ist zwar freigegeben, aber die Sterbeurkunde habe ich nicht erhalten.«

»Die bekommst du nicht von uns. Wir liefern nur den L-Schein.«

»Was ist das denn?«, empört sich Markus. »Gibt es neuerdings sogar Lieferscheine für Leichen oder was?«

»Nein, der L-Schein ist der Leichenschauschein! Landläufig Totenschein genannt. Den stellt im vorliegenden Fall die Gerichtsmedizin aus. Zur Freigabe geht der an die Staatsanwaltschaft. Von dort aus ans Krematorium oder an euch oder zeitgleich ans Standesamt, genau weiß ich das nicht. Die Sterbeurkunde stellt das Standesamt aus. Die braucht ihr zur Vorlage beim Nachlassgericht, damit der Erbschein ausgestellt werden kann. Mit dem könnt ihr das Erbe antreten, das heißt zur Bank gehen, allerdings nur, wenn beim Nachlassgericht kein Widerspruch eingeht. Klingt kompliziert, ist es auch!«

»Kompliziert?«, faucht Dagmar. »Das ist Wahnsinn! Wer soll da durchblicken?«

»Ich gebe zu, dass es ziemlich … bescheuert ist. Einerseits bleibt jeder dritte oder vierte Mord unentdeckt, weil mit der Aufklärung der Todesursachen zu lasch umgegangen wird, andererseits betreibt man eine Zettelbürokratie, die kaum zu toppen ist. Augenwischerei, sonst nichts.«

Trudi scheint in der Küche nichts zu entgehen.

»Es wäre nur richtig, wenn Josch euch dabei hilft, die Sache möglichst schnell zu erledigen. Mach deinen Leuten ein bisschen Dampf. Es kann nicht sein, dass Dagmar und Markus die Leidtragenden sind! Jetzt geht's aber los…«

»Trinken wir erstmal einen Crémant!«, beschwichtigt Dagmar. »Josch wird uns helfen, oder?«

»Klar doch! Ich tue, was ich kann!«

»Da bin ich aber gespannt!«, murrt Wolfgang. »Ein Kampf gegen die Mühlen der Bürokratie! Daran sind schon andere gescheitert.«

»Wann ist die Beisetzung?«, frage ich.

»Sie ist auf Dienstag 14 Uhr angesetzt. Vorläufig! Bis Freitag um zwölf Uhr muss es endgültig … ich meine … sonst klappt das mit der Ankündigung in der Todesanzeige nicht … das ist der letzte Termin, zu dem wir die Anzeige zurückziehen können. Wäre blöd, wenn … ach das ist alles ein Kuddelmuddel, wenn man nicht weiß, wo man dran ist!« Dagmar leert ihr Sektglas mit einem Zug. »Als ob wir etwas dafürkönnten!«

»Das klappt!«, ermutige ich sie. »Ich gehe gleich morgen früh zur Staatsanwältin. Ihr werdet sehen: Das geht! Schnell und reibungslos. Ich verspreche es!«

»Da bin ich gespannt!«, wiederholt Wolfgang seine Bedenken. »Wie ist das mit dem Hund vom Mooshammer?«, fragt er bierselig.

»Wie, mit dem Hund vom Mooshammer?«, fragt seine Frau. »Was soll mit dem sein?«

»Naja, der Mooshammer hatte seinerzeit alles seinem Hund vermacht. Wer erbt jetzt, wenn der Hund stirbt?«

»Dicker, am besten gehst du ins Bett! Du hast einen Sprung in der Schüssel! Der Hund vom Mooshammer! Sonst geht's noch?«

»Wieso? Ist doch eine berechtigte Frage! Wenn der Hund …«

»Ist gut jetzt!«

»Übrigens!«, versuche ich abzulenken. »Wolfgang ist der Meinung, dass ich euch ein Versöhnungsfest schuldig bin. Ich glaube, das ist eine gute Idee. Wenn die Trauerzeit vorbei ist, werde ich …«

»Moment!«, interveniert Dagmar vehement. »Was heißt hier Trauerzeit? In den letzten beiden Tagen hat das kein

Schwein interessiert. Auf einmal! Nee, nee, mein Lieber, so nicht! Tante Susanne ist nicht mehr, das ist nicht zu ändern! Und in den nächsten Wochen werden wir überhaupt keine Zeit mehr haben. Susannes Haus, der Garten, die Sache mit der Erbschaft und so. Markus und ich machen danach erstmal für eine Weile Urlaub. Das hatten wir sowieso vor; jetzt erst recht! Nein, mein lieber Josch! Nix da! Die Party steigt am Samstag! Und zwar bei euch, also bei Marion. Sieh zu, wie du das hinbekommst! Mit uns warst du auch nicht zimperlich! Ein Fest für die ganze Siedlung. du wirst dort offiziell verkünden, dass mein armer Markus und seine Pilze nichts mit der Sache zu tun haben. Vor allen Leuten!«

»Soll ich es ins Amtsblatt setzen?«, frage ich genervt.

»Das bleibt dir überlassen.«

»Und komm nicht auf die blöde Idee, uns ein Pilzgericht zu servieren!«, ergänzt Markus.

»Nur Ur-Pilse, aber davon reichlich«, kommentiert Wolfgang.

»Ist das nicht ein bisschen kurzfristig?«, gebe ich zu bedenken.

»Wenn man abends ins Bett geht und morgens nicht wach wird – das ist kurzfristig! Nein, die Zeit ist kein Hindernis. Ich rufe gleich rund und gebe den Termin durch.«

»Ich helfe dir«, bietet Trudi an.

»Okay, am Samstag ab 15 Uhr!«, entscheidet Dagmar. »Bei Marion im Garten!«

»Ab drei?«, melde ich mich. »Warum nicht gleich zum Frühstück?«

»Weil du vorher Einiges zu besorgen hast. Außerdem wollen wir die gute Marion nicht überfordern, oder? Zum Kaffee genügt, ich backe anstandshalber zwei Kuchen.«

»Ich mache eine große Torte«, erklärt Wolfgang. »Schließlich bin ich gelernter Konditor.«

»Eine Ersatzflasche für deinen Gasgrill musst du nicht besorgen, ich habe eine in Reserve«, offenbart Markus.

»Okay, okay, ist ja gut! Von mir aus! An mir soll es nicht liegen. Ich finde das Ganze trotzdem ganz schön derb. In eurer unmittelbarer Nähe wurde eine Verwandte … ich weiß nicht, was ich davon halten soll.«

»Weil du ein Spießer aus Bexbach bist«, stellt Trudi fest. »Wir hier sind Spiesener aus Spiesen!«

»Genau!«, bestätigt Dagmar. »Du änderst die Welt nicht, wenn du hinter dem Ofen sitzt und trauerst!«

»Tante Susanne feiert im Grunde genommen mit uns«, meint Markus.

»Gut, dass du es sagst«, antworte ich. »Dann kaufe ich ein Stück Fleisch mehr!«

»Von Trübsal blasen wird sie ganz bestimmt nicht wieder lebendig!«

Es folgt mindestens ein Dutzend mehr oder weniger schlagkräftiger Argumente, die vor allem eines dokumentieren: Sie wollen um jeden Preis ihr Fest, und zwar auf meine Kosten!

»Ich werde Marion fragen, ob das in Ordnung geht«, gebe ich schließlich klein bei.

»Das erledige ich!«, entscheidet Dagmar. »Du kümmerst dich um alles andere!«

»Vor allem um den Liefer … äh, ich meine den Totenschein!«, ergänzt Markus.

Trudi und Dagmar verschwinden ins Haus, um zu telefonieren. Die Flasche Crémant nehmen sie mit. Wolfgang, Markus und ich bleiben auf der Terrasse und diskutieren über den Fall Susanne Spaniol. Markus übernimmt unterdessen die Rolle des Grillmeisters.

Aus dem Gespräch ergeben sich für mich keine neuen Erkenntnisse. Eine Christine Neu ist nicht bekannt; auch keine Firma Gewaltlos oder ein Christian F. Finkeisen. Nach einer Viertelstunde wird das Essen serviert. Dagmar weiß, dass Sonja Fromminger eine ganz Nette ist. Und eine Powerfrau. Dagmar hat sie einmal beim Wikinger im Vorgarten getroffen. Die kurze Begegnung hat ausgereicht, um zu erfahren, dass sie zwei Kinder von zwei verschiedenen Männern hat. Mit keinem von beiden ist sie verheiratet. Angeblich hat sie ihre Drogenvergangenheit erfolgreich hinter sich gelassen. Zwei Katzen hat sie auch. Und einen Goldfisch. Alle Angaben sind mit mehreren Konjunktiven behaftet, sodass ich den Eindruck gewinne, dass einiges Dagmars lebhafter Fantasie zuzuschreiben ist und ihrer Fähigkeit Informationslücken selbstständig zu ergänzen. Vielleicht ist es auch der Crémant. Ich bin erst bei meiner zweiten Flasche Bier, kann Dagmars Redeschwall jedoch trotzdem nicht folgen. Ich merke mir einige Stichwörter, um beim notwendigen Interview mit dem Wikinger gewappnet zu sein. Trudi verschwindet zwischendurch ins Haus. Meine Annahme, dass sie in der Küche werkelt, relativiert sich, als sie erneut auftaucht.

»So, nun wissen alle Bescheid außer Marion. Die ist nicht zu Hause.«

»Vielleicht leidet sie unter einer Pilzvergiftung und kommt nicht vom Klo«, witzelt Markus, schaut zu mir rüber und streckt beide Daumen in die Höhe.

»Marion ist bei ihren Eltern«, erkläre ich.

»Dann musst du es ihr eben sagen, wenn sie nach Hause kommt.«

»Ich übernachte nicht hier, sondern in Bexbach.«

»Wieso nicht? Was soll der Quatsch?«, erwidert Dagmar. »Außerdem hast du, ganz entgegen deiner Gewohnheiten, heute Abend Alkohol getrunken.«

»Zwei Bier!«

»Es geht mich nichts an«, mischt sich Wolfgang ein. »Aber mir wäre die dauernde Fahrerei und der ständige Wohnungswechsel einfach zu viel.«

»Komm bloß nicht auf die Idee, Marion dauerhaft mit nach Bexbach zu nehmen!«, warnt Dagmar. »Ich schwöre dir, dann machen wir dir die Hölle heiß!«

»Keine Sorge, das Problem stellt sich nicht«, antworte ich, verschweige aber, dass Wolfgang den Nagel auf den Kopf getroffen hat. Ewig kann dieses Hin und Her nicht weitergehen. Ich werde nicht jünger. Spätestens bis zur Rente werde ich mich entscheiden müssen. Aber nicht jetzt, hier und heute!

»Ich mache mich auf die Socken!«, verkünde ich. »Ihr habt recht, ich übernachte besser bei Marion. Oh Gott, es ist gleich neun! Sie wird hoffentlich bald nach Hause kommen.«

Im Rausgehen bitte ich Dagmar um die Telefonnummer vom Wikinger. Im Prinzip könnte ich dort schnell vorbeischauen, aber mir ist nicht danach, alles noch einmal zu erzählen. Oder Fragen nach dem Warum und Wieso zu beantworten, ohne dabei das Wesentliche preisgeben zu dürfen. Das kostet Kraft und Konzentration, die ich heute Abend nicht mehr habe. Ich bin müde. Morgen ist auch noch ein Tag! Bleibt die Hoffnung, dass nicht noch mehr passiert.

Während ich darüber nachdenke, kramt Dagmar ihr Notizbuch aus der Handtasche und notiert eine Telefonnummer auf einen Zettel.

»Das ist die Nummer von der Königin; du weißt: die Frau vom Wikinger. Dessen Dienstnummer habe ich nicht. Vielleicht sind sie zuhause …«

»Klar sind die zuhause!«, unterbricht Trudi. »Ich habe gerade mit ihnen wegen des Festes telefoniert.«

»Nee, heute Abend nicht mehr«, erkläre ich und notiere die Privatnummer. »Ich gehe jetzt!«

***

Marion ist nicht zurück. Ich steige unter die Dusche, mache mich bettfertig und blättere im Fernsehheft. Die Programme bieten nichts, was mich interessieren würde. Im Bücherschrank entdecke ich einen tollen Bildband über die Saar und ihre Landschaften. Mit dieser Lektüre steige ich ins Bett. Meine

Gedanken schweifen schnell ab.

Wer ist dieser Christian F. Finkeisen? Kurti war mit einer Frau namens Christine Neu an einem Restaurant an einem See. Am Losheimer See? Mit dabei war ein Mann? Wer war das? Dieser Finkeisen? Ist er die Brücke zwischen beiden Opfern? GeWaltLos, die Firma aus Losheim? Oder ist das ein Zufall? Viele Fragen, keine Antworten. Oder hat Kurti ...

Am nächsten Morgen wird mir Marion erzählen, dass ich tief und fest geschlafen habe, als sie gegen 22 Uhr 30 nach Hause gekommen ist. Im Schlaf habe ich angeblich einen Namen gemurmelt. Da es ein männlicher Vorname war, der nicht nach Andrea klang, hat sie sich nicht weiter dafür interessiert.

18.

Am Donnerstagmorgen ist es wie üblich ziemlich hektisch, weil Marion und ich uns das Bad teilen. Zwischendurch erzählt Marion, dass sie überrascht gewesen sei, mich schlafend vorzufinden, daher erkundigt sie sich nach den Umständen meiner unangemeldeten Übernachtung.

Schon beim eiligen Frühstück kristallisiert sich meine Schwachstelle in unserer Beziehung heraus. Einerseits muss ich alles haarklein erzählen und gleichzeitig zuhören, was mir Marion vom Besuch bei ihren Eltern zu berichten weiß. Dass im Haus der Eltern ein Marder sein Unwesen treibt und die Kabel des väterlichen Mercedes zerbissen hat, kriege ich mit. Aber weiter bin ich zum Multitasking nicht fähig, erst recht nicht morgens um sechs! Marion beherrscht diese Fähigkeit rund um die Uhr, und darin steckt eben das Problem!

»Du hörst mir überhaupt nicht zu!«, bekomme ich prompt

zu hören, als ich die mir gestellte Frage mit »15 Uhr« beantworte. »Ob du das Kabel reparieren kannst, habe ich gefragt.«

»Doch das habe ich gehört, aber ich bin es gewohnt, gestellte Aufgaben nacheinander abzuarbeiten. Außerdem musst du meinem schläfrigen Gehirn wenigstens die Chance geben, deine Schallwellen in meinem Gehörgang in elektrische Impulse umzuwandeln.«

»Das geht bei dir aber verdammt langsam.«

»Schneller als Lichtgeschwindigkeit geht nicht! Sagt Einstein!«

»Bei Männern vielleicht. Soviel ich weiß, hatte dein Einstein einige Frauen, er hätte es folglich besser wissen müssen.«

»Wahrscheinlich ist er bei den Mädels über das Experimentierstadium nicht hinausgekommen.«

»Und so etwas nennt sich nun Genie! Eine Frau hätte …«

»… das schwarze Loch nie entdeckt!«

»Ferkel!«

»Das sind deine fiesen Gedanken! Ich meinte das Paradoxon der Zeit!«

»Was willst du mir damit sagen, du Relativitätsfanatiker?«

»Ich erkläre es dir an einem Beispiel.«

»Ich höre!«

»Vorige Woche hast du dich mit Doris getroffen.«

»Ja und?«

»Zwei Stunden habt ihr miteinander gequatscht.«

»Völlig normal, weiter!«

»Am gleichen Abend telefonierst du mit Dagmar und ihr unterhaltet euch drei Stunden lang über dieses Treffen, das in Realzeit nur zwei Stunden gedauert hat. Das ist das Zeitparadoxon! Es ist in euch, ohne, dass ihr es wisst! Genial!«

Nachdem das geklärt ist, schlage ich vor, von der Elektrik des alten Mercedes die Finger zu lassen, um weiteres Unheil zu vermeiden.

»Außerdem habe ich keine Zeit, weil ich das Friedensfest

vorbereiten muss.«

»Was gibt es groß vorzubereiten? Du organisierst Speis und Trank, den Rest erledigen die Leute vom Köppche und ich. Es wird Zeit, dass Bossis neuer Gasgrill endlich zum Einsatz kommt.«

Bossi ist Marions Bruder; er hatte seiner Schwester zum Geburtstag vor ein paar Wochen einen Hightech-Grill geschenkt und fragt seitdem beständig nach, wann denn das edle Teil nun endlich in Betrieb genommen wird.

»Den laden wir ebenfalls ein!«, erkläre ich. »Ich meine natürlich Bossi!«

Zu früher Stunde kommen meine Witze nicht gut an. Marion zeigt mir einen Vogel und widmet sich ihrem Joghurt.

»Was treibst du heute?«, fragt sie, bevor ich das Haus verlasse.

»Rauskriegen, was es mit Sonja Fromminger, Christine Neu und Christian F. Finkeisen auf sich hat. Und du?«

»Ich versuche erneut, unserem Rechnungsprüfungsamt klarzumachen, dass der Ankauf eines Triangels billiger ist, als dieses Teil für jedes Konzert bei der Musikschule in Sulzbach auszuleihen und nach St. Ingbert transportieren zu lassen.«

»Könnte euer Bauhof aus Edelstahl selber bauen.«

»Vergiss es!«

»Was kostet so ein Ding?«

»Wenn es hochkommt, zwanzig Euro.«

»Und deswegen ziert sich euer Rechnungsprüfer?«

»Klar! Mit solchen Beträgen kann er die Welt retten; sogar das Universum!«

»Viel Erfolg dabei!«

»Wenn du Lust hast, sehen wir uns heute Abend bei Mico.«

Sie haucht mir einen Kuss auf den Mund und verschwindet erneut im Bad; ich hingegen mache mich auf den Weg ins Präsidium. Als ich ankomme, bin ich hoch motiviert und guter Dinge, obwohl wir in unseren Ermittlungen feststecken. Ich

weiß nicht warum, aber ein Gefühl sagt mir, dass wir heute einen Durchbruch erzielen werden. Das kleine Frühstück bei Marion wird mich wenigstens ohne Hungerast in die Mittagspause retten, was meine Zuversicht weiter in die Höhe treibt. Da ich der Erste bin, setze ich den Kaffee auf. Während die Kaffeemaschine asthmatische Geräusche von sich gibt, entwerfe ich einen Tagesplan.
Die Abfrageergebnisse aus den Krankenhäusern;
Sonja Frommiger, Christine Neu, Christian F. Finkeisen;
Dieser komische Verein aus Losheim. Gewaltfrei oder so ähnlich;
Bankkonto Helga Cronauer;
Kurti …

Genügend Aufgaben für das ganze Kommissariat. Priorität eins: die Papiere für Dagmar und Markus! Versprochen ist versprochen! Und die Vorbereitungen für das Fest! Die einzige Aufgabe, die ich nicht delegieren kann.

Wie viele Gäste kommen eigentlich? Ich überschlage es kurz und komme auf mindestens 25! Mein Gott, das wird mich ruinieren! Wenn ich es genau betrachte, ist es im Grunde genommen eine dienstliche Veranstaltung. Das schreit nach einer Kostenübernahme. Fragt sich nur durch wen. Bei einer Tasse Kaffee kommt mir eine Idee. Ich könnte das Ganze als Milieustudie deklarieren. Dazu müsste ich das Ermittlerteam einladen. Wer hindert mich daran? Niemand! Staatsanwältin Sommer muss dabei sein. Und Dimitri Mitripilos! Kurti? Besser nicht! Aber Andrea! Die Notärztin samt neuem Freund! Das hat was! Marion wird durch die Decke gehen, aber vielleicht wird sie ihre bescheuerte Eifersucht endlich los, wenn sie sieht, dass Andrea sich neu orientiert hat. Geniale Idee! Außerdem hätten die Mädels von der Siedlung zusätzlichen Gesprächsstoff. Jawoll!

Die Getränke werde ich auf Kommission beim Getränkevertrieb ordern. Der soll eine Zapfanlage und die Gläser mitbringen; Flaschenbier ist unkomplizierter; am besten auch ein Zelt. Hoffentlich klappt das bis Samstag. Um den Kaffee sollen sich die anderen kümmern. Was biete ich zum Essen an? Grillwürste und Steaks? Dann stehe ich den ganzen Abend am Grill und krieg nichts mit. Blöd! Wie wäre es mit einem Spanferkel? Oder zwei, wenn eins nicht reicht. Vom Metzger! Das kostet mich zwar ein Vermögen, aber …

Auf dem Flur tut sich etwas. Nach und nach trudeln die Kolleginnen und Kollegen ein.

»Inge, ruf die Truppe bitte für halb neun zusammen. Bei mir im Büro. Rudi und die Staatsanwältin übernehme ich selbst.«

»Ist gut, Josch! Rudi war gerade vor mir an der Zeiterfassung, und die liebe Frau Sommer ist soeben auf den Hof gebraust.«

»Danke, Inge! Übrigens: Hast du am Samstag schon was vor?«

»Falls du mich zum Tanzen einladen willst: gerne!«

»Ich und tanzen! Wovon träumst du nachts?«

Ich lade Inge zum Fest ein, worüber sie ganz entzückt ist. Zehn Minuten später sagt Rudi zu; er weiß zwar nicht, was er von der »Milieustudie« halten soll, kommt aber gerne.

»Das ist nur ein Vorwand für ein gemütliches Fest. Oder eine Sauferei? Was weiß ich?«, erklärt Rudi. »Früher haben wir das auch so gemacht!«

»Ich weiß, Rudi. War oft genug dabei!«

Als Nächstes werde ich bei Staatsanwältin Sommer vorstellig.

»Wenn sie morgens vor acht Uhr hier auftauchen, ahne ich nichts Gutes«, empfängt sie mich.

»Das kann man so oder so sehen! Keine Panik!«

Ich schildere die Problematik von Dagmar und Markus wegen der fehlenden Papiere für die Beerdigung und die Erbschaft. Frau Sommer hört interessiert zu, unterbricht mich nicht und nickt schließlich.

»Verstehe! Kann ich nachvollziehen. Ich regele das, aber bis Freitagmittag wird das verdammt eng. Versprechen kann ich nichts, aber ich hoffe, wir kriegen das irgendwie hin. Die Leute sind schon gestraft genug, obwohl dieser Komiker …, wie heißt der noch mal?«

»Markus John!«

»Genau der! Er ist nicht ganz unschuldig an dem Schlamassel. Wäre er nicht im besoffenen Kopp durch den Wald gestiefelt, hätte … naja.«

»Die kommen übrigens auch«, leite ich ohne Umwege zum nächsten Thema über.

»Wer kommt wohin? Verschonen sie mich bitte am frühen Morgen mit ihren Rätseln!«

»Die Familie John! Die kommen ebenfalls zu unserer Milieustudie.«

»Ich verstehe nur Bahnhof.«

Ich erkläre es ihr, aber sie scheint es nicht zu kapieren. Ich versuche es erneut, aber sie unterbricht mich.

»Ich bin nicht blöd!«, regt sie sich auf. »Aber was hat bitteschön ihre private Feierlaune mit einer Milieustudie zu tun? Oder sehe ich darin den verzweifelten Versuch, der Staatskasse einen Anteil abzuschwatzen, damit sie die Chaoten in ihrer Wohnsiedlung abfüllen können? Vergessen sie's! Natürlich komme ich! Liebend gerne! Bin gespannt, in welchem sozialen Umfeld sich die Kollegen bewegen. Erst recht bei meinem wichtigsten Kriminalbeamten. Ich hoffe, sie verlangen keinen Eintritt.«

»Natürlich nicht, Frau Sommer.«

»Dann ist gut! Ich bringe gerne einen Salat mit.«

»Ach lassen sie mal! Das wird sonst zu viel, wenn jeder … Aber sie dürfen gerne in Begleitung kommen!«

»Ein Mann ist nie eine Alternative zu einem Salat!«

»Muss natürlich kein Mann sein!«

»Sie sind wohl meschugge! Ich bringe mir auf eine Party

keine Konkurrenz mit!«

»Dann vielleicht doch einen Salat, ganz wie sie möchten. Seien sie bitte pünktlich, um 15 Uhr geht's los! Die Adresse kennen sie ja.«

»Die Dame gegenüber der Garage vom letzten Jahr! Die in die Luft geflogen ist. Oder?«

»Ja, aber nur die Garage, die Dame ist wohlauf!«

»Scherzkeks! Danke für die Einladung. Wie geht es hier weiter?«

»Ich habe um halb neun einen Gesprächskreis in meinem Büro anberaumt.«

»Gibt's Kaffee?«

»Ja!«

»Dann komm ich!«

Zurück in meinem Büro nutze ich die Zeit, um einige Anrufe zu tätigen. Dimitri sagt sofort zu und fragt, ob es einen Frauenüberschuss gibt. Ich bestätige seine Hoffnung, verschweige ihm jedoch den zu erwartenden Altersdurchschnitt. Andrea erwische ich erst beim dritten Mal. Sie ist in Eile, verspricht aber zu kommen, falls es in ihren Zeitplan passt. Als ich ihr vorschlage, dass sie ihren Freund mitbringen soll, höre ich spürbare Erleichterung in ihrer Stimme. Am Ende des Gesprächs bin ich sicher, dass sie kommen wird.

Die Sache mit dem Spanferkel entpuppt sich als unlösbares Problem. Kein Metzger aus der näheren Umgebung sieht sich in der Lage, binnen drei Tagen Spanferkel in der erforderlichen Größe zu besorgen und zuzubereiten. Mir wird nichts anderes übrig bleiben, als den ganzen Abend den Grill zu bedienen und auf Unterstützung durch die Männer von der Siedlung zu hoffen. Wenigstens die Bestellung der Getränke läuft ohne Probleme. Das Zelt wird Samstag ab zehn Uhr aufgebaut. Die Größe habe ich nach den geschätzten Abmessungen von Marions Garten festgelegt und hoffe, dass es einigermaßen passt.

Die Besprechung beginnt pünktlich. Nachdem sich jeder

mit Kaffee versorgt und einen Platz ergattert hat, fasse ich den Stand der Ermittlungsergebnisse zusammen und ergänze ihn um die neuen Informationen vom Vorabend, damit alle auf dem gleichen Level sind. Rudi Closter fehlt! Es ist nicht seine Art, unentschuldigt fern zu bleiben oder zu spät zu kommen.

»Weiß jemand, was mit Kriminalrat Closter ist?«, frage ich in die Runde.

»Saß eben an seinem Schreibtisch und hat telefoniert«, weiß Inge.

»Okay, ich mach weiter! Ich schlage vor, dass Marius sich um die weiter zurückliegenden Kontenbewegungen von Helga Cronauer kümmert. Außerdem will ich wissen, was Kurti in seiner Freizeit treibt. Kontakte und so weiter. Nachbarn befragen, nachhaken!«

Marius nickt.

»Ich übernehme die Befragung von Sonja Fromminger und die Recherchen in ihrem Umfeld. Ken, du versuchst noch einmal, etwas über Christine Neu, den Herrn Finkeisen und diese ominöse Firma …«

Rudi Closter stürmt ins Büro. Seinen hektischen Bewegungen nach zu schließen, muss etwas Besonderes vorgefallen sein.

»Wir haben vermutlich ein neues Opfer!«, keucht Rudi und baut sich vor dem Schreibtisch auf. »Ein Anruf aus dem Klinikum Neunkirchen. Eine 81-jährige Dame, Frau Kleinschmitt, Elisabeth; liegt sechs Wochen zurück. Passt haargenau in unser Bild. Die Klinik ist bei der Durchforstung der Akten stutzig geworden. Die Klinikleitung hat mich gerade informiert. Sie glaubt, dass …«

»Wie groß ist diese Übereinstimmung mit den anderen Fällen?«, fragt die Staatsanwältin.

»Kann ich nicht sagen. Es ist nicht sicher, ob …«

»Sie sagten vermutlich, Herr Kriminalrat.«

»Ersetzen sie es von mir aus durch möglicherweise Frau Sommer! Wir sollten froh sein, dass sich überhaupt eine Klinik meldet. Das Eingeständnis von Ungereimtheiten gehört nicht gerade zu deren herausstechenden Eigenschaften!«

»Entschuldigung, ich wollte keine Wortspaltereien betreiben! Wer kümmert sich drum?«, fragt die Staatsanwältin.

»Sie, Frau Sommer!«, erkläre ich forsch. »Und Kriminalrat Closter, schlage ich vor. Alle anderen sind im Einsatz! Mit dünner Personaldecke geht es nicht anders!«

»Na gut!«, erklärt die Staatsanwältin zu meiner Überraschung. »Sind sie dabei, Herr Kriminalrat?«

»In meinem Alter ermittelt man zwar nicht gerne in Krankenhäusern, aber was bleibt mir anderes übrig?«

»Wäre Dir ein Seniorenstift lieber?«, frage ich augenzwinkernd. »Also los jetzt, die Rollen sind verteilt! Inge, du koordinierst die Anrufe und gibst weiter, was wichtig ist. Nächster Treffpunkt: hier, um 15 Uhr!«

»Endlich eine Ansage, die auf einen pünktlichen Feierabend schließen lässt!«, freut sich Ken Arndt, der als junger Familienvater gerne früh zuhause ist.

»Falsch gedacht!«, kontere ich. »Damit bleibt uns am Nachmittag genügend Zeit, falls sich eine neue Situation ergibt.«

Eine Minute später sitze ich alleine in meinem Büro. Als Erstes wähle ich die Nummer, die mir Dagmar aufgeschrieben hat. Claudia, die Königin und Frau von Eric, genannt der Wikinger.

»Tourismuszentrale des Landkreises Neunkirchen, mein Name ist Claudia Schäfer, was kann ich für sie tun?!«

Es muss ziemlich anstrengend sein, dieses Satzmonster stets freundlich ins Telefon zu formulieren, selbst dann wenn einem eher danach ist, den Anrufer auf der Stelle zu erwürgen. Respekt – mein Ding wäre das nicht!

»Hallo Claudia, hier ist Josch! Der Freund von Marion. Erinnerst du Dich?«

»Ich wüsste nicht, dass Marion noch einen anderen hat! Ich

bin Beamtin und blond, aber nicht blöd! Was verschafft mir die Ehre?«

»Eigentlich will ich mit Eric sprechen, aber Dagmar hat nur diese Nummer.«

»Eric? Hat der was ausgefressen?«

»Hast du einen Verdacht?«

»Um Gottes willen! Mein Eric doch nicht! Um was geht es denn?«

»Ich benötige einige Informationen zu Sonja Fromminger.«

»Das ist Erics Halbschwester.«

»Das weiß ich!«

»Was ist mit der?«

»Ich muss sie sprechen, weiß aber nicht, wie ich sie erreichen kann. Im Telefonbuch steht sie nicht.«

»Ihre Nummer findest du unter Alt und Neu – Pflegeunterstützung in Neunkirchen. Ich weiß nicht mehr, wie die Straße heißt, aber die Adresse ist in Furpach. Wenn du vom Kohlhof kommst, die Erste rechts und gleich wieder rechts.«

»Aha, die hat einen Pflegedienst?«

»Nein, das ist kein Dienst im pflegerechtlichen oder sozialrechtlichen Sinne. Eher eine private Hilfsorganisation, die sich aus Spenden und Zuwendungen finanziert. Einkaufshilfen, Kinderbetreuung, Integrationshilfen, Behördengänge und so.«

»Was ist das für ein Typ, diese Sonja?«

»Warum willst du das wissen? Hat sie Mist gebaut?«

»Woran denkst du bei Deiner Vermutung?«

»Da gibt es keine Vermutung! Sonja ist zu gut für diese Welt. Sie ist eine ganz Liebe, will aber ständig die Welt retten und geht jedem auf den Leim, der ihr schön daher redet. Ganz früher war sie durch falsche Freunde in die Drogenszene abgerutscht, aber seit Dieter ist sie stabil.«

»Dieter?«

»Dieter Alt! Ihr Lebensgefährte und Geschäftspartner.«

»Wie alt ist Sonja?«

»Die wurde voriges Jahr im Oktober 40. Oder im November. Weiß ich nicht mehr genau.«

»Na gut, danke bis dahin. Sag mal: Kennst du eine Christine Neu oder einen Christian Finkeisen?«

»Finkeisen sagt mir nichts, aber Christine ist Sonjas Schwester.«

»Was? Sonja und Christine sind Geschwister?«

Mit einem Mal kommt es mir vor, als sei der Gordische Knoten geplatzt! Endlich habe ich ein Verbindungsstück zwischen den Todesfällen von Susanne Spaniol und Helga Cronauer!

»Sie sind keine echten Geschwister, weil … das ist kompliziert! Der Alte … oder besser gesagt: die Eltern … die jeweils wechselnde … es ist wirklich … ich habe nie genau durchgeblickt, wer mit wem oder von wem. Eric kann Dir das genauer erklären.«

»Ich werde Sonja direkt fragen.«

»Aber jetzt würde ich gerne wissen, was los ist!«, fordert Claudia.

Es ist besser, wenn ich die Befragung an dieser Stelle beende. Wenn ich weitermache, muss ich mit Informationen rausrücken, die ich zumindest im Augenblick nicht an Claudia weitergeben darf.

»Du, da ist nichts Besonderes! Wir sind bei einem Fall über mehrere Namen gestoßen und wissen nicht, wie wir die zuordnen sollen. Das ist alles. Fürs Erste reicht mir das. Wenn ich weitere Informationen brauche, wende ich mich direkt an Sonja Fromminger. Kannst du mir einen Gefallen tun?«

»Soll ich für Samstag einen Salat machen?«

Ach ja! Das Versöhnungsfest hatte ich vorübergehend aus meinem Gedächtnis gestrichen. Wieso denken Frauen im Angesicht eines Festes immer an Salat?

»Nein danke, nicht nötig.«

»Einen Kuchen?«

»Nein, nein; es ist alles da! Ich bitte Dich: Sag Sonja nichts von unserem Gespräch!«

»Geht klar! Brauchst du Erics Nummer noch?«

»Gib sie mir sicherheitshalber!«

Ich notiere, bedanke mich erneut und verabschiede mich.

»Bis Samstag. Um drei! Wir freuen uns«, sagt Claudia.

Nichts scheint die Menschen in der Siedlung mehr zu verbinden als ein Fest. Da können selbst zwei Tötungsdelikte in der unmittelbaren Umgebung nichts dran ändern.

»Äh, eine letzte Frage noch, Claudia! Mir ist noch was eingefallen!«

»Soll Eric Dir unseren großen Gasgrill rüberbringen?«

Herrgott!

»Nein, es ...«

»Ah, du meinst die Oldie-CD!«

Ruhig bleiben!

»Nein, Claudia! Hör mir bitte zu! Weißt du, wie oder wo ich diese Christine erreichen kann?«

»Keine Ahnung! Soviel ich weiß, hat sie den Kontakt mit dem Rest der Familie abgebrochen. Falls man das so nennen kann.«

»Wieso so nennen kann?«

»Wenn es viele Nachkommen mit wechselnden Elternteilen gibt, kann man nicht von einer Familie sprechen! Oder?«

»Naja, vielleicht nicht im traditionellen Sinn, aber immerhin gibt es Gemeinsamkeiten. Es ist bestimmt nicht einfach für die Tatbeteiligten.«

»Für die Tatbeteiligten – wie das klingt. Für die tatsächlich an der Tat Beteiligten war der Unterhaltungswert am größten«, interveniert Claudia.

»Okay, meine Wortwahl war unglücklich«, gebe ich zu. »So, das war es endgültig. Ich habe Termine. Ich danke Dir. Wir sehen uns Samstag!«

Überraschenderweise fragt sie nicht weiter nach, ob sie

vielleicht ein paar Stühle, Holzbänke oder eine Waldmeisterbowle mitbringen soll.

Bevor ich mich nach Furpach zu Sonja Fromminger auf den Weg mache, ordere ich beim Metzger meines Vertrauens in Spiesen telefonisch Grillwürste und Schwenkbraten.

»Natur, Paprika, Chili, Kräuter, mariniert nach eigenem Rezept, Holzfäller oder Western?«, fragt die Fleischereifachverkäuferin mit Prädikat.

»Stellen sie von allem etwas zusammen.«

»Die Würste? Rot, Weiß, Käse oder Schnecken?«

»Von allem etwas!«

»Knoblauch müsste ich den Chef fragen, normalerweise nur im Winter.«

»Nee, schon gut!«

Verdammt noch mal! Selbst beim Metzger wird es immer komplizierter. Den Bäcker spar ich mir. Ich weiß nicht, wie viele Brotsorten es gibt; es sind zu viele für meine eng bemessene Zeit. Am einfachsten ist es, wenn ich die Baguettes am Samstagmorgen vor Ort besorge und nehme, was ich kriegen kann. Ich muss zu Sonja Fromminger!

Nach quälenden 60 Minuten durch den Umleitungsverkehr über die A620 und die A8 nehme ich die Ausfahrt Kohlhof, biege nach links ab und lasse Klinik und Friedhof links liegen. Auf Letzterem ruht Elisabeth Kleinschmitt, deren Totenruhe möglicherweise von Amts wegen gestört werden muss, falls sich der Verdacht erhärtet, dass ihr Ableben Fragen aufwirft. Ich bin gespannt, was Rudi und die Staatsanwältin herausfinden werden, mache mir aber wenig Hoffnung, dass nach so langer Zeit verwertbare Indizien existieren.

Wie war das? Die Erste rechts, gleich wieder rechts! In dieser Ecke kenne ich mich überhaupt nicht aus! Kohlhofweg. Nummer sechs, behauptet das Internet. An den Häusern stehen keine Nummern. Überraschend undeutsch! Rechts ein Supermarkt, dahinter zweigen Wohnstraßen ab. Ganz hinten ein zweigeschossiges Wohnhaus mit Flachdach, das könnte es sein. Sackgasse. Immerhin findet man hier leicht einen Parkplatz.

Alt/Fromminger steht auf dem Klingelschild. Na also! Aus der Sprechanlage tönt krächzend eine Stimme.

»Ja bitte?«

»Mein Name ist Schaum vom LKA; ich möchte mit Frau Fromminger sprechen.«

»In welcher Angelegenheit?«

Gegenfrage!

»Ist sie zu Hause?«

»Nein! Um was geht es denn?«

Gegenfrage.

»Wo kann ich sie finden?«

»In Wiebelskirchen.«

Gott, ist der zäh!

»Wo dort?«

»In der Maximilian-Kolbe-Schule.«

»Wer sind sie?«

»Dieter Alt. Warum?«

»Darf ich kurz reinkommen?«

»Warum?«

»Ich sagte, ich komme vom Landeskriminalamt und brauche ein paar Auskünfte. Sie müssen mich nicht reinlassen, aber hilfreich wäre es.«

»Ach so! Moment!«

Es vergehen einige Sekunden, bis sich die Tür öffnet. Selten habe ich einen Menschen mit einer solchen Körpergröße gesehen. Ich muss einen Schritt zurücktreten, weil der Mann im Türrahmen keinen Platz findet und in gebückter Haltung heraustritt. Der Hüne misst meiner Einschätzung nach deutlich mehr als zwei Meter. Dabei ist er so spindeldürr, dass ihm die Kleider am Körper schlabbern. Vielleicht hängt das an der Konfektionsgröße, bei der Länge und der Rest des Zuschnitts nicht zusammenpassen. Oben auf der Bohnenstange sitzt auf einem endlos langen Hals ein Köpfchen, das nicht zu dem Rest des Körpers passt. Wie eine kleine Murmel sitzt dort ein kugelrunder Schädel, dem jegliche Behaarung fehlt. Entweder ist der Mann krank oder die Natur hat es nicht gut mit ihm gemeint. Immerhin sitzen unter wimpernlosen Lidern zwei blassblaue Äuglein, die mich mit einem gütigen Blick betrachten. Ich zeige meinen Dienstausweis.

»Um was geht es denn?«, fragt eine hohe Stimme, die ganz anders klingt als das Gekrächze aus dem Lautsprecher.

»Vielen Dank, dass sie sich die Zeit nehmen, Herr Alt. Sie sind der Lebensgefährte von Frau Fromminger?«

»Ja!«

»Ich habe diese Adresse von Herrn … falsch … von der Ehefrau von Herrn Wikin… äh Herrn Schäfer.«

»Von Eric?«

»Genau! Es geht um eine alte Dame, mit der Frau Fromminger Kontakt hatte.«

»Aha! Und wer ist das?«

»Frau Helga Cronauer.«

»Ach, ja. Das tut uns leid um die Arme! Gott hab sie selig!«

»Woher wissen sie es?«

»Sonja hat das über die Buschtrommel erfahren. Woher genau, weiß ich nicht.«

»Hatten sie Kontakt zu Frau Cronauer?«

»Nein, Sonja hat sie betreut. Sie hat mir oft von ihr erzählt. War wohl eine ganz Nette, die Frau Cronauer. Hatte es anscheinend nicht leicht mit ihrem Neffen.«

»Kennen sie ihn?«

»Nein, nicht persönlich. Warum interessiert sich die Polizei für ihn?«

»Tun wir nicht! Es sind lediglich ein paar Fragen hinsichtlich des Nachlasses zu klären«, lüge ich.

»Ich glaube nicht, dass ich Ihnen weiterhelfen kann.«

»Hat Frau Fromminger der Verstorbenen sehr nahe gestanden?«

»So will ich das nicht bezeichnen. Sonja hat sich zwischendurch gekümmert. Einkäufe, Botengänge und so. Den Haushalt hat Frau Cronauer meines Wissens eigenständig geführt. Sonja hat die Aufgabe vor einiger Zeit auf Vermittlung der Pfarrei übernommen. Keine Pflege, falls sie nach illegalen Pflegediensten …«

»Keine Sorge, Herr Alt, darum geht es nicht. Sie können völlig beruhigt sein. Und ob sie dieses Zubrot dem Finanzamt melden, ist mir ebenfalls völlig egal! Sagen sie: Kennen sie eine Frau namens Christine Neu?«

»Ach die! Eine Stiefschwester von Sonja. Hat vor Jahren den Kontakt zur Familie abreißen lassen.«

»Kennen sie Frau Neu näher? Ich meine Alt und Neu, das böte sich doch an! Verzeihung, kleiner Scherz!«

Weiß der Teufel, welcher Schalk mich gerade geritten hat!

»Nein, ich habe die Frau nie kennengelernt. Also in echt, meine ich. Vor Jahren hat mir Sonja ein Foto gezeigt.«

»Aha, es gibt ein Foto von ihr! Haben sie das zufälligerweise greifbar?«

»Keine Ahnung, ob Sonja das Bild überhaupt noch hat. Damit kann ich Ihnen beim besten Willen nicht dienen. Sonja hat von ihr seit Jahren nichts gehört. Die ganze Familie ist ziemlich schwierig, aber ich glaube, das gehört nicht hierher.«

»Mag sein! Kennen sie einen Herrn Finkeisen?«

»Sagt mir nichts.«

»Susanne Spaniol?«

»Ist das nicht die Nachbarin von Eric in Spiesen?«

»War! Die alte Dame ist vor wenigen Tagen ebenfalls verstorben. Kannten sie sie?«

»Huch! Die ist auch tot? Ach deshalb sind sie hier?«

»Kannten sie sie?«

»Nein, nicht wirklich. Wir haben sie kennengelernt, als wir bei Eric zum Geburtstag waren, aber das ist ewig her.«

»Frau Fromminger hatte keinen … ich nenne es … Pflegekontakt zu ihr?«

»Nein, absolut nicht!«

»Zu Elisabeth Kleinschmitt?«

»Warum fragen Sie mich nach all diesen Namen? Da stimmt was nicht!«

»Ich möchte mir lediglich einen Überblick verschaffen.«

»Dafür fragen sie aber ziemlich viel! Ich versichere Ihnen, dass wir uns nichts haben zuschulden kommen lassen.«

»Das behauptet niemand.«

»Ich möchte nichts weiter sagen, solange ich nicht weiß, um was es geht. Sonst nehme ich mir einen Anwalt. Vielleicht ist ihr Dienstausweis eine Fälschung!«

»Sie brauchen keinen Anwalt, seien sie unbesorgt! Wann kommt Frau Fromminger normalerweise nach Hause?«

»Heute ist Donnerstag«, Alt überlegt. »Da ist sie den ganzen Tag unterwegs und am Abend ist das Treffen von der Selbsthilfegruppe … vor 20 Uhr wird sie nicht nach Hause kommen.«

»Momentan ist sie in dieser Schule in Wiebelskirchen anzutreffen?«

Der Hüne schaut auf seine Armbanduhr und schüttelt den Kopf.

»Um diese Zeit dürfte sie dort bereits weg sein.«

»Wohin ist sie unterwegs? Hat sie ein Mobiltelefon?«

»Nein hat sie nicht. Ganz bewusst, sonst wird der Stress noch größer. Ich kann Ihnen beim besten Willen nicht sagen, in welcher Reihenfolge sie heute ihre Schäfchen abfährt.«

Ich reiche Dieter Alt meine Visitenkarte.

»Ich komme eventuell heute Abend noch mal vorbei. Frau Fromminger soll mich auf jeden Fall zurückrufen, so schnell es geht. Auch wenn es später wird. Unter der Handynummer bin ich bis etwa 22 Uhr erreichbar.

»Ich sag's ihr«, antwortet der Hüne und schaut mich mit

mitleidsvollem Blick an. »Sie haben auch keinen Achtstundentag!«

Ich verabschiede mich und gehe zum Wagen. Bis jetzt war es eine Metzgerfahrt; viele Kilometer, keine neuen Informationen. Shit! Ich hasse das! Plötzlich kommt mir eine Idee, wie ich der Fahrt noch ein positives Ergebnis abgewinnen kann. Spontan rufe ich Staatsanwältin Sommer auf ihrem Diensthandy an.

»Frau Sommer, hier ist Joachim Schaum! Sind sie in der Klinik?«

»Ich weiß, dass sie mich gerne dort sehen würden, am liebsten auf der Intensivstation, aber ich muss sie enttäuschen. Wir sind gerade erst losgefahren. Zuerst wurde ich vom Oberstaatsanwalt aufgehalten und Kriminalrat Closter wurde vom Polizeipräsidenten in Beschlag genommen. Was haben sie denn dieses Mal auf dem Herzen, Herr Hauptkommissar?«

»Ich brauche die Adresse von Elisabeth Kleinschmitt. Die müssten sie eigentlich haben!«

»Und wozu brauchen sie die?«

»Ich bin bei Sonja Fromminger nicht weitergekommen, sie ist zurzeit nicht erreichbar. Da ich in der Gegend bin, könnte ich mich wenigstens in der Nachbarschaft des Opfers umhören.«

»Wir wissen nicht einmal, ob sie überhaupt ein Opfer ist … war.«

»Vorsicht ist die Mutter aller Geburten … oder wie das heißt!«

»Oh Gott, Josch! Sie sind ein seltsamer Mensch!«

»Stellen sie psychologische Ferndiagnosen oder geben sie mir die Adresse?«

»Moment! Den Zettel habe ich in meiner Handtasche.«

Geraschel, Gemurmel, stumpfe Geräusche.

Vor meinem geistigen Auge läuft ein Film ab: Marions immerwährende und ebenso erfolglose Suche nach Haustürschlüssel, Garagenöffner, Brille, Handy, Kinokarte oder anderen Dingen, die sie in den Tiefen ihrer Handtasche aufzuspüren gedenkt. In der Regel findet sich das Zielobjekt nach längerem Suchen auf dem Esszimmertisch, in der Kommodenschublade oder einfach dort, wo es hingehört.

»Ich hätte schwören können, dass ich ihn in die Tasche gesteckt habe«, tönt Frau Sommers verzweifelte Stimme aus dem Telefon.

Eben!

»Schauen sie auf dem Esszimmertisch nach«, schlage ich vor.

»Wie bitte?«

»Ach nichts!«

»Halt, da habe ich ihn. Das könnte er sein. Augenblick!«

Ich wette, dass es eine Tankquittung ist! Älteren Datums oder sehr alten Datums!

»Nein, doch nicht!«

»Eine Tankquittung?«

»Nein, ein Parkschein! Witzbold!«

Knapp daneben! Mist! Aber noch habe ich eine Chance!

»Wie alt?«

»Was?«

»Der Parkschein!«

»Weiß ich nicht! Moment! Messeparkplatz Leipzig? Dort war ich vor zwei Jahren zur Buchmesse.«

»Na also, sag ich doch!«

»Muss ich das verstehen? Nee, oder?«

»Müssen sie nicht, Frau Sommer. Was ist mit der Adresse?«

»Moment, ich frage Kriminalrat Closter.«

Gemurmel, undefinierbare Geräusche.

»Er hatte den Zettel in der Jackentasche! Kein Wunder!«

»Die Adresse!«

»Bliesstraße 18 in Neunkirchen. Wissen sie, wo das ist?«

»Ja, weiß ich. In dem Viertel bin ich groß geworden.«

»Sie haben dort vielleicht ihre Kindheit verbracht, Josch. Groß geworden sind sie nie! Wir sehen uns später im Präsidium!«

Das Gespräch wird abrupt beendet; Staatsanwältin Sommer scheint pikiert, aber das juckt mich wenig.

Ich mache mich auf den Weg zur Bliesstraße. Was für ein Zufall: Dort habe ich tatsächlich bis zum Abitur gewohnt. Lange her! Auf der Fahrt dorthin erinnere ich mich an Ruth, Bernd, Ellen, Hans, Tom, Rudi, Micky, Jürgen und wie sie alle hießen. Und an Jupp, Wolle und Heinrich, das waren super Fußballer. Was aus denen wohl geworden ist? Wir waren über ein Dutzend Kinder und Jugendliche und hatten das ganze Viertel zu unserem Spielplatz gemacht. Glückliche Jahre in der Adenauerzeit. Am Tag meiner Firmung wurde der Alte beerdigt, das weiß ich merkwürdigerweise genau, aber das Datum habe ich nicht parat.

Ich parke in der Seitenstraße. Zoostraße heißt sie jetzt. Früher hieß sie Flotowstraße. Was hat der Komponist falsch gemacht, dass er einem Tierpark weichen musste? Wahrscheinlich geht's ums Marketing.

Das Eckhaus zur Bliesstraße sieht aus, wie ich es aus meiner Jugendzeit in Erinnerung habe. Lediglich der Außenputz von Haus Nummer 24 hat seither einen neuen Anstrich bekommen. Hier bin ich geboren. Das ist nicht ganz korrekt, denn das Licht der Welt habe ich im Knappschaftskrankenhaus erblickt. Dieses Hospital ist vor langer Zeit einem Wohnkomplex gewichen.

Die Bliesstraße fahre ich oft entlang, wenn es mich stadteinwärts zur Buchhandlung meines Vertrauens in die Bahnhofstraße zieht, aber ausgestiegen bin ich seit Jahrzehnten nicht mehr. Plötzlich entdecke ich ein seltsames, mir unbekanntes Gefühl in mir. Ist diese wehmütige Nostalgie meinem fortschreitenden Alter zuzuschreiben oder das Ergebnis eines sentimentalen Hormonschubes? Wie auch immer: Einiges weckt Erinnerungen, anderes ist mir fremd; eine merkwürdige Mischung.

Die ehemalige Sattlerei meines Opas gibt es schon lange nicht mehr. Später war dort ein Kurzwarengeschäft, in dem meine Mutter gearbeitet hat, heute scheint es eine Garage zu sein. Die Drogerie gegenüber ist verschwunden und der Lebensmittelladen ebenso. Die alte Holzbrücke ist einem Eisensteg gewichen. Das Flair ist nicht mit dem von Moos bewachsenen, alten Bauwerk zu vergleichen; allein der Duft des morschen Holzes … mein Gott, was fallen mir Geschichten zu diesem Viertel ein!

Gut jetzt! Genug der Gefühlswallungen! Ich bin im Dienst und habe mindestens zwei Tötungsdelikte aufzuklären! Meine Kindheit muss warten, ihr werde ich mich ein anderes Mal widmen! Meine Kindheit muss warten … wie bekloppt ist das denn! Nutzt alles nix!

Haus Nummer 18 liegt in der Mitte der zweigeschossigen Reihenhäuser. Wer früher hier einmal gewohnt hat, weiß ich nicht mehr, auf jeden Fall keine Frau namens Elisabeth Kleinschmitt. Bauer, Bregel, Echternach oder Eisenbeis vielleicht, aber auf keinen Fall Kleinschmitt, das ist sicher!

Die Vorgärten mit den Pflanzbeeten und Rosensträuchern sind allesamt verschwunden. Daraus sind Abstellplätze für Autos und Motorräder geworden. Meine Großmutter dreht sich in Dauerrotation im Grab! Die schönen Rosen, Tulpen und Narzissen; von den Usambaraveilchen ganz zu schweigen. Fast alle Vorgärten waren voll davon. Nicht einmal wir Schlawiner hätten es gewagt, da Hand anzulegen; Großmütter waren damals Respektpersonen und keine potenziellen Erblasser.

Ich schweife ab. Wer hat Elisabeth Kleinschmitt beerbt? Die Antwort beschert uns entweder einen neuen Fall oder lässt die Sache im Sand verlaufen.

Simon/Störmer steht auf dem unteren Klingelschild. Das obere Schild trägt keinen Namen. Ich drücke. Keine Reaktion. Noch zwei Mal. Nichts! Jetzt klingele ich unten. Gleiches Ergebnis. Ich muss es bei den Nachbarn versuchen.

Bei Nummer 19 gibt es nur eine Klingel ohne Namen. Der Briefkasten ist unbeschriftet. Entweder ein Leerstand oder die Bewohner wollen ihren Namen verbergen. Auch hier öffnet niemand.

Im Haus Nummer 17 hat früher ein Uhrmacher gewohnt, daran erinnere ich mich, weil dessen Vorgarten als Einziger sehr ungepflegt war. Aktuell ist hier ein Parkplatz, aber der ist leer. Offensichtlich ist auch hier keiner zu Hause. Kein Wunder um diese Zeit mitten in der Woche. Ich kann höchstens mit einem Rentner oder einer Witwe älteren Semesters rechnen. Mit dieser vagen Erwartung drücke ich den einzigen Klingelknopf. Fischer steht am Schild geschrieben. Nein, so hieß der Uhrmacher mit Sicherheit nicht. Der wäre jetzt weitaus älter, als Heesters geworden ist.

»Fischer!«, meldet sich eine weibliche Stimme aus der Sprechanlage.

»Mein Name ist Schaum, LKA. Kann ich sie kurz sprechen?«

»Nee, ich stehe im Bademantel.«

»Ich kann warten!«

»Komme gerade aus der Dusche.«

»Das ist schön für sie, aber ich kann trotzdem warten.«

»Um was geht es denn?«

»Um ihre Nachbarin, Frau Kleinschmitt.«

»Die ist tot.«

»Das weiß ich, deshalb bin ich hier.«

»Das dauert ein paar Minuten.«

»Machen sie sich keinen Stress, ich habe Zeit.«

Das stimmt zwar nicht, aber ich habe keine Wahl, wenn ich die Hoffnung nicht endgültig begraben will.

Ich setze mich auf den Unterstand für die Müllgefäße und schaue mich um. An der gegenüberliegenden Straßenseite am Hochufer der Blies standen damals mächtige Platanen und Kastanienbäume. Einige haben überlebt, von anderen ragen nur noch die Wurzelstöcke aus dem Gras. Bald wird hier ein Regen fallender Blätter Gehweg und Straße übersäen.

Als Kinder hatten wir die Kastanien eimerweise nach Hause geschleppt. Erst hatten wir Figuren gebastelt, später sind wir zum Zoo gepilgert, um unsere Beute als Futter für die Tiere abzugeben. Beim Verfüttern durften wir oft dabei sein. Weiter vorne an der Holzbrücke hatten wir Jungs mit Mutproben versucht, die Mädels zu …

»Ich bin so weit, aber bitte entschuldigen sie mein unvollständiges Make-up!«

An der Frau, die in der Haustür steht, ist nicht nur die Schminke unvollständig. Was an der Länge des luftigen Rockes fehlt, ist am Ausschnitt des gewagten Dekolletés eingespart. Nein, das ist kein Dekolleté, das ist eine tiefe Schlucht, eingepfercht von gewaltigen baumlosen Mittelgebirgen.

Ein Mann sollte einer Frau zuerst in die Augen schauen, das gebietet der Respekt, aber was will ich machen, wenn mich diese Möpse hemmungslos anspringen?

»Ich bin Helena Fischer, mit a! Leider!«

Mein Blick verlässt den fleischgewordenen Grand Cañon und krallt sich im Gesicht von Helena Fischer mit »a« fest. Ich schätze sie auf Mitte bis Ende vierzig, das verraten die Fältchen am Hals. Der Rest ist auf jünger getrimmt. Dass das tiefschwarze Haar gefärbt ist, sticht sofort ins Auge. Die blasse Haut und die Farbe der Augenbrauen lassen mich vermuten, dass die Frau von Natur aus rothaarig ist. Zum Schminken der Lippen hat die Zeit gereicht. Das kräftige Orange ist nach meinem Geschmack ein Fehlgriff.

»Mein Name ist Schaum, Hauptkommissar vom Landeskriminalamt«, antworte ich und zeige meinen Dienstausweis, während ich Frau Fischer weiterhin betrachte.

Helena Fischer ist nicht hässlich, aber sie ist alles andere als eine Schönheit. Ihr Gesicht ist eher außergewöhnlich, markant wäre der falsche Ausdruck. Zum einen sind es die ausgeprägten

Wangenknochen, die auf eine mittelasiatische Abstammung hindeuten, zum anderen hat die Frau eine große Nase, einen breiten Mund und dazu ungewöhnlich kleine Augen. Irgendwie passt das ganze Ensemble nicht recht zusammen und ergibt ein unsymmetrisches Gesamtbild.

»Kommen sie rein! Ich kann in dem Aufzug schlecht in der Tür stehen bleiben!«

Ich trete ein und habe das unbestimmte Gefühl, dass mich gerade eine Spinne in ihr Netz lockt.

Die Wohnung ist überraschend hell und modern eingerichtet. Keine Billigmöbel, aber kein Luxus. Ein wenig zu kitschig, was die Farben und den Nippes angeht. Ich erwische mich bei dem Gedanken, dass diese Wohnung …

»Es ist so, wie sie vermuten«, erklärt Helena Fischer ungefragt. »Ich verdiene mein Geld mit Sex.« Sie scheint meine Gedanken lesen zu können. »Das Meiste mit Telefon und Cam. Besuche sind nicht die Regel. Keine Laufkundschaft. Alles angemeldet und ordentlich versteuert.«

»Oh!«, über so viel Offenheit bin ich überrascht. »Na gut! Ich bin weder von der Sitte noch vom Dezernat für Wirtschaftskriminalität.«

»Als Kunde kommen sie mit Sicherheit nicht!«

»Sieht man das?«

»Ja!«

»Woran?«

»Ich hatte noch nie einen Kunden, der draußen auf der Mülltonne gesessen und gewartet hat. Die Meisten kommen mit hochgezogenem Mantelkragen in der Dämmerung und machen sich hinterher im Laufschritt davon.«

Helena Fischer hat einen intelligenten Humor; das gefällt mir.

»Ich komme nicht ihretwegen, sondern wegen Elisabeth Kleinschmitt.«

»Das sagten sie bereits. Um was geht es?«

»Hatten sie näheren Kontakt zu ihr? Hatte sie Freunde, Verwandte? Wer wohnt über ihr?«

»Möchten sie einen Tee oder lieber Kaffee?«

»Weder noch, ich habe nicht endlos viel Zeit.«

»Sie werden doch keine Berührungsangst gegenüber einer Nutte haben, Herr Kommissar.«

»Ihre Direktheit gefällt mir! Ich hoffe, sie beantworten meine Fragen genau so offen.«

»Ich unterhalte mich selten über etwas anderes als Sex. Zu selten! Da kommt mir einer, der nicht übers Bumsen reden will, gerade recht. Ein Wasser, vielleicht?«

»Okay, das nehme ich. Danke!«

Kurze Zeit später stehen eine Karaffe und zwei Gläser auf dem Tisch.

»Sie haben bestimmt erwartet, dass ich einen Piccolo trinke.«

»Ehrlich gesagt ist mir das ziemlich wurscht! Hauptsache wir kommen endlich zum Thema!«

»An mir soll es nicht liegen, guter Mann! Schießen sie los?«

»Ich habe meine Fragen bereist formuliert. Wie gut ...«

»Ach ja! Ich war gelegentlich zum Tee bei ihr. Einmal im Monat oder so. Nicht regelmäßig. Elsbeth wusste, womit ich mein Geld verdiene und war diesbezüglich äußerst tolerant. Das überrascht sie, oder?«

»Sie haben sich demnach gut mir ihr verstanden?«

»Wir pflegten eine angenehme Nachbarschaft auf Distanz.«

Eine erstaunliche Ausdrucksweise!

»Darf ich sie fragen, ob sie von Frau Kleinschmitt im Erbe bedacht worden sind?«

»Nein! Wieso auch?«

»Als gute Nachbarin?«

»Hören sie: Vor einem oder zwei Jahren hat Elsbeth mich gefragt, ob ich Teile von ihrem Schmuck haben wolle, aber ich habe es abgelehnt. Ich wollte das nicht, außerdem ist das ganze

Perlenkettenzeug sowieso nicht mein Ding.«

»Glauben sie, dass sie vermögend war?«

»Elsbeth und vermögend!«, lacht Helena Fischer. »Schauen sie sich das Haus an! Sieht so das Heim einer reichen Frau aus? Ich weiß nicht, ob sie was auf der hohen Kante hatte, aber ich kann mir nicht vorstellen, dass …«

»Wer wohnt über ihr?«

»Niemand! Da hat noch nie jemand gewohnt, seit ich hier bin, und das sind zehn Jahre.«

»Gibt es Verwandte?«

»Eine Großnichte, wenn ich das richtig verstanden habe. Die Enkeltochter des Bruders. Oder war es die der Schwester?«

»Na, bei dem Verwandtschaftskram kenn ich mich nicht aus. Nennen wir es: eine weitläufige Verwandte. Kinder hatte Frau Kleinschmitt keine? Einen Mann?«

»Man soll nicht über Tote daherreden! Warum wollen sie das alles wissen? Was steckt hinter all diesen Fragen?«

»Ich bin bei der Kripo, das muss vorläufig genügen. Sagen sie einfach, was sie wissen!«

»Wissen wäre zu viel gesagt! Ich glaube, dass Elsbeth sich aus Männern nicht viel gemacht hat, falls sie wissen, was ich meine!«

»Sie war lesbisch?«

»Sie hat mehrfach angedeutet, dass es die jungen Dinger heutzutage viel einfacher haben, sich mit dem gleichen Geschlecht zu arrangieren, als früher. Zu meiner Zeit wären wir im KZ gelandet, hat sie gesagt. Wir! Verstehen sie? Beim Tee erzählen ältere Damen vom strammen Willi oder vom feschen Joachim. Elsbeth hat oft von den schönen Mädchen aus ihrer Jugend erzählt, nie über Jungs!«

»Fescher Joachim klingt interessant«, erkläre ich. »An den erinnert man sich bestimmt gerne!«

»Wie kommen sie denn auf den?«

»Ach, nur so!«

Ich nehme einen Schluck Wasser und sortiere mich neu.

»Diese weitläufige Verwandte: Wissen sie, wie die heißt?«

»Christine!«

Plötzlich stehen bei mir alle Lichter auf Alarm!

»Mit Nachnamen?«

»Weiß ich nicht.«

»Was wissen sie noch von ihr?«

»Hoppla! Anscheinend habe ich in ein Wespen…«

»Bitte, Frau Fischer! Es könnte sehr wichtig sein! Was wissen sie noch?«

»Also gut, sie haben es eilig, ich verstehe. Diese Christine ist vor etwa zwei Jahren hier aufgetaucht. Ich habe sie nur einmal kurz im Vorgarten gesehen. Alles, was ich Ihnen erzählen kann, weiß ich von Elsbeth.«

»Eine weit entfernte Verwandte, die erst vor zwei Jahren hier aufgetaucht ist? Merkwürdig, oder?«

»Angeblich war sie lange im Ausland verheiratet. Die Ehe ging aber auseinander und … ach was weiß ich.«

»Kam die Frau öfter hierher?«

»Eigentlich nicht, jedenfalls nicht regelmäßig. Ich lauere nicht dauernd am Fenster.«

»Wie sah sie aus?«

»Groß, schlank. Eine Figur, von der unsereins nur träumen kann. Typ Modepüppchen!«

»Wie alt?«

»Boah! Vielleicht Ende dreißig; vielleicht jünger. Schwer zu sagen.«

Ich rechne nach. Großnichte? Kann das passen? Das muss ich später in aller Ruhe überschlagen.

»Wissen sie, wo diese Christine wohnt? War sie alleine?«

»Ja, alleine. Jedenfalls, als ich sie gesehen habe. Keine Ahnung, wo die wohnt, aber sie hatte … ihr Auto, das hatte eine Merziger Autonummer. Fragen sie mich bitte nicht nach dem Kennzeichen! Das ist Monate her!«

»Wann war sie zum letzten Mal hier?«

»Ein paar Tage, bevor Elsbeth umgekippt ist. Vor sechs oder acht Wochen.«

»Was war passiert?«

»Ich weiß es vom Erzählen bei der Beerdigung. Sie hat noch selbst den Arzt gerufen, aber … ich wollte sie im Krankenhaus besuchen, aber als ich hinkam, war es schon zu spät. Tja, so schnell kann's gehen. Ist etwas nicht in Ordnung?«

»Sollte es?«

»Hallo! Da kommt die Kripo und stellt Fragen! Brauche ich etwa ein Alibi? Wieso fragen sie erst jetzt, Wochen später?«

Ich lasse mich auf keine Diskussion ein!

»Wem gehört das Haus? Jetzt, nachdem Frau Kleinschmitt tot ist?«

»Ein junges Paar wohnt erst seit ein paar Tagen hier. Anscheinend habe die das Haus gekauft, aber vorgestellt haben sie sich noch nicht. Muss auch nicht sein!«

»Wie sind die an das Haus gekommen?«

»Ich glaube, über einen Makler. Jedenfalls ist da einer rumgeschlichen.«

»Welcher Makler?«

»Mein Gott! Sind sie Günther Jauch? Keine Ahnung! Ich hab's durchs Fenster beobachtet.«

»Gibt es Ungewöhnlichkeiten? Ich meine nach dem Tod von Frau Kleinschmitt. Irgendwelche besonderen Vorkommnisse, Beobachtungen.«

»Ich bin nicht Frau Holle, die den ganzen Tag am Fenster liegt und die Betten schüttelt!«

Helena Fischer ist zunehmend genervt.

»Wenn sie mir nicht sofort sagen, was los ist, erzähle ich gar nichts mehr. Außerdem muss ich vor die Cam! Frühspannerzeit!«

»Wir sind fürs Erste fertig. Vielen Dank für die Informationen und die Geduld, Frau Fischer. Eins noch: Wissen sie, wann ich die neuen Besitzer erreichen kann?«

»Abends! Aber die kommen zu unterschiedlichen Zeiten nach Hause. Außerdem habe ich Besseres zu tun, als … sie wissen schon!«

Ich überreiche meine Karte und trinke aus. Als ich mich zum Gehen wende, macht Helena Fischer keinen Hehl daraus, dass ihr weitere dienstliche Hausbesuche nicht in den Kram passen würden.

»Das hat nichts mit Ihnen persönlich zu tun«, erklärt sie. »Aber wenn man in meinem Metier die Polizei im Haus hat, werden die Kunden nervös. Das spricht sich schnell rum und ist schlecht fürs Geschäft.«

»Kann ich absolut nachvollziehen, Frau Fischer. Geben sie mir ihre Nummer; wir vereinbaren einen Termin außerhalb, wenn es nötig werden sollte.«

»Lassen sie die aber nicht einfach rumliegen«, lacht Frau Fischer und zaubert unter der Obstschale eine Visitenkarte hervor. »Ihre Kollegen könnten ansonsten die falschen Schlüsse ziehen. Oder ihre Frau!«

»Ich bin nicht verheiratet.«

»Ach, ein Single! Sieh an! Ein Grund mehr, ein neuer Kunde von mir zu werden.«

»Danke für das Angebot, aber ich weiß mir zu helfen.«

»Ja, ja; solange man gesunde Hände hat. Die taugen aber nicht, wenn man jemanden zum Reden braucht … naja, geht mich nichts an.«

»Haben sie keine Angst, dass Ihnen einer ans Leder geht? Oder haben sie einen Wachhund?«

»Falls sie auf einen Zuhälter anspielen: Nein, den habe ich nicht. Neunzig Prozent laufen über Internet und Telefon, der Rest ist Stammkundschaft. Freundschaftsbesuche gegen Eintritt. Außerdem habe ich den vierten Dan im Judo. Bisher gab es keine Probleme mit den Jungs!«

»Auch wenn das aus dem Munde eines Kriminalbeamten

merkwürdig klingen mag: Ich wünsche Ihnen gute Geschäfte. Sie sind eine bemerkenswerte Frau.«

Täusche ich mich oder schleicht sich bei der Dame die Röte der Verlegenheit ins Antlitz. Als Charmeur scheine ich entgegen aller Unkenrufe doch zu taugen.

»Danke, das hört man natürlich gerne! Und viel zu selten! Ich weiß zwar nicht, wonach sie fahnden oder suchen, aber ich wünsche Ihnen auf jeden Fall viel Erfolg, Herr Hauptkommissar!«

Ich muss zugeben, dass mich diese Frau überrascht. Sie zeigt ein Niveau, das ich in diesem Gewerbe nicht erwartet hätte. Beim Hinausgehen muss ich mir eingestehen, dass ich nicht frei bin von Vorurteilen.

Im Vorgarten zücke ich sofort mein Handy und rufe die Kollegen an. Inge Manderscheid soll alle Makler im Umkreis von Neunkirchen anrufen und nachfragen, ob jemand das Anwesen von Frau Kleinschmitt zum Verkauf in der Kundenkartei hat. Ken und Marius sollen bei ihren Recherchen ein besonderes Augenmerk auf eine schlanke, hochgewachsene Frau namens Christine halten. Rudi Closter bitte ich, beim Amtsgericht Neunkirchen nachzuforschen, ob Informationen zum Nachlass von Elisabeth Kleinschmitt vorliegen. Ich werde ins Rathaus fahren und versuchen, Einsicht in die Unterlagen des Einwohnermeldeamtes zu nehmen. Die Besprechung am Nachmittag verschiebe ich um eine Stunde, damit wir mehr Zeit für unsere Nachforschungen erhalten.

Das gesamte Kommissariat K3, einige Kollegen von K4, Staatsanwaltschaft einschließlich Oberstaatsanwalt König und die Leiter der Kommissariate sind in die Ermittlungen eingeschaltet. Letztgenannte werden innerhalb der nächsten Stunden die Leitung des Präsidiums bis hin zum Polizeipräsidenten über die Entwicklung und die Ermittlungsergebnisse informieren.

Mit Elisabeth Kleinschmitt haben die Fälle aus meiner

Sicht eine neue Dimension erhalten. Ich muss kein Hellseher sein, um zu ahnen, dass der Tod dieser Frau keine natürliche Ursache hat. Die Frage ist, wer nachgeholfen hat und warum. Für mich steht fest, dass alle drei Todesfälle irgendwie miteinander in Verbindung stehen und niemand kann sicher sein, dass es nicht noch weitere Opfer gibt – oder noch geben wird. Diese Gefahr ist das schlimmste vorstellbare Szenario.

19.

Eine Stunde später habe ich über das Einwohnermeldeamt die Namen der neuen Hausbesitzer und deren ehemalige Meldeadressen herausbekommen. Sandra Störmer und Sascha Simon waren früher bei ihren Eltern gemeldet, über die ich den Kontakt zum Arbeitsplatz des jungen Paares herstellen kann – beide arbeiten als Tierpfleger im Neunkircher Zoo, wo ich Sascha Simon telefonisch erreichen kann. Der junge Mann ist ziemlich verschreckt, als ich ihn um einen Ortstermin bitte; schließlich ist er bereit, sich in der Mittagpause mit mir zu treffen.

»Es ist aber noch ein ziemliches Chaos«, erklärt er. »Wir sind noch am Renovieren.«

»Macht nichts. Nur ein paar Fragen. Danke, dass sie sich die Zeit nehmen.«

Zum vereinbarten Termin ist auch seine Freundin mitgekommen. Sandra Störmer ist 30 Jahre alt, ihr Freund fünf Jahre älter; die beiden sind augenscheinlich dabei, eine Familie zu gründen und haben eine Heidenangst, dass man ihnen ihr gerade erst erworbenes Häuschen wieder wegnehmen könnte.

Ich beruhige sie und erkläre ihnen, dass wir uns für die Todesumstände von Frau Kleinschmitt und ihre Hinterlassenschaft interessieren, gehe nicht ins Detail und erkundige mich, wie es zu dem Hauskauf gekommen ist.

Das junge Paar erzählt offen und ausführlich, dass sie nach langer vergeblicher Suche nach einem geeigneten Objekt eine Zeitungsannonce geschaltet hatten. Auf das Inserat hin hatte sich telefonisch ein Makler namens Eisenbeis gemeldet. Zum Ortstermin war allerdings seine Frau gekommen, jedenfalls hatte sich die Dame als Christine Eisenbeis vorgestellt. Der Personenbeschreibung nach, vermute ich, dass nur der Vorname gestimmt hat.

Man sei sich relativ schnell einig geworden und den Kaufpreis auf 105.000 Euro verhandelt.

»Der krumme Preis kam zustande, weil der Makler die Notarkosten übernommen hat«, erklärt Sandra Störmer. »Für den Notar und das Grundbuchamt haben wir ihm eine Vollmacht unterschrieben. Er hat aber gleich gesagt, dass es einige Wochen dauern kann, bis wir die amtlichen Unterlagen bekommen; wegen der Bürokratie. Aber wir haben ja den Kaufvertrag!«

Das macht mich stutzig. Ein Makler, der freiwillig die Kosten für den Notar und die Grundbucheintragung übernimmt? Soviel ich mich erinnern kann, muss der Käufer beim Notar persönlich erscheinen. Kann aber auch sein, dass eine Vollmacht reicht, so genau kenne ich mich da zwar nicht aus, aber irgendwas ist da faul!

»Die Bilder haben wir aber nicht übernommen! Da kennen wir uns nicht aus«, bemerkt Sascha Simon.

»Welche Bilder?«, frage ich.

»In der Wohnung hingen sieben Bilder ..,«

»Zehn!«, verbessert die junge Frau. »Es waren zehn Bilder, Schatz!«

»Okay, dann eben zehn. Von einem berühmten Maler behauptete die Maklerin. Dafür wollte sie erst 50.000 dann 45.000 Euro haben, wenn wir die übernehmen. Wollten wir aber nicht!«

»Ja, die hat noch gemeint, wir könnten die Bilder beleihen, um damit das Haus zu finanzieren. Das war uns aber zu heiß«, erklärt Sandra.

»Aha! Was waren das für Bilder?«

»Von Bergleuten und Gruben und so.«

»Welcher Maler?«

»Habe ich vergessen. Weißt du es noch, Sandra?«

Sandra schüttelt den Kopf.

Merkwürdig! Angenommen, die Bilder waren echt, woher hatte Elisabeth Kleinschmitt so wertvolle Kunstwerke? Woher wusste der Makler, was die wert waren? Oder waren sie genauso falsch wie der Name der Maklerin? Eine ziemlich undurchsichtige Sache!

»Wo sind die Bilder jetzt?«

»Hat der Makler vor der Schlüsselübergabe abholen lassen.«

»Okay, geben sie mir bitte die Adresse des Maklers, den Kaufvertrag und die Bankverbindung, wohin sie die Kaufsumme überwiesen haben. Sie müssen das nicht tun, weil ich keinen Beschluss habe, aber ich sag's Ihnen gleich. Andernfalls komme ich in zwei Stunden mit Beschluss wieder her und bis dahin bleiben sie hier. Das richtet sich nicht gegen sie, aber es ist ungeheuer wichtig für uns.«

»Moment!«, antwortet Sascha. »Ich muss die Unterlagen erst suchen in diesem Chaos.«

Während wir warten, zeigt mir Sandra Störmer die Wohnung.

»Hier haben die Bilder gehangen«, erklärt sie und zeigt auf drei Wände in Wohnzimmer und Flur.

»Sie haben kräftig renoviert«, stelle ich fest. »Bergleute und Gruben passen da nicht mehr dazu.«

»Kennen sie sich aus mit Bildern?«

»Nein, warum?«

»Ich habe die Bilder fotografiert.«

»Ach? Kann ich die Fotos sehen?«

»Das ist jetzt blöd. Die habe ich auf dem Handy und das ist im Zoo in meinem Spind.«

»Würden sie mir die bitte später ins Präsidium mailen? Ich schreibe Ihnen die Adresse auf. Aber bitte nicht vergessen!«

»Klar mache ich!«

Sascha Simon kommt zurück und übergibt mir die geforderten Unterlagen.

»Das bekommen sie natürlich umgehend zurück. Danke!«

Wir unterhalten uns noch ein paar Minuten, während derer ich nochmals versichere, dass sie sich um ihr Häuschen nicht zu sorgen brauchen. Das ist zwar geflunkert, weil ich befürchte, dass ein rechtsgültiger Kaufvertrag gar nicht entstanden ist, aber das wird sich schon irgendwie regulieren lassen.

Hoffentlich! Über so viel Unbedarftheit kann ich mich nur wundern; was für ein Leichtsinn!

Offensichtlich sind die jungen Leute einigermaßen beruhigt, als ich mich auf den Weg ins Präsidium mache. Dort angekommen übergebe ich die Unterlagen der jungen Leute sofort an Inge Manderscheid und bitte sie, die Papiere umgehend an K4 weiterzuleiten.

***

Wir treffen uns um halb fünf im Besprechungszimmer. Normalerweise ist dieser Raum völlig ausreichend, aber heute müssen wir Stühle heranschleppen. K3 ist vollzählig anwesend, von K4 erscheinen Hubertus Sonne und sein Chef Kriminalrat Krusch. Der leitende Kriminaldirektor des LKA Horst Weller ist gekommen und der erste Staatssekretär Axel Funk in Vertretung von Innenminister Bohn. Pressesprecher Thorsten Siffrin hat sich ebenfalls eingefunden, sicherlich nicht freiwillig, denn der Typ gilt allgemein als arbeitsscheu.

Rudi Closter erklärt in seiner kurzen Begrüßungsrede, dass

die Anwesenheit der Spitze des Hauses und des Staatssekretärs verdeutliche, welche Bedeutung man diesen Fällen an oberster Stelle beimesse.

»In Wahrheit geht dem Minister der Arsch auf Grundeis«, flüstere ich Staatsanwältin Sommer neben mir zu. »Wenn die Presse erfährt, dass seit Wochen ein Serienmörder unterwegs ist, ohne dass die Polizei das mitbekommen hat, zerreißen sie ihn wegen der brutalen Sparpolitik und des Stellenabbaus bei der Polizei.«

»Wenn ich dürfte, würde ich der Presse liebend gerne einen Tipp geben«, raunt die Staatsanwältin zurück. »Sie ahnen nicht, wie mir diese Personaldiskussionen auf den Geist gehen.«

»Vielleicht mache ich es«, antworte ich. »Was hab ich zu verlieren?«

»Zuzutrauen wäre es Ihnen. Dann können sie sich ihre Pension abschreiben.«

»Oder sie kommt früher als geplant. Oder ich werde der neue Innenminister.«

»Spinner!«

»Können wir uns bitte auf die aktuellen Ereignisse konzentrieren!«, mahnt Rudi Closter. »Ich fasse den Stand kurz zusammen.«

»Im Zusammenfassen ist Rudi unschlagbar!«, murmele ich zur Staatsanwältin, worauf diese den Kopf schüttelt und die Augen verdreht.

»... aus Frau Kleinschmitts Wohnung wurden zwischenzeitlich Unterlagen in Augenschein genommen. Die kriminaltechnischen Auswertungen laufen; ist das zutreffend Herr Kollege?«

Krusch und Sonne nicken.

»Ergebnisse erwarten wir im Laufe des späten Abends«, erklärt Krusch.

»Ich möchte an dieser Stelle der Staatsanwaltschaft für ihr

Maximum an Kooperation danken«, fährt Rudi fort. »Innerhalb kürzester Zeit …«

»Schleimer! Der Kurzausflug mit der Staatsanwältin hat wohl Spuren hinterlassen«, raune ich und fange mir dafür von Daniela Sommer einen schmerzhaften Stoß in die Rippen.

»… die Suche nach dem Makler für das Anwesen von Frau Kleinschmitt läuft. Sicher ist, dass der angegebene Name falsch ist. Ein Makler namens Eisenbeis existiert nicht. Eine Grundbuchübertragung hat nie stattgefunden. Die Kaufsumme wurde auf ein Konto nach Luxemburg überwiesen, die Kollegen sind dran.«

»Was gibt es Neues bei den anderen Todesfällen?«, erkundigt sich Oberstaatsanwalt König.

»Vorab muss festgestellt werden, dass uns das Krankenhaus, in dem Frau Kleinschmitt verstarb, keine definitiven Hinweise liefern konnte, die auf ein Tötungsdelikt hindeuten. Einen Nachweis von Thallium, wie bei den beiden anderen Fällen kann nur eine gerichtsmedizinische Nachuntersuchung und Analyse feststellen. Eine Autopsie im Nachgang muss daher in Erwägung gezogen werden.«

»Im Falle einer Exhumierung wird die Presse sofort Wind von der Geschichte bekommen«, erklärt Pressesprecher Siffrin. »Das lässt sich nicht …«

»Auf keinen Fall! Das muss unter allen Umständen vermieden werden!«, fordert Staatssekretär Funk. »Es muss darüber hinaus alles getan werden, um die Fälle schnellstmöglich aufzuklären!«

»Zu spät, Herr Staatssekretär!«, ergreife ich das Wort und höre, wie Frau Sommer neben mir leise aufstöhnt.

»Ich hab's geahnt«, seufzt sie.

»Schnellstmöglich wäre gegangen«, fahre ich fort, »wenn wir auf die gleiche Personalstärke, wie vor drei oder vier Jahren zurückgreifen könnten. Jetzt geht es nur so schnell wie möglich. Falls sie den Unterschied erklärt haben wollen, hole ich das nach, wenn wir mehr Zeit haben.«

»Während meiner Dienstzeit wird das nicht mehr sein«, brummt Rudi und erhält dafür die Zustimmung der lachenden Kollegen.

Das Gesicht des Staatssekretärs nimmt langsam die Farbe eines Feuermelders an, aber er erwidert kein Wort.

»Der entscheidende Zusammenhang aller Fälle ist diese Frau namens Christine«, erkläre ich weiter, bleibe aber ganz ruhig auf meinem Stuhl sitzen, um keine weitere Hektik in die Runde hineinzutragen. »Christine Neu ist bei zwei der drei Opfer aufgetaucht. Ken hat mir eben bestätigt, dass der Neffe von Frau Cronauer die Frau vom See als schlank hochgewachsen und blond beschrieben hat. Christine! Wie die angebliche Großnichte von Frau Kleinschmitt. Ihr Wagen hat ein Merziger Kennzeichen. Diese ominöse Firma des ebenso ominösen Herrn Finkeisen hat ihren Sitz angeblich in Losheim. Die kennt zwar dort keiner, aber immerhin ist das im Landkreis Merzig-Wadern. Frau Cronauer war mit dieser Christine in einem Lokal an einem See. Wahrscheinlich am Losheimer See, denn eine Kellnerin vom Brauhaus glaubt, den Neffen wiedererkannt zu haben. Die Aussage der Zeugin ist nicht belastbar. Trotzdem glaube ich nicht, dass das Zufälle sind! Gut möglich, dass der Makler, der Begleiter von Christine und Christian F. Finkeisen ein und dieselbe Person sind. Gut, das ist Spekulation, aber ich bleibe dabei: Der Schlüssel liegt in der Person dieser Frau namens Christine, ihrem Begleiter und Losheim!«

»Warum konzentrieren sie ihre Aufmerksamkeit nicht verstärkt auf diesen Ansatz?«, fragt der Staatssekretär mit vorwurfsvoll bitterem Unterton.

»Weil sich heute erst ergeben hat, dass diese Todesfälle eine Verbindung haben. Weil die zweifelhaften Todesumstände der Frau Kleinschmitt erst heute vakant geworden sind. Weil die Kommissare Schaum und Zufall erst heute zueinandergefunden haben! Und weil sich das Mosaik gerade erst zusammenfügt!«, kommt mir die Staatsanwältin mit lauter Stimme zu Hilfe.

»So ist es!«, steht der Oberstaatsanwalt seiner Kollegin bei. »Ich darf in diesem Zusammenhang darauf hinweisen, dass wir im weltweiten Vergleich die geringsten Obduktionszahlen haben. Aus Kostengründen! Ich muss das nicht weiter kommentieren!«

»Das wäre ein durchaus entlastendes Argument gegenüber der Presse«, ergänze ich.

»Das lassen sie gefälligst bleiben!« Der Staatssekretär steht kurz vor der Explosion. »Kommentare gegenüber der Presse laufen ausschließlich über das Ministerium!«

»Sie haben es gehört, Herr Siffrin!«, Polizeipräsident Weller schaltet sich ein. »Sie verweisen ab sofort konsequent ans Ministerium. Falls es Rückfragen gibt, sollen sich die Medien direkt an Herrn Funk wenden. Da der Herr Staatssekretär soeben aktuell informiert wurde, sollte das kein Problem für ihn sein.«

Die Kollegen können sich ein breites Grinsen nicht verkneifen. Weller ist bekannt für seinen harten Führungsstil, aber wenn es um seine Mitarbeiter geht, steht er seit jeher wie ein Fels in der Brandung und verschafft ihnen nach außen Rückendeckung. Notfalls legt er sich mit dem Minister an und einige Mitarbeiter befürchten, dass Minister Bohn sich dies im Unterschied zu seinen Vorgängern nicht lange wird bieten lassen.

Funk steht kurz vor der Schnappatmung, erwidert aber nicht eine Silbe.

»Ich schlage vor, dass wir zu unserem eigentlichen Thema zurückkommen«, bittet der Oberstaatsanwalt entschieden. »Die Positionen sind geklärt! Machen sie bitte weiter, Hauptkommissar Schaum. Ihr Ansatz scheint mir nicht uninteressant zu sein.«

Wenn König das so formuliert, heißt das, dass er meinen Überlegungen folgt. Ich kenne ihn lange genug, um zu wissen, wie er tickt. Vielleicht reicht diese Übereinstimmung aus, um ihm die Zustimmung zu entlocken, die ich für meinen Plan brauche. Ich muss es versuchen. Jetzt!

»Wir lassen offiziell nach Christian F. Finkeisen suchen!«, schlage ich vor.

»Auf welcher Rechtsgrundlage, Josch?«, fragt Rudi Closter.

»Wir haben nichts in der Hand«, zweifelt Staatsanwältin Sommer. »Ihn als dringend tatverdächtig zu erklären, können wir nicht bringen!«

»Das weiß ich selbst!«, wehre ich mich. »Von ihm wissen wir den kompletten Namen; vorausgesetzt es ist keine Aliasbezeichnung und kein Phantom. Nach Christine Neu, groß, schlank, blond, Ende dreißig, könnten wir ebenfalls fahnden, aber ich schlage etwas anderes vor. Nein, wir schalten keine Fahndung, sondern einen Hilfeaufruf für Christian F. Finkeisen!«

»Verstehe ich nicht«, meckert der Staatssekretär. »Wie soll das funktionieren?«

»Etwa so: Gesucht wird Christian F. Finkeisen aus dem Raum Merzig und Losheim. Dem Gesuchten wurde durch ein Versehen ein Medikament verkauft, das bei falscher Anwendung lebensgefährliche Symptome hervorrufen kann. Wer etwas über den Aufenthaltsort des Gesuchten weiß, wendet sich bitte umgehenden … und so weiter. Das kann man sicherlich anders formulieren, ich bin kein Werbetexter.«

Schweigen in der Runde. Wahrscheinlich halten mich die Kollegen für total verrückt und durchgeknallt. Aber keiner äußert sich. Mitleid oder peinliche Berührung? Der Alte hat nicht mehr alle Tassen im Schrank? Nun hält das Schweigen schon eine gefühlte Ewigkeit an, was mich vermuten lässt, dass ich aller Unkenrufe zum Trotz einen Denkprozess in Gang gesetzt habe. Das lässt hoffen!

»Natürlich erspart uns das nicht die akribischen Nachforschungen vor Ort«, argumentiere ich weiter.

»Das klingt wie eine Durchsage im Einkaufscenter«, meint

Daniela Sommer. »Der kleine Kevin hat seine Mama verloren. Bitte kommen sie zur Information.«

Allgemeines Gelächter.

Ich werde diese Frau bei nächstbester Gelegenheit erwürgen!

»Was ist mit dem Internet?«, versucht Rudi Closter eine Alternative. »Ist da kein Eintrag?«

»Nichts!«, erklärt Marius Sorg. »Weder in Losheim, noch in Merzig, auch nicht im Saarland. Einer im Raum Stuttgart, aber der ist seit 25 Jahren tot.«

»Wenn er in keinem Meldeamt registriert ist, finden wir ihn im Netz nicht!«, behauptet Kriminalrat Krusch.

»Ich habe überall rumgefragt in Losheim«, stellt Ken Arndt fest. »Dort kennt den keiner.«

»Alle Einwohner der Region werden sie kaum befragt haben«, knurrt der Staatssekretär.

Die Argumente fliegen hin und her, ohne dass sich eine Entscheidung abzeichnet.

»Haben wir so etwas schon einmal gemacht?«, fragt Oberstaatsanwalt König schließlich.

»Er hat das in Österreich im Radio gehört«, meint Hubertus Sonne.

»Wer ist er?«, fragt der Staatsanwalt verwirrt.

»Er ist er«, erkläre ich und zeige auf Sonne.

Der Staatssekretär schüttelt entnervt den Kopf.

»Das hat es mit Sicherheit schon einmal gegeben«, spekuliert der Pressesprecher.

»Soweit ich mich erinnern kann, wurde es aber noch nie von uns initiiert«, erklärt Rudi Closter.

»Das sollte kein Hinderungsgrund sein!«, entscheidet der Oberstaatsanwalt. »Wir machen das! Das ist besser, als tatenlos zuzuschauen und zu hoffen, dass nichts mehr passiert. Schauen wir einfach, was dabei herauskommt.«

»Ich denke, es ist besser, wenn wir erst die Meinung von

Minister Bohn abwarten«, nervt der Staatssekretär.

»Okay! Rufen sie ihn an! Jetzt, sofort!«, schlage ich vor.

»Das ist nicht möglich. Der Minister weilt in einer Konferenz in Berlin.«

»Na und? Im Katastrophenfall müsste er auch erreichbar sein.«

»Ist er auch, aber das hier ist keine Katastrophe.«

»Es könnte aber demnächst leicht zu einer werden. Spätestens mit der nächsten Leiche. Vor allen Dingen für das Ministerium!«

Wenn Funks Blicke töten könnten, müsste ich gleich auf der Stelle tot umfallen. Daniela Sommer boxt mich erneut in die Seite. Funk überlegt.

»Ab Montag!«, sagt er schließlich. »Ich trage das nicht ohne ministerielle Zustimmung mit.«

»Leiern sie das an, Herr Siffrin!«, meldet sich nun der Polizeipräsident. »Ich kündige das persönlich dem Rundfunk als dringlich an. Im Auftrag des Innenministers, damit die Sache an Bedeutung gewinnt.«

»Ich werde dem Minister Bericht erstatten«, erklärt der Staatssekretär und verlässt eilig den Raum.

»Der ist im Moment nicht erreichbar«, rufe ich hinterher, aber da ist Funk bereits weg.

»Lassen sie's gut sein!«, beruhigt mich die Staatsanwältin und legt mir eine Hand auf den Unterarm.

Der Oberstaatsanwalt, der Pressesprecher und Inge Manderscheid verlassen den Raum.

»Wir schicken Dir eine Mail«, erklärt Kriminalrat Krusch. »Es kann aber spät werden.«

»Mein Mobiltelefon habe ich immer am Mann«, sage ich und bedanke mich.

»Er wird eine lange Nacht haben«, meint Hubertus. Ich weiß nicht, ob er sich oder mich meint; wahrscheinlich trifft es für uns beide zu.

»Mich würde der aufregen, wenn ich ihn den ganzen Tag um mich rum hätte«, seufzt Daniela Sommer. »Dieses ewig er!«

»Daran gewöhnt man sich, Frau Sommer. Den muss man nehmen, wie er ist. Einen Besseren als ihn werden sie auf seinem Gebiet nicht finden.«

Nachdem K4 sich verabschiedet hat, sind nur noch die Kommissare vom K3 und die Staatsanwältin im Raum.

»Wir machen Schluss für heute!«, erkläre ich. »Die Suchmeldung geht frühestens Montag früh über den Sender. Heute erreichen wir ohnehin nichts mehr und morgen wird es ein strammer Tag werden. Schönen Feierabend!«

Die Männer sind froh, dass ich sie nicht länger da behalten will, und machen sich auf die Socken.

»Was machen sie noch?«, fragt Frau Sommer. »Auch Feierabend oder wühlen sie noch in den Akten?«

»Sechs Uhr! Ich erledige eine halbe Stunde meinen Schreibkram. Und sie?«

»Auch so!«

»Lust auf ein Bier und eine Pizza?«

»Ist das etwa eine Einladung?«

»Ich habe nicht gesagt, dass ich die Rechnung übernehme.«

»Lassen sie mich raten! Bei ihrem Sizilianer in Spiesen?«

»Treffer! Für sie ist das wohl ein zu großer Umweg?«

»Ich muss ja nicht bis Mitternacht bleiben und mir die Kanne geben.«

»Sie wissen, wie sie hinkommen?«

»Ich fahre hinter Ihnen her. Rufen sie mich an, wenn sie so weit sind, treffen wir uns auf dem Parkplatz.«

Nicht übel. Je komplizierter der Fall wird, umso kollegialer wird unser Verhältnis. Noch zwei Tote und wir landen zusammen im Bett. Der Staatssekretär hat recht: Wir müssen den Fall so schnell wie möglich lösen, bevor Schlimmeres passiert!

20.

Wir haben uns im Büro länger aufgehalten als geplant, deshalb ist es bereits 20 Uhr, als wir auf dem Parkplatz vor Micos Kneipe eintreffen.

»Sie waren, wenn ich mich recht erinnere, schon einmal hier«, bemerke ich. »Wieso finden sie den Weg nicht alleine?«

»Ja, das war ich. Zwei Mal! Anscheinend pflegen sie ihre spärlichen Erfolge immer in diesem Etablissement zu feiern. Ich kam jedes Mal aus einer anderen Richtung, sodass ich den Überblick verloren habe.«

»Immerhin liegt meine Aufklärungsquote in Spiesen bisher bei beachtlichen 100 Prozent. Und ich verspreche ihnen, dass das so bleiben wird. Noch haben wir keinen Grund, heute zu feiern. Übrigens konnte ich es mir nicht aussuchen, dass in den letzten Jahren einige Fälle quasi direkt vor meiner Haustür liegen. Meine Besuche in der Kneipe werden dadurch nicht angenehmer; ich traue mich fast nicht mehr unter die Leute. Dass ich zwei Menschen aus der unmittelbaren Nachbarschaft als Tatverdächtige behandeln musste, macht die Sache nicht leichter. Meine Beliebtheitsskala sinkt deutlich!«

»Wusste nicht, dass das noch möglich ist. Umso erstaunlicher, dass sie eine Milieustudie veranstalten wollen. Das gießt nur Öl ins Feuer, oder sehe ich das falsch?«

»Pscht! Nicht weitersagen! Ich mache das nicht freiwillig. Man hat mich genötigt, ein Versöhnungsfest auszurichten.«

»Ach, daher weht der Wind! Und mir wollten sie weismachen, das sei eine dienstliche Veranstaltung.«

»Den Versuch war es immerhin wert. Los gehen wir rein, ich habe Hunger! Und bitte, kein Wort über unseren Fall! Mir reicht's für heute!«

Wir gehen zur anderen Straßenseite, wo überraschenderweise keine Raucher vor der Kneipe stehen. Ich öffne die Tür und überlasse Frau Sommer den Vortritt. Die Kneipe ist nur mäßig besucht. Marion sitzt hinten rechts an ihrem Stammplatz, daneben stehen Ehl und Günther. Claudia arbeitet hinter dem Tresen, davor sitzt Mico auf einem Hocker und unterhält sich mit einer Frau, die ich hier noch nie gesehen habe.

»Ah, comtessa procuratora!«, ruft der Wirt und fällt der Staatsanwältin um den Hals, während ich hinüberschlendere, um Marion mit einem herzlichen Kuss zu begrüßen.

»Mein Gott!«, murmelt Marion. »Ich wusste nicht, dass sich Mico und Deine Chefin kennen!«

»Das ist nicht meine Chefin!«, stelle ich richtig.

»Was dann?«

»Nenn es von mir aus, die anordnende Institution! Ähnlich wie dein Zuschussgeber beim Ministerium, wenn du eine Triangel für die Musikschule kaufst.«

»Woher kennen die sich?«

»Jetzt bist du es, die unter Gedächtnisverlust leidet! Als wir hier voriges Jahr die Aufklärung der Sprengstoffanschläge gefeiert haben, war sie auch dabei. Hast du vergessen, wie Mico sie damals angebaggert hat?«

»Der Sizilianer springt auf alles, was nicht bei drei auf den Bäumen ist«, bestätigt Ehl und nippt an seinem Bier.

»Ach, hallo Ehl! Was macht deine Rolle als jugendlicher Liebhaber in diesem Musical? Wie läuft es denn mit der Produktion?«

»Die Aufnahmeleiterin meint, dass man nicht unterscheiden kann, ob ich eine Rolle spiele oder ich selbst bin. Ich bin eben ein authentisches Naturtalent.«

»Wie alt ist denn diese Regisseurin?«, hinterfragt Günther. »Stammt die aus der Stummfilmzeit?«

»Blödmann! Das ist meine natürliche Ausstrahlung!«

»Das Einzige, was bei dir strahlt, sind deine Augen nach dem zehnten Bier!«, behauptet Günther.

»Mein Stern strahlt bis zum Brot-Wei!«

»Von wegen Broad-Way. Du kannst froh sein, wenn's für

'nen Kümmelweck reicht!«

Die beiden haben sich aufeinander eingeschossen; ihnen wird der Gesprächsstoff auf absehbare Zeit nicht ausgehen. Marion erkundigt sich über meinen Tagesverlauf und testet meine Stimmungslage, weiß aber, dass ich nach getaner Arbeit um diese Uhrzeit nicht sehr gesprächig bin. Ich beantworte dennoch ihre Fragen, soweit ich das verantworten kann und beobachte aus den Augenwinkeln, wie sich der Wirt und die Staatsanwältin weiterhin angeregt unterhalten. Im Augenblick kann ich nicht abschätzen, wer wen mehr anbaggert.

Die unbekannte Frau, die mir vorhin aufgefallen ist, hört den beiden aufmerksam zu, tut aber so, als sei sie völlig desinteressiert. Dabei mustert sie Daniela Sommer im Dauer-Check und scannt jede ihrer Gesten und Bewegungen. Ich kenne diesen Blick: Die Frau ist hochgradig eifersüchtig auf die Staatsanwältin!

»Wer ist die kleine Blonde vorne am Tresen?«, frage ich Marion. »Die habe ich hier noch nie gesehen.«

»Kein Wunder, sie ist erst seit ein paar Tagen auf Stippvisite im Land. Carlotta dingsbums. Früher hieß sie Moni Stein. Stammt aus der Georg-Bauer-Straße; gegenüber von Hannah, wo ich früher gewohnt habe. Ihr Vater war …«

»Der Sohn von ihrem Großvater«, unterbreche ich. »Und vermutlich der Enkel vom Urgroßvater.«

»Genau, aber … machst du dich etwa lustig über mich?«

»Keineswegs! Ich habe nur gefragt, wer die Frau ist und wollte kein genealogisches Gutachten.«

»Moni war früher schon eine besondere Nummer. Irgendwann war sie plötzlich weg. Hat angeblich einen reichen Spanier geheiratet, nennt sich hochtrabend Carlotta und hält sich für etwas Besonderes. Der Alte hat den Löffel abgegeben und jetzt bereist sie, wie sie es nennt, die Stationen ihres Lebens.«

»Ist ihr Mann gegen eine Windmühle gelaufen?«, frage ich ironisch.

»Warum ausgerechnet gegen eine Windmühle?«

»Weil ein gewisser … vergiss es! Sollte ein Witz sein! Deine Carlotta hat der Staatsanwältin jedenfalls den Krieg erklärt!«

Da Marion die Situation nicht mitbekommen hat, erzähle ich ihr von meinen Beobachtungen, worauf sie sich durch Blickkontakt zum Tresen von der Richtigkeit meiner Annahme überzeugt.

»Geschieht dem geilen Bock ganz recht«, kichert sie. »Jetzt muss er schauen, wie er mit den beiden Hühnern klarkommt.«

Zwei weitere Stammgäste betreten den Schankraum. Gerd und Peter, Vater und Sohn. Der eine ist schon lange in Pension, sein Sohn hat laut Marions Informationen einen Job im Bereich innere Sicherheit; was er genau macht, hat bisher keiner mitbekommen. Da die beiden Männer fast zum Mobiliar gehören, waren sie auch dabei, als seinerzeit die Siegesfeier stattgefunden hatte, und erkennen daher die Staatsanwältin wieder.

»Einen schönen guten Abend!«, tönt Gerds stimmgewaltiger Bass. »Ist mal wieder das halbe Polizeipräsidium im Dorf unterwegs? Habt ihr sonst nix zu tun?«

»Wäre alles halb so schlimm!«, ergänzt sein Sohn. »Aber jetzt verhandeln die schon mit Sizilianern!«

»Äh, Idioti!«, keift der Wirt zurück. »Die Dame holt sich nur ein paar Tipps von mir.«

»Also, bei uns in Spanien wäre es undenkbar, dass sich eine Staatsanwältin überhaupt unters Volk mischt!«, flötet die iberische Carlotta vormals Moni ungefragt. »Undenkbar! Wenn überhaupt, dann würde sie in unseren Kreisen verkehren, wo die Sicherheitsmaßnahmen … mein Mann hat ein Vermögen für die Sicherheit ausgegeben … wenn ich mich daran zurückerinnere … lieber Gott … und fürs Personal bei all den Empfängen. Aber hier …«

»Wenn sie diesbezüglich ein Konzept brauchen, sind sie bei mir genau richtig!«, bietet Peter an.

»Ach, sie sind vom Fach?«, fragt die Staatsanwältin.

Die spanische Witwe fühlt sich angesprochen und antwortet, bevor Peter Luft holen kann.

»Nein, so möchte ich das nicht nennen. Mein Mann war in der Autobranche tätig! Edelkarossen! In Barcelona und Spanien!«

»Da trifft es sich gut, dass Barcelona ausgerechnet in Spanien liegt!«, stellt Staatsanwältin Sommer zynisch mit lauter Stimme fest. »Und was macht der Gatte jetzt? In Rußfilter oder Abgasmanipulation?«

Oje! Frau Sommer, das war nicht sonderlich geschickt!

»Hören sie mal! Wer sind sie eigentlich, dass sie sich erlauben, so von meinem verstorbenen Mann zu reden? Das ist widerlich, wie sie sich aufführen! Und so was wie sie ist Staatsanwältin! Kein Wunder, dass es mit diesem Staat bergab geht!«

»Beruhige dich, Moni!«, beschwichtigt Mico. »Daniela konnte nicht wissen, dass dein Mann erst vor kurzem verstorben ist.«

»Daniela!«, flüstere ich Marion zu. »Hast du das gehört? Mico duzt meine Staatsanwältin! Die haben es aber eilig!«

»Entschuldigung!«, knurrt Frau Sommer. »Tut mir leid! Mein Beileid.«

»Das ist das Mindeste, was ich von ihnen erwarten darf! Mico machst du mir bitte einen Crémant auf den Ärger.«

»Bin ich ein Viersternerestaurant? Trink einen Averna oder einen Ramazotti, wenn's gar nicht anders geht.«

»Dann lieber einen Whisky!«

»Auch gut, dann kommt der endlich weg!«

»Und mir ein Bier, bitte!«, ergänzt die Staatsanwältin.

»Alkohol im Dienst?«, pikiert sich Carlotta.

»Mein Erstes! Außer Dienst! Für sie wird's bei einer Kontrolle jetzt schon eng!«

»Kein Problem! Ich kann mir ein Taxi leisten. Sie auch?«

»Frau Sommer, kommen sie zu uns rüber«, rufe ich über die Theke, damit die Situation nicht weiter eskaliert.

Frau Sommer geht auf meinen Vorschlag ein und gesellt sich zu uns. Zwischen ihr und Marion entwickelt sich schnell ein Gespräch zum frauenbeliebten Thema Männer mit dem Schwerpunkt Joachim Schaum.

»Ist der zuhause auch so aufgeräumt?«, fragt die Eine, während die Andere sich nicht vorstellen kann oder will, dass ein Mensch mit meinem Ordnungssinn in der Lage ist, eine halbwegs anständige Aktenordnung zu führen. Mir wird das schnell zu blöd, weshalb ich die Damen sich selbst überlasse und mich an Mico wende.

»Ich habe Hunger wie ein Bär! Was kannst du mir zum Essen empfehlen?«

»Ein stilles Restaurant ohne Frauen, Commissario! Mal ehrlich, was willst du machen, wenn …«

»Erspar mir bitte deine Weltanschauung über das weibliche Geschlecht! Was gibt's zu essen?«

»Ich kann dir den Schwenkbraten empfehlen!«, mischt sich Günther ein. »Der ist zwar aus der Mikrowelle, aber hervorragend vorgegrillt.«

»Okay! Mit Brot, bitte!«

»Für mich auch!«, meldet sich Gerd und sein Sohn ergänzt: »Drei!«

»Ich liebe Männer, die kochen können!«, schwärmt Carlotta und wirft dem Wirt einen schmachtenden Blick zu.

»Mir sind Frauen, die selbst kochen, lieber«, meint Gerd trocken.

»Noch besser, wenn sie die Mikrowelle selbst reparieren können«, ergänzt Peter.

»Aber Hände weg vom Fernseher«, erklärt Ehl.

»Bei uns in Barcelona …«, die spanische Witwe erzählt etwas, aber keiner hört zu. Mico verschwindet in die Küche. Ich unterhalte mich mit Peter.

»Was machst du genau?«, frage ich. »Sicherheitsbereich ist ein weitreichender Begriff.«

»Innenministerium.«

»Dann wären wir sozusagen Kollegen. Land oder Bund?«

»In meinem Fall ist das dasselbe.«

»Nachrichtendienst? Verfassungsschutz?«

»Erwartest du darauf eine Antwort?«

»Nicht wirklich, aber versuchen kann man's ja!«

»Wie wäre es mit Amtshilfe? Kannst du mir bei einer Personenfahndung helfen?«

»Weshalb wird die Person gesucht?«

»Kapitalverbrechen.«

»Politisch motiviert?«

»Unwahrscheinlich!«

»Tut mir leid!«

»Dann eben nicht! Oh, das Essen! Das ging aber schnell!«

Ich begebe mich an meinen Platz, wo die Frauen mittlerweile das Thema gewechselt haben. Jetzt geht es um Mico. Der Sizilianer ist unverkennbar in den Fokus meiner Staatsanwältin geraten, was meine Meinung bestärkt, dass Staatsanwälte von Natur aus merkwürdige Menschen sind. Mit Genuss verspeise ich das Stück Fleisch und versäume es nicht, den Koch gut vernehmbar über alle Maßen zu loben.

»Ganz vorzüglich!«

»Wunderbar!«, bestätigt Gerd, der weiß, worauf ich hinaus will.

»Vortrefflich! Und so zart!« Peter hat es geschnallt. »Und der Salat erst!«

»Seid ihr nicht fix?«, blökt Ehl aus dem Hintergrund. »Das Grünzeug würde ich nicht mal meinen Hasen geben.«

»Seit wann hast du Hasen?«, fragt Günther.

»Hab ich nicht, aber wenn ich welche hätte!«

»Wie hast du das hingekriegt, dass das Fleisch wunderbar zart geblieben ist?«, frage ich scheinheilig in Micos Richtung.

»Und saftig!«, legt Peter nach.

»So muss ein Steak sein!«, bestätigt Gerd.

»Äh, seid ihr alle bekloppt?«, beschwert sich Mico. »Sonnesde habt ihr immere etwasse zu meckere. Das ist das gleiche Fleisch wie immer! Alles ist wie immer!«

»Ist er nicht süß?«, fragt Carlotta in die Runde. »Und so bescheiden.«

»Bescheiden?«, brüllt Ehl los. »Bescheuert!«

»Ungehobelter Kerl!«, keift sie zurück. »Mach dir nichts draus, mein sizilianischer Freund!«

»Mein sizilianischer Freund!«, äfft die Staatsanwältin nach. »Der Hammer!«

»Hammer! Genau!«, strahlt Mico. »Wenn ich von meinem sizilianischen Freund rede, meine ich …«

»… den schlafenden Riesen von Alessandria della Rocca!«, vervollständigt Marion. »Das haben wir mindestens schon tausendmal gehört!«

Micos ganze Aufmerksamkeit gilt meiner Staatsanwältin. Er lässt offensichtlich keine Gelegenheit aus, um ihr ein Gespräch ins Ohr zu drücken.

»Wie sieht es aus?«, frage ich Marion. »Gehen wir? War ein strammer Tag und morgen wird es nicht leichter.«

»Jetzt schon? Es ist erst halb zehn!«

»Ich muss morgen fit sein!«

»Dann geh schon mal vor. Ich werde mich ein bisschen mit deiner Staatsanwältin unterhalten.«

»Bei der Konkurrenz wird das schwer«, behaupte ich und zeige auf Mico.

»Da könntest du recht haben. Ich bin gespannt, ob die beiden etwas miteinander anfangen.«

»Warum ist das für dich interessant?«

»Weibliche Neugier.«

Ich verabschiede mich. Frau Sommer ist ziemlich überrascht über meinen zeitigen Aufbruch, macht jedoch keine Anstalten, mich zum Bleiben zu überreden.

»Wir sehen uns morgen im Büro«, lautet ihr lapidarer

Kommentar.

Ich fahre in meine inoffizielle Zweitwohnung in der Siedlung, steige unter die Dusche und liege zehn Minuten später im Bett. In der Hoffnung, dass wir am nächsten Tag das Geheimnis um die Person von Christian F. Finkeisen lüften können, schlafe ich ein.

Im Traum erscheint das Antlitz von Staatsanwältin Daniela Sommer. Sie lacht schelmisch unter einer bunten Narrenkappe.

21.

Als ich aufwache, zeigt der Wecker 6:15. Marion schläft tief und fest. Ich habe in der Nacht nicht mitbekommen, wann sie nach Hause gekommen ist. Ich bereite das Frühstück vor, gehe ins Bad und mache mich fertig fürs Büro, erst danach wecke ich Marion auf. Sie freut sich über den gedeckten Tisch und die Eier mit Schinken.

»Josch, stimmt es, dass du Daniela zum Fest eingeladen hast?«, fragt sie kauend.

»Ja, aber ich hatte das irgendwie anders geplant.«

Ich erzähle ihr, was der eigentliche Beweggrund für die Einladung gewesen ist, und dass die Staatsanwältin meinen Plan durchschaut hat.

»Auf die Idee kannst nur du kommen! Milieustudie! Wer glaubt denn so etwas? Wie viele Leute kommen eigentlich? Hast du alles organisiert? Du weißt: Ich mache keinen Finger krumm! Das ist deine Sache!«

»Kein Grund, solch eine Hektik zu machen. Ich rechne mit 25 bis 30 Gästen«, untertreibe ich und erkläre, dass ich Essen, Getränke und ein Zelt geordert habe. »Die Leute vom Getränkefritzen kommen heute Mittag zum Aufbauen.«

»Dann sieh zu, dass du da bist! Ich habe nämlich eine Veranstaltung mit der Musikschule.«

»Die können das ohne uns. Die Getränke sollen sie in den Garten stellen. Die Nachbarn werden schon aufpassen, dass nix geklaut wird.«

»Na, wie die Aufsicht aussehen wird, will ich mir nicht vorstellen. Hoffentlich ist noch was da, wenn das Fest losgeht.«

»Warum moserst du an allem rum? Das wird schon funktionieren!«

»Ich mosere nicht, ich bringe meine Bedenken zum Ausdruck. Aber bitte, du bist der Veranstalter.«

»Und Sponsor! Es wird mich ruinieren!«

»Selbst dran schuld! Warum verdächtigst du unbescholtene Nachbarn?«

»Ich fange mit dem Thema nicht noch einmal von vorne an! Außerdem muss ich los!«

»Sag deiner Staatsanwältin einen schönen Gruß! Daniela und ich haben uns gut unterhalten. Die ist ganz nett.«

»Ach ja? Ihr seid per du? Das ging aber schnell!«

»Na und? Ist bei Frauen so! Hast du damit ein Problem?«

»Warum sollte ich? Wie lange ward ihr noch bei Mico?«

»Gegen zwölf sind wir zusammen raus.«

»Und die ist gefahren?«

»Sie hat nur Alkoholfreies getrunken; hat mich sogar bis vor die Haustür gefahren. Ist doch nett, oder?«

»Stimmt! Wie ist das mit Carlotta und Mico gelaufen?«

»Tja, das ist eine Sache für sich! Unser kleiner Sizilianer hat die Mädels ganz schön heiß gemacht.«

»Und weiter?«

»Wie: und weiter? Keine Ahnung ist nicht mein Problem. Fakt ist, dass beide scharf auf ihn sind wie Nachbars Lumpi. Vielleicht reicht's für einen Onenightstand, aber mehr glaube ich nicht. Also jedenfalls von Micos Seite aus, aber was weiß ich! Sollen sie schauen, wie sie aus der Nummer rauskommen.«

»Kannst du dir meine Staatsanwältin beim Poppen mit Mico vorstellen?«, frage ich überrascht.

»Was ist denn das für eine Frage? Wie muss denn jemand sein, damit ich ihn mir beim Poppen vorstellen kann? Grundsätzlich kann ich mir jeden beim Poppen vorstellen! Allerdings möchte ich dir nicht raten … wenn ich mir dich mit jemand anderem … es wäre dein Ende! Und ihres auch. Doppelmord! Mindestens!«

»Mein Gott! Nur weil ich mir die Staatsanwältin beim … ich muss los!«

Um Viertel vor acht bin ich im Kommissariat. Außer Rudi Closter sind alle Kollegen schon da; der Wagen der Staatsanwältin parkt auf dem Hof.

»Was ist los?«, Inge Manderscheid steckt den Kopf durch die Tür. »Keinen Kaffee heute Morgen?«

»Doch, doch! Ich komme!«

Mein Telefon klingelt. Ken Arndt!

»Da bist du endlich! Anruf vom Ordnungsamt Losheim! Die wissen, wo dieser Mister Finkeisen ist! Ich komme gleich rüber!«

Ich habe gerade aufgelegt, als Inge den Kaffee und ein Butterhörnchen bringt.

»Danke, Inge, bist ein Schatz.«

Bevor ich den ersten Schluck nehmen kann, betritt Staatsanwältin Sommer mein Büro.

»Wo bleiben sie denn? Das habe ich gerne: früh ins Bett, spät aus den Federn! Kollege Arndt hat mich hergebeten, er scheint Neuigkeiten zu haben.«

»Der kommt gleich. Bin ich einmal nicht der Erste, schon heißt es: Wo bleibt er denn? Wieso sind sie so früh auf den Beinen? Brauchen sie keinen Schlaf?«

»Fünf Stunden reichen.«

»Schöne Träume gehabt?«, frage ich provokativ.

»Na von ihnen bestimmt nicht!«

»Ich habe nicht nach Albträumen gefragt!«

»Was hat Arndt denn Spannendes zu bieten?«

»Angeblich ist Finkeisen enttarnt.«

»Ehrlich? Wo bleibt denn der Mann? Das ist …«

»Warum sind sie heute Morgen hyperaktiv? Ken wird jeden Augenblick auftauchen …«

»Was ist passiert?«, fragt Marius Sorg, während er ins Zimmer stürmt.

»Nichts, was diese frühmorgendliche Hektik rechtfertigt!«, wettere ich. »Schaltet alle mal einen Gang runter! Wenn Finkeisen tatsächlich identifiziert ist, wird Ken bereits die richtigen Schritte eingeleitet haben!«

»Finkeisen ist aufgetaucht? Wo?« Jetzt hat es auch Rudi Closter bis in mein Büro geschafft.

»Hoffentlich nicht als Leiche im Losheimer See!«, entgegne ich genervt. »Inge!«, rufe ich ins Nachbarzimmer, »Hör mal nach, wo Ken bleibt! Er soll endlich rüberkommen!«

»Schon da!«, platzt Ken herein, als habe er auf seinen Einsatz gewartet. »Entschuldigung, aber man wird auch mal müssen dürfen!«

»Darf man!«, bestätige ich. »Scheiß … äh, schieß los!«

Inge Manderscheid kriegt sich vor Lachen fast nicht mehr ein. »Der war gut! Sch… Entschuldigung!«

»Jetzt Ruhe verdammt!« Rudi Closter haut mit der Faust auf den Schreibtisch. »Ken, bitte!«

»Vor etwa einer halben Stunde habe ich einen Anruf bekommen«, erklärt Ken Arndt. »Ein Mitarbeiter des Ordnungsamtes in Losheim. Er hat unseren Kandidaten bereits am Freitag in einer Datenbank für Heimbewohner entdeckt, wurde dann aber abgelenkt und hat es wieder vergessen. Als er am Wochenende den ihm bekannten Leiter der Behindertenwerkstatt zufällig getroffen hat, kam ihm unsere Anfrage wieder in Erinnerung. Er hat den Heimleiter angesprochen und da kam's raus. Einer seiner Schützlinge heißt Christian F. Finkeisen. Er ist ein Trisomie-21-Patient … bekannt als Downsyndrom, wobei es eine Reihe von Klassifizierungen gibt.«

»Auf jeden Fall aber eine geistige oder körperliche Behinderung?«, hinterfrage ich.

»Herr Koch, so heißt der Betreuer, gibt an, dass Herr Finkeisen nicht in der Lage ist, als Geschäftsführer tätig zu sein. Ich habe das ausdrücklich und mehrfach hinterfragt. Ausgeschlossen. Insofern ist es relativ unwahrscheinlich, dass es sich um die von uns gesuchte Person handelt. Anders ausgedrückt: Er kann nicht der Geschäftsführer sein. Bei der Namensgleichheit ist andererseits eine Verwechslung nicht sehr wahrscheinlich. Koch weiß nichts von einer Firma GewAltlos.«

»Wie alt ist der Mann?«, fragt die Staatsanwältin.

»Koch?«

»Mensch! Finkeisen natürlich!«

»Fünfunddreißig.«

»Total verrückt!«, kommentiere ich lautstark. »Wir haben ihn, aber er ist es nicht. Scheiße!«

»Genau so stellt es sich im Augenblick dar!«, bestätigt Ken.

»Schöne Scheiße!«, jetzt haut Marius Sorg auf den Schreibtisch.

Rudis Bass bringt Ruhe in die aufgeheizte Stimmung.

»Das ist nicht der richtige Augenblick, um auszurasten!«, beschwichtigt er. »Josch, du fährst nach Losheim und klärst die Sache vor Ort! Nimm Ken mit! Am besten, ihr macht euch sofort auf den Weg! Ken hast du dir die persönlichen Kenndaten von diesem Finkeisen durchgeben lassen?«

»Klar!«

»Gut! Marius, du checkst die Daten von Finkeisen über Geburtsregister, Krankenkassen, Versicherungen und so weiter. Irgendjemand muss ihn dort hingebracht haben und das Ganze finanzieren. Frau Sommer, ich bitte sie, Einsicht in die Heim- und Pflegeakte zu beantragen. Ich rufe beim Rundfunk an und blase die Suchaktion ab. Jemand muss sich um Sonja Fromminger kümmern, das ist die Stiefschwester dieser Christine, Frau Cronauers Kontaktfrau und mögliches Bindeglied zu diesem Finkeisen ... ich hab's euch geschildert. Sie soll sich heute Morgen bei mir melden. Wer übernimmt?« Ich schaue in die Runde.

»Das macht der Kollege Sorg!«, entscheidet Rudi. »Falls sie sich bis neun nicht meldet, fährst du hin, Marius. Ich will sie vor meinem Schreibtisch sehen. Apropos: Was haben die Kollegen vom K4 zu berichten?«

»Bei mir hat sich keiner gemeldet«, antworte ich. Auch die anderen haben keine Informationen.

»Okay, darum kümmere ich mich selbst!«

Ich bin einigermaßen überrascht. In Rudi Closter ist der jahrelang verschüttete Ermittler erwacht. Den Gesichtern meiner Kollegen entnehme ich, dass sie von Rudis Initiativanfall ebenfalls überrumpelt wurden. Die Verblüffung ist komplett, als Rudi ein aufmunterndes »Auf Geht's!« hinterher schickt. Kommentarlos verlassen alle mein Büro, selbst Staatsanwältin Sommer fügt sich ohne Widerspruch. Fünf Minuten später sind Ken und ich auf dem Weg nach Losheim am See.

Wir hatten mit einer Fahrzeit von einer halben Stunde gerechnet, aber der Weg ins Nordsaarland ist mit Baustellen und Umleitungen gepflastert. Im Landkreis Merzig-Wadern scheint ein wahrer Bau-Boom ausgebrochen zu sein, sodass wir über Ansiedlungen umgeleitet werden, die die Bezeichnung Dorf gerade eben verdienen. Traktoren, Busse, LKW und zwischendurch einige Senioren, die es auf dem Weg zum Einkauf nicht allzu eilig haben. Wie eine Schnecke kriechen wir durch die Landschaft.

»Das Heim ist oben am See in Richtung Scheiden«, erklärt Ken.

»Richtung was?«, frage ich nach.

»Scheiden!«

»Nie gehört, außer, dass es wehtut.«

»Wieso?«

»Weil scheiden wehtut. Oder war das die Scheidung?«

»Wow, was für ein Brüller!«, brummt Ken und schüttelt den Kopf. Meine Witze werden immer seltener verstanden!

»Ist das wirklich ein Dorf?«

»Der höchstgelegene Ort des Saarlandes! Ungefähr 450 Einwohner.«

»Was du alles weißt!«

»Der Opa meiner Frau stammt von dort.«

»Das erklärt alles!«

»Was willst du damit andeuten?«

»Nein, du denkst in die falsche Richtung! Ich meine, das erklärt, warum du so gut Bescheid weißt. Wieso biegst du hier ab? Der See ist da vorne.«

»Wegen der Umleitung kommen wir von der anderen Seite, deshalb fahre ich über Bergen. Kein Kommentar, ich kenne mich aus.«

»Bergen? Ist das auch ein Kaff? Ich kenne nur Bergen in Schweden. Liegt ziemlich weit oben.«

»Wenn schon: Norwegen! Das hier ist ein Ort mit rund 550 Einwohnern. Gehört ebenfalls zu Losheim.«

»Mein Gott! Im Vergleich zu Scheiden ist das eine richtige Großstadt!«

»Spar dir deine zynischen Bemerkungen! Im Vergleich zu deinem ollen Bexbach ist diese Gegend hier ein Paradies. Außer einer Campingmesse habt ihr nichts zu bieten. Oder sehe ich das falsch?«

Ich sehe ein, dass es von Vorteil ist zu schweigen. Außer einem Grubenmuseum, dem die Besucher ausgehen, einem Blumengarten, dem die Pflege fehlt und einem neuen Verkehrskonzept, das außer dem Bürgermeister und seiner Stadtmanagerin keiner versteht, fallen mir keine Gegenargumente ein.

Die Straße wird holpriger. Als wir durch ein Waldstück fahren, fürchte ich, dass Ken sich verfahren hat. Plötzlich tut sich links eine große Lichtung auf, in deren Mitte ein dreiflügeliger Gebäudetrakt steht. Der Quertrakt erinnert an eine Miniaturausgabe von Schloss Linderhof, die Seitenflügel mit Flachdach eher an Legoland.

»Oh Gott!«, entfährt es mir. »Wer hat sich denn hier verwirklicht? Da passt ja überhaupt nichts zusammen!«

»Früher war das ein Jagdschlösschen des Kurfürsten von Langenbruch. Kunibert der Dritte von Losheim am See«, erklärt Ken mit wissender Miene. »Uralter Adel, leider verarmt.«

»Und der war ein Skatbruder Deines Schwiegervaters! Verarschen kann ich mich selbst!«

»Josch, ich bitte dich! Das käme mir nie in den Sinn!«

»Rotzlöffel! Der Stausee ist keine 50 Jahre alt, du Schnarchkappe! Von wegen Kunibert der Dritte vom Losheimer See!«

»Ich wollte nur testen, ob du bei der Sache bist«, erklärt Ken und lacht.

»Ja, ja, einen alten Mann verarschen! Warte, das kriegst du zurück!«

»Spaß beiseite! Ich weiß wirklich nicht, von wem dieses Gebäude mitten in die Landschaft gesetzt worden ist. Die Anbauten sind in der Tat ein Meisterstück architektonischer Geschmacklosigkeit.«

Wir parken auf einem Schotterplatz vor dem Haupttrakt und gehen ins Gebäude. Die Räume sind überraschend hell, bunt und geschmackvoll modern eingerichtet. Wir kommen in eine Vorhalle, von der aus zwei lange Flure und eine Treppe abgehen. Da keine Menschenseele zu sehen ist, entscheiden wir uns für den rechten Gang. Links gehen einige Räume mit offenem Durchgang ab, anscheinend sind das die Speisesäle. Am Ende des Ganges befindet sich eine große Schwingtür; von dort strömt Küchengeruch in den Flur. Als wir uns nähern, öffnet sich die Tür wie von Geisterhand. Im angrenzenden Saal steht eine Frau in grüner Arbeitsmontur. Wahrscheinlich gehört sie zum Küchenpersonal, könnte aber genauso gut Mitglied eines OP-Teams sein.

»Zu Herrn Koch«, sagt Ken und zeigt seinen Dienstausweis. »Das ist mein Kollege, Hauptkommissar Schaum, mein Name ist Arndt.«

»Koch ist hinten! Ich rufen!«, sagt die Frau mit slawischem Akzent sichtlich erschrocken und rennt davon; die übliche Reaktion, wenn sich unbedarfte Bürger plötzlich der Kriminalpolizei gegenübersehen.

Wir warten. Im Hintergrund hören wir Stimmen und das Klappern von Geschirr. Der Mittvierziger, der nach kurzer Zeit erscheint, könnte als Sieger im Wettbewerb netter Hooligan durchgehen. Vollglatze, Unterarme wie ein Gewichtheber, durchtrainiert mit einem Rücken wie ein Schrank; unter der auf Hochglanz polierten Glatze schwebt ein vollmondartiges von fröhlichem Ausdruck geprägtes Gesicht, das ein volles Programm an Nettigkeit vermuten lässt.

»Hallo!«, grüßt Ken und zeigt erneut seinen Dienstausweis. »Sind sie Herr Koch? Wir haben telefoniert.«

»Ich bin nicht Herr Koch, ich bin Der Koch! Herr Koch ist in der Betreuung.«

Ken wirft einen strafenden Blick auf die grüne Frau, aber Kritik ist hier unangebracht. Woher sollte die gute Frau wissen, dass wir zwischen Koch und Koch einen Unterschied machen.

»Oh, dann haben wir uns missverständlich ausgedrückt, Herr …«

»Zimmermann, Achim!«

Ich wundere mich immer, wenn Menschen ihren Vornamen hinten anstellen; der Nachname heißt schließlich Nachname, weil er hinter dem Vornamen steht … Josch, bleib bei der Sache!

»Wo können wir Herrn Koch finden?«

»Drüben in der Betreuung. Gleicher Weg zurück bis ins Foyer, dann den gegenüberliegenden Gang. Fragen sie jemanden, der ihnen über den Weg läuft. Wir können hier im Augenblick leider nicht weg, sonst gibt's Punkt 12 Uhr nichts zu essen.«

»Wie viele Patienten sind es eigentlich, die sie beköstigen müssen?«

»Sagen sie in diesem Hause nie: Patienten! – Betreute! Wir sprechen von Betreuten! – Ich koche für 44 plus Personal; insgesamt um die 60 Personen je nach Schicht.«

»Wohnen die alle hier? Ich meine rund um die Uhr?«

»Ungefähr die Hälfte sind Heimgänger.«

Verstehe ich nicht! Im Heim sind sie ja schon … egal!

»Und das Personal?«

»Etwa ein Drittel, je nach Plan.«

»Okay, erstmal vielen Dank für die Info.«

Als ich mich abwenden will, fragt der Koch: »Ist was passiert?«

»Nein, nur ein paar Fragen. Übrigens: Kennen sie Christian F. Finkeisen?«

»Tut mir leid, aber wir von der Küche kennen die Betreuten in der Regel nur vom Sehen. Ansonsten haben wir wenig Kontakt.«

»Arbeiten Betreute in der Küche?«, fragt Ken.

»Nein. Einige helfen draußen beim Servieren. In der Küche haben die nichts verloren! Vorschrift!«

Wir verabschieden uns endgültig und gehen den Weg zurück durch den langen Flur. Kurz darauf klingelt mein Handy. Am Apparat ist Sonja Fromminger.

»Entschuldigen sie, dass ich mich erst jetzt melde. Dieter hat mir heute Morgen erst Bescheid geben können, weil es bei mir gestern spät geworden ist. Sie haben sich nach Christine erkundigt. Zu der habe ich schon lange keinen Kontakt …«

»Stopp, Frau Fromminger! Wo sind sie gerade?«

»Zu Hause, aber gerade auf dem Sprung!«

»Hören sie zu! Wir brauchen sie dringend für eine Zeugenaussage! Und wenn ich dringend sage, meine ich es so! Ich kann mich im Augenblick nicht mit ihnen unterhalten, weil ich mitten in einer Ermittlung stecke! Sie rufen unverzüglich bei meinem Kollegen Marius Sorg im Polizeipräsidium an!« Ich gebe ihr die Telefonnummer durch. »Umgehend! Oberkommissar Marius Sorg vom Dezernat K3. Unverzüglich, ich kontrolliere das! Machen sie mit ihm einen Termin und einen Treffpunkt aus! Es ist wichtig! Wenn wir binnen zehn Minuten nichts von ihnen hören, lasse ich sie vorführen! Haben sie mich verstanden?«

»Um Gottes willen; ich habe nichts verbrochen.«

»Davon gehen wir aus, aber es ist trotzdem wichtig.«

Ken telefoniert bereits auf seinem Apparat. Ich bin sicher, dass er die Information sofort ans Präsidium weitergibt.

»Ich rufe sofort an! Ich wiederhole die Nummer.«

Sonja Fromminger gibt die Telefonnummer korrekt wieder und verabschiedet sich mit zittriger Stimme.

»Der geht der Arsch auf Grundeis, aber anders war das nicht zu lösen«, erkläre ich, als ich Kens kritischen Blick bemerke. »Ein bisschen Druck kann nicht schaden.«

Wir sind keine zehn Schritte weiter gegangen, als erneut das Telefon klingelt. Diesmal ist es das Handy von Ken. Während er telefoniert, gibt er nur ein «ja«, »hm«, »nein« oder »ach« von sich.

»Was gibt es?«, frage ich ungeduldig, als er das Gespräch endlich beendet.

»Das war Rudi! Die Fotos von Frau Störmer – die von den Gemälden! Der Maler heißt Bernstein.«

»Von dem kenne ich nur sein Zimmer!«

»Sein Zimmer?«

»Naja, das Bernsteinzimmer.«

»Das war aus Bernstein nicht von Bernstein!«

»Ansonsten kenne ich nur Leonhard Bernstein.«

»Der war Komponist.«

»Einen Maler dieses Namens kenne ich nicht.«

»Was nicht heißt, dass es ihn nicht gibt. Kennst du überhaupt irgendeinen Maler?«

»Und ob! Aber das mit dem Bernstein klären wir später! Lass uns endlich diesen Koch finden! Wie heißt der mit Vornamen?«

»Sven, wenn ich mich richtig erinnere.«

Wir gehen den angegeben Weg und müssen uns bei mehreren Personen nach Sven Koch durchfragen. Einen Betreuten haben wir bisher nicht zu Gesicht bekommen. Das ändert sich, als wir in den Erweiterungstrakt kommen, der innen einen wesentlich besseren Eindruck hinterlässt, als die Architektur von außen vermuten lässt. Hin und wieder begegnen uns Betreute an Gehhilfen oder in Rollstühlen. Erst jetzt wird mir klar, wie funktionell dieses Gebäude mit Rampen, Fensterhöhen, Handläufen und sich selbstständig öffnenden Türen konzipiert ist. Es ist ganz auf die Bedürfnisse seiner Bewohner ausgerichtet.

Endlich finden wir Herrn Koch. Als seine Kollegin ihn auf uns aufmerksam macht, kommt er freundlich lächelnd, gemächlichen Schrittes auf uns zu. Den jungen, modisch gekleideten Mann schätze ich auf Mitte zwanzig. Gepflegtes Äußeres, Kurzhaarschnitt, offenes, die Welt bejahendes Gesicht; Typ Schwiegermutters Liebling.

»Hallo, Herr Koch«, antworte ich.

»Sagen sie Sven! Wir nehmen es hier locker. Mit Formalitäten kommt man in diesem Job nicht weit. Mein Chef hat sie bereits angekündigt.«

»Okay, Sven. Können wir mit Herrn Finkeisen sprechen?«

»Selbstverständlich können sie mit ihm sprechen, das ist nicht das Problem, aber er wird ihnen auf ihre Fragen keine Antworten geben.«

»Wie darf ich das verstehen?«, fragt Ken.

»Seine Welt ist nicht unsere Welt. Er kann keine Verbindung zu dem herstellen, was sie von ihm wissen wollen. Er versteht eine Frage nicht als Aufforderung, darauf zu antworten. Genauso wenig wie er in der Lage ist, Fragen zu formulieren. Ich weiß, dass das für Außenstehende schwer nachvollziehbar ist, aber so ist es nun mal.«

»Wie kommunizieren sie mit ihm?«, frage ich.

»Herr Schaum … oder muss ich Herr Hauptkommissar sagen?«

»Nein. Schaum oder Josch, wie sie wollen!«

»Okay, Josch! Die Frage kann man nicht allgemeingültig beantworten. Jeder von uns hat zu seinem Betreuten eine ganz individuelle Beziehung. Darauf ist er fixiert. Ihnen diese Methoden und Umgangsformen zu erklären, würde lange dauern. Darüber hinaus bezweifele ich, dass sie das als Außenstehender auf Anhieb verstehen würden, was völlig verständlich ist. Ich würde ihre Arbeitsmethoden bei der Kripo auch nicht nachvollziehen können.«

»Die verstehen wir manchmal selbst nicht«, scherzt Ken. »Können wir ihn trotzdem sehen?«

»Selbstverständlich! Wir müssen ein paar Minuten warten. Chris ist zurzeit in der Bäderabteilung. Wenn er fertig ist, bringen sie ihn her.«

»Es gibt von Chris mit Sicherheit eine Personalakte; die möchten wir gerne einsehen. Die Staatsanwaltschaft … wir wollten keine Formalitäten.«

»Mir ist das egal, klären sie das mit der Heimleitung. Dort wird die Personalakte geführt. Wenn sie wollen, führe ich sie hin.«

»Ich möchte zuerst Chris sehen. Die Heimleitung kann mein Kollege inzwischen übernehmen.«

»Sie müssen mich nicht hinbringen«, erklärt Ken und lässt sich von Koch den Weg beschreiben.

»Wie lange ist Chris schon hier?«, frage ich, nachdem Ken

gegangen ist.

»Da muss ich überlegen: Ich bin seit fast sieben Jahren hier. Habe als Bufti angefangen und bin hängen geblieben. Gott sei Dank! Die Arbeit macht mir sehr viel Spaß; ich mag diese Leute. Wissen sie, warum? Die meisten sind zu einer Lüge nicht fähig. Manchmal frage ich mich, ob nicht wir die wirklich Behinderten sind. Zurück zu ihrer Frage: Als ich hier ankam, war Chris schon über drei Jahre hier.«

»Wie alt ist er?«

»Fünfunddreißig.«

»Die Behinderung hat er die von Geburt an?«

»Ja, ein Gendefekt im einundzwanzigsten Chromosom; das ist dreifach vorhanden, daher die Bezeichnung Trisomie 21. Aber es ist viel komplizierter, weil es ganz viele verschiedene Bilder dieses Defektes gibt.«

»Bekommt Chris regelmäßigen Besuch?«

»Nein, nie!«

»Weihnachten? Geburtstag?«

»Nein!«

»Wer kommt für die Pflege auf? Das kostet mit Sicherheit eine Menge Geld.«

»Das kann man sagen! Es gibt verschiedene Finanzierungen mit unterschiedlichen Anteilen von privaten, öffentlichen oder kirchlichen Diensten, aber fragen sie mich bitte nicht, wie das bei Chris geregelt ist. Das kann ihnen die Heimleitung erklären.«

Wir unterhalten uns eine Weile über die Pflegeeinrichtung im Allgemeinen und das angebotene Pflegeprogramm. Aus jedem Satz, den Koch von sich gibt, spüre ich die Leidenschaft, die er für seinen Beruf empfindet. Beiläufig frage ich nach der Firma GeWAltLos, aber mit dem Namen kann Sven Koch nichts anfangen. Nach geraumer Zeit kommt ein Pfleger im blauen Drillich den Flur entlang; er schiebt einen Rollstuhl, in dem eine stattliche Person sitzt. Als das Gespann bei uns ankommt, lächelt der Pfleger.

»So Chris, da sind wir. Schau mal, der Sven, der wartet schon auf dich.«

»Hallo Chris! Alles klar?«, es ist eine Floskel, keine Frage.

Chris lacht, seine mongoloiden Gesichtszüge entgleisen zu einer Grimasse, die dennoch große Freude ausdrückt.

»Schwenn, Schwenn!«, ruft er und klatscht unbeholfen die Hände zusammen. Dann steht er schwerfällig aus dem Rollstuhl auf, geht auf Sven Koch zu und umarmt ihn. Auf mich wirkt Chris wie ein großer tapsiger Teddybär, den man einfach lieb haben muss.

»Schau mal, Chris: Das ist Josch, der ist ein Freund von mir.«

»Schwenn, Schwenn!«, gluckst es. Jetzt werde ich umarmt. Ich umarme ihn ebenfalls und drücke ihn. Er soll spüren, dass ich da bin und ihn mag. Eine gefühlte Ewigkeit bleiben wir in unserer Umklammerung stehen.

»Super, Chris, da freut sich der Josch!«

Chris lässt los und lächelt mich weiterhin an. Ich weiß nicht, was ich sagen soll. Den Umgang mit geistig Behinderten bin ich nicht gewohnt, deshalb bin ich unbeholfen.

»Der Josch will nur schauen, was wir machen, Chris. Alles ist gut.«

»Schwenn, Schwenn!« Etwas anderes scheint Chris im Augenblick nicht im Repertoire zu haben. Sven kann anscheinend meine Gedanken lesen.

»Er ist aufgeregt, weil das neu für ihn ist, deshalb reagiert er so. Er kann das nicht einordnen und kanalisieren. Verstehen sie nun, was ich eingangs gesagt habe?«

»Ja, natürlich! Ich möchte ihn nicht aufregen. Danke! Vor ihrer Arbeit habe ich großen Respekt, Sven. Ich gehe; wenn noch was ist, melden wir uns.«

»Ich weiß immer noch nichts über die Hintergründe dieser Fahndung«, beschwert sich Sven.

»Lassen wir es vorerst dabei! Ihnen die Hintergründe zu erklären, ist genauso kompliziert, wie dieser Gendefekt. Wir tappen selbst im Dunkeln. Manche Dinge sind eben ziemlich verworren.«

Ich verabschiede mich und begebe mich zurück in die Eingangshalle, um Ken zu treffen. Wenige Minuten nach mir trifft der Kollege ein.

»Hast du Neuigkeiten?«, frage ich ungeduldig.

»Christian Finkeisen ist seit mehr als zehn Jahren in dieser Einrichtung untergebracht. Das Haus macht einen guten Eindruck, die Leitung ist kooperativ. Frau Sommer hatte sie vorinformiert, alles kein Problem. Die haben eine sehr gute Aktenführung. Christian Finkeisen war einer der Ersten, die nach der Eröffnung hierher kamen. Vorher war er in verschiedenen anderen Einrichtungen; quasi seit seiner Kindheit. Es steht nichts Spektakuläres in den Akten, aber jetzt kommt's! Als Vater wird ein Mann namens Robert Goldstein angegeben.«

»Wo ist dieser Goldstein jetzt?«

»Das weiß kein Mensch. In den alten Akten gibt es bereits vor Jahren Eintragungen, wonach der Vater unauffindbar ist. Christian hat einen Bruder: Holger Finkeisen. Der wurde damals als Ersatzperson zur Kostenübernahme verpflichtet. Kurze Zeit später hat er den Offenbarungseid geleistet. Beide haben Christian nie besucht, jedenfalls nicht, seit er hier ist. Andere verwandtschaftliche Beziehungen sind nicht aktenkundig.«

»Tolle Familie! Ich gebe den Goldstein ans Präsidium durch. Die sollen schauen, ob sie über den etwas vorliegen haben. Wie ist noch mal der Vorname?«

»Robert.«

Während ich telefoniere, macht sich Ken auf den Weg zum Wagen. Nach einer Weile folge ich ihm; aus dem Präsidium habe ich eine unglaublich wichtige Information bekommen.

22.

»Halt Dich am Lenkrad fest!«, sage ich zu Ken, als ich auf dem Beifahrersitz Platz nehme. »Damit du nicht umfällst!«

»Was ist passiert?«

»Neuigkeiten von Marius! Der hat gerade Frau Fromminger am Wickel. Frag mich bitte nach dem Mädchennamen von Sonja Fromminger!«

»Ich dachte, die ist nicht verheiratet.«

»Nicht mehr! Geschieden, den Namen hat sie beibehalten.«

»Mein Gott, wenn du mich so fragst, … Die Fromminger ist die Stiefschwester von der … eine geborene Neu vielleicht … aber das wäre zu einfach. Ich tippe auf Finkeisen.«

»Falsch!«

»Jetzt sag, ich habe keine Lust mehr zum Raten.«

»Goldstein!«

»Ich fasse es nicht! Vorname?«

»Sonja!«

»Quatsch! Vom Vater?«

»Robert, natürlich! Das ist ja der Clou!«

»Leck mich am …Das ist das Verbindungsglied.«

»Gib Gas! Ich schätze, dass im Präsidium eine Menge Arbeit auf uns wartet.«

Während der Fahrt komme ich wegen einer anderen Sache ins Grübeln! Bis wir im Präsidium sind, wird der Vormittag vorbei sein. Ich habe Marion fest versprochen, dass ich mich um den Aufbau des Gartenfestes kümmern werde; das kann ich mir abschminken. Da wir eine wirklich heiße Spur haben, kann ich mich unmöglich aus dem Staub machen.

Als wir nach rasanter Fahrt über Schleichwege und Ortschaften, deren Namen ich zeitlebens nicht gehört habe, endlich im Polizeipräsidium ankommen, werden wir sehnlichst erwartet. Die Kollegen haben alle Fakten auf Zettel geschrieben und an die große Pinnwand im Besprechungszimmer geheftet.

Zusammenhänge sind mit farbigen Pfeilen gekennzeichnet und kommentiert.

»Wir haben die Fakten geordnet, um uns einen Überblick zu verschaffen«, rattert Rudi los, bevor wir dazu kommen, ein Wort zu sagen.

Den hat das Ermittlungsfieber übermannt!

»Lass uns erstmal reinkommen, Rudi! Kann ich wenigstens einen Kaffee haben, wenn ich schon kein Mittagessen bekomme?«

»Nehmen sie meine Wiener!«, bietet Staatsanwältin Sommer an und streckt mir den Teller entgegen.

»Falls sie glauben, dass ich aus Höflichkeit ablehne, sind sie bei mir an der falschen Adresse«, antworte ich und greife zu. »Danke!«

Inge bringt Kaffee und Wasser. Kauend setze ich mich an den Besprechungstisch und betrachte das Schaubild an der Pinnwand.

Rudi erklärt die Zusammenhänge und präsentiert die Erkenntnisse aus seiner Sicht. Er analysiert knapp und prägnant die Verbindungen zwischen, Christine Neu, Sonja Fromminger und Helga Cronauer. Dann schwenkt er um auf Susanne Spaniol und Christian F. Finkeisen sowie dessen angeblicher Firma am Losheimer See, die von ihm unmöglich geführt werden kann. Finkeisens Bruder Holger erwähnt er nebenbei. Zum Schluss schlägt Rudi die Brücke zu Robert Goldstein oder Dr. Robert Goldstein, womit sich der Kreis zu Sonja Fromminger und Christine Neu schließt und die Verbindung zu Elisabeth Kleinschmitt erkennen lässt.

»Die Schlüsselfigur ist Christine Neu«, behauptet Staatsanwältin Sommer schließlich. »Eine weitere Frage lautet: Welche Rolle spielt Dr. Goldstein?«

»Für mich ist Goldstein die zentrale Figur«, widerspreche ich. »Und Holger Finkeisen steht auch auf meinem Zettel. Das größte Problem ist, dass wir keine Ahnung haben, wo sich die

Drei aufhalten. Habt ihr etwas über diesen Goldstein herausgefunden?«

»Die Nachforschungen laufen, aber hexen können wir nicht!«, antwortet Marius missmutig.

»Womit wir wieder bei der Personaldebatte wären!«, seufzt Rudi.

»Wer ist eigentlich dieser ... wie heißt er noch mal, ah ... Bernstein?«, frage ich in die Runde. »Sind diese Bilder was wert? Ich habe von dem Knaben noch nie gehört. Der mit dem Zimmer ist es angeblich nicht; behauptet Ken!«

»Walter Bernstein!« Die Staatsanwältin entrüstet sich. »Ein überaus bekannter saarländischer Industriemaler aus Neunkirchen. International bekannt, was natürlich nicht heißt, dass man in Bexbach seinen Namen kennt, Herr Hauptkommissar. Eine echte Bildungslücke nenne ich das!«

Den ratlosen Gesichtern meiner Kollegen entnehme ich, dass ich nicht das einzige lückenhafte Exemplar in diesem Zimmer bin. Außer Inge!

»Ich habe von dem schon gehört«, erklärt sie. »Da war unlängst eine Ausstellung. Der hat Bilder von der Hütte gemalt. Völklingen oder so.«

»Neunkircher Hütte«, korrigiert Frau Sommer. »Aber immerhin kennen sie einen der bedeutendsten saarländischen Maler wenigstens vom Namen her.«

»Die Bilder sind demnach einiges wert?«, wiederhole ich meine Frage.

»Davon gehe ich aus, Hauptkommissar Schaum. Ich habe einen guten Freund angerufen, den Landrat des Kreises Neunkirchen, Herrn Meng. Soweit ich weiß, hängen im Landratsamt in Ottweiler einige Bilder von Bernstein. Sören ... Herr Meng wird mich umgehend zurückrufen, wenn er im Büro ist. Der Mann ist ein Kunstkenner.«

»Oh, Frau Sommer!«, staune ich. »Sie haben Kontakte bis in die höchsten politischen Ebenen! Wieso schlagen sie sich mit ungebildeten mittelklassigen Kriminalbeamten rum?«

»Sie sind ein Lästermaul, Josch! Das mit der Mittelklasse haben sie eben selbst definiert. Ich muss mir meinerseits einen Ruck geben, um dem zu widersprechen. Ich tue es trotzdem, allerdings nur, was das Mittelmaß betrifft, bei dem Thema Bildung schließe ich mich ihrer Einschätzung an. Im Übrigen kenne ich Sören aus der Zeit, bevor er Landrat war. Uns verbinden Kunst und Kultur. In diesen Kreisen werde ich Sie vergebens suchen.«

Blattschuss! Der Rest der Truppe grinst sich eins. In ihren Gesichtern lese ich, was sie denken: Jetzt hat der alte Zyniker endlich eins aufs Dach bekommen. Ken grinst ganz besonders unverschämt, Marius kaum weniger. Rudi schaut verlegen unter sich. Inge unterdrückt zwar einen Lachanfall, versucht mir aber beizustehen.

»Das stimmt nicht! Josch ist eben Josch!«

»Lass es Inge!«, lache ich. »Frau Sommer hat recht. Das haut mich aber nicht vom Hocker. Wenn's der Wahrheitsfindung dient, bin ich eben ein Banause. Es gibt Schlimmeres!«

»Was zum Beispiel?«, fragt Marius.

»Staatsanwälte«, antworte ich und hebe die Tasse zum Gruß in Richtung Frau Sommer.

»Ihr treibt mich in den Wahnsinn!«, poltert Rudi Closter. »Konzentriert euch auf unser Hauptproblem! Wie kommen wir an Christine Neu und Robert Goldstein ran? Und Holger Finkeisen! Hat jemand eine Idee, wie wir vorgehen sollen? Oder muss ich alles alleine machen?«

Rudi und alles alleine machen! Eher geht in Bethlehem ein neuer Stern auf.

»Über den Hausverkauf gibt es keine Neuigkeiten, Marius?«

»Nein, keine weiteren Informationen! Wir wissen nicht, wer den angeleiert hat. Interessant ist, dass es keine Todesanzeige in der Zeitung gab. Wer von Elisabeth Kleinschmitts

Tod wusste, muss direkten Kontakt zu ihr gehabt haben. Wie schon erwähnt, hatte sie zu den Nachbarn keinen Kontakt. Die haben es über die Mundwerbung erfahren. Außer dieser Frau Fischer.«

»Irgendjemand muss die Beerdigung bezahlt haben!«

»Wurde in bar bezahlt, das Beerdigungsinstitut kann sich an keinen Namen erinnern, die Unterschrift ist nicht zu entziffern. Die dem Friedhofsamt übermittelte Kontaktadresse ist die Wohnadresse der Verstorbenen.«

»Mist! Zurück zu Goldstein! Kein Allerweltsname und trotzdem finden wir ihn nicht. Möglicherweise ist er genauso eine Erfindung, ein Phantom wie diese Firma GeWAltLos. Ich bin sicher, dass die ein Fake ist. Dass wenigstens Christine Neu eine real existierende Person ist, wissen wir von Sonja Fromminger. Es ist möglich, dass Christine mittlerweile einen anderen Nachnamen angenommen hat. Sie hatte sich möglicherweise als Frau Eisenbeis ausgegeben, aber das wird wahrscheinlich nicht stimmen. Angeblich wechselt sie die Männer wie andere die Bettwäsche. Ihr aktueller Aufenthaltsort ist nicht feststellbar. Wie vom Erdboden verschluckt.«

»Von deutschem Erdboden!«, interveniert Marius. »Was ist, wenn dieser Goldstein und die Neu in Frankreich gemeldet und wohnhaft sind?«

»Sehr gut, Marius!«, lobt Rudi Closter. »Diese Möglichkeit hatten wir nicht in Betracht gezogen.«

»Ich kümmere mich drum«, erklärt die Staatsanwältin. »Ich ersuche die Kollegen in Frankreich um Amtshilfe. Das ist eine Herausforderung, der sich die ministerielle Ebene stellen darf. Der Herr Staatssekretär und der Minister werden sich sicherlich freuen, aktiv mithelfen zu dürfen.«

»Gibt es neue Erkenntnisse über die Todesumstände von Elisabeth Kleinschmitt?«

»Ich habe telefoniert«, erklärt Rudi. »Gerichtsmedizin, Krankenhaus … es könnte eine Thalliumvergiftung gewesen sein. Könnte! Nachweisen lässt sich das nur im Zuge einer Exhumierung.«

»Ich wehre mich gegen eine Exhumierung, solange wir keinen Tatverdächtigen dingfest gemacht haben«, erklärt Staatsanwältin Sommer. »Was bringt es uns? Außerdem machen wir damit nur die Pferde scheu. Ich meine die Presse. Wir warten!«

»Das sehe ich auch so!«, pflichtet Rudi bei.

»Das Motiv dürfte klar sein«, ergreife ich das Wort. »Es geht um den Nachlass! Zusammengerechnet geht es um Werte von einigen Hunderttausend Euro. Das Merkwürdige daran ist nur, dass bisher niemand einen Erbanspruch angemeldet hat. Auch nicht im Falle Kleinschmitt, obwohl deren Ableben schon eine ganze Weile zurückliegt. Der oder die Täter haben es nicht besonders eilig. Hat jemand dafür eine plausible Erklärung?«

»Es gibt ausreichend lange Fristen«, bemerkt die Staatsanwältin. »Von daher gibt es keinen Grund zur Eile. Ich muss das im Detail überprüfen.«

»Dennoch können wir damit rechnen, dass sich die vermeintlichen Erben bald melden«, meint Ken. »Wenn jemand so was macht, dann wahrscheinlich, weil er finanzielle Löcher stopfen muss, Spielschulden hat oder sich ein schönes Leben machen will. Auf jeden Fall wird er nicht ewig warten!«

»Das ist korrekt«, bestätigt Frau Sommer.

»Das heißt, wir müssen abwarten«, resümiert Rudi enttäuscht.

»Nein, das heißt es nicht!«, widerspreche ich. »Wir müssen sie aus der Reserve locken.«

»Und wie willst du das anstellen?«, fragt Rudi.

»Wir zeigen Interesse an den Bildern! Das Maklerpaar wollte die Gemälde versilbern, also wollen sie das Zeug loswerden. Die jungen Leute sind nicht drauf angesprungen, aber wenn wir jetzt Interesse zeigen, wird das Duo vielleicht Kontakt zu uns aufnehmen. Ich baue auf das Prinzip, dass die Gier größer ist als die Vorsicht.«

»Geniale Idee!«, jubelt die Staatsanwältin.

»Oh Frau Sommer! Dass ich das noch erleben darf, grenzt an ein Wunder. Ein Lob aus ihrem berufenen Munde!«

»Sie kennen das mit dem sehschwachen Federvieh und dem Korn. Kann ihnen auch mal passieren.« Sie wirft mir ein Petzauge zu.

Den Kollegen sehe ich an, dass sie mittlerweile nicht mehr einschätzen können, ob wir unsere Zänkereien ernst meinen oder nicht.

»Nicht so voreilig mit der Euphorie!«, mahnt Ken. »Vielleicht haben sie die Kunstwerke längst verscherbelt.«

»Der Einwand ist berechtigt«, antworte ich. »Das wäre natürlich blöd, aber versuchen sollten wir es trotzdem.«

»Ich telefoniere nochmals mit dem Landrat«, schlägt Frau Sommer vor. »Vielleicht kommt er über die Kunstszene an Informationen, ob die Bilder zum Verkauf angeboten wurden.«

»Ein Landrat als Ermittler«, kommentiert Rudi. »Das hatten wir auch noch nicht!«

»Dann soll ihr lieber Kreisvorsitzender doch mal eruieren, auf welchen Internet-Foren wir unser Kaufinteresse am aussichtsreichsten platzieren sollten«, empfehle ich.

»Mein Gott, redest du plötzlich so geschwollen daher«, mosert Inge.

»Das ist in Kunstkreisen so üblich«, antworte ich.

»Woher wollen sie das denn wissen?«, geifert Daniela Sommer. »Das ist für sie doch wie ein unentdeckter Kontinent!«

»Vor allem bräuchten wir einen Mittelsmann«, meint Marius.

»Sehr gut, Kollege Sorg! Ich werde mich drum kümmern!«, verspricht die Staatsanwältin. «Sonst noch was?«

»Im Augenblick müssen wir abwarten«, erkläre ich. Beim Blick auf die Uhr stelle ich fest, dass ich demnächst los muss, wenn ich mich noch um die Vorbereitungen der Party kümmern will.

»Wir können abwarten, das stimmt!«, pflichtet mir die Staatsanwältin bei. »Sie weniger! Wenn ich das richtig einschätze, wartet auf sie eine Menge Arbeit.«

»Inwiefern?«, frage ich erschrocken, weil ich fürchte, dass man mir während meiner Fahrt nach Losheim wieder einmal einige Sonderaufgaben auf den Schreibtisch geknallt hat.

»Erwarten sie morgen nicht etwa Gäste? Erzählen sie mir bitte nicht, dass sie alle Vorbereitungen an ihre Lebensgefährtin delegiert und damit nichts am Hut haben. In dem Fall würde ich mich weigern, an dem Fest teilzunehmen.«

»Wenn wir morgen zuerst Hand anlegen müssen oder es nichts Anständiges zu beißen gibt, sorg ich dafür, dass du für den Rest deiner Dienstzeit auf Bereitschaft gesetzt wirst«, pflichtet Rudi der Staatsanwältin bei.

»Um wie viel Uhr geht es los?«, will Marius wissen.

Anscheinend habe ich tatsächlich das ganze Kommissariat eingeladen, denn Ken und Inge wollen dasselbe wissen.

»Kommt, wann ihr wollt, aber nicht vor 15 Uhr. Wollt ihr damit sagen, dass ihr mich nach Hause schickt?«

»Uns ist lieber, du kümmerst dich um das Fest, als dass du hier rumhängst und uns auf die Nerven gehst, weil es keine Fortschritte gibt. Was zu erledigen ist, übernehmen die Kollegen. Mach dich aus dem Staub!«, ordnet Rudi an.

»Du bist der Chef! Das ist mir noch nicht passiert!«

»Du hast in all den Jahren nie eine Party geschmissen«, kontert Rudi.

Erneut ein Argument, dem ich nichts entgegenzusetzen habe. Die Kollegen verlassen den Raum mit einem zynischen »bis morgen«. Mir bleibt nichts anderes übrig, als mich sofort auf den Weg zu machen.

Als ich vor Marions Haus ankomme, schwant mir nichts Gutes. Auf der Bank vor dem Küchenfenster haben sich einige

Damen aus der Siedlung niedergelassen. Auf zwei kleinen Tischen sind Kaffee und Kuchen angerichtet.

»Du kommst spät, aber nicht zu spät!«, erklärt Barbara. »Die Jungs vom Zeltaufbau sind im Garten und warten. Ich glaube, es gibt ein Problem. Die können hilfreiche Hände gebrauchen.«

»Männliche Hände!«, ergänzt Dagmar. »Marion ist übrigens nicht da!«

»Ich weiß, die hat eine Veranstaltung mit der Musikschule.«

Ohne mich auf weitere Diskussionen einzulassen, nehme ich die Treppe zum Garten. Als ich um die Ecke biege, trifft mich fast der Schlag. Das gesamte Areal ist übersäet von Stangen, Stützen und Zeltbahnballen. Drei Männer in Arbeitsmontur sitzen auf der Gartenmauer und unterhalten sich. Als der Älteste mich erblickt, kommt er auf mich zu.

»Hallo! Haben sie das Zelt bestellt?«

»Ja, mein Name ist Schaum. Schön, dass sie pünktlich liefern.«

»Pünktlich ist gut! Wir überlegen seit einer halben Stunde, wo wir das Zelt hinstellen sollen. Was sie bestellt haben, ist fast größer als das untere Grundstück.«

»Ehrlich?«

»Das Zelt misst zehn mal fünf Meter und passt nur hin, wenn sie vorher den alten Kirschbaum umhauen. Dafür brauchen sie aber das THW und eine Sicherungsfirma für die Freispannungsleitung.«

»Habe ich tatsächlich diese Größe bestellt?«, frage ich scheinheilig. An den großen Kirschbaum hatte ich überhaupt nicht mehr gedacht.

»Haben sie! Und nun?«

»Was Kleineres haben sie nicht auf Lager?«

»Ich könnte meinen Sohn fragen, ob er Ihnen sein Zweimannzelt ausleiht. Mal ehrlich: Wie haben sie sich das vorgestellt?«

Demnächst platzt mir die Hutschnur! Alle Welt fragt mich nach der Lösung irgendwelcher Probleme.

»Wir brauchen eine praktikable Lösung«, schlage ich politisch korrekt aber inhaltslos vor, um Zeit zu gewinnen.

»Genau! Wenn sie mir sagen, wie die aussieht, bauen wir sie umgehend auf.«

»Kann man das Zelt teilen?«

»Theoretisch schon, aber dann haben sie zwei offene Stirnseiten.«

»Das ist ideal, dadurch ist der Eingang größer. Wir bauen die eine Hälfte auf das Podest hier drüben und die andere auf die Wiese neben dem Haus.«

»Wie soll ich bitteschön die Fußanker im Betonpodest festkriegen? Ich habe weder Bohrer noch Dübel dabei.«

»Gar nicht! Wir fixieren das Ganze mit Seilen am Baum und an der Satellitenschüssel.«

»Wenn es windet, ist die Schüssel hinüber.«

»Mir egal, ist nicht meine Schüssel.«

»Okay, auf ihre Verantwortung. Aber die Wiese neben dem Haus ist schräg wie Harry. Nach zwei Seiten. Ausgleichen kann ich das nicht. Sie haben hinterher ein schrägstehendes Zelt in Hanglage.«

»Das macht nix. Ich bin ein schräger Typ, das passt zu mir. Die Tische und Bänke stellen wir parallel zum Hang.«

»Welche Tische und Bänke? Wo haben sie die?«

»Ja eben! Wo sind die eigentlich?«

»Bei uns haben sie jedenfalls keine bestellt!«

»Das ist nicht ihr Ernst!«

»Mein voller Ernst!«

»Ist doch logisch, dass zu einem Bierzelt Garnituren gehören.«

»Wenn man ein Bierzelt bestellt schon. Bei einem Partyzelt nicht automatisch. Nur wenn sie's bestellen.«

»Und jetzt? Was soll ich mit dem Zelt ohne Bänke und Tische anfangen?«

»Warten sie! Ich rufe in der Firma an. Die müssen die Getränke liefern. Falls Garnituren auf Lager sind, können die welche mitbringen.«

Der Zeltbauer telefoniert und erklärt, dass er auf dem Lager einige Garnituren auftreiben konnte. Die seien zwar nicht neu, aber dafür bekäme ich sie zum halben Preis.

Bei den Aufbauarbeiten habe ich ständig das Gefühl, den anderen im Wege rumzulaufen. Da meine handwerklichen Fähigkeiten begrenzt sind, beschränke ich mich auf das Anreichen und Festhalten des Gestänges.

Nach einer Stunde erscheint der Transporter mit den Getränken, Tischen und Bänken. Wie auf ein stilles Kommando tauchen die männlichen Anwohner der Siedlung auf.

»Wer hat diesen Blödsinn organisiert?«, fragt Marc von gegenüber und zeigt auf die beiden Bierzelt Hälften, die bis auf die Beplanung fertiggestellt sind.

»Ich!« Den Blicken meiner Nachbarn entnehme ich, dass das Arrangement nicht ihre Zustimmung findet.

»Gibt's das in passend?«, fragt Wolfgang.

»Originell ist es jedenfalls«, stellt Bahwind fest.

»Aber unpraktisch«, ergänzt sein Vater.

»Nach dem fünften Bier fällt Dir das Schräge nicht mehr auf«, urteilt Markus.

»Stimmt! Am Hang geht noch!«, stellt Erik fest. »Aber unten läufst du entweder gegen die Mauer oder den Baum, wenn du pissen musst.«

»Ich werde eine Laterne aufstellen«, beschwichtige ich.

»Gute Idee«, meint Wolfgang. »Dann findet man die Verletzten schneller.«

Das Aufstellen der Bänke und Tische gestaltet sich schwieriger als erwartet. Augenscheinlich sind die Scharniere seit ewigen Zeiten nicht geöffnet worden. Wenn überhaupt lassen sie sich nur mit brachialer Gewalt oder Hammerschlägen bewegen.

»Ich geh eine Ölkanne und Entroster besorgen«, erklärt Mark.

»Apropos ölen«, haut Wolfgang in die Bresche. »Von dem alten Zeug bekommt man einen fürchterlich trockenen Hals.«

Den Wink mit dem Zaunpfahl verstehe ich sofort und gebe die Getränke frei. Schnell stellt sich heraus, dass das zu einem so frühen Zeitpunkt die falsche Entscheidung war. Innerhalb der nächsten zwei Stunden zeigt sich, dass ich den Getränkebestand am nächsten Tag unbedingt auffüllen muss.

Zwischenzeitlich ist Marion eingetroffen und hat sich zu den Mädels auf der Hausbank gesellt. Da Barbara mit einer Erdbeerbowle aufwartet, ist die Stimmung ausgelassen. Der junge Pizzabote, der auf Dagmars Veranlassung drei Familienpizzen liefert, ist den mittlerweile zehn Frauen hilflos ausgeliefert. Ein ordentliches Trinkgeld entschädigt ihn großzügig. Die Zeltbauer haben ihre Arbeit abgeschlossen, ohne dass sich das Ergebnis des Arrangements wesentlich verbessert hat, dafür hat sich mein Bestand an Leergut deutlich erhöht.

Um 22 Uhr 30 schleiche ich als Erster todmüde ins Bett. Draußen ist die Probefeier in vollem Gange. Ich habe keine Ahnung, wie ich den morgigen Tag überstehen soll, wenn die frühzeitig Gas geben.

Im Geiste gehe ich die Liste der ausstehenden Vorbereitungen durch. Eigentlich sollte ich deswegen kein Auge zumachen, aber schnell falle ich in einen komatösen Schlaf.

23.

Am Samstagmorgen, dem Tag, der als 1. Spiesener Versöhnungsfest Am Köppche in die Annalen eingehen soll, bin ich früh auf den Beinen, um alle Besorgungs- und Organisationslücken abarbeiten zu können.

Marion schläft noch, was mich angesichts der Fülle von Leergut vor und hinter dem Haus nicht wirklich überrascht. Das muss gestern Abend ein richtiger Härtetest gewesen sein.

Die leeren Bierkästen lade ich in den Kofferraum, aber die verwüstete Kampfarena der Frauen rund um die Hausbank rühre ich nicht an. In Zeiten militant fortschreitender Emanzipation sehe ich dazu keinerlei Veranlassung.

Beim Metzger reduziert sich mein Barvermögen um mehr als die Hälfte, anschließend stehe ich im Getränkehandel in der Schlange. In der ersten Bäckerei erfahre ich, dass die Baguettes im Regal fast alle vorbestellt sind. Bei Bäckerei zwei ist es ähnlich, dort ergattere ich immerhin drei Stangenbrote. Ich versuche es im Supermarkt und stehe erneut in der Schlange. Es ist das Wunder, das mich seit Jahren fasziniert: Alle, die wochentags nicht wissen, was sie außer Rätselraten gegen die Langeweile tun sollen, kommen samstags morgens auf die Idee, wegen einer Dauerwurst und einer Flasche Spüli den Supermarkt zu blockieren. Nach weiteren zwei Supermärkten habe ich das Kontingent an Backwaren endlich zusammen.

Als ich vom Parkplatz rollen will, fällt mir ein, dass ich das Problem mit dem Geschirr nicht gelöst habe. Die Gläser habe ich vom Getränkehandel, aber was ist mit Tellern und Bestecken? Ich entscheide mich für die Variante mit den Papptellern und den Plastikbestecken, das ist zwar eine Umweltsünde ohne Gleichen, aber was soll ich machen?

An die Schlange an der Kasse habe ich mich mittlerweile gewöhnt, an die Typen, die mir den Einkaufswagen in die Hacken fahren, kann ich mich nicht gewöhnen. Als ich erneut in mein Auto steige, läuft mir das Wasser im Munde zusammen. Der Geruch ist eine Mischung aus frischem Brot, Fleisch und Gewürzen. An der Kaiserlinde genehmige ich mir eine Curry-Wurst.

Es ist nach zwölf, als ich in der Siedlung ankomme. Von Marion fehlt jede Spur. Eine halbe Stunde brauche ich fürs Ausladen und Verstauen. Gut zwei Stunden, bis die ersten Gäste kommen. Schnell unter die Dusche. Spontan entschließe ich mich zu einem kurzen Mittagsschlaf, da zu befürchten ist, dass es eine lange Nacht werden wird.

Es ist ein traumloser Schlaf, aus dem ich durch die Türglocke herausgerissen werde. Ich schrecke hoch und hetze zur Tür. Der Paketzusteller! Weiß der Teufel, was Marion bestellt hat, außerdem fehlt von ihr nach wie vor jede Spur. Ich unterzeichne den Lieferschein und gehe zurück zur Couch. Noch eine Stunde!

Eine halbe Stunde will ich mir gönnen, aber gerade, als ich mich hingelegt habe, höre ich, wie sich der Schlüssel im Türschloss dreht. Sekunden später erscheint Marion. Mit neuer Frisur. Das erspart mir die Frage, wo sie die ganze Zeit gesteckt hat.

»Barbara und Dagmar werden bestimmt gleich mit dem Kuchen kommen«, meint sie und macht sich an der Kaffeemaschine zu schaffen.

»Erstaunlich!«, entgegne ich. »Meiner Einschätzung nach sind die vor weniger als zwölf Stunden erst gegangen.«

»Da kannst du mal sehen, dass Frauen eine bessere Kondition haben als Männer. Ihr verpulvert eure Energie in jungen Jahren auf dem Sportplatz oder indem ihr den Röcken nachrennt. Wir lassen euch kommen und haben im Alter noch Reserven.«

»Muss ich mir diese männerfeindlichen Anekdoten den ganzen Tag anhören oder wie stellst du dir die Party vor?«

»Ooh, mein Schatz ist genervt! Leg dich eine Weile aufs

Ohr, ich regele das.«

»Damit ich mir später die Lästereien anhören muss oder was?«

»Mein Gott, hast du eine Laune! Okay, es ist deine Party und …«

»Nein, es soll unsere Party sein. Aber stell mich nicht den ganzen Abend hin, als sei ich der größte Depp und zu nix zu gebrauchen. Manchmal übertreibt ihr das ein bisschen auf meine Kosten. Außerdem bin ich es nicht gewohnt, solche Feste zu organisieren.«

»Ich weiß! Und das große Feierbiest bist du auch nicht gerade. Entspann dich und freu dich drauf! Leg dich eine halbe Stunde hin!«

Marion drückt mir einen dicken Kuss auf den Mund. Sie weiß ganz genau, wie man einem alten Bär das Brummen abgewöhnt.

Um halb vier werde ich wach und fühle mich wie neu geboren. Erstaunlich, was ein halbes Stündchen bringt. Durch die geöffnete Balkontür höre ich, dass im Garten reger Betrieb herrscht. Stimmengewirr, das Klappern von Geschirr. In aller Eile werfe ich mir eine Handvoll Wasser ins Gesicht und gehe nach unten.

»Ah, unser Goldschatz!«, begrüßt mich Lotti.

Zehn Frauen bevölkern den Tisch und schaufeln Kuchen. Ich begrüße jede Einzelne mit einem Küsschen, ein gerne zelebriertes Ritual. Die Männer werden gleich kommen, versichern die Damen; für Kaffee und Kuchen seien die ohnehin nicht zu begeistern. Ich bin mit dem Kaffee noch nicht fertig, da höre ich Motorengeräusche und Türenschlagen. Als hätten sie sich abgesprochen, treffen die Gäste gleichzeitig ein. Das ist ein oft beobachtetes Phänomen: Keiner will der Erste sein, deshalb kommen alle eine halbe Stunde zu spät. Bei den Frauen der Siedlung ist das etwas anderes, die sind immer überpünktlich.

Das Kommissariat erscheint geschlossen, mit Rudi Closter an der Spitze. Mit einem strahlenden Lächeln übergibt er Marion einen riesigen Blumenstrauß und bedankt sich für die Einladung. Das ist die Höhe! Die Orden bekommen immer die Falschen!

Nach den Kollegen betritt Andrea die Bildfläche. Sie sieht fantastisch aus! Die neue Liebe scheint ihr gut zu tun. Der Mann an ihrer Seite könnte bei jeder Model-Agentur unter Vertrag stehen. Attraktiv, schlank, dunkler Hauttyp. Ich kann mir den Mann in aller Ruhe anschauen, weil er und Andrea auf der Treppe von Rudi abgefangen und in ein Gespräch verwickelt werden. Ich habe den Namen vergessen, aber je länger ich Andreas Neuen betrachte, umso sympathischer wirkt er auf mich; ich kann nicht einmal sagen warum. Vielleicht ist es sein freundliches Lächeln, das offene Gesicht, das Toleranz und Ehrlichkeit ausstrahlt, oder weil er sein Äußeres nicht mit Goldkettchen, dicker Armbanduhr oder hochgeschobener Sonnenbrille aufmotzt. Andrea hatte erzählt, woher ihr Partner stammt, aber auch das habe ich vergessen. Langsam werden die Schwächen meines Erinnerungsvermögens peinlich. Vielleicht sollte ich einen Test …

»Hi, Josch!« Andreas Stimme katapultiert mich zurück in das Hier und Jetzt. »Danke für die Einladung.« Sie küsst mich auf beide Wangen. »Darf ich dir Josua vorstellen?«

»Schön, Dich kennenzulernen«, sagt Josua mit angenehm ruhiger und warmer Stimme. »Darf ich dir aus meiner Heimat ein kleines Geschenk überreichen?«

»Wir hoffen, dass es dir Glück bringt«, ergänzt Andrea. »Aus Argentinien!«

»Der höfliche Gastgeber würde sagen: Oh, das wäre aber nicht nötig gewesen! Ich sage nur einfach: Danke! Ich freue mich und kann euch beiden ein Kompliment machen: Ihr habt einen guten Geschmack bei der Partnerwahl.«

Andrea grinst verlegen, Josua lacht.

»Andrea hatte auch früher einen guten Geschmack«, erwidert Josua.

Kompliment! Der Mann hat Stil!

»Eher einen Blick für Antiquitäten«, wirft Marion hinter meinem Rücken ein. Sie hat sich angeschlichen, ohne dass ich es bemerkt habe. »Hallo Andrea! Wie geht es dir? Lange nicht gesehen!«

»Ich lasse euch alleine«, ziehe ich mich aus der Affäre. »Ihr habt sicherlich einiges zu erzählen. Meine Gäste ...«

Es gibt zwei Möglichkeiten: Entweder bekommt Marion es mit Andrea geregelt, oder sie bekriegen sich bis aufs Messer. In beiden Fällen sind Männer völlig fehl am Platz.

»Kommst du mit, Josua?«, biete ich an. »Ich mache dich mit den Anderen bekannt.«

Josua scheint dankbar zu sein und nimmt das Angebot sofort an. Nach und nach treffen die männlichen Anwohner der Siedlung ein. Mittlerweile zähle ich etwa 30 Personen. Marions Eltern sind da, ebenso ihr Bruder Bossi und seine Familie. Bei ihnen bleibt Josua hängen, denn sie kommen auf Argentinien als Urlaubsland zu sprechen.

Mit Sonja und Steffen trinke ich das erste Bier für den Tag; natürlich wollen sie wissen, welche Neuigkeiten es gibt. Sie fragen zwar nicht direkt, aber natürlich geht es um den Tod von Susanne Spaniol.

»Hauptsache, der Markus ist unschuldig!«, meint Trudi, die sich dazu gesellt hat.

»Das kann nicht sein«, bemerkt Trudi in ihrem Schlepptau.

»Wie dieser Mensch auf die Idee kommen konnte, dass unser lieber Markus...«, doziert Fritzi.

»Lass den Josch in Ruhe!«, fordert seine Frau Margit. »Der hat nur seine Pflicht getan.«

»Von mir aus hättet ihr meinen Mann ruhig einsperren können«, kommentiert Dagmar, die plötzlich neben mir steht.

Jetzt taucht Mico auf, mit einer Flasche Wein unter dem Arm.

»Ich habe die Kneipe zugesperrt. Meine Stammgäste sind ohnehin alle hier.«

»Wo hast du Moni? Oder Carlotta, wie sie sich aktuell nennt?«

»Male der Teufele nicht an die Wand! Haste du die etwa eingeladen?«

»Josch nicht!«, antwortet Dagmar. »Aber ich!«

»Bist du von allen guten Geistern verlassen?«, stöhne ich.

»Wieso nicht? Der kleine Italiener ist nicht wählerisch!«

»Ach, da seid ihr ja!« Als hätte sie hinter dem Vorhang auf ihren Einsatz gewartet, biegt Carlotta um die Ecke.

»Ich muss mich ums Essen kümmern«, trete ich den Rückzug an und gehe rüber zu Wolfgang, den Indern, zweimal Markus, Mark und dem Wikinger, die alle Kräfte gebündelt haben, um einen gemeinsamen Kampf gegen den ersten Kasten Bier zu gewinnen. Als Wolfgangs Sohn Patrick auftaucht, steigen ihre Siegchancen erheblich.

»Wollt ihr euch nicht ins Zelt setzen?«, frage ich in die Runde und ernte schallendes Gelächter.

»Du bist nicht ganz fix!«, meint Marc. »In dem schrägen Kaninchenstall kannst du nicht mal eine Flasche Bier auf den Tisch stellen.«

»Unten sitzen die Alten drin, da ist kein Platz mehr.«

»Bist du im Stress?«, fragt Wolfgang. »Wenn du willst, kümmern wir uns ums Grillen. Du musst uns nur das Fleisch bringen.«

»Und eine neue Kiste Bier!«, ergänzt Patrick.

»Daran soll es nicht scheitern«, erwidere ich und besorge die angeforderte Ware.

Soweit ich es überblicken kann, sind wir fast vollzählig. Es fehlt nur die Staatsanwältin. Endlich komme ich dazu, das Geschenk von Andrea und Josua auszupacken. In einem kleinen Karton liegt ein etwa drei Zentimeter langes bleistiftdickes Stück eines Meteoriten. Die Fundstelle wird mit Campo de

Cielo – Feld des Himmels, Argentinien angegeben. Ein wunderbarer ganz persönlicher Glücksbringer, über den ich mich sehr freue. Josua schaut zu mir rüber, und ich bedanke mich mit einem hochgestreckten Daumen. Er nickt und legt die Finger an die Stirn. Ich glaube, Andrea hat einen guten Fang gemacht. Zwischen Josch und Josua liegen zwar nur wenige Buchstaben Unterschied, aber gut und gerne 20 Jahre. Ein guter Tausch für sie! Sie hat sich mit Marion zu den anderen Frauen gesellt, da muss ich nicht unbedingt hin. Ich gehe rüber zu den Kollegen und frage, ob es ihnen an irgendetwas mangelt.

»Ein bisschen Musik wäre nicht übel«, schlägt Inge Manderscheid vor.

»Da vorne steht die Anlage. Tut euch keinen Zwang an. Wenn ihr Fragen zur Technik habt, wendet euch an Marion.«

»Hast du einen Wunsch?«

»Etwas Kubanisches vielleicht.«

»Ich schau mal, was sich machen lässt«, erklärt Inge und düst ab.

»Wo bleibt unsere Staatsanwältin?«, wundere ich mich.

»Die hat noch einen wichtigen Termin!«, behauptet Rudi.

»Was für einen wichtigen Termin? Heute ist Samstag!«

»Das soll sie dir selbst erzählen, wenn sie kommt.«

»Falls sie kommt!«

»Sie wird kommen! Sicher! Es kann nicht mehr lange dauern.«

»Was soll die Geheimniskrämerei?«, moniere ich, bekomme aber keine Antwort.

Aus dem Lautsprecher ertönt Samba-Musik. Die Stimmung bei den Gästen ist gut. Ich halte hier einen kleinen Plausch, frage dort nach dem Befinden, sorge für Nachschub, proste dem ein oder anderen zu und stelle zu meiner Zufriedenheit fest, dass Marion und Andrea ganz entspannt miteinander umgehen. Die Männer haben sich um den Grill versammelt, die Frauen stehen separat. Geschlechtertrennung! Was wir bei anderen Kulturkreisen kritisieren, vollziehen wir freiwillig selbst. Merkwürdige Welt! Es besteht ein gravierender Unterschied in der Tatsache …

»Na, die Stimmung ist ja bestens!«

Die Stimme von Staatsanwältin Sommer durchschneidet meine Gedanken. Daniela baut sich vor mir auf. Unter dem Arm trägt sie ein dünnes Paket.

»Hallo! Schön, dass sie endlich da sind! Das sieht mir nicht aus wie eine Langspielplatte«, bemerke ich und zeige auf das Paket. »Und eine Flasche Schampus ist es auch nicht!«

»Geht der Kriminalist mit ihnen durch? Gut kombiniert, Holmes! Darf ich vorstellen!«

Erst jetzt bemerke ich, dass Daniela Sommer nicht alleine gekommen ist.

»Meng!« stellt sich der Begleiter vor.

»Ach, der Herr Landrat«, entgegne ich und schüttele die dargebotene Hand. »Ich kenne sie aus Presse, Funk und Fernsehen. Herzlich willkommen.«

»Es ist mir fast peinlich, dass ich hier ohne Einladung reinplatze, aber Daniela meinte …«

»Was soll das denn?«, unterbreche ich. »Kein Problem, im Gegenteil. Ich freue mich. Ich habe ihr extra gesagt, dass sie ihren Partner mitbringen soll.«

»Oh, das verstehen sie völlig falsch, Herr Schaum. Wir sind nicht …«

»Sören ist glücklich verheiratet und hat einen ganz süßen Sohn«, fügt die Staatsanwältin hinzu.

»Warum haben sie ihre Frau nicht mitgebracht?«, frage ich misstrauisch.

»Weil die gerade ein Coaching-Seminar abhält«, entgegnet der Landrat.

»Jetzt nehmen sie mir endlich das Paket ab«, fordert Daniela Sommer. »Ich bekomme einen steifen Arm!«

Nun rücken meine Kollegen näher heran. Marion kommt

hinzu und begrüßt die neuen Gäste. Ich muss kein Prophet sein, um zu erahnen, was sich unter dem Packpapier verbirgt. In einem randlosen Glasrahmen kommt das gezeichnete Porträt eines Mannes mit Pfeife zum Vorschein.

»Soll ich das sein?«, frage ich überrascht. »Ich rauche nicht!«

»Mann, Schaum!«, entfährt es der Staatsanwältin. »Sie sind aber wirklich der Kunstbanause schlechthin! Das ist ein Selbstporträt von Walter Bernstein. Ein Druck, das Original ist unverkäuflich.«

»Hätten wir uns sowieso nicht leisten können«, brummt Rudi.

»Aha! Das also ist der berühmte Maler Bernstein!«

»Genau der!«, bestätigt Frau Sommer. »Nicht der mit dem Zimmer!«

»Der mit dem Zimmer?«, fragt der Landrat ungläubig.

»Versuch nicht, es zu verstehen, Sören!«, beruhigt die Staatsanwältin. »Unser Hauptkommissar und Kunst passen nicht zusammen. Vielleicht bringt ihn Bernstein der Malerei wenigstens ein Stückchen näher. Beachten sie die Linienführung, Josch!«

»Sieht eher aus wie Sherlock Holmes«, behaupte ich. »Insofern passt es wieder. Vielen Dank, den häng ich mir ins Büro.«

»Soweit kommt's noch!«, bestimmt Marion, die omnipräsent zu sein scheint. »Der kommt ins Wohnzimmer!«

Die anderen sind aufmerksam geworden, gesellen sich zu uns und betrachten das Bild.

»Gleicht dir gar nicht«, meint Wolfgang.

»Sieht älter aus als du«, erkennt Marc.

»Ist das Van Gogh?«, fragt Markus.

»Nein, der hier hat noch alle Ohren«, weiß der Wikinger.

»Das ist mein Cousin Alberto aus Alessandria de la Rocca!«, erkennt Mico.

»Banausen!«, ruft Daniela Sommer entsetzt. »Sören hör Dir das an!«

»Das ist Bernstein! Der Bernstein!«, verkünde ich stolz in die Runde der Nachbarn. »Walter Bernstein! Ein weltbekannter Industriemaler aus Neunkirchen. 1901 bis 1981!«

»Ach!«, ruft Daniela Sommer erstaunt. »Sie kennen sogar seine Lebensdaten! Erstaunlich!«

»Lass Dich nicht veräppeln, Daniela!«, korrigiert Marion. »Die stehen hinten auf dem Rahmen.«

Ertappt! Ich könnte sie auf der Stelle erwürgen! Marion grinst und zuckt unschuldig mit den Schultern.

»Nicht mogeln, mein Schatz!«

»Ist gut! Besorg dem Landrat und der Staatsanwältin bitte etwas zu trinken, ich kann mich nicht um alles kümmern.«

»Wenn du jetzt gehst, hast du verloren!«, behauptet Daniela Sommer und zeigt auf Marion.

»Ich mach das!«, springt Dagmar ein. »Wollte mir sowieso gerade was holen. Crémant, Wein, Bier?«

Die Staatsanwältin nimmt einen Crémant, der Landrat bestellt einen Weißwein.

»Kommen sie, Josch! Gehen wir einen Augenblick zu den Kollegen!«

Daniela nimmt mich und den Landrat am Arm und leitet uns zu den anderen vom Dezernat, die gut gelaunt und scherzend beieinanderstehen.

»Keine Sorge, Herrschaften«, erklärt sie, »ich will jetzt keine Arbeitssitzung veranstalten …«

»Was gegen eine Kostenbeteiligung allerdings durchaus möglich wäre«, interveniere ich.

»Wundere dich nicht, Sören! Hauptkommissar Schaum hat bisweilen bizarre Weltanschauungen.«

Der Landrat lächelt süßsauer, weil er nicht weiß, was er von der Sache halten soll.

»Ich habe Herrn Meng nicht in seiner Funktion als Landrat hierher geschleppt, sondern ihn gebeten mitzukommen, weil das die schnellste und einfachste Möglichkeit ist, sich kennenzulernen. Erkläre es bitte selbst, Sören!«

»Angeschleppt, wie das klingt«, lacht Sören Meng. »Ich bin gerne gekommen, schließlich liest man einiges in der Presse über diese Siedlung. Nur Positives versteht sich …«

Hoffentlich bleibt das so, mein Lieber! Mal sehen, wie du morgen früh drüber denkst!

»Zum eigentlichen Thema!«, fährt Meng fort. »Es ist nämlich so, dass …«

Der Landrat holt weit aus und erklärt uns, dass es eine Walter-Bernstein-Förderstiftung gibt, die sich der Förderung von Kunst und Kultur im Land verschrieben hat. Er selbst sei Mitglied im Stiftungsbeirat und …

Ich bin fast geneigt, mir ein neues Getränk zu besorgen, als der Landrat endlich auf den Punkt kommt.

»Mein Freund Bernd Rohr ist ein ausgezeichneter Kenner von Walter Bernstein, er hat ihn in jungen Jahren sogar noch persönlich kennenlernen dürfen. Bernd würde als Mittelsmann und offizieller Kaufinteressent auftreten, falls sie damit einverstanden sind.«

»Warum haben sie ihn nicht gleich mitgebracht?«, frage ich.

»Er ist seit heute Morgen mit seiner Frau auf einer zweitägigen Bildungsreise unterwegs.«

»Er hätte Josch mitnehmen sollen, das ist gut angelegtes Geld; obwohl – zwei Tage, das ist ein bisschen wenig.«

»Das war gemein!«, hält mir Inge die Stange.

»Danke, Inge!«

Sören Meng ergreift nun wieder das Wort.

»Wir haben in unseren Reihen auch eine hervorragende Kunstexpertin und Galeristin«, fährt Meng fort. »Frau Dr. Kramnitz. Sie wird sich in den nächsten Tagen in der Szene erkundigen, ob Werke von Bernstein irgendwo angeboten werden. Frau Kramnitz ist gut vernetzt, sie wird auch den

Schwarzmarkt im Auge haben, aber das haben sie jetzt besser nicht gehört.«

»Angenommen es kommt zu einem Kaufangebot, wie soll das aus ihrer Sicht ablaufen?«, frage ich.

»Das sind Details, über die wir uns mit Herrn Rohr verständigen werden, wenn es so weit ist«, beschließt die Staatsanwältin. »Jetzt sollten wir dieses Fest genießen und den Herrn Hauptkommissar schädigen, so gut es geht. Wir wollen doch nicht riskieren, dass sich der arme Josch die viele Mühe umsonst gemacht hat.«

»Vor allem nicht kostenlos!«, stelle ich fest. »Aber ich möchte zum Schluss klarstellen, dass wir uns keineswegs auf das Zustandekommen eines Kontaktes verlassen dürfen! Die Ermittlungen werden in alle Richtungen weitergeführt, sonst stehen wir am Ende mit leeren Händen da. Außerdem ist immer noch nicht klar, ob es weitere Opfer gibt. Und jetzt wünsche ich viel Vergnügen!«

»Amen!«, entfährt es Inge, die auf meinen kritischen Blick hin, ein »Upps« hinterher schickt.

Wir mischen uns wieder unter die anderen Gäste. Ich frage rund, ob alle gut versorgt sind, worauf Daniela Sommer um einen weiteren Crémant bittet. Als sie sich einen Zigarillo anzündet, wundere ich mich, dass sie raucht. Sie bemerkt meinen überraschten Blick.

»Früher habe ich geraucht wie ein Schlot; heute nur bei besonderen Gelegenheiten. Ich habe das Laster zwar aufgegeben, aber seither habe ich gefühlte 100 Kilo mehr auf den Rippen. Wenn es so weitergeht, fange ich wieder an.«

»Aber Signora! Wir Sizilianer lieben jedes Gramm an einer Frau!«

Oh Gott! Mico! Wann hat der sich denn in unseren Gesprächskreis eingeschlichen? Und wo ist Moni Carlotta abgeblieben?

»Ah, Michelangelo, mein Lieblingsitaliener! Meine Herren,

da können sie mal sehen, wie Italiener mit Frauen umgehen!«

»Sizilianer, Signora! Sizilianer! Die Eise verkaufenden Pizzabäckere von die Festelande haben noch wenigere Ahnung von die Fraue als ihr Deitsche!«

»Essen ist fertig!«, brüllt Wolfgang durch den Garten. »Wer zuerst kommt, kriegt zuerst, der Rest muss auf die nächste Tour warten!«

»Ich hätte gerne vom Lamm!«, ruft Carlotta, die anscheinend auf der Toilette war und gerade aus der Kellertür stürmt. »Wo ist mein kleiner Italiener eigentlich?«

»Der ist Sizilianer, wann kapierst du das endlich? Lamm ist aus!«, brüllt Wolfgang. »Austern, Kaviar und Hummer auch. Wie wäre es mit einer Grillwurst?«

»Nein, danke! Ich warte noch!«, beschließt Carlotta, die mittlerweile das Objekt ihrer Begierde entdeckt hat und nun offensichtlich zum Angriff auf die Staatsanwältin bläst.

Die Party hat sich zur Stehparty entwickelt. Die älteren Herrschaften sind nach Kaffee, Kuchen und einer Grillwurst nach Hause gegangen. Gegen Florian Silbereisen oder Carmen Nebel kann eine Party in den Augen der älteren Semester nicht konkurrieren.

»Wieso geht ihr nicht ins Zelt?«, frage ich. Schallendes Gelächter. Die Gegenargumente kenne ich bereits.

»Da kullert dir das Würstchen vom Teller«, weiß Sybille.

»Unten stößt man sich sogar im Sitzen den Kopf«, erklärt Sonja, die nun wirklich kein Riese ist.

»Ging nicht höher wegen des Astes vom Kirschbaum«, versuche ich eine Rechtfertigung.

»Die Zelte hättest du dir komplett sparen können«, meint die Königin.

»In Barcelona hatten wir am Strand riesige Sonnensegel aufspannen lassen«, lässt uns die spanische Witwe wissen. »Einmal war sogar der Pep da. Der Guardiola, meine ich; der Startrainer.«

»Der war eingeladen«, bemerkt Wolfgang trocken. »Aber er hat ein Auswärtsspiel.«

»Der wäre sowieso nur gekommen, um sich anzuschauen, wie sich die barcelonische Möchtegern-Prominenz in der Provinz blamiert«, kommentiert Staatsanwältin Sommer, die der Alkohol anscheinend kampfeslustig gemacht hat.

»Ich muss los!«, verkündet der Landrat. »Meine Bienen warten auf mich.«

»Zweibeinige oder …«, setzt der Sizilianer eine Frage an.

»Mico!«, staucht ihn die Staatsanwältin zusammen. »Herr Meng ist Hobby-Imker!«

»Ich auch, aber mir laufen die Bienen immer weg.«

Josua wird von Wolfgang und Trudi belagert, die behauptet, entfernte Verwandte in Chile zu haben. Nach Wolfgangs bierseliger Auffassung liegt Argentinien gleich um die Ecke, da müsse Josua wissen, wer dort wohnt. Bossi und seine Frau Sabine versuchen die Dimensionen des südamerikanischen Kontinents richtigzustellen, aber Wolfgang behauptet, dass ein paar Flugstunden keine Rolle spielen. Markus erzählt, dass er als Matrose mit der Marine in Valparaiso gewesen sei. Was das mit Trudis Verwandtschaft zu tun haben soll, wird keinem richtig klar.

Meine hochverehrte Staatsanwältin und die spanische Witwe sind weiterhin konkurrierend um Micos Gunst bemüht. Dagmar mimt den Ringrichter, verteilt Wertungspunkte oder feuert mal die eine, mal die andere buhlende Partei an. Mico indessen schwört beharrlich, dass er inzwischen schwul geworden sei, findet allerdings kein Gehör.

Die Kollegen vom Präsidium haben sich reichlich mit Würstchen und Steakfleisch eingedeckt und sitzen um eine Kiste Bier auf der Wiese. Der Wettergott meint es gut mit uns; nicht auszudenken, wo ich die Leute alle hätte unterbringen sollen, wenn es kalt wäre oder regnen würde.

Inge kümmert sich mit großer Leidenschaft und einer

Flasche Crémant als Stimulanz um die Musik. Die Lautstärke steigt mit abnehmendem Inhalt der Flasche. Mir brummt der Schädel!

Einige Nachbarn haben sich versammelt und testen das vielfältige Schnapsangebot aus Marions Bestand. Da man sich in der Beurteilung nicht einigen kann, wiederholt man die Probe zur Wahrheitsfindung mehrfach. Mit zunehmender Verköstigung bekommt das Wort wankelmütig eine neue, vielleicht sogar die ursprüngliche Bedeutung.

Ich bin erst beim dritten Bier und versaue damit kräftig den Durchschnitt. Alle halbe Stunde gebe ich vor, aufs Klo zu müssen und kontrolliere das elektronische Postfach. Nichts! Das wird heute nichts mehr werden!

Nach jeder Rückkehr ins Reich der Gartenfreunde wird das Erscheinungsbild erschütternder. Es ist seit mehr als einer Stunde dunkel, aber dem einen oder anderen fällt das jetzt erst auf. Einigen fällt es schwer, die Forderung nach mehr Licht zu artikulieren. Marion schaltet Lichterketten an, ich organisiere Taschenlampen und hänge sie ins Geäst. Dagmar versucht, die Beute der letzten Kerzenparty anzuzünden, benötigt wegen fehlender Feinmotorik dabei die Hilfe der Staatsanwältin, die sich ebenfalls schwer tut. Gemeinsame Projekte schweißen zusammen, Carlotta kommt deutlich ins Hintertreffen, stellt dafür jedoch ihren Vorbau für Micos Kopf als vorübergehende Ruhekissen zur Verfügung.

»Mit dem Bier wird's eng!«, behauptet Wolfgang.

»Dann müsst ihr eben saufen, was da ist!«, empfehle ich.

»Machen wir!«, stellt Markus sachlich fest. »Immer eine Handbreit Allolol unter dem Kiel!«

»Diese Scheiß-Marine!«, kommentiert seine Frau. »Ich kann's bald nicht mehr hören!«

Es geht auf Mitternacht zu. Eine letzte Überprüfung der Homepage und des Postfaches. Ohne Ergebnis. Noch einmal gehe ich zurück zur Party. Ein Ende ist nicht abzusehen. Keine

Ahnung wie die Auswärtigen nach Hause kommen wollen. Wer hier oben ein Taxi bestellt, muss sich, wenn er viel Glück hat, auf längere Wartezeiten einstellen.

Mir soll es egal sein, sie sind alle alt genug. Still und heimlich ziehe ich mich zurück; wie ein Jaguar in das Dickicht des Dschungels. Eine offizielle Verabschiedung hätte keinen Sinn, denn falls mir jemand zuhören würde, könnte er den Inhalt meiner Ansprache ohnehin nicht mehr verarbeiten. Ich schleppe mich unter die Dusche und ins Bett. Die Welt um mich versinkt, bevor mein Kopf das Kissen erreicht hat.

24.

Die Uhr auf dem Nachttisch zeigt 10:30. Meine Güte, so lange habe ich seit ewigen Zeiten nicht geschlafen!

Das Wesen neben mir scheint Marion zu sein. Unter der Bettdecke schaut nur der Haarschopf des Hinterhauptes hervor. Eindeutig identifiziere ich sie nur an ihren Schnarchgeräuschen. Ich lasse sie schlafen, alles andere wäre lebensgefährlich für mich. Im Bad versuche ich möglichst leise zu sein, beim Anziehen vermeide ich laute Geräusche. Auf der Besuchercouch stoße ich auf Inge Manderscheid. Unter einer dünnen Decke schaut ein Bein von ihr hervor, an dem ich meinen Schlafanzug wiedererkenne. Auf leisen Sohlen schleiche ich die Treppe hinab.

In der Küche ist das Chaos überraschenderweise überschaubar. Während der Kaffee durchläuft, inspiziere ich den Rest der Wohnung.

Die Couch im Wohnzimmer ist von Ken und Marius besiedelt. Wie man bei dieser Körperhaltung schlafen kann, ist mir ein Rätsel. Ich schließe leise die Tür und bin gespannt, wen ich in diesem Gemäuer noch antreffen werde.

Im Fernsehkeller finde ich Rudi Closter, den man auf eine Sonnenliege gelegt hat. Wenn seine Familie ihn sehen könnte! Als Beweissicherung mache ich ein Handyfoto, sonst glaubt das keiner! Rudi der Musterbürokrat nach durchzechter Nacht!

Beim Blick in den Garten trifft mich fast der Schlag! Nach Rock am Ring kann es nicht schlimmer aussehen. Aufräumen wird hier zum Lebenswerk. Ich steige über die Gartentreppe nach oben zur Straße. Außer meinem Wagen parken dort die Fahrzeuge von Rudi und Inge. Wo die zugehörigen Insassen geblieben sind, weiß ich mittlerweile. Demnach sind Andrea, Josua und Frau Sommer mit den eigenen Wagen nach Hause gefahren. Wenn das mal gut gegangen ist!

Die Siedlung schläft noch. Ein friedlicher, sonniger Morgen im Herbst. Nur die Vögel aus der Voliere vom Nachbarn gegenüber sind zu hören. Exotische Exemplare, die … mein Handy!

Es ist Rudis Tochter, die sich über den Verbleib ihres Vaters Sorgen macht.

»Hat er denn nicht Bescheid gesagt?«, frage ich verwundert.

»Doch, aber er wollte gleich nach dem Frühstück kommen. Wir gehen nämlich heute Mittag mit den Kindern in den Zoo, und da wollte er mit.«

»Alles bestens, macht euch keine Sorgen! Der Opa schläft noch!«

»Oha! War es spät?«

»Kann man sagen. Ich schicke ihn sofort nach Hause, wenn er wach ist.«

Rudis Familie ist erstmal beruhigt. Ich benötige einen Kaffee und eine Kleinigkeit zu essen. Für die Anderen brauche ich den Frühstückstisch nicht zu decken, denen wäre mit einer Packung Aspirin mehr geholfen. Zehn Minuten später sitze ich auf der Bank vor dem Haus und genieße den Kaffee und ein Schinkenbrötchen. Ich krame mein Smartphone aus der Hosentasche und schaue mir in aller Ruhe die Fotos von den Gemälden an. Rudi hatte sie mir am Freitag überspielt, aber bis jetzt hatte ich noch keine Zeit, sie genauer zu betrachten.

Im Stil sind sie ganz anders als das Selbstporträt, dessen Kopie sich seit gestern in meinem Besitz befindet. Bunter, fülliger, lebendiger. Was soll an einem Gesicht à la Herbert Wehner auch lebendig sein? Bei dem Förderturm sieht die Strichführung ziemlich kompliziert aus. Strichführung! Die Wortwahl eines angehenden Experten! Ich zoome das Foto und …

Mein Blick bleibt neben dem Bild hängen. Näher ran! Da hängt eine Urkunde an der Wand mit Foto in einem großen randlosen Rahmen. Noch näher, Ausschnitt!

Für 40 Jahre treue Mitgliedschaft

Elisabeth Kleinschmitt

Obst- und Gartenbauverein Wellesweiler

Moment mal! Die beiden anderen Opfer waren ebenfalls Mitglieder in einem Obst- und Gartenbauverein. Bei zweien kann das Zufall sein, aber alle drei?

Das Foto! Eine Reisegruppe vor einem Bus. Becker Reisen. 30 bis 40 Männer und Frauen. Altersgruppe Ü60XL. Eine aufgeklebte Etikette.

Zur Erinnerung – Jahresfahrt 2014 – Losheim am See

Das ist nicht wahr! Oder?

Ich renne ins Haus und zerre Marius von der Couch; bei Ken habe ich keine Chance. Ich lasse Marius gerade so viel Zeit, sich im Gästezimmer eine Handvoll Wasser ins Gesicht zu schütten und die Schuhe anzuziehen.

Ich erkläre ihm die Sachlage in aller Schnelle, während wir durch die Siedlung laufen und auf das Haus der Adamis zusteuern. Ungeduldig klingele ich Sturm. Trudi öffnet, Wolfgang schaut ihr über die Schulter und macht im Gegensatz zu seiner Frau zumindest frisurtechnisch einen ziemlich desolaten Eindruck.

»Guten Morgen, die Herren«, grüßt Trudi. »Meiner hat Nachwehen und der da sieht auch nicht gerade fit aus!«, dabei zeigt sie auf Marius. »Kommt rein, was gibt es denn Dringendes?«

Wir gehen ins Esszimmer und versammeln uns um den Tisch. Trudi kommt nicht auf die Idee, uns etwas zum Trinken anzubieten, aber als ich um einen Kaffee bitte, rennt sie sofort in die Küche. Laut genug, damit Trudi es mitbekommt, erkläre ich, um was es geht. Dann lege ich das Smartphone mit den Fotos auf den Tisch.

»Ich möchte wissen, wer die Leute auf dem Bild sind, wer den Ausflug damals organisiert hat und was ihr in Losheim den ganzen Tag gemacht habt.«

Wolfgang erzählt, dass die Fahrt vor zwei Jahren stattgefunden hat. Die Organisation hatte der Verein aus Neunkirchen übernommen. Teilgenommen hatten mehrere Ortsvereine, damit der Bus voll geworden ist und man die Kosten für die Teilnehmer im Rahmen hatte halten können. Neunkirchen, Wellesweiler, Spiesen …

»Und Wiebelskirchen!«, ergänzt Trudi. »Das weiß ich genau!«

Ursprünglich habe man eine Wanderung um den See machen wollen, aber das Wetter war dermaßen »… beschissen, dass wir schon am Parkplatz nasse Füße bekamen. Es hat geregnet wie aus Eimern.«

»Da sind wir gleich ins Brauhaus!«, kommentiert Wolfgang. »Da wurde es wieder feucht, aber von innen.«

»Die Männer haben sich schon vor dem Mittagessen die Kanne gegeben.«

»Und die Frauen haben die Kuchentheke geplündert. Und dann kamen die Likörchen. Erzähl mir nichts!«

»Im Brauhaus am See?«, hinterfrage ich.

»Klar, sonst gibt's da nix!«, behauptet Wolfgang.

»Doch!«, interveniert seine Frau. »Weiter unten gibt es

noch ein Restaurant …«

»Ihr ward aber alle im Brauhaus?«

»Ja!«

»Gab es dort etwas, das besonders erwähnenswert gewesen wäre?«

»Wie meinst du das?«, fragt Trudi.

»Das Essen war gut«, weiß Wolfgang. »Und das Bier auch!«

»Muss es wohl«, meint seine Frau. »Ihr habt es schließlich bis zum Umfallen getestet.«

»Noch mal: Gab es was Besonderes an diesem Tag? Versucht euch zu erinnern!«

Trudi und Wolfgang schauen sich an und überlegen.

»Der Abschluss war in der Bettinger Mühle in Schmelz. Dort war das Bier nicht richtig gekühlt«, erklärt Wolfgang. »Die Schlachtplatte war reichlich, aber der Schnaps war teuer.«

»Was Dich nicht daran gehindert hat, alle Sorten zu probieren«, meckert seine Frau.

»Halb besoffen ist rausgeschmissenes Geld.«

Oh Gott! Himmel steh mir bei!

»Außer der ganzen Fresserei und Sauferei! Gibt es von Losheim irgendetwas zu berichten? Zum Donner, ihr habt euch doch nicht den ganzen Tag lang volllaufen lassen!«

»Da war nur der Vortrag von dieser Dingsda!«, erzählt Trudi.

»Welche Dingsda?«

»Ach, da war eine Tante, die hat was von gesunder Ernährung erzählt«, berichtet Wolfgang.

»Quatsch«, korrigiert Trudi. »Die hat einen Vortrag über Wohnen im Alter gehalten. Das hast du aber nicht mehr mitbekommen!«

»Ihr habt nur getratscht! Du hast neben Gerdi …«

»Bitte! Das ist überhaupt nicht wichtig! Wer war die Frau? Von welcher Organisation kam die? Wer hat die bestellt?«

»Och, das war eine Bohnenstange. Hinten nix, vorne nix!«,

erklärt Wolfgang.

Tolle Beschreibung!

»Jung? Alt?«

»Mittel.«

Oh, Herr!

»Von welcher Firma?«

»Weiß ich nicht mehr«, Trudi wird ungeduldig. »Hat niemand zugehört, weil gerade das Essen kam. Ich nehme an, dass die Neunkircher die bestellt haben. Das hat bei denen die Frau Müller gemacht, aber die ist vor Weihnachten urplötzlich gestorben. Tragisch! Stell Dir vor, die wurde auf dem Zebrastreifen überfahren. Im Krankenhaus …«

»Die haben jetzt, soviel ich weiß, einen neuen Vorstand«, vermutet Wolfgang nicht ohne Logik. »Der neue Schatzmeister hat mit mir Fußball gespielt.«

So komme ich nicht weiter! Bevor wir in den Tiefen der Vereinsmeierei versinken, lenke ich die Aufmerksamkeit auf das Foto.

»Kennt ihr alle Teilnehmer. Schaut genau hin, Marius notiert die Namen!«

Während ich mich endlich meinem Kaffee widmen kann, gehen die anderen die Teilnehmer durch. Die Prozedur ist nervenaufreibend, weil Trudi und Wolfgang in Diskussionen verfallen, wer welchem Verein zuzuordnen ist. Zum Schluss sind 36 der 44 Teilnehmer eindeutig entweder mit Namen und mit Vereinszugehörigkeit identifiziert. Von den acht Unbekannten auf dem Foto vermutet Wolfgang, dass es sich um Bekannte oder Verwandte von Mitgliedern anderer Vereine handelt, die als Lückenfüller mitgefahren sind. Ich schaue mir die Liste und das Bild noch einmal genau an.

»Vier dieser Menschen sind mittlerweile tot. Mindestens vier! Susanne Spaniol, Helga Cronauer, Elisabeth Kleinschmitt und diese Frau Müller, obwohl Letztgenannte aus dem Rahmen fällt … ich meine als Verkehrsopfer. Vier Frauen! Wir müssen rausfinden, was mit den anderen Teilnehmern ist.«

»Zwei leben mit Sicherheit noch: Trudi und ich!« Wolfgang kriegt sich fast nicht mehr ein. Entweder ist es der Restalkohol oder er hat nachgelegt.

»Dummschwätzer!«, maßregelt ihn seine Frau und zeigt auf das Foto. »Bettina, Annegret, Herrmann, Winfried …«

»Der Busfahrer hat mir vorgestern die Vorfahrt genommen«, weiß Wolfgang.

Nach und nach werden etwa 20 Personen identifiziert, die innerhalb der letzten Wochen in der näheren Umgebung gesehen worden sind. Angesichts der jüngsten Sterbefälle gibt das zwar keine absolute Sicherheit, grenzt den Rahmen weiterer potenzieller Opfer jedoch mit einer gewissen Wahrscheinlichkeit ein.

»Wenn ich die Männer ausklammere, bleiben zehn bis zwölf Frauen übrig. Wir müssen unbedingt wissen, wo die zurzeit stecken und ob es ihnen gut geht.«

Während ich den letzten Schluck Kaffee nehme, schaue ich in betroffene Gesichter. Anscheinend erkennen Marius, Trudi und Wolfgang erst jetzt, welche Tragweite meine Befürchtungen haben könnten.

»Mein Gott!«, entfährt es Trudi. »Das darf nicht wahr sein!«

»Keine Panik!«, beschwichtige ich. »Wir wissen gar nichts! Alles nur Spekulation. Wir brauchen Gewissheit! Trudi kannst du versuchen, so viele wie möglich zu erreichen? So schnell es geht!«

»Klar! In den Mitgliederlisten stehen manchmal die Telefonnummern dabei. Wolfgang hol bitte das Telefonbuch! Beim Rest muss ich mich eben durchfragen.«

»Ich versuche über das Internet, die Kontaktadressen der anderen Vereine rauszufinden«, schlägt Wolfgang vor.

»Okay macht das! Marius, wenn Trudi die Teilnehmer an der Strippe hat, fragst du nach, ob jemand den Namen dieser Referentin vom Brauhaus in Erinnerung hat, oder ob es in letzter Zeit Kontakt zu … ach du weißt schon, was du fragen musst!«

Marius nickt und erweckt nicht den Eindruck, dass er hoch motiviert ist.

»Ich gehe in der Zwischenzeit rüber zu Marion und schaue nach, wie weit die Kollegen sind«, verabschiede ich mich.

»Viel Vergnügen!«, wünscht Marius und ich ahne, dass mich nichts Angenehmes erwartet.

Meine Vermutung bestätigt sich zum Glück nicht. In den fast zwei Stunden meiner Abwesenheit hat sich einiges getan, die Aufräumarbeiten sind in vollem Gange, die Nachbarn sind gekommen, um zu helfen. Marion steht mittendrin und koordiniert. Inge Manderscheid und Ken Arndt sind eingespannt. Rudi hat sich zu seiner Familie abgesetzt. Als Marion mich entdeckt, ist sie friedlich und gut gelaunt.

»Armer Schatz«, begrüßt sie mich. »Musst du sonntags früh arbeiten!«

»Tut mir leid, es geht im Augenblick nicht anders. Es hat sich eine neue Situation ergeben.«

»Kannst du drüber reden?«

»Aber behalte es bitte unbedingt für dich! Ich habe den dringenden Verdacht, dass der Täter seine Opfer aus dem Umkreis der Obst- und Gartenbauvereine ausgewählt hat. Gut möglich, dass es weitere, bisher nicht entdeckte Opfer gibt. Ich brauche dir nicht zu erzählen, was das bedeutet. Marius ist mit Trudi und Wolfgang an der Sache dran.«

»Oh Gott, ein Massenmörder!«

»Mehrfachtäter klingt nicht so brutal. Aber egal wie man es nennt, wir müssen zum Erfolg kommen, bevor mehr passiert!«

»Wie geht es weiter? Musst du noch mal weg?«

»Ich muss euch Ken und Inge entführen. Außerdem muss ich die Staatsanwältin anrufen. Wie ist Frau Sommer nach Hause gekommen?«

»Mit Andrea und Josua; der konnte offensichtlich noch fahren. Rudi ist schon weg, der hatte es plötzlich ziemlich eilig.«

»Seine Tochter hat mich heute Morgen angerufen, weil …«

»Du, Josch, ich muss dir was sagen!«

»Was denn?«

»Ich habe mich mit Andrea ausgesprochen. Alles in Ordnung!«

»Dein Problem habe ich sowieso nie verstanden!«

»Holzkopp! Du hast nicht die geringste Ahnung …«

»Erklär mir das ein anderes Mal! Ich muss unbedingt mit Ken und Frau Sommer reden. Wer hat den Kampf um Mico gewonnen? Die Staatsanwältin oder die spanische Witwe?«

»Weder noch! Mico behauptet, er sei schwul und hat erklärt, dass er demnächst zu seinem Freund nach Sizilien zieht.«

»Geniale Taktik!«

»Was ist daran genial? Der Kerl hat gekniffen! Feigling! Der hätte sie beide haben und für eine Weile glücklich machen können.«

»Mico ist Sizilianer und kein Selbstmörder! Das hätte er nicht unbeschadet überstanden!«

»Er protzt doch immer mit seiner Potenz!«

»Darum geht's nicht! Ich meine die psychische Folter und den Gehörschaden. Micos Reaktion ist reine Notwehr!«

Nach dieser abschließenden Beurteilung wende ich mich ab und bitte Ken und Inge, mit mir zu kommen. Wir setzen uns auf die Bank vor dem Haus; ich erkläre ihnen die neue Situation.

»Ich rufe Frau Sommer an«, beschließe ich meinen Vortrag und wähle die Nummer ihres Diensthandys.

»Sommer!«, meldet sich eine Stimme, die mich an Joe Cocker erinnert. »Sie rufen mich hoffentlich nicht an, um zu fragen, wie es mir geht!«

»Die Antwort haben sie soeben gegeben. Sind sie belastbar?«

»Ich bin immer belastbar! Gerade wollte ich sie anrufen!

Bei mir hat sich die Walter-Bernstein-Stiftung gemeldet. Aber sie zuerst!«

»Wo stecken sie eigentlich?«

»Wo wohl? Zu Hause! Was geht sie das an?«

»Hätte ja sein können, dass sie gleich um die Ecke bei Mico einquartiert sind.«

»Der ist schwul! Sagen sie endlich, warum sie anrufen!«

Ich erkläre es ihr.

»Ziemlich üble Visionen haben sie da!«, meint sie schließlich. »Aber nicht von der Hand zu weisen. Vielleicht ergibt sich etwas aus dem Anruf bei diesem Herrn Simon.«

»Jetzt sind sie dran! Was gibt es Neues von der Bernstein-Stiftung?«

»Goldstein! Sie erwähnten diesen Namen im Zusammenhang mit Christian Finkeisen. Goldstein wird in den Akten als dessen Vater geführt. Dessen Vater wiederum, also der Opa von Christian, war ein guter Freund von Walter Bernstein.«

»Das sagen sie so in aller Ruhe? Das gibt's nicht!«

»Der Sohn kann mit dem Tod der alten Damen nichts zu tun haben. Jetzt wird's kompliziert! Robert Goldstein ist 2015 an Lungenkrebs gestorben. Goldstein Junior war Notar, wie sein Vater, der ebenfalls Robert hieß, allerdings hatte er keinen Doktortitel. Der alte Goldstein hat seinen Kumpel Bernstein nur um drei Jahre überlebt.«

»Moment! Das ging mir zu schnell! Noch mal!«

»Wer hat denn gestern gesoffen? Sie oder ich? Zum Mitschreiben: Dr. Robert Goldstein war mit Walter Bernstein eng befreundet. Beide sind seit mehr als 30 Jahren tot. Bis hierhin verstanden?«

Als ich nicht antworte, fährt sie fort.

»Der Sohn von Dr. Goldstein hieß ebenfalls Robert mit Vornamen, war Notar wie sein Vater und ist vor nicht allzu langer Zeit gestorben. Kurzum: keiner der Goldsteins kommt als Täter infrage!«

»Ein wasserdichtes Alibi! Woher haben sie diese Informationen?«

»Eine befreundete Galeristin hat mich angerufen. Sie hat mich darauf hingewiesen, dass möglicherweise etwas faul ist. Sophia Kramnik ist in der Szene bestens vernetzt. Sie ist der Überzeugung, dass im Saarland kein Bernstein unter den Hammer kommt, ohne dass sie davon weiß, bevor es publik wird. Hatte das Sören gestern nicht bereits erwähnt? Naja, leichter Gedächtnisverlust.«

»Haben sie sie aufgeklärt?«

»Natürlich nicht! Sophia kann nicht wissen, dass ich in der Sache mit drinhänge. Sie wollte mir nur den Tipp geben, dass es sich möglicherweise um Fälschungen handelt. Ihrer Überzeugung nach steht kein echter Bernstein zum Verkauf!«

»Und woher kennt sie die Beziehungen zu den Goldsteins?«, frage ich verwundert.

»Sie hat im vorigen Jahr recherchiert, als wir unsere Jubiläumsausstellung hatten.«

Plötzlich geht mir ein Licht auf!

»Christian Finkeisens Vater wird in den Akten als Robert Goldstein angegeben! Christian hat einen Bruder. Holger! Sonja Fromminger ist eine geborene Goldstein …«

»Dass Sonja, Christine, Christian und Holger Stiefgeschwister sind, ist nichts Neues, das wissen wir schon.«

»Die einzige handlungsfähige männliche Person … ist Holger Finkeisen! Er und Christine Neu sind ein Duo! Über Goldstein wussten sie von den Gemälden und kannten auch deren Wert. Elisabeth Kleinschmitt wurde zielgerichtet als Opfer ausgewählt, und zwar wegen der Bilder!«

»Das klingt alles ganz logisch. Unser Problem ist, dass wir die Beiden nicht zu fassen bekommen.«

»Abwarten! Ich melde mich!«

»Bist … seid ihr alle noch in der Siedlung in Spiesen? Bei ihrer Lebensgefährtin?«

»Ja, warum?«

»Ich bin in einer Stunde da. Ihr könnt bestimmt eine helfende Hand gebrauchen.«

»Das ist zwar nicht nötig, aber Marion wird nichts dagegen haben«, antworte ich und beende das Gespräch.

»Ken, dieser Makler hatte sich doch bei Herrn Simon wegen des Hauskaufs telefonisch gemeldet, um den Ortstermin zu vereinbaren; habt ihr die Nummer ermittelt, woher dieser Anruf kam?«

»Ich hatte K4 drauf angesetzt, aber noch kein Ergebnis. Hoffentlich ist die Bereitschaft besetzt. Moment, ich versuche es.«

Ken holt sein Telefon aus der Jackentasche.

»Hi! Arndt, K3«, höre ich ihn sagen. »Habt ihr was in Sachen Anschluss Simon?«

Pause.

»Hm!« Ein leichtes Nicken. »Passt das? Ist er sicher?« Warten. »Wie sicher?« Warten. »Kümmert ihr euch drum?« Nicken. »Okay. Wie lange?«

Warten. »Danke Kollegin. Du hast etwas gut bei mir. Ruf mich bitte unter dieser Nummer an.«

»Kollegin?«, frage ich. »Du scheinst bessere Kontakte zu haben als ich.«

»Caroline! Die Neue im K4. Wir kennen uns vom Sport.«

»Ah ja, vom Sport. Olympisch oder was Ausgefallenes?«

»Squash!«

»Was hat sie gesagt?«

»Der einzige Anruf, der zeitlich passt, kam aus Luxemburg!«

»Sicher?«

»Ganz sicher! Caroline ist dafür speziell geschult. Mir war klar, dass K4 sie in die Wohnung von Herrn Simon beordert hat.«

»Und ihre Nummer hattest du auch parat. Zufälle gibt's!«

»Wir haben unsere Nummern ausgetauscht, damit wir uns kurzfristig zu einem Match … verdammt, was soll das? Ist das ein Verhör oder was? Mit zunehmendem Alter denkt ihr wohl nur noch in eine Richtung?«

»Wer ist ihr?«

»Rudi hat vor kurzem genauso blöd gefragt!«

»Okay, okay! Und jetzt?«

»Die versuchen rauszukriegen, woher der Anruf kam.«

»Oh Gott, wenn das über Europol läuft, dauert das ewig.«

»Du und dein dauernder Pessimismus. Lass die einfach machen!«

»Kann ich helfen?«, fragt Inge Manderscheid, die auf der Bank Platz genommen hat. »Oder soll ich den Rest des Tages dumm rumsitzen?«

»In einer Stunde kommt Frau Sommer vorbei …«

»Da mache ich mich aus dem Staub. Die kann ich heute nicht ertragen.«

»Sag mal Inge, was hast du gegen Frau Sommer?«

»Nichts, aber die schleimt um dich rum, als ob sie dir gleich einen Heiratsantrag machen will.«

»Das ist albern, Inge. Wenn Marion das hört, kriegt sie gleich den nächsten Eifersuchtsanfall. Außerdem ist Frau Sommer gerade hinter dem Sizilianer her. Inge, Inge! Fahr nach Hause und genieß der Rest des Wochenendes in deinem Garten.«

»Der Tag ist sowieso gelaufen, zu Hause wartet eh niemand außer der Bügelwäsche und in meinem Garten bekomme ich nur ein schlechtes Gewissen, weil alles liegen bleibt. Ich bleibe, gehe runter und helfe Marion.«

Oha, eine Allianz der Eifersüchtigen, das kann heiter werden!

»Ich gehe zurück zu den Adamis und schaue nach, wie weit die sind«, beschließe ich und mache mich auf den Weg.

Im Esszimmer sitzen Trudi, Wolfgang und Marius vor

dem Computerbildschirm. Trudi beendet gerade ein Telefongespräch. Marius stößt einen Seufzer aus, ob aus Erleichterung oder vor Sorge kann ich nicht einordnen.

»Drei fehlen uns noch«, gibt er bekannt. »Das heißt: Drei Frauen sind nicht erreichbar. Alle anderen scheinen wohlauf zu sein, da gab es offenbar keine verdächtigen Kontakte.«

»Passen die Drei in unsere Opferstruktur?«

»Wie meinst du das?«, fragt Trudi.

»Um die 80, alleinstehend oder verwitwet.«

Trudi und Wolfgang schauen auf die Liste.

»Agnes nicht!«, weiß Trudi. »Die ist verheiratet. Zum dritten Mal! Ihr erster Mann war …«

»Das interessiert niemand!«, unterbricht Wolfgang.

Trudi schmollt, Marius macht einen Kringel um Agnes' Namen.

»Was ist mit den beiden anderen?«, lasse ich nicht locker.

Trudi zeigt auf das Foto.

»Das sind sie. Ich weiß aber nicht, wer wer ist. Die sind aus Hangard.«

Wolfgang greift zum Telefon.

»Ich rufe noch mal bei den Wiebelskirchern an. Laut Liste heißen sie Walpurga Kaminski und … warte … Berta Waschburger.«

»Das hättest du nachfragen müssen!«, mault Trudi.

»Du weißt alles besser! Aber immer erst hinterher!«, schießt Wolfgang zurück.

»Wer hat denn …«

»Hört auf mit dem Gezänk!«, wettere ich. »Ruf an und lass dir die Adressen durchgeben!«

Wenige Minuten später steht fest, dass Walpurga Kaminski mit dem Kegelklub auf Vereinsfahrt am Gardasee weilt. Marius macht einen Haken hinter den Namen.

Berta Waschburger wurde seit einiger Zeit nicht gesehen und gemeldet hat sie sich nicht. Aber die Adresse ist bekannt.

Marius und ich machen uns auf den Weg nach Hangard. Vielleicht wissen die Nachbarn mehr.

In Hangard kenne ich nur die Hauptstraße entlang der Oster. Die fuhr ich ab und zu, wenn wir die gute Küche in Werns Mühle genießen wollten, aber seit der Scheidung war ich nicht mehr dort. Alleine macht es keinen Spaß. Vielleicht sollte ich das wieder aufleben lassen und demnächst …

»Es muss hier irgendwo sein. Vorne links!«, unterbricht Marius meine Gedanken.

Das nervende Gequake des Navi zwingt mich in die richtige Straße. Süßbachweg. Nummer 45. Eine schmucke Wohnsiedlung. Die Häuser können nicht mehr als 25 bis 30 Jahre alt sein.

»Spät gebaut«, bemerkt Marius und spielt damit auf das Alter der Bewohnerin an.

Wir steigen aus, gehen zum Eingang und klingeln am einzigen Klingelknopf. Berta Waschburger ist in ein Messingschild eingraviert. Kein Laut. Nichts. Niemand zu Hause. Die Rollläden an der Frontseite sind geöffnet. Kein überquellender Briefkasten, keine Zeitungsstapel. Das lässt hoffen. Marius klingelt erneut, ich gehe ums Haus. Der Rasen ist zwar nicht gemäht, aber die Beete sind einigermaßen gepflegt. An der Veranda sind die Jalousien geschlossen. Sieht nach einem Kurzurlaub aus. Hoffentlich!

Gewissheit können nur die Nachbarn bringen. Haus Nummer 44. Steffen, steht auf dem Schild, das man vom Bürgersteig aus sieht. Delfter Kachel, in den Putz eingelassen. Sehr ordentlich!

Auf der Treppe zur Haustür tönt uns Musik entgegen. Irish Folk. Nicht vom Band. Da spielt eine Band. Violine, Gitarre, Perkussion, Querflöte. Bei Musik kenne ich mich besser aus als bei Bernstein und seinen Kollegen. Ich klingele. Bei diesem Krach wird mich keiner hören. Noch mal! Keine Reaktion. Ich klingele Sturm. Die Musik verstummt. Endlich! Schritte, die

Tür wird geöffnet. Vor mir steht eine Frau mittleren Alters, die einen Kopf kleiner ist als ich. Dunkelhaarig, freundliches Gesicht, nette Erscheinung. Wir zeigen unsere Dienstausweise.

»Oh Gott! So laut sind wir gar nicht! Hier hat sich noch nie jemand beschwert. Was ist denn los?«

»Nur keine Aufregung, Frau ...«

»Steffen! Regina Steffen.«

»Wir sind nicht ihretwegen hier, Frau Steffen, sondern wegen ihrer Nachbarin. Frau Berta Waschburger.«

»Kommen sie rein«, bittet Regina Steffen und öffnet die Tür vollends. »Gehen sie geradeaus durch. Nicht erschrecken, wir sind mitten in der Probe.«

Im Wohnzimmer ist das Chaos ähnlich wie in Marions Garten, es fehlt jedoch das Leergut. Verstärker, Mikrofone, Kabel, Notenständer, Gitarrenhüllen, verstreute Notenblätter, verschiedene Instrumente, verteilt auf geschätzten 25 Quadratmetern.

»Wir sind *Seldom sober*«. Stellt Frau Steffen ihre Band vor. »Wir machen irische Musik.«

Mein Englisch reicht aus, um zu wissen, dass die Übersetzung des Bandnamens »Selten nüchtern« lautet.

»Interessant«, entgegne ich. »Klingt vorteilhafter als ständig besoffen.«

»Stimmt auch nicht. Ist halt nur ein Name. Wenn sie auf dem Polizeiball eine Band brauchen, wir kommen gerne.«

Eine Frau und drei Männer nicken uns freundlich zu. Ich hätte Whiskyflaschen, Stout Bier, Guiness oder Irish Coffee erwartet, stattdessen stehen Wasserflaschen und Gläser auf dem Tisch.

»Zumindest der Name würde zum Polizeiball ganz gut passen«, entgegne ich.

»Wir müssen sonntags üben, weil wir wochentags unterschiedliche Schichtdienste haben. Mein Mann Michael ist auf dem ausgedehnten Frühschoppen und hinterher beim Fußball, da ist er gut aufgehoben.«

»So ändern sich die Zeiten«, erwidere ich. »Früher zogen die Männer in den Krieg und die Daheimgebliebenen weinten bitterlich. Heutzutage sind sie froh, wenn der Alte aus dem Haus ist.«

»Mein Gott, aus welchem Jahrhundert sind sie denn übrig geblieben?«, wundert sich Regina Steffen.

»Späßle gemacht! Wann haben sie Frau Waschburger zum letzten Mal gesehen?«

»Am Mittwoch, bevor sie in die Kur abgereist ist.«

»Sie ist in Kur? Ansonsten ist sie aber okay?«

»Ja, wieder! Gott sei Dank!«

»Wieso? Was war passiert?«

»Muss ich ihnen das alles beantworten? Ich komme mir vor wie in einem Verhör? Was soll das?«

Ich erkläre Regina Steffen, soweit ich das verantworten kann, weshalb wir ein Interesse an Berta Waschburger haben. Frau Steffen nickt verständnisvoll und erzählt ihrerseits, dass die alte Dame vor etwa drei Wochen dehydriert nach einem Kreislaufkollaps ins Krankenhaus eingeliefert worden sei.

»Ich bin Krankenschwester«, erklärt Frau Steffen. »Von daher ist mir gleich aufgefallen, dass mit ihr etwas nicht in Ordnung ist. Mittags hatte sie mir schon nicht gefallen; sie war aschfahl, fühlte sich schlapp und hatte keinen Appetit. Abends bin ich noch mal rüber, um zu fragen, ob der Tee und die Bananen ihr geholfen haben; da hing sie arg in den Seilen. Ich habe sie sofort in die Klinik bringen lassen.«

Als ich weiter bohre, erzählt Frau Steffen, dass man zunächst eine Salmonellenvergiftung in Erwägung gezogen, später aber eine Lebensmittelvergiftung diagnostiziert habe.

»Hat man feststellen können, woher die rührte?«

»Nein, nicht wirklich.«

Frau Steffen erwähnt, dass sie die Wohnung von Frau Waschburger aufgeräumt habe, dabei sei ihr nichts Besonderes aufgefallen. Nein, ein Pilzgericht habe sie nicht gefunden. Berta habe das Ganze trotz ihrer 79 Jahre erstaunlich gut verkraftet. Die Erholungskur habe sie sich einfach gegönnt und alleine finanziert.

»In dem Alter zahlt die Versicherung nicht mehr so einfach, und Berta kann es sich leisten. Recht hat sie!«

»Wissen sie, wo sie ist?«

»Bad Wörishofen! Aber fragen sie mich nicht, in welchem Klinikum!«

»In welchem Krankenhaus war sie?«

»In St. Wendel. Auf eigenen Wunsch, sie wollte unbedingt zu den Schwestern.«

Marius notiert alles und hinterfragt die persönlichen Daten von Berta Waschburger, von Regina Steffen und die Namen der Musiker. Der Oberkommissar weiß genau, was als Nächstes zu tun ist. Wir brauchen die medizinischen Analysen von Berta Waschburger und den genauen Aufenthaltsort, damit wir schnellstmöglich eine Befragung durchführen können. Vielleicht ist Berta die einzige lebende Zeugin, die etwas über den oder die Täter aussagen kann.

Wir bedanken uns bei Regina Steffen und verabschieden uns von den selten nüchternen Musikern.

»Fahr du ins Präsidium!«, sag ich zu Marius. »Nimm meinen Wagen und setz mich in Spiesen ab. Ich komme mit Ken und der Staatsanwältin später nach.«

***

Der Aufräumtrupp sitzt nach getaner Arbeit in Marions Garten beisammen. Einige Damen sind wieder beim Crémant angekommen, den Männern mundet das Bier offenbar ganz gut. Die Herrschaften haben eine beachtliche Kondition. Mittendrin Staatsanwältin Sommer, die sich mit Kaffee und Kuchen begnügt. Ken Arndt stürmt sofort auf mich zu, als ich die Treppe herunterkomme.

»Caroline hat sich gerade gemeldet. Die Luxemburger Nummer gehört zu einem Anschluss in Remerschen.«

»Adresse?«

»Ein öffentliches Telefon an einer Tankstelle.«

Ich denke nach und rufe mir die Landkarte der Gegend im Nordsaarland ins Gedächtnis.

»Das Geld für den Hauskauf wurde ebenfalls nach Luxemburg überweisen. Im Augenblick hängen die Kollegen mit den Ermittlungen fest, weil die Luxemburger wenig kooperativ sind, wenn es um Nachfragen im Bankgeschäft geht. Immerhin ein Ansatzpunkt«, erkläre ich nach einer Weile.

»Naja«, zweifelt Ken. »Ziemlich dürftig. Ihn so zu kriegen, ist ziemlich unwahrscheinlich. Falls du die Videoüberwachung der Tankstelle meinst. Bis wir die kriegen, gehst du in Rente. Die grenzübergreifende Kooperation funktioniert auch da nur auf dem Papier, das haben wir oft genug erfahren müssen.«

»Kann ich helfen?«, fragt Staatsanwältin Sommer.

»Moment noch! Augenblick bitte«, entgegne ich, greife einen Pappbecher und schenke mir einen Kaffee ein. »Die Videobilder meine ich nicht. Remerschen liegt an der Grenze direkt auf der anderen Seite der Mosel. Wenn Holger Finkeisen von dort aus ins Saarland will, wird er die A8 nehmen, dessen bin ich mir sicher. Wir schauen uns das auf Google Maps an, kommen sie bitte mit, Frau Sommer! Du auch, Ken!«

Am Bildschirm erläutere ich meinen Plan. Zwischen den Abfahrten Perl und Borg, unmittelbar vor der Grenze, kann man auf der Autobahn leicht einen Kontrollpunkt einrichten. Da Holger Finkeisen eigentlich nicht wissen kann, dass wir ihn unter seinem richtigen Namen suchen, wird er bei einer als Verkehrskontrolle getarnten Personenfahndung keinen Verdacht schöpfen. Mein Plan ist simpel, aber die Staatsanwältin lehnt ab. Ihre Argumente sind nicht von der Hand zu weisen.

»Angenommen, Finkeisen würde uns bei der Kontrolle ins Netz gehen. Und dann? Was haben wir gegen ihn in der Hand?

Wenn er Pech hat, eine Geschwindigkeitsüberschreitung! Warum also der ganze Aufwand auf der Autobahn?«

»Wir wissen nicht, wie er aussieht. Es wäre aber gut zu wissen, ob wir bei einem Scheingeschäft den Richtigen vor uns haben …«

»Dann lassen wir uns eben etwas einfallen!«

»Warum versuchen wir es nicht mit einer Phantomzeichnung?«, schlägt Marius vor. »Frau Waschburger und Kurt Sayler wissen, wie er aussieht.«

»Geniale Idee!«, bestätige ich. »Noch besser weiß das seine Halbschwester Sonja Fromminger! Die hat nach eigenen Angaben kein Foto von ihm in den Alben, aber im Kopf hat sie eins! Warum bin ich nicht gleich darauf gekommen?«

»Was ist, wenn sie mit ihrem Halbbruder unter einer Decke steckt und uns ein falsches Bild zeichnet?«, gibt Marius zu bedenken.

»Das werden wir sehen, wenn wir ihr Bild mit denen der anderen beiden vergleichen. In dem Fall hätten wir sie am Haken.«

»Wer kümmert sich drum?«, fragt die Staatsanwältin und schaut erwartungsvoll in die Runde.

»Marius ist ins Präsidium gefahren und wird von dort aus den Kontakt nach Wörishofen herstellen. Die Polizei vor Ort wird uns helfen, die alte Dame zu finden. Ken, du übernimmst Kurt Sayler! Ich kümmere mich um Sonja Fromminger. Sie, Frau Sommer, sorgen dafür, dass der Polizeizeichner hurtig im Präsidium erscheint. Da fällt mir ein: Ich habe kein Auto; meins hat Marius!«

»Dann nehmen sie meinen Wagen«, bietet Frau Sommer an. »Ich regele das telefonisch von hier aus, während sie weg sind. Auf dem Rückweg von Frau Fromminger holen sie mich ab.«

Wir haben Glück. Sonja Fromminger und Kurt Sayler werden in ihren Wohnungen angetroffen und nach Saarbrücken verfrachtet. Als wir im Präsidium ankommen, wartet der Polizeizeichner auf uns. Ich weiß nur, dass der Friedbert heißt;

seinen Familiennamen habe ich entweder längst vergessen oder nie gewusst.

»Kennst du Bernstein?«, frage ich ihn im Vertrauen auf seine Unwissenheit.

»Klar! Walter Bernstein! Wer kennt den nicht?«

»Unser Hauptkommissar!«, antwortet die Staatsanwältin mit einem breiten Grinsen.

»Das ist eine Bildungslücke«, behauptet Friedbert.

»Friedbert, du hast gerade einen seiner größten Fans verloren«, kommentiere ich. »Es ist besser, du machst dich an die Arbeit!«

Die Bemühungen von Oberkommissar Marius Sorg haben mittlerweile Früchte getragen. Berta Waschburger ist im Haus Bartholomäus abgestiegen und von der Polizei bereits befragt worden. Marius hat mit ihr telefoniert, ihr die Umstände knapp erklärt und sie gebeten, mit uns zu kooperieren. Die Kollegen vor Ort hatten ihren Polizeizeichner mitsamt Ausrüstung ins Sanatorium gekarrt. Nun warten wir jeden Augenblick auf die Übermittlung des Phantombildes via Internet.

Nach einer guten Stunde liegen alle Ergebnisse vor. Alle Zeichnungen zeigen einige übereinstimmende Merkmale.

Der Mann, in dem wir Holger Finkeisen vermuten, hat eine hohe Stirn, helles und halblanges Haar, das glatt über die Ohren zurückgekämmt ist, einen Schnauzbart und eine auffallende Lücke zwischen den beiden oberen Schneidezähnen.

»Wir nehmen das!«, entscheidet die Staatsanwältin und zeigt auf das Bild, das nach Angaben von Sonja Fromminger gefertigt worden ist.

»Und was machen wir damit?«, fragt Ken.

»Ich gebe es an den Zoll weiter!«, antwortet Frau Sommer mit einem Augenzwinkern. »Die machen morgen nämlich verschärfte Kontrollen auf der A8 in Grenznähe.«

»Was für ein Zufall aber auch!«, bemerke ich.

»Ganz recht! Manchmal kann man Zufälle beschleunigen,

aber das muss sie nicht weiter interessieren. Fahren sie nach Hause und kümmern sie sich um ihre Lebensgefährtin! Nette Person übrigens. Die hat einen Knurrhahn wie sie nicht verdient, finde ich.«

»Immer noch besser als einen Sizilianer zum Freund«, bemerke ich und bin schon durch die Tür, als hinter mir ein Gegenstand an die Wand kracht.

Den Rest des Abends verbringe ich mit Marion im Garten. Wir reden über Gott und die Welt, bis die Sonne untergeht. Auch über unseren Bekanntenkreis und die Nachbarn, aber über den aktuellen Fall sprechen wir nicht. Marion merkt, dass ich davon im Augenblick die Schnauze voll habe.

»Haben wir uns schon mal im Freien geliebt?«, fragt Marion ohne Vorwarnung.

»Wie kommst du plötzlich darauf?«, frage ich überrumpelt.

»Nur so!, kam mir eben in den Sinn. Wäre doch spannend und was anderes!«

Naja, spannend war es in der Rückschau insofern, weil ich ständig ein Auge auf den Nachbarhäusern hatte.

25.

Als ich am Montagmorgen zur Arbeit fahre, habe ich das Gefühl, dass der heutige Tag die Entscheidung bringen wird. Es ist nur eine Vorahnung, aber sie stimmt mich positiv.

Ich bin der Erste im Dezernat und setze die Kaffeemaschine in Gang. Während ich überlege, was ich als Nächstes unternehmen soll und zu keinem Ergebnis komme, macht sich ein Anflug von Stolz in mir breit.

Ich habe eine super Truppe um mich herum. Obwohl verkatert, und das an einem Sonntag, haben gestern alle an einem Strang gezogen, und zwar in die gleiche Richtung. Man nimmt so etwas leicht als selbstverständlich, aber das ist es nicht! Ken, Marius, Inge … tolle Typen mit einwandfreiem Charakter. Rudi auch! Der alte Hase ist eben langsamer, unflexibler und familienorientiert, aber das ist völlig okay. Er tut, was er kann, und zwar mit Leidenschaft und Akribie, auch wenn man das nicht auf den ersten Blick sieht. Daniela Sommer hat sich zu einem richtigen Kumpeltyp gemausert. Ich mag ihre knorrige Art, am meisten aber beeindruckt mich ihre Intelligenz und ihr Auge für das Wesentliche; sie versteht unsere Polizeiarbeit und das ist wichtig.

Mein Gott, was habe ich bei der Staatsanwaltschaft für Typen kommen und gehen sehen! Vor Frau Sommer waren es ausschließlich Männer. Arrogant, meist ohne Hintergrundwissen, fern jeder praktischen Erfahrung. Oder welche, denen der Job im Prinzip scheißegal war und die nur auf ihren Status bedacht waren. Am schlimmsten waren die Karrieristen, die sich an Quoten festklammerten und hinter jedem Fall nicht das Verbrechen, sondern nur die Sprosse auf der Leiter nach oben witterten. Daniela Sommer ist anders, so was hatten wir noch nie!

Als habe sie meine Gedanken gehört, steht sie plötzlich in der Tür meines Büros und hält zwei Tüten in die Höhe.

»Ich habe eine Kleinigkeit zum Frühstück besorgt: Ich kann nicht immer schnorren. Aber gewöhnen sie sich nicht dran! Guten Appetit! Ach übrigens: Ich bin ab neun für den Rest des Morgens am Gericht. Wenn es dringend ist, schicken sie mir eine SMS. Tschüss!«

Und weg ist sie! Eine erstaunliche Person! Ich werde mich hüten, die Tüte auf der Ablage anzufassen, bevor Inge da ist. Nachher stehe ich im Verdacht, die Hälfte alleine verputzt zu haben.

Ich widme mich meiner Tagesplanung und überlege, was

ich machen soll. Das Blöde ist, dass ich außer Abwarten nichts tun kann! Wir wissen, wen wir suchen müssen, finden die Personen aber nicht. Die Zeugen sind vernommen, die Aussagen protokolliert. Den bürokratischen Kram übernehmen die Kollegen. Eigentlich gibt es für mich im Augenblick nichts zu tun, außer abzuwarten, bis sich auf dem Kunstmarkt etwas tut und sich Herr Rohr oder die Kunsthistorikerin meldet. Habe ich eine Wahl?

Nach und nach trudeln Inge und die anderen Kollegen ein. Wir reden nicht viel und beschäftigen uns hauptsächlich mit dem Inhalt von Frau Sommers Tüte. Rudi Closter kommt als Letzter. Bei einer Tasse Kaffee informiere ich ihn über den aktuellen Stand. Rudi hat auch keinen Ansatz, was wir im Augenblick tun könnten, um die Aufklärung zu beschleunigen.

»Abwarten und hoffen, dass uns Finkeisen und die Neu endlich ins Netz gehen«, meint er. »Ein Foto von Christine Neu haben wir auch, oder?«

»Ein Phantombild! Nach Angaben von Frau Fromminger.«

»Findest du es nicht merkwürdig, dass die Fromminger kein einziges Foto ihrer Halbgeschwister hat?«

»Auf den ersten Blick schon, aber anscheinend ist diese Familie derart zerrüttet, dass es überhaupt keine Bindungen gibt. Wahrscheinlich gab es die nie. Drei Kinder aus unterschiedlichen Beziehungen, ein undurchschaubarer Dschungel, wer mit wem und überhaupt müssen die rumgehurt haben wie die Karnickel.«

»Bisher ging es lediglich um den Vater, über die Mütter haben wir überhaupt nicht gesprochen.«

»Da gibt's nix. Unauffindbar, tot … nach Frau Frommingers Angaben und dem, was der Wikinger – also Erik und seine Frau vom Köppche – und unsere Recherchen ergaben, gibt es von den Müttern keine Lebenszeichen.«

»Die werden vielleicht ins Rotlichtmilieu abgerutscht sein.«

»Rudi! Überleg mal, wie alt die jetzt wären oder sind, was weiß ich. Da ist nix mehr mit … verstorben, ausgewandert, abgehauen. Das können wir vergessen!«

»Okay warten wir ab! Langweilig wird es uns dabei nicht werden. Kümmern wir uns um die Akten!«

Dieses letzte Wort jagt mir einen Schauer über den Rücken. Mich kotzt dieser ständig wachsende bürokratische Mist an! Von unzähligen Aktenvermerken und seitenlangen Berichten ist noch kein Täter gefasst worden. Was zählt sind Fakten! Ich weiß, dass die gerichtsfest dokumentiert werden müssen, aber das ist nicht mein Ding, die Kollegen können das besser.

An meinem Schreibtisch grübele ich weiter. Acht Uhr 30. Wenn nix passiert, wird ein Tag unendlich lang. Ich stelle mir vor, wie das in einem Altenheim sein muss. Der Gedanke treibt mich in den Wahnsinn. Ich hab zwar einige ungeklärte alte Fälle im Schrank, aber dazu habe ich keine Lust. Modernste Technik liefert uns heute zwar neue Erkenntnisse in Fällen, die 20 Jahre oder länger zurückliegen, aber wenn sie uns schließlich auf eine Spur zum Täter führen, ist der entweder verstorben, mit unbekanntem Ziel ausgewandert oder er sitzt wegen anderer Delikte im Knast. Mir macht diese Aufarbeitung von Altlasten jedenfalls keinen Spaß.

Wann war ich zum letzten Mal in Luxemburg? Das ist Jahre her! Früher sind wir am Wochenende manchmal rüber gefahren. Picknick an der Mosel, tanken, Kaffee einkaufen und Tabakwaren für Bekannte und Kollegen. Tabak brauche ich nicht, aber wenn ich schon mal dort wäre, könnte ich wenigstens tanken.

Ich rufe bei K4 an und verlange nach Caroline. Die ist völlig perplex, dass ich ihren Namen kenne. Sie scheint schon Einiges über mich gehört zu haben, denn aus ihren Äußerungen höre ich eine gewisse Portion Respekt heraus. Ohne weiter nachzufragen, gibt sie mir die Adresse der Tankstelle in Remerschen, mit Datum und Uhrzeit des ominösen Anrufes bei Herrn Simon.

Ohne Genehmigung von oben kann ich keine Dienstreise ins benachbarte Ausland antreten, daran ändern auch die EU und das Schengener Abkommen nichts. Eine Genehmigung werde ich nicht bekommen. Wofür auch? Um mir das Filmchen einer Überwachungskamera anzuschauen, auf dem eventuell und möglicherweise ein uns völlig unbekannter Mann zu sehen ist, der telefoniert, mit der vagen Vermutung, dass der Anrufer Holger Finkeisen ist, mit einem Herrn Simon am anderen Ende der Leitung, dem er ein Haus andrehen will? Nee, den Antrag kann ich mir sparen.

In meiner Freizeit kann ich machen, was ich will, außer offiziell ermitteln. Ich kann sogar im Nachbarstaat preiswert tanken und Kaffee fürs Büro einkaufen!

Um neun Uhr rufe ich Rudi an, und erkläre ihm, dass ich für den Rest des Tages Überstunden abfeiere.

»Ja, mach nur. Falls sich etwas ergeben sollte, hast du dein Diensthandy dabei.«

Na toll! Mein Diensthandy ist der maßgebende Faktor für einen freien Tag! Ich sage Inge Bescheid. Angeblich muss ich zur Bank und mit dem Steuerberater was klären. Inges Gesicht sehe ich an, dass sie mir eher einen Besuch im Puff abnehmen würde, aber sie sagt kein Wort. Ich bin noch nicht in meinen Wagen eingestiegen, als mein Telefon klingelt. Es ist Rudi. Weit bin ich nicht gekommen!

»Bist du schon unterwegs?«, fragt er.

»Nein, ich stehe auf dem Parkplatz. Was ist los?«

»Der Herr Rohr hat gerade angerufen; unser Köder für Gemäldeankauf. Das Gespräch ist zwar bei mir gelandet, aber eigentlich wollte er dich. Da hat jemand bei ihm wegen der Bernstein-Bilder angerufen.«

»Und?«

»Am besten, du rufst ihn gleich zurück, ich gebe dir die Nummer.«

Eine Minute später habe ich Bernd Rohr am Telefon.

»Hallo, Herr Rohr! Mein Name ist Schaum. Sie haben sich bei meinem Kollegen Kriminalrat Closter gemeldet. Ich soll sie zurückrufen. Was gibt's? Wie war die Bildungsreise?«

»Oh, sie sind ja bestens informiert! Sie wissen also, wer ich bin?«

»Klar, sie sind der Lockvogel!«

»Manchmal auch ein Spaßvogel«, lacht Rohr. »Ich mache es kurz! Sören hat mich vor der Reise am Freitagabend informiert. Er hat mich sogar unterwegs noch mal angerufen. Naja … auf den Punkt gebracht: Ich habe einen Kontakt!«

»Im Ernst? Erzählen sie!«

»Gestern Abend nach unserer Rückkehr war ich noch bis spät im Internet, habe aber in den Foren kein Verkaufsangebot für einen Bernstein gefunden.«

»Das ist zwar schade, war aber zu erwarten, weil …«

»Nicht so voreilig, Herr Schaum!«, unterbricht mich Bernd Rohr. »Ich habe dann im Namen der Stiftung das Interesse bekundet, dass wir eventuell unsere Sammlung erweitern möchten …«

»Kluger Schachzug! Und?«

»Ich habe meine Privatnummer als Anlaufstelle aufgeführt und ein Zeitfenster zur Kontaktaufnahme angegeben. Zwischen acht und neun Uhr, weil ich ja berufstätig bin, oder nach 19 Uhr. Eben, kurz vor neun Uhr hat sich jemand gemeldet.«

»Wow! So wie sie das gemacht haben, ist das zwar mit uns nicht abgestimmt, aber in diesem Fall rechtfertigt der Erfolg die Mittel. Wer hat sich gemeldet?«

»Ein Mann! Den Namen habe ich trotz mehrfacher Nachfrage nicht eindeutig verstanden. Irgendwas mit Geld am Anfang.«

»Goldstein?«

»Kann sein oder auch nicht. Wie gesagt, den Namen hat er genuschelt, ich vermute mit Absicht.«

»Und?«

»Er behauptete, er habe einige Bilder aus dem Nachlass einer Verwandten anzubieten.«

»Wie viele?«

»Zehn! Wenn ich vom Fach sei, wisse ich ja, was die Wert sind.«

»Okay, und weiter?«

»Er behauptete, er lebe in Übersee und sei nur wegen der Nachlassregelung noch einige Tage im Land. Deshalb müsse alles sehr unkompliziert und schnell gehen, und er verkaufe nur gegen cash. Dafür aber deutlich unter Marktwert. Die Zeit dränge, er müsse zurück.«

»Das klingt verdächtig. Ich habe das Gefühl, wir haben den Fisch an der Angel.«

»So sehe ich das auch!«

»Haben sie mit ihm einen weiteren Kontakt vereinbart?«

»Mir blieb nichts anderes übrig, als einen Termin zu vereinbaren.«

»Ach du Sch… Hoffentlich nicht schon heute! Wir brauchen Vorlaufzeit!«

»Das dachte ich mir. Er hat mir erklärt, dass er sich nur einmal mit mir treffen könne, weil ihm die Zeit davon laufe. Entweder der Deal komme auf Anhieb zustande oder die Sache sei geplatzt.«

»Hat er konkrete Preisvorstellungen genannt?«

»Nein, aber ich habe behauptet, dass unser Budget auf 30 Tausend Euro begrenzt sei.«

»Wann soll das Treffen stattfinden?«

»Mittwoch zehn Uhr! Er wollte unbedingt früher, aber um Zeit zu gewinnen, habe ich erklärt, dass ich den Vorstand und den Beirat informieren müsse. Außerdem sei die Barsumme zu beschaffen und das sei schneller nicht möglich.«

»Gut gemacht, Herr Rohr! Sehr clever! Wo soll das Treffen stattfinden?«

»Im Landratsamt in Ottweiler!«

»Wie kommen sie denn da drauf? Da hat er mitgemacht?«

»Er hatte keine Wahl. Nach Hause wollte ich mir den Typen auf keinen Fall einladen; was weiß ich, was da passiert. Das Landratsamt habe ich vorgeschlagen, weil dort auch immer unsere Vorstands- und Beiratssitzungen stattfinden.«

»Na gut! Weiß der Landrat Bescheid?«

»Nein! Wie sollte ich mich mit Sören abstimmen? Ich habe als Erstes im Präsidium angerufen, weil Sören mir ihre Nummer gegeben hat. Als sie nicht da waren, wurde ich weiter verbunden.«

»Das ist okay, den Landrat übernehmen wir. Da muss er jetzt damit leben, das kann ich auch nicht ändern.«

»Sören macht das, da habe ich keine Zweifel.«

»Der Mann hat sie angerufen! Haben sie die Nummer notieren können?«

»Klar! Eine Nummer aus Luxemburg, das habe ich an der Vorwahl erkannt; 0352 – Luxemburg. Ich habe beruflich öfter mit denen drüben zu tun.«

Als Bernd Rohr die vollständige Nummer durchgibt, vergleiche ich sie mit der Ziffernfolge des Anschlusses in Remerschen. Passt!

»Wann hat er angerufen?«

»Sagte ich doch: vor zehn oder fünfzehn Minuten!«

»Herr Rohr, ich danke ihnen. Super gemacht, wir melden uns!«

Ich beende das Gespräch, eile zu meinem Fahrzeug und rase mit quietschenden Reifen und eingeschaltetem Signalhorn vom Parkplatz des Polizeipräsidiums.

Was für ein Wahnsinn. Der Kerl, den wir suchen, ist genau dort, wo ich gerade hin will! Mein Bauchgefühl vom frühen Morgen hat mich nicht belogen!

Ich nehme Kontakt zu Rudi Closter auf und bin froh, dass meine störanfällige Freisprechanlage ausnahmsweise reibungslos funktioniert. Bis ins Detail erzähle ich Rudi, was mir Bernd

Rohr soeben berichtet hat. Abschließend bitte ich ihn, Staatsanwältin Sommer zu informieren, sobald sie vom Gericht zurück ist. Noch bevor Rudi fragen kann, wo ich mich rumtreibe, beende ich das Gespräch und rufe den Kollegen Marius Sorg an. Ihm erzähle ich das Gleiche und sage ihm, was zu tun ist. Als ich behaupte, dass ich auf dem Weg zum Vorstand der Bernstein-Stiftung sei, fragt er nicht weiter nach. Zum Schluss bitte ich ihn um die Telefonnummer des Landrates, was Marius mit dem Hinweis quittiert, dass ich die auch über mein Smartphone selbst rausfinden könne.

»Das weiß ich selber, du Witzbold, aber bis ich die mit meinen Wurstfingern auf den kleinen Tasten rausgefiltert habe, hat der Landrat wahrscheinlich schon Feierabend.«

Sören Meng bekomme ich erst ans Telefon, als ich seiner Sekretärin gegenüber den Bullen raushängen lasse; tue ich ungerne, aber manchmal geht es eben nicht anders. Ich informiere den Landrat nur insoweit, dass ich für Mittwochmorgen von acht bis zehn Uhr einen Raum benötige, der möglichst in einem Seitentrakt ohne Publikumsverkehr liegt. Sören blickt zwar nicht durch, weil er nicht weiß, was das Ganze soll, zeigt sich aber äußerst kooperativ. Zum Schluss erkläre ich ihm, dass mein Kollege Sorg in Kürze Kontakt mit ihm aufnehmen werde, um die Einzelheiten zu besprechen.

»Kann es sein, dass du den Deal eingefädelt hast?«, fragt er schließlich.

»Stimmt, aber behalte es für dich!«, entgegne ich. »Auf die Idee mit dem Landratsamt kam übrigens der Herr Rohr. Er hatte keine Wahl und konnte sich nicht abstimmen. Das ist alles soweit in Ordnung, Kollege Sorg wird sich umgehend melden. Ich muss jetzt Schluss machen.«

Ich rase über die Autobahn und bin in weniger als einer dreiviertel Stunde auf der Moselbrücke, die Deutschland und Luxemburg verbindet. Auf der Brücke schalte ich Blaulicht und Signalhorn aus und nehme das Warnlicht während der Fahrt vom Dach. Ich nehme die erste Ausfahrt hinter der Brücke und sehe nach ein paar Hundert Metern die Tankstelle, von wo aus der Anruf getätigt worden ist.

Vielleicht hängt der Kerl hier irgendwo rum. Sicherheitshalber schaue ich mir das Phantombild an, obwohl sich das Bild tief in mein Gedächtnis eingebrannt hat.

Das deutsche Nummernschild an meinem Wagen fällt hier nicht weiter auf, es sind eher die gelben Nummernschilder, die hier in der Minderzahl sind. Auf dem Parkplatz vor der Tankstelle stehen mindestens zwei Dutzend Autos, die meisten gehören zur gehobenen Mittelklasse; drei oder vier Sprinter, ein LKW. Männer im Business-Look laufen zwischen den Autos herum, Typ Handelsvertreter. Einige wenige in Monteuranzügen. Ein Motorradfahrer ohne Helm. Ich scanne alle Gesichter, aber das Wiedererkennungsprogramm in meinem Gehirn springt nicht an. Vielleicht im Shop?

Der Kassenraum der Tankstelle gleicht einem mittleren Einkaufszentrum. Regale voller Waren. Kekse, Schokolade, Süßigkeiten aller Art. Wein und Spirituosen. Bücher. Kaffee. Cerealien. Krimskrams. Eine Wand voller Zigarettenstangen. Egal, was passiert, eine Riesen-Toblerone XXL werde ich mitnehmen. Erinnerungen an meine Kindheit. Das Dreieck mit dem Matterhorn war damals Ziel meiner Begierde. Bekommen habe ich sie selten, weil sie einfach zu teuer war; außer im Urlaub in den Bergen, da durfte ich mir … lass dich nicht von der Schokolade ablenken, Josch!

Ich schaue mich aufmerksam um. Videokameras an der Decke. Drei, vier, jeder Winkel wird überwacht. Ich betrachte alle Kunden, aber es macht nicht klick! Mist! Hätte ich mir denken können.

Mit einem Male wird mir die Unsinnigkeit meines Ausfluges bewusst. Was will ich hier eigentlich. Außer preisgünstig tanken und billigen Kaffee kaufen? Und Schokolade natürlich! Hatte ich wirklich und ernsthaft erwartet, in dieser Grenzdurchgangsstation für Schnäppchenjäger eine Spur von Holger Finkeisen zu finden? Oder war ich der abwegigen Hoffnung, der Kerl würde mich hier mit offenen Armen erwarten?

Mein Gott Josch! Total bescheuert!

Obwohl: Ich habe mich von meinem Bauchgefühl leiten lassen, und das hat mich selten getäuscht!

Egal! Ich bin hier und muss schauen … wonach eigentlich?

Ich schlendere die Regalreihen entlang und beobachte weiter. Erstaunlich, in welchen Kaufrausch die Menschen verfallen, wenn sie ein paar Euros sparen können. Ich frage mich, ob es tatsächlich im Sinne des europäischen Gedankens ist, wenn die Bürger Europas scharenweise in den Nachbarstaat um die Ecke einfallen, um dort billiger einzukaufen als zu Hause. Die Deutschen fahren nach Luxemburg, die Franzosen nach Deutschland, Deutsche nach Polen, Dänen nach Schleswig-Holstein, Belgier nach Holland … Der halbe Kontinent ist unterwegs. Europäische Schnäppchenjagd. Anscheinend hat der Begriff Völkerwanderung eine neue, konsumorientierte Bedeutung erfahren.

Mein Blick bleibt an einer jungen Frau hängen, die abgepackte Sandwiches in ein Regal räumt. Sie fällt mir auf, weil ihr feuerrotes Haar im Farbton perfekt zu dem Arbeitskittel passt; außerdem trägt sie knallrote Turnschuhe. The Lady in Red. Wer hat das noch mal gesungen? Hab ich vergessen?

Der Stand mit den Sandwiches steht unmittelbar neben einem kleinen Coffeeshop mit vier Stehtischen. Das ist die Idee schlechthin: ein Kaffee und ein Schinken-Käse-Sandwich! Ich bin schließlich in meiner Freizeit hier; kein Termin lauert auf mich, da darf ich mir was gönnen! Muss ich mir was gönnen!

Die rote Lady ist für den Coffeeshop zuständig; die Signalfarbe lockt mich an, wie Blüten die Bienen. Ich gebe meine Bestellung auf und warte. Die Frau bedeutet mir, dass sie mich am Tisch bedienen wird; zwei Stehtische sind frei. Nach ein paar Minuten bringt sie den Kaffee und das Sandwich und kassiert am

Nebentisch. Sie hat weder einen französischen noch einen anderen auswärtigen Akzent, spricht aber Hochdeutsch mit deutlichen moselfränkischen Streifen. Gut verständlich ist es nicht.

Ich genieße den Kaffee und das Sandwich. Ausgezeichnet, kein Vergleich zu der Brühe, die ich im Präsidium zubereitet habe. Für den Moment ist meine Welt in Ordnung. Vielleicht ist der näher rückende Ruhestand doch kein Horrorszenario, wie ich es mir ausmale.

»Kannschnochwatbringen?«, singt der rote Feuerteufel in meine Gedanken, als er den Nachbartisch abräumt.

»Dasselbe noch mal, bitte«, entfährt es mir, ohne dass ich mir Gedanken mache, ob das wirklich nötig ist.

Der Rotschopf nickt und lächelt: »Machschjärne!«

Nettes Persönchen! Sie serviert wenige Minuten später. Spontan greife ich in die Jackentasche und ziehe das Phantombild heraus. Es ist ein Reflex!

»Ich möchte sie nicht belästigen, aber kennen sie den?«

Normalerweise suchen die Menschen in solchen Situationen geistig nach Fluchtwegen, nehmen eine Abwehrhaltung ein, verkrampfen, schütteln den Kopf, ohne genau hinzuschauen und suchen schleunigst das Weite. Rotköpfchen reagiert völlig anders. Sie nimmt das Bild, dreht sich ins Licht, lächelt und gibt mir das Papier zurück.

»Datissderkralle!«

»Wer ist das?«

»Kralle! Wir nennen den so, weil er immer Krallen macht.«

»Wie darf ich das verstehen?«

Ich weiß sehr wohl, was der Ausdruck Krallenmacher im Saarland bedeutet – Wichtigtuer wäre eine vornehme hochdeutsche Bezeichnung –, aber was will mir die junge Frau damit sagen?

»Naja, der macht immer auf Prollo. Gibt an, wiewatweißich. Mit Kohle und Auto und Jacht und so. Aber ich glaub net, dat do wat dahinner iss!«

»Kennen sie seinen richtigen Namen?«

»Nee, keine Ahnung!«

»Kommt der öfter? Telefoniert der hier manchmal?«

»Jo, der trinkt hier oft Kaffee. So wie sie. Jibt immerenn juted Trinkgeld. Kannschnich meckern. Deshalb kann er ooch det Telefon vom Stand hier benutzen, ohne dat ick ihm wat an Jeld abnehme. Vor ner Stunn oder so war er ooch da. Wat wollnse denn von dem?«

»Ich suche ihn schon seit einer Woche; meldet sich einfach nicht. Ich habe nämlich …«

»Kann isch mir schon denken. Der Typ schuldet Ihnen Kohle! Stimmt's? Überraschd misch jetzt nisch würklich!«

»Äh, so ungefähr!«

Ganz so helle, wie ich dachte, ist die junge Frau nicht. Wieso sollte ich mich nach seinem Namen erkundigen, wenn er mir Geld schuldet? Und wer lässt schon ein Phantombild von einem Schuldner anfertigen? Meine Story passt hinten und vorne nicht. Ich muss die entscheidenden Informationen aus ihr rauskitzeln, bevor sie Lunte riecht.

»Was für einen Wagen fährt er denn aktuell? Beim letzten Mal war es ein Jaguar, aber der wechselt ständig die Wagen, wie andre Leute die Unterwäsche und alles mit meinem Geld. Was fährt er denn im Moment für eine Karosse? Vielleicht erinnern sie sich sogar an die Autonummer?«

»Einen schwarzen AMG. Den fährt er aber immer schon. Nee, dat Nummernschild weiß isch nisch.«

»L oder D?«

»L.«

»Arbeitet oder wohnt der hier in der Gegend?«

»Null Ahnung! Die meischde unserer Kunne sinn Grenzjänger. So, isch muss jetz awwer weiterarbeite.«

»Klar! Entschuldigung, eine letzte Frage: War Kralle alleine hier, oder hat er eine Frau dabei gehabt?«

»Daher weht der Wind! Er hat Ihnen de Tussi ausjespannt.«

Hallo! Sehe ich etwa aus, wie ein gehörnter Ehemann, der auf Rachefeldzug ist? Verdammt, was antworte ich jetzt?

»Nee, das ist nicht der Fall, aber er könnte eventuell mit meiner Schwester unterwegs sein.«

Warum frage ich nicht meine Schwester, wo der Kerl steckt? Ich lüge mir hier einen fürchterlichen Schwachsinn zusammen!

»Det glaub isch nisch! Selbst wenn ihre Schweschder um Einiged jinger iss als wie sie, wäre dat immer noch zu vill älder als wie der Kralle.«

Entweder sehe ich heute uralt aus, oder Kralle ist noch im Kindesalter, was angesichts seines Führerscheins auszuschließen ist. Der Vergleich ist eine Frechheit!

»Wie alt schätzen sie mich denn?«, frage ich in einem Anfall von Selbstzerstörung.

»Ende sechzig! Oder sind sie schon siebzig?«

Jetzt reicht's aber!

»Was ist mit der Frau?«, frage ich ungeduldig.

»Nee! Mit 'ner Tussi is der hier noch nie uffjetaucht. Der baggert awwer alled aan, wat net bei drei uff de Bäum is.«

»Sagen Ihnen die Namen Holger Finkeisen oder Christine Neu etwas?«

»Nö!«

Ohne weitere Erklärungen verschwindet die Rothaarige hinter ihrem Verkaufsstand. Nachdem ich mein Frühstück beendet habe, zahle ich und gebe zwei Euro Trinkgeld. Wegen der unverschämten Altersschätzung hat sie das nicht verdient, aber immerhin hat sie mir bereitwillig Auskunft gegeben. Mit einem guten Frühstück im Bauch und um einige Erfahrungen reicher, mache ich mich auf den Rückweg. Auf der Autobahnbrücke über die Mosel fällt mir auf, dass ich weder Kaffee noch meine heiß begehrte Schokolade gekauft habe; und getankt habe ich auch nicht. Zwei Kilometer hinter der Brücke kündigen Temporeduzierungen und Hinweisschilder eine Verkehrskontrolle an. In einer Haltebucht empfangen mich Beamte der Bundespolizei und einige Hundeführer mit ihren vierbeinigen Kollegen. Führerschein, Kfz-Papiere, Fragen nach mitgeführten Waren. Ich zeige meinen Dienstausweis.

»Das interessiert uns herzlich wenig, Kollege«, bemerkt der Beamte, der mich kontrolliert. »Wir haben hier schon ganz andere Kaliber erwischt, die normalerweise fern aller Verdächtigungen wären. Was dagegen, wenn ich in den Kofferraum schaue?«

»Nein, mach nur!«

Ich wehre mich nicht dagegen, als ein Polizeihund um mein Auto schleicht und überall herumschnüffelt. Von mir aus kann er an eine Radkappe pinkeln, mir ist das wurscht.

»Kollege habt ihr innerhalb der letzten zwei Stunden einen schwarzen AMG mit Luxemburger Kennzeichen kontrolliert?«, frage ich vorsichtig.

»Du meinst diesen einzigen schwarzen AMG mit Luxemburger Kennzeichen, den es auf der Welt gibt«, schmunzelt der Beamte. »Den AMG schlechthin?«

»Ich meine den, dessen Fahrer Holger Finkeisen heißt!«

»Warum hast du ausgerechnet den auf dem Zettel?«

»Wir suchen nach dem.«

»Warum wissen wir nichts davon?«

»Könnt ihr nicht wissen! Ich weiß selbst erst seit einer Viertelstunde, welchen Wagen der Kerl fährt, und dass er sich hier in der Gegend rumtreibt«, lüge ich. »Ich habe ein Phantombild. Hier, nimm!«

Der Beamte betrachtet das Bild und schüttelt den Kopf.

»Holger Finkeisen? Schwarzer AMG? Mit Luxemburger Nummer?«

»Genau!«

»Moment, ich höre mich bei den Kollegen um.«

Es vergehen einige Minuten, bis er zurückkommt.

»Negativ!«, erklärt er. »Weder das Gesicht noch der Name

oder das Auto. Warum sucht ihr ihn?«

»Tötungsdelikt! Aber nur ein Verdacht. Falls er kommen sollte, ruft mich bitte an. Haltet ihn auf, solange ihr könnt, aber lasst euch nichts anmerken. Für eine Festnahme reicht es noch nicht.«

»Ihr seid Spaßvögel! Ist das nicht eine Nummer zu groß für euch? Das ist ein Fall fürs BKA.«

»Wenn es so weit ist, werden wir die einschalten, aber vorerst bleibt der Fall bei uns.«

»Angenommen, der Typ kommt tatsächlich hier vorbei, was wollt ihr tun?«

Die Frage ist genauso berechtigt wie peinlich. Ich weiß nicht, wie es dann weitergehen soll, aber das werde ich dem Kollegen nicht auf die Nase binden.

»Wir werden versuchen, uns auf seine Fährte zu setzen. Wenn er dorthin fährt, wo wir es vermuten, haben wir ihn. Dir das zu erklären, wäre zu kompliziert.«

Der Kollege nickt vielsagend und will sich abwenden, aber ich halte ihn zurück.

»Ich weiß nicht, wie lange ihr hier eingeteilt seid. Die kritischen Tage sind heute, morgen und vor allem der Mittwochvormittag vor zehn. Ruf mich unter dieser Nummer an!« Ich gebe ihm meine Visitenkarte. »Am besten mobil. Bis ihr im Präsidium den richtigen Ansprechpartner an der Strippe habt, würde zu viel Zeit vergehen. Ruf mich direkt an!«

»Machst du einen Alleingang oder bist du undercover?«, lacht der Mann unsicher. »Wir tun, was wir können. Das Bild behalte ich.«

Fürs Erste ist die Sache damit erledigt. Ich steige ins Auto und mache mich auf den Weg ins Polizeipräsidium. Unterwegs gönne ich mir ein fürstliches Mittagessen, irgendwie ist heute mein Fresstag, aber für irgendwas muss mein Kurzurlaub gut sein. Außerdem ist mir dafür die Schokolade entgangen. Als ich ins Dezernat komme, zeigt die Uhr im Flur 15:12.

Inge ist laut Ausgangsliste beim Arzt. Marius und Ken sind im Außendienst unterwegs. Niemand bekommt mit, dass ich in meinem Büro hocke. Ich gehe mein Postfach im Computer durch, unterschreibe ein paar Protokolle, google den AMG und stelle nach einer Stunde fest, dass ich nicht weiterkomme. Ich hätte gleich in meine Wohnung nach Bexbach fahren sollen, das hier bringt nichts. Den anderen erzähle ich am besten nichts von meinem Ausflug. Eine unangemeldete Recherche im Ausland bringt nur Ärger. Allerdings schreibe ich der Staatsanwältin eine Mail bezüglich des Anrufes vom Landrat und seines Telefongesprächs mit Luxemburg.

Am späten Nachmittag liege ich auf meiner Couch und verfalle sofort in einen tiefen Schlaf. Das Wochenende fordert seinen Tribut. Ich erwache mitten in der Nacht und bemerke erst jetzt, dass Marion mir eine SMS geschrieben hat.

Denk an die Beerdigung! Ach ja, Susanne Spaniol!

Die Uhrzeit werde ich morgen nachfragen und um den schwarzen Anzug kümmere ich mich morgen früh. Man soll die Toten ruhen lassen, erst recht mitten in der Nacht, wenn man todmüde ist!

26.

Den ersten Schock an diesem Dienstagmorgen bekomme ich nach dem Frühstück im Schlafzimmer vor meinem Kleiderschrank. Erstaunt stelle ich fest, dass schwarze Anzüge schrumpfen, wenn sie lange Zeit im Schrank hängen; nur in der Breite, nicht in der Länge! Theoretisch ist das unerklärlich, praktisch erlebe ich das Phänomen am eigenen Körper!

Ich kann mich nicht erinnern, wann ich den Traueranzug

zum letzten Mal getragen habe, es ist Jahre her. Während dieser Zeit ist der Knopf am Hosenbund gewandert, etwa um zwei bis drei Zentimeter, denn das ist genau die Distanz, die fehlt, um ihn mit dem zugehörigen Knopfloch zu vereinen. Da ein Loch nicht wandert, muss der Knopf der Übeltäter sein. Ich kann es drehen und wenden, wie ich will, feststeht, dass die Beerdigung von Susanne Spaniol ohne diese Hose stattfinden wird.

Wenigstens ist ein dunkles Hemd schnell gefunden. Die Passform ist zwar nicht optimal, aber die Knöpfe scheinen sesshaft geblieben zu sein; den Rest kaschiert die Jacke. Das Phänomen der wandernden Knöpfe ist auch bei der dunklen Jacke festzustellen, aber nicht tragisch, weil ich die offen tragen kann. Nach dem Bürsten stellen die schwarzen Schuhe kein Problem dar. Ganz im Gegensatz zur Hose. Alternativ zur Anzughose entspricht ein einziges Beinkleid den Rahmenbedingungen für eine Beerdigung. Es hat zum Glück zwei versetzte Schließknöpfe als Doppelsicherung. Wenn ich lediglich den äußeren im äußeren Knopfloch befestigte, geht es zur Not. Sollte der Knopf abreißen ... ich wage nicht, mir dieses Szenario vorzustellen, aber ich habe keine Wahl; zur Sicherung kann ich den Gürtel so eng wie möglich schnallen. Ich verstaue alles in meinem Handkoffer. Umziehen werde ich mich vor der Beerdigung bei Marion, denn mit diesen Klamotten kann ich mich unmöglich im Büro rumquälen.

Der zweite Schock erwischt mich, als kurz hinter der Autobahnauffahrt die Tankwarnleuchte blinkt. Meine Vergesslichkeit lässt grüßen. Jetzt muss ich für teuer Geld in der Landeshauptstadt tanken.

Im Büro bin ich der Erste. Zwischen den Akten entdecke ich einen gelben Klebezettel mit Marions Schrift. Beerdigung nicht vergessen! Dienstag 14 Uhr! Wenigstens das ist damit geklärt. Ich werde um 12 Uhr Feierabend machen. Bereits um halb acht erscheint die Staatsanwältin in meinem Büro. Als ich von der Toilette komme, sitzt sie auf dem Besucherstuhl.

»Na, wie war es in Luxemburg?«, fragt sie ohne Vorwarnung.

Shit! Heute ist nicht mein Tag! Woher weiß sie das? Besser, ich antworte nicht.

»Kommen sie, Josch! Für wie blöd halten sie mich? Um 16 Uhr schreiben sie mir von hier aus eine Mail, nachdem sie etwa sechs Stunden zuvor mit Sören telefoniert hatten. Der hatte ihnen mitgeteilt, dass er einen Anruf aus Luxemburg erhalten hat. Am Nachmittag geraten sie dann, oh Wunder, während ihrer Freizeit in eine Verkehrskontrolle nahe der luxemburgischen Grenze. Da muss ich nicht spekulieren, wo sie gesteckt haben.«

»Hoffen sie nicht darauf, dass ich mich dafür rechtfertige, was ich in meiner Freizeit mache!«

»Das tue ich nicht, aber ich frage mich, ob sie in ihrer Freizeit nichts Besseres zu tun haben, als auf eigene Faust zu ermitteln. Das hätten sie einfacher haben können. Aber bitteschön, das ist ihr Problem. Mein Problem ist es allerdings, dass sie sich außer Dienst als Ermittler ausgeben. Sind sie noch bei Trost? Was soll der Quatsch?«

»Die Kollegen von der Bundespolizei haben also sofort bei ihnen angerufen! Äußerst diensteifrig! Ich hoffe, das macht Schule!«

»Das ist völlig in Ordnung, Herr Hauptkommissar! Die haben sich bei Kriminalrat Closter über sie erkundigt. Kein Wunder, bei ihrem Auftreten!«

»Dann kennen sie den Rest der Geschichte bestimmt auch!«

»Oh Gott, welchen Rest? Machen sie mich nicht schwach. Was kommt denn noch? Hat man sie etwa beim Benzinschmuggel erwischt? Oder hatten sie Rauschgift im Kofferraum? Oder Schwarzgeld? Glauben sie nicht, dass ich ihnen das nicht zutrauen würde! Ich …«

»Genug, Frau Sommer! Es reicht! Ich verbitte mir diesen Ton! Ein für alle Mal! Völlig wurscht, ob sie die Staatsanwältin sind oder nicht! Sie machen ihren Job, ich mache meinen! Wenn ihnen mein Stil nicht passt, beschweren sie sich beim Polizeipräsidenten, beim Innenminister, von mir aus auch beim EU-Präsidenten!«

»Keine schlechte Idee, nach Brüssel wollte ich immer schon mal!«

»Dann können sie den sizilianischen Wirt mitnehmen, der kann ihnen notfalls dolmetschen.«

»Mit dem hätte ich mit Sicherheit etwas Besseres vor!«

»Dann beeilen sie sich, bevor ihnen die spanische Witwe in die Quere kommt!«

»Pah! Als ob die eine Konkurrenz wäre!«

»Eifersüchtig?«

»Jetzt halten SIE gefälligst die Luft an!«

»Wenn wir so weitermachen, ersticken wir beide!«

Wir schauen uns schweigend an und prusten beide nach einer Weile los. Wir benehmen uns wie die kleinen Kinder.

»Jetzt haben wir es uns aber gegeben!«, lächelt Daniela Sommer und fährt sich verlegen durchs Haar.

»Waffenstillstand!«, schlage ich vor. »Wir suchen nach einem schwarzen AMG mit Luxemburger Kennzeichen. Übrigens: Um zwölf muss ich zu einer Beerdigung. Unser erstes Opfer, Susanne Spaniol.«

»Schwarzer AMG?«

Ich erzähle, was ich an der Tankstelle in Luxemburg erfahren habe.

»Sie sind völlig ... gute Arbeit«, erklärt die Staatsanwältin und verlässt grußlos das Büro.

Ich muss zugeben, dass ich zum Geheimagenten nicht tauge. Rudi wird innerlich kochen, aber er wird es sich nicht anmerken lassen. Alte Schlachtrösser tun sich nicht gegenseitig weh. Trotzdem gehe ich rüber und erkläre ihm, was vorgefallen ist. Rudi nickt nur, als ich ihn damit konfrontiere, dass ich heute um 12 Uhr Schluss mache.

Den Kollegen erkläre ich, dass wir einen schwarzen AMG suchen. Woher ich die Informationen habe, sage ich nicht, obwohl die fragenden Gesichter auf eine Antwort warten. Dann rufe ich Marion an und vereinbare, dass wir uns spätestens um 13 Uhr bei ihr zu Hause treffen. Den Rest des Vormittags verbringe ich am Schreibtisch, sortiere Akten und lese zum wiederholten Mal die Protokolle der Zeugenaussagen. Am Ende bin ich erneut ganz sicher, dass wir den Fall auch ohne getürkten Gemäldeankauf lösen würden, sobald wir Holger Finkensteins Fingerabdrücke mit der Spurenlage vergleichen können; oder die von Christine Neu. Es kann nicht anders sein! Erstaunt bin ich allerdings, dass man in Europa einfach untertauchen kann, ohne eine Spur zu hinterlassen. Trotz aller Beteuerungen, dass man den internationalen Terrorismus durch gegenseitigen Informationsaustausch zwischen den Ländern bekämpfen will, tut man sich bei der praktischen Zusammenarbeit und im Führen gemeinsamer Datenbanken schwer; die unterschiedliche Handhabung des Datenschutzes trägt ihren Teil dazu bei. Andererseits wollen wir keine gläsernen Bürger, es ist schwierig, den richtigen Weg zu finden.

Kurz vor 13 Uhr bin ich Marions Wohnung und ziehe mich für die Beerdigung um. Als Marion mich in meiner dunklen Hose sieht, bekommt sie einen Lachanfall.

»Vorne hängt die Wampe drüber und hinten frisst der Arsch die Hose. Aus welchem Fundus hast du die denn ausgekramt?«

»Voriges Jahr hat sie noch gepasst!«, versuche ich eine Ausrede.

»Vergiss es! Die hattest du wohl zur Erstkommunion an? Na, mir soll es egal sein. In der Kirche stellst du dich am besten ganz nach hinten mit dem Rücken zur Wand.«

Die anschließende Diskussion über mein Jackett, ob mit oder ohne Krawatte und die Debatte, welches der drei Dutzend Paar Schuhe besser auf Marions Hosenanzug passen, bringen mich an den Rand des Wahnsinns. Mein Einwand, dass Susanne Spaniol davon nichts mehr mitbekommt, es dem Pfarrer hoffentlich egal ist und der Rest der Trauergemeinde ohnehin nur aus der Nachbarschaft bestehen dürfte, trägt nicht zur Beschwichtigung bei. Mit Ach und Krach schaffen wir es rechtzeitig in die Kirche.

Marion reiht sich in eine der vorderen Sitzbänke ein. Ich bleibe hinten stehen, da habe ich den besseren Überblick, außerdem zwickt die Hose schon jetzt. Die Trauergemeinde ist übersichtlich. Höchstens dreißig Personen, von denen ich die meisten kenne. Vorne rechts sitzt ein Mann, den ich ins Visier nehme, als er sich umdreht und mit seinem Hintermann redet. Der Typ hat eine verblüffende Ähnlichkeit mit dem Phantombild von Holger Finkeisen. Er ist zwar zwanzig Jahre zu alt, aber das Profil könnte annähernd passen. Oder sehe ich Gespenster? Warum sollte Holger Finkeisen hierher kommen?

Der Pfarrer ist gnädig und zieht die Messe nicht in die Länge. Ich bin kein eifriger Kirchgänger, aber bisweilen zieht es mich in ein Gotteshaus, um Einkehr zu halten. Trauergottesdienste empfinde ich nicht nur wegen des Anlasses als sehr belastend. Nichts ist schlimmer als verlogene Heroisierungen!

Hier liegt der Josch in seinem Sarg, er manchmal auch daneben lag.

Das wäre eine ehrliche Beschreibung eines bei der Fallaufklärung nicht immer richtig liegenden Kriminalbeamten. Oder …

»Kommst du?« Marion zerrt mich am Jackett.

»Der Mann im dunklen Cord, wer ist das?«, frage ich.

»Wo?«

Ich warte und deute auf ihn, als er näher kommt.

»Der erinnert mich irgendwie an einen Verdächtigen.«

»Du bist nicht bei Trost, das ist Stephan Friedrich. Daneben, das ist seine Frau Gaby.«

»Muss ich die kennen?«

»Sie Chorleiterin, er Historiker, Heimatforscher, Schriftsteller, im Hauptberuf Lehrer. Die kennt hier jeder; außer dir natürlich. Als Nächstes verdächtigst du noch den Papst!«

»Den schließe ich aus, der hat ein wasserdichtes Alibi. Übrigens, jetzt wo dein Heimatforscher näher kommt, erkenne ich den Mann wieder. Ich habe ihn vor kurzem vor der Wohnung von Helga Cronauer gesprochen. Der hat sogar eine eigene Straße.«

»Uralter Witz! Komm jetzt, wir müssen auf den Friedhof!«

Bisher kannte ich nur den Friedhof von Elversberg, aber als wir auf der Höhe beim Friedhof von Spiesen ankommen, stelle ich fest, dass die Spiesener, was die Aussicht betrifft, eindeutig im Vorteil sind. Von hier aus kann man bis zum Schaumberg nach Tholey schauen; das gilt dummerweise nur für die Besucher.

Zu meiner großen Überraschung entdecke ich den Bürgermeister in den Reihen der Trauernden, die sich hinter der Urne versammeln. Die Beisetzung geht zügig vonstatten, keine Reden, ein kurzes Gebet; Susanne Spaniol hat ihre letzte Ruhestätte gefunden. Dagmar und Markus laden zum Leichenschmaus in den Versammlungssaal des Obst- und Gartenbauvereins ein. Beim Leo sei kein Platz mehr gewesen, weil dort eine goldene Hochzeit gefeiert wird.

Bürgermeister Pirrung und der Heimatforscher namens Friedrich kommen zu uns an den Tisch und fragen, ob zwei Plätze frei sind.

»Klar doch! Für euch immer!«, antwortet Marion zu meinem Leidwesen, denn mir ist nicht nach Konversation. Außerdem drückt mich die Hose derart, dass mein Magen hin und wieder rebelliert. Ich traue mich nicht zu bewegen, weil ich fürchte, dass verräterische Töne entweichen. Sobald der Kaffee serviert ist, werde ich mich unauffällig aus dem Staub machen, was durch unsere neuen Tischpartner schwieriger wird.

»Wenn ich sie sehe, Herr Schaum, wird mir ganz mulmig«, erklärt der Bürgermeister mit sorgenvoller Miene. Wenn der wüsste, wie mulmig es mir bereits ist! »Das richtet sich nicht gegen sie persönlich, aber ihr Weg ist mir zu sehr mit Leichen gepflastert. Es geht das Gerücht, dass …«

»Entschuldigen sie bitte, Herr Bürgermeister«, unterbreche ich. »Ich glaube, das ist nicht der geeignete Ort, um über meinen Beruf zu reden. Ich bitte um Verständnis. Im Übrigen beschäftigt sich Herr Friedrich als Historiker auch mit Personen, die nicht mehr unter uns weilen, mit dem Unterschied, dass sich darüber niemand aufregt.«

»Der ist gut! Fabelhaft!«, ruft Friedrich lachend aus. »Der ist wirklich gut!«

»Wenn sie es so sehen!«, lacht nun auch Bürgermeister Pirrung. »Sagen sie mal: Sie sind oft hier in Spiesen, wieso ziehen sie nicht hierher?«

»Meinen Zweitwohnsitz hätte ich längst hier angemeldet, wenn diese dämliche Zweitwohnsitzabgabe, oder wie sie das nennen, nicht wäre.«

»Moment! Moment!«, interveniert Marion. »Warum weiß ich davon nichts? Soll das etwa heißen, dass deine Entscheidung vom Geld abhängt? Das darf nicht wahr sein! Dagmar! Komm her! Hör dir das an! Das ist nicht zu fassen …«

Oh Gott, da habe ich was losgetreten! Der als Witz gedachte Schuss geht mit voller Wucht nach hinten los. Mit Schuhen und Strümpfen fallen die Nachbarn, der Bürgermeister und schließlich der Heimatforscher über mich her. Die verbale Schlacht tobt den ganzen Nachmittag. Im Geschützlärm gehen andere Geräusche unter. Mein Magen entspannt sich nach und nach. Das Gefecht nimmt an Heftigkeit zu, nachdem der vereinseigene Obstler die Runde macht. Da ich ablehne, bin ich nach einiger Zeit der einzige Kämpfer, der nicht gedopt ist. Diesen Krieg kann ich nicht gewinnen. Gegen 18 Uhr gebe ich auf und versichere, mich der Sache mit dem Zweitwohnsitz ernsthaft zu widmen. Nachdem das geklärt ist, verkündet Wolfgang, dass er den Grill anfeuert. Mittlerweile sind nur noch die Insider aus der Siedlung, der Heimatforscher und der Bürgermeister anwesend. Letztgenannter tritt bald ebenfalls den Rückzug an und will sich vom Heimatforscher chauffieren lassen. Ich rufe ein Taxi, das rettet beiden den Führerschein. Spontan beschließt der Heimatforscher zu bleiben. Erst als der Bürgermeister weg ist, stellt sich mir plötzlich die Frage, was er auf der Beerdigung von Susanne Spaniol zu suchen hatte.

»Die Susanne war früher einmal seine Abteilungsleiterin in der Landesverwaltung«, erklärt Stephan Friedrich. »Sie hat ihn sozusagen geschliffen.« Wie bei Historikern üblich, erzählt er ausgiebig die Geschichte vom beruflichen Werdegang der Susanne Spaniol und des Bürgermeisters Reiner Pirrung.

Um 21 Uhr verabschiede ich mich mit dem Hinweis, dass das Opfer jetzt zwar seine ewige Ruhe gefunden habe, der Täter jedoch genauso ewig frei rumlaufen wird, wenn nicht auch ich mich ausruhen dürfe. Die wohlformulierte Erklärung hätte ich mir sparen können, denn mittlerweile hört mir keiner mehr zu.

Als ich um 22 Uhr einschlafe, verfolgt mich ein schwarzer AMG in meinen Traum.

27.

Als ich am Mittwochmorgen um sechs Uhr aus dem Haus gehe, schläft Marion noch. Ich habe keine Ahnung, wann sie nach Hause gekommen ist, aber sie war so nett, die Kaffeemaschine zu programmieren, sodass ich mich nicht ohne eine aufweckende Tasse Kaffee auf den Weg ins Präsidium machen muss.

Seltsamerweise habe ich heute kein gutes Gefühl. Im Gegensatz zu gestern sagt mir mein Bauchgefühl nichts. Plötzlich halte ich diese fingierte Auktion für einen fundamentalen Firlefanz. Eine Schnapsidee, mehr nicht! Was soll das Ganze? Finkeisen hat Lunte gerochen und ist längst über alle Berge. Angenommen wir würden nach wochenlangen Recherchen zu der Erkenntnis kommen, wie viele und welche Opfer er ihres Vermögens beraubt hat, werden wir Finkeisen nicht mehr finden; der sitzt längst an einem karibischen Strand und lässt sich die Sonne auf den Pelz scheinen. Obwohl! Gestern war er in Luxemburg unterwegs, demnach hat er es nicht eilig. Außerdem: Das Erbe von Susanne Spaniol hat er noch nicht angetreten!

Kann er die Erbschaft überhaupt noch antreten? Ja, kann er! Wenn er im Ausland lebt, und das ist offensichtlich der Fall. Da er sich in Erbschaftsangelegenheiten auszukennen scheint, weiß er, dass er im Ausland wohnend sechs Monate statt der normalen Sechswochenfrist Zeit hat, um seine Ansprüche anzumelden – ab dem Zeitpunkt der Kenntnis vom Tod der Erblasserin. Wer will ihm nachweisen, wann er davon erfahren hat? Pah, der Plan ist ebenso perfide wie professionell ausgeheckt! Er sorgt für die Verabreichung des Giftes – irgendwie, da tappen wir völlig im Dunkeln – und von nun an lässt er die Zeit für sich arbeiten. Er beobachtet aus der Ferne, hält sich bedeckt und lässt sich auf dem Laufenden halten, wahrscheinlich von Christine Neu. Die muss sich irgendwie …

Da! Ein AMG! Auf der Überholspur! Falsches Kennzeichen, falsche Fahrtrichtung! Im Verlauf der Fahrt nach Saarbrücken entdecke ich plötzlich Dutzende dieser Nobelkarossen. Früher habe ich nie darauf geachtet.

Heute bin ich nicht der Erste im Büro. Bis auf Rudi Closter sind die Kollegen des Dezernats K3 schon da. Ihnen ist vollkommen bewusst, dass uns der heutige Tag den Täter und die Auflösung des Falles präsentieren kann; zumindest näher bringen kann. Allerdings sind wir uns darüber im Klaren, dass wir keine Fehler machen dürfen. Wir müssen wachsam und vorbereitet sein, falls Holger Finkeisen tatsächlich auftauchen sollte. Ich kann mir nicht vorstellen, dass er einfach durchs Hauptportal schreitet, schon gar nicht unter seinem richtigen Namen, allenfalls als Mister Goldstein, aber auch das wäre für ihn ziemlich riskant. Geht er das Risiko ein? Ich bin nicht der Einzige, den diese Frage beschäftigt, das sehe ich den Gesichtern meiner Mitarbeiter an.

»Habt ihr alles mit Herrn Meng besprochen?«, wende ich mich an Ken Arndt.

»Ja, alles klar! Marius hat die Details geklärt. Unter gütiger Mithilfe unserer werten Frau Staatsanwältin. Sie ist mit dem Landrat ja so was von einig … das öffnet Türen!«

»Sind die Details auch mit Herrn Rohr besprochen?«

»Natürlich! Der wollte in seinem Übereifer sogar Bargeld besorgen. Wir haben es ihm dann doch ausreden können.«

»Kameraüberwachung als Beweismittel?«

»Ist, wie von dir angeordnet, installiert, inklusive des Mikrofons; das ist in der Lampe versteckt. Ähm, eines solltest du wissen!«

»Was?«

»Der Landrat weiß nichts von der Überwachung.«

»Umso besser! Dann kann er auch keine Bedenken anmelden!«

»Wir haben uns vorgestellt, dass Herr Rohr, Frau Kramnitz und Rudi das Gespräch führen. Rudi nimmt man das Beiratsmitglied eher ab als dir.«

»Was soll denn das jetzt heißen? Sieht man mir den Kunstbanausen etwa an?«

»Ehrlich gesagt: ja!«

»Das ist doch wohl der Hammer! Warum Beiratsmitglied und nicht Vorstand?«

»Weil der Vorstand mit Foto im Internet steht, die Gesichter also bekannt sein können.«

»Der Beirat nicht?«

»Nein!«

»Von mir aus! Macht doch, was ihr wollt! Von mir aus könnt ihr auch den Hausmeister mitnehmen, wenn der intellektueller aussieht als ich!«

»Reg dich nicht auf! Du musst zugeben, dass Rudi den seriöseren Eindruck macht!«

»Deshalb ist er Kriminalrat und ich Hauptkommissar! Unglaublich! Habt ihr das eigentlich geprobt?«

»Nein, nur vorbesprochen.«

»Okay, wir gehen das nachher noch mal durch! Habt ihr einen einigermaßen brauchbaren Raum gefunden?«

»Ja, Josch! Haben wir! Auch wir sind nicht ganz so blöd, wie wir aussehen!«

Was soll denn das nun wieder heißen? Sehe ich aus wie ein Depp? Ich muss meinen Führungsstil ändern! Dringend! Die jungen Flegel werden anscheinend übermütig.

»Vielen Dank auch, Ken! Marius stehen die Einsatzkräfte bereit?«

»Ab acht Uhr 30! Vier Streifenwagen verteilen sich verdeckt an strategischen Stellen in der Umgebung. Im Hof, am Bahnhof, an der Tankstelle und einer steht in der Altstadt. Die Wilhelm-Heinrich-Straße bleibt frei, damit wir nicht auffallen.«

»Einsatzpläne und so weiter?«

»Das hat Rudi höchstpersönlich übernommen!«

»Rudi? Das hat der schon seit Jahren nicht mehr … ähm …«, ich darf den Chef nicht vor den Kollegen rügen, das gehört sich nicht, obwohl ich Bedenken hege. »Wo steckt der eigentlich?«

»Bin schon da«, tönt es im gleichen Augenblick, als habe Rudi im Flur auf seinen Einsatz gewartet. Kriminalrat Rudi Closter betritt voller Elan das Büro. »Ich hab's gehört, Josch! Keine Sorge, die Katze verlernt das Mausen nicht!«

Inge Manderscheid prustet los. »Das Mausen … hihihi … das Mausen!«

»Nicht, was du meinst«, warnt Marius, bevor Inge weitere Fantasien formulieren kann.

»So Leute, halb acht! Wir fahren los! Rudi fährt mit mir! Ken und Marius fahren zusammen. Inge, du machst hier wie üblich die Telefonzentrale!«

»Was ist mit Frau Sommer?«, fragt Rudi.

»Falls sie dabei sein will, soll sie schauen, wie sie hinkommt. Nicht mein Problem. Meinetwegen muss sie nicht mit!«

»Deinetwegen nicht!«, bemerkt Inge trocken. »Aber vielleicht wegen des lieben Sören.«

»Inge, du bist ein Lästermaul«, maßregelt Rudi und verlässt voller Tatendrang als Erster das Büro.

Vierzig Minuten später betreten wir das Landratsamt in Ottweiler. Ken hat seinen Wagen auf dem Parkplatz eines nahegelegenen Supermarktes abgestellt und betritt das Gebäude zwei Minuten nach Marius durch den Haupteingang. Rudi und ich kommen durch den hinteren Diensteingang, mein Wagen parkt neben dem Stellplatz des Landrates.

Das Treppenhaus und die Flure sind menschenleer. Niemand würde vermuten, dass hinter den geschlossenen, weiß lackierten Türen die Kreisverwaltung ihren Geschäften nachgeht.

Es ist genau acht Uhr 15, als wir uns im Vorzimmer des Landrates anmelden.

»Moment, bitte«, erklärt die Dame im Sekretariat. »Landrat Meng hat gerade Besuch; ich sage Bescheid, dass sie da sind.«

Nach einem kurzen Telefonat bittet sie uns herein. Als ich das Büro des Landrates betrete, trifft mich fast der Schlag. Süffisant lächelnd mit einer Tasse Kaffee in der Hand, sitzt unsere verehrte Frau Staatsanwältin am Besuchertisch. Während Meng sofort aufsteht, um uns zu begrüßen, empfängt sie uns im Sitzen.

»Aha! Das K3 ist im Anmarsch! Es kann losgehen!«

»Es ist alles vorbereitet«, erklärt der Landrat. »Ich zeig's

Ihnen! Oder wollen sie erst einen Kaffee?«

»Nein!«, antworte ich ärgerlich. »Im Gegensatz zu Frau Sommer sind wir nicht zum Kaffeetrinken gekommen.«

»Oh, der Herr Hauptkommissar ist übellaunig. Ich habe mich übrigens davon überzeugt, dass alles passt. Der frühe Vogel fängt den Wurm.«

»Bei ihrer langjährigen Erfahrung werden sie das mit Sicherheit besser beurteilen können als wir«, brummt Rudi, ebenfalls verärgert.

Die Gesichtszüge der Staatsanwältin gefrieren. Sie ist verlegen und merkt anscheinend, dass es besser ist, wenn sie sich nicht aufplustert. Landrat Meng bemerkt die Peinlichkeit der Situation, bittet uns hinaus und führt uns durch die herrlichen Räumlichkeiten des Witwenpalais, das Wilhelm der Nassauer von einem gewissen Stengel vor 250 Jahren erbauen ließ. Anscheinend ist der jetzige Hausherr ein wandelndes Geschichtslexikon, aber warum dieser Wilhelm ausgerechnet hier dieses Bauwerk errichten ließ, und was das mit seiner Witwe zu tun haben soll, erschließt sich mir nicht. Meiner Logik zufolge kann man kein Witwenpalais für seine Frau errichten lassen. Lebt der Gatte noch, gibt's keine Witwe, stirbt die Gattin vor dem Ehemann, funktioniert es erst recht nicht. Aber vielleicht bin ich zu unkonzentriert, um dem Lauf der Historie folgen zu können. Das Einzige, was ich wirklich mitbekomme, ist die Tatsache, dass das alte Gemäuer tatsächlich Geschichte ausatmet.

Der große Saal mit seinen riesigen Wandgemälden beeindruckt mich am meisten; das ist selbst für einen Kunstbanausen wie mich eine echte Nummer. Im Augenblick muss ich mich allerdings auf etwas anderes konzentrieren.

»So, jetzt möchte ich den Raum sehen!«, fordere ich. »Wenn alles vorbei ist, werde ich mir diese Pracht in aller Ruhe anschauen.«

Der Landrat geht vor und leitet uns in Raum 2.07-Besprechung I, wie mich ein Schild links vom Eingang wissen lässt.

Das Zimmer misst etwa vier mal fünf Meter und ist spartanisch mit einem Besprechungstisch und acht Stühlen möbliert. Über dem Tisch hängen zwei Kassetten-Leuchten. Dass dort eine Kamera und ein Mikrofon installiert sind, kann selbst mein geübtes Auge nicht erkennen.

»Wo befindet sich der Überwachungsmonitor?«, frage ich.

»Im Nachbarraum. Dort ist auch Platz für dich und Frau Sommer. Sobald die Besprechung beginnt, postiert sich Marius vor dem Treppenhaus«, erklärt Ken Arndt.

»Sehr schön!«

Die Wände des Zimmers sind weiß getüncht; ein innen liegender Raum ohne Fenster. Zwei Gemälde zieren je eine Längsseite; eines davon erinnert mich an die Fotos aus Elisabeth Kleinschmitts Wohnzimmer.

»Ein Bernstein!«, kommentiert der Landrat. »Der hängt normalerweise in meinem Büro, aber ich habe ihn – dem Anlass entsprechend – umhängen lassen.«

»Fabelhaft!«, entgegne ich. »Ist der echt?«

»Herr Hauptkommissar!«, entrüstet sich die Staatsanwältin. »Ich bitte sie! Selbstverständlich ist der echt!«

»Ist ja gut!«, beschwichtige ich. »Ich konnte ja nicht ahnen, dass der Landkreis solche Schätze an der Wand hängen hat.«

Ich schaue mich um und gehe einmal rund um den Tisch.

»Auf welche Seite ist die Kamera fixiert?«

»Zur Seite gegenüber der Tür«, entgegnet Ken. »Der Flur wird übrigens auch überwacht.«

»Sehr gut! Sehr gut! Ihr müsst allerdings dafür sorgen, dass er auf der richtigen Seite Platz nimmt. Blockiert Eure Plätze mit Blocks oder so was. Vielleicht kommt er ja auch nicht alleine. Platz genug wäre ja.«

»Ich sitze am Kopfende!«, erklärt Rudi treuherzig.

»Da gehört der Chef ja auch hin!«, stelle ich fest. »Denk dran, dass du ihm vor laufender Kamera die Behauptung entlockst, dass er der rechtmäßige Besitzer der Gemälde ist, und dass er sie dir verkaufen will! Mit diesem Eingeständnis haben wir ihn an der Angel.«

»Ich weiß, was ich tun muss!«, antwortet Rudi genervt.

Ich kann die Anspannung der Leute spüren, das Lachen ist aus ihren Gesichtern gewichen. Alle gehen schweigend ihren Gedanken nach, der Landrat verschwindet in seinem Dienstzimmer.

Ein letztes Mal gehe ich mit Rudi die Einzelheiten durch; danach muss er aufs Klo.

Ich rufe bei den Außenposten an – keine besonderen Vorkommnisse. Bis halb zehn geschieht nichts. Die Zeit läuft zäher als Hafergrütze. Nicht einmal das Summen einer Fliege ist zu hören. Der Publikumsverkehr des Landratsamtes konzentriert sich auf den Nachbartrakt; im Witwenpalais herrscht gähnende Leere.

Ich schlendere durch den Flur und schaue mir die Gemälde an, aber dies ist nicht der geeignete Zeitpunkt, um mir Kunstwerke näher zu bringen, obwohl Frau Kramnitz sich alle Mühe gibt, grundlegende Informationen zu den einzelnen Werken mit für mich verständlichen Worten zu liefern. Anscheinend hat sie meine Defizite sofort erkannt. Sie erklärt, dass die Industriemalerei nur eine Seite des Malers Walter Bernstein sei; die andere weitaus bedrückendere Seite seien die Zeichnungen mit dem Motiv seines todkranken Sohnes, dessen frühen Tod er nicht habe überwinden können, und den er letztlich nur um drei Monate überlebt habe. Sie erzählt das mit Inbrunst und Leidenschaft für Bernsteins Kunst, aber im Augenblick kommt das nicht an mich ran. Meine Leidenschaft ist eine andere: Ich will einen Verbrecher dingfest machen. Um Viertel vor zehn nehmen alle ihre Plätze ein, ich prüfe ein letztes Mal die Videoüberwachung. Rudi, Bernd Rohr und Sophia Kramnitz postieren sich im Flur und warten.

Und warten! Schweigend. Die Nerven sind zum Zerreißen angespannt. Warten!

Dann die Meldung des Außenpostens: »Weibliche Person betritt das Gebäude.«

Marius gibt ein Zeichen. Rudi schickt Frau Kramnitz und Herrn Rohr ins Besprechungszimmer. Er selbst postiert sich im Flur vor dem Treppenhaus.

Punkt zehn Uhr betritt eine Frau den Vorraum und schaut sich um. Ich fokussiere sie sofort. Schlank, etwa einsachtundsiebzig groß, körperbetontes Kostüm in Mausgrau, Pumps in gleicher Farbe. Die verursachen auf dem Parkettboden lautere Geräusche, als es der Frau lieb ist, weswegen sie plötzlich auf den Zehenspitzen weitergeht. Dabei schwingen die Arme und die Mappe, die sie in der rechten Hand trägt. Eleganz ist anders.

Etwas an diesem Erscheinungsbild setzt meine Alarmglocken in Gang, ohne dass ich konkret sagen kann, was es ist. Trotz aller Bemühungen strahlt die Frau keine Souveränität aus, darüber kann auch ihr ins Arrogante tendierender Gesichtsausdruck nichts ändern. Die Frau ist nicht das, was sie vorgibt zu sein!

Der Schmuck ist einen Tick zu protzig und das Rot ihrer Lippen ist zu rot. Ich wette, dass sie eine Perücke trägt, ohne sagen zu können, woran ich das erkenne. Die Figur ist makellos, aber das Gesicht ist überschminkt. Von allem einen Tick zu viel. Irgendwo in der Mitte zwischen Model und Puffmutter. Ihr Alter ist schwer zu abschätzen; Ende dreißig, Anfang vierzig.

Frau Sommer beobachtet sie und schüttelt kaum wahrnehmbar den Kopf, zum Zeichen, dass sie diese Frau nicht kennt. Meine Alarmanlage wird nicht leiser. Im Geiste scanne ich das Phantombild von Christine Neu über das Gesicht der Frau. Mir fällt nur eine Übereinstimmung auf: die für eine Frau auffällig großen und abstehenden Ohren.

Gebannt starre ich auf den Monitor und sehe, dass Rudi Closter auf sie zugeht und anspricht. Die Frau antwortet und gestikuliert. Mir fällt auf, dass die Mappe so groß ist, dass man darin Gemälde mittleren Formates ohne Rahmen unterbringen könnte. Das könnte unsere Person sein! Oder doch nicht? Was die beiden sagen, können wir nicht verstehen, denn im Flur gibt es nur die Kamera. Rudi steht nun mit dem Rücken zu uns und verdeckt die Frau.

»Geh aus dem Weg, Rudi, ich sehe nichts«, murmele ich, als ob Rudi mich hören könnte.

»Wer ist das?«, fragt Daniela Sommer neben mir.

»Michelle Obama«, antworte ich.

»Scherzkeks!«

»Woher soll ich das wissen? Holger Finkeisen oder Mister Goldstein ist es jedenfalls nicht!«

Jetzt bittet Rudi die Frau ins Besprechungszimmer. Also doch!

»Darf ich vorstellen! Unsere Kunstexpertin, Frau Kramnitz«, höre ich Rudi sagen. »Und Herr Rohr, ein Beiratskollege.«

Ich sehe nur einen leeren Stuhl, weil die Personen außerhalb der Reichweite der Kamera sind.

»Nehmen sie bitte Platz, Frau Goldstein.«

Goldstein? Frau Goldstein! Die Frau des Maklers?

Es dauert eine Weile, bis Frau Goldstein im Bild erscheint und sich an den Tisch setzt.

»Schauen sie sich dieses Face-Painting an!«, entfährt es der Staatsanwältin. »So geht man nicht mal zum Maskenball!«

»Im Augenblick ist mir völlig egal, wie die Tante aussieht! Ruhig jetzt!«

Wir sind dabei, einer Schwerkriminellen das Handwerk zu legen, und Frau Sommer interessiert sich für deren Outfit – nicht zu fassen!

»So, Frau Goldstein!«, höre ich Rudis Stimme. »Herzlich willkommen! Wir hatten eigentlich mit ihrem werten Herrn Gatten gerechnet, aber …«

»Er ist leider verhindert, ich musste kurzfristig einspringen; ist das ein Problem für sie?«, fragt die Frau mit fester ruhiger Stimme.

Übermäßig nervös scheint sie nicht zu sein.

»Nein, das ist natürlich kein Problem«, erklärt Rudi.

»Sie haben also Werke von Bernstein zum Verkauf anzubieten! Sehr schön!«, ergreift Bernd Rohr das Wort. »Soll ich Ihnen zunächst unsere Stiftung vorstellen?«

Sag Nein! Ist der von allen guten Geistern verlassen? Wen interessiert jetzt die Stiftung?

»Nein danke, ich bin informiert. Kommen wir gleich zum Geschäft, meine Zeit ist beschränkt.«

Gott sei Dank! Sie fühlt sich also doch nicht wohl! Will schnell wieder weg. Ihre Lider flackern; ein Zeichen von Unsicherheit, obwohl sie die Kühle eines Gefrierschranks ausstrahlt.

»Aus welcher Periode stammen denn die Werke?«, will Bernd Rohr wissen. »Frühe oder späte Periode?«

»Ich glaube eher dazwischen, aber sie sind der Experte.«

»Die hat keinen blassen Schimmer«, kommentiert Frau Sommer.

»Pscht!«

»Wir sollten die Bilder anschauen!««, schlägt Frau Kramnitz vor. »Haben sie Expertisen?«

»Wir benötigen natürlich den Nachweis, dass sie oder ihr Mann die rechtmäßigen Eigentümer der Gemälde sind«, erklärt Rudi.

»Es sind Erbstücke: Eine beglaubigte Kopie des Erbscheins habe ich natürlich dabei. Im Nachlass waren keine Expertisen dabei. Um welche anfertigen zu lassen, fehlt uns die Zeit; wir müssen zurück! Wie mein Mann bereits erwähnte, sind wir nur für kurze Zeit in Europa. Zu Hause warten die Geschäfte! Aber als Kunstexpertin werden sie sicher die Echtheit feststellen können. Überzeugen sie sich!«

Frau Goldstein erhebt sich; jetzt sehe ich auf meinem Monitor nur noch das Grau ihres Kleides und den Tisch.

»Können sie das mit der Kamera verfolgen?«, fragt die Staatsanwältin.

»Mit unserem Budget ist nur die Minimalausstattung drin!«, antworte ich genervt.

»Sie packt die Bilder aus!«

»Ach!«

»So ein Mist! Wir können sie nicht sehen!«

»Rudi macht das schon«!

Jetzt verschwindet auch das graue Kostüm aus der Bildfläche. Stattdessen erscheint eine Männerhand, die ein Stück Papier festhält und ins Bild ziehen will.

»Weiter, ich sehe nichts«, fordert Frau Sommer. »Der soll es rüber ziehen!«

»Gehen sie rüber, und sagen sie's ihm!«

»Das ist doch Mist!«, mosert die Staatsanwältin weiter.

»Wenn es die richtigen Bilder sind, wird Rudi gleich das Zauberwort sagen.«

»Welches Zauberwort?«

»Abwarten!«

»Wunderbar!«, höre ich Frau Kramnitz; danach undeutliches Gemurmel.

»Sie sagten etwas von einem Erbschein«, sagt Rudi.

»Sofort!«, entgegnet die Frau. »Wir sollten vorher über den Preis sprechen. Wir sind an einem Vergleich en bloc interessiert.«

»Ich sagte ihrem Mann am Telefon bereits, dass unsere Mittel begrenzt sind«, erklärt Bernd Rohr.

»Ich weiß! 30.000 Euro. Wir sind bereit, ihnen zu diesem Preis alle Gemälde zu überlassen. Sie wissen, dass das ein Spottpreis ist. Die Echtheit steht außer Frage, das werden sie zweifelsfrei feststellen.«

»Gut, dass sie den Eigentumsnachweis vorlegen können«, erklärt jetzt Rudi. »Ich hatte fast den Eindruck, die Bilder vor einiger Zeit bei einer alten Bekannten gesehen zu haben!«

Bingo! Alte Bekannte! Das Code-Wort, das ich mit Rudi vereinbart habe, falls die Bilder mit den Fotos aus Elisabeth

Kleinschmitts Wohnung übereinstimmen.

»Kommen sie mit!«, fordere ich die Staatsanwältin auf. »Aber bleiben sie hinter mir!«

Vor der Tür ist Ken Arndt überrascht, als wir plötzlich in den Flur treten. Ich lege den Finger auf den Mund und flüstere. »Zugriff!« Dann winke ich Marius Sorg vom Treppenaufgang herbei. Beide ziehen ihre Dienstwaffen und drängen die Staatsanwältin zurück.

Als ich die Tür vorsichtig öffne, stehen alle um den Tisch; die angebliche Frau Goldstein dreht mir den Rücken zu.

»Frau Neu!«, sage ich laut und vernehmlich.

Nun geschieht genau das in der Praxis, was die Psychologie theoretisch vorhersagt: Eine Alias-Person kann ihren tatsächlichen Namen nie völlig aus ihrem Gedächtnis löschen. Im Unterbewusstsein bleibt der gewohnte Name haften, der gewohnte Reflex kann nur durch jahrelanges Training unterdrückt werden.

»Ja?«, sagt die Frau und dreht sich um. Im selben Augenblick wird ihr bewusst, dass sie soeben einen entscheidenden Fehler gemacht hat. Zu spät! Als sie bemerkt, dass sie ihrer eigenen Psyche auf den Leim gegangen ist, versucht sie zu retten, was nicht mehr zu retten ist.

»Was wollen sie? Ich bin nicht Christine Neu! Mein Name ist Veronica von Winter!«

»Merkwürdig! Ich habe den Vornamen nicht erwähnt, Frau Neu. Woher wissen sie, dass ich ausgerechnet Christine Neu gemeint habe?«

Mit riesigen Augen schaut mich die Frau an, sucht im Geiste nach Auswegen, weiß aber im Grunde ganz genau, dass es kein Entrinnen mehr gibt. Die Falle ist zugeschnappt!

Christine Neu ist sprachlos, entsetzt, wütend über den eigenen Fehler, sie findet im Augenblick keine Worte.

»Kommen sie bitte mit!«, fordere ich sie auf, zeige meinen Dienstausweis und nenne Rang und Dienststelle. »Machen sie es sich und uns nicht unnötig schwer. Wir können das ohne großes Tamtam über die Bühne bringen, oder soll ich Ihnen Handschellen anlegen?«

Plötzlich stehen Rudi Closter, Ken, Marius und Staatsanwältin Sommer neben mir.

»Rudi, sorgt ihr drei bitte dafür, dass die Bilder gesichert werden!«, fordere ich. »Sie, Frau Sommer, kommen mit mir! Sie müssen bei Frau Neu die Leibesvisitation durchführen! Gehen sie vor, wir gehen ins Büro des Landrats! Ken und Marius ihr checkt draußen die Lage!«

Staatsanwältin Sommer will intervenieren, aber meinem Gesichtsausdruck sieht sie an, dass es besser ist, sich zu fügen. Wortlos nickt sie und nimmt Frau Neu am Arm. Gemeinsam leiten wir sie ins Dienstzimmer des Landrats, wenig später betreten Marius und Ken das Büro. Landrat Meng weiß nicht, was gerade geschieht und schaut dem Treiben wortlos zu. Christine Neu schweigt beharrlich, leistet aber keinen Widerstand bei der Leibesvisitation. Ich durchsuche ihre Handtasche und werde fündig.

»Ihr Führerschein! Der angebliche Erbschein! Ich halte die Plastikkarte hoch. »Christine Neu, ich nehme sie vorläufig fest wegen des dringenden Tatverdachtes der Mithilfe bei einem Gewaltverbrechen zum Nachteil von Elisabeth Kleinschmitt, Helga Cronauer und möglicherweise weiterer Personen. Möchten sie zu den ihnen zur Last gelegten Vorwürfen hier und jetzt eine Aussage machen?«

»Ohne meinen Anwalt sage ich nichts!«, faucht die Frau.

»Das ist ihr gutes Recht«, entgegnet Daniela Sommer kühl. »Sie werden später Gelegenheit haben, ihren Anwalt anzurufen.«

»Sie wissen, dass wir seit Tagen nach ihnen suchen?«, frage ich der Vollständigkeit halber.

»Ich weiß gar nichts! Ich weiß nicht einmal, was sie überhaupt von mir wollen. Das Ganze ist eine Verwechslung!«

Ich krame weiter in der Handtasche und übergebe sie schließlich der Staatsanwältin.

»Frau Neu, sie führen keinen Autoschlüssel mit sich. Wie sind sie hierhergekommen?«

»Ich werde ohne meinen Anwalt keine Fragen beantworten! Muss ich auch nicht!«

Marius Sorg weiß sofort, was zu tun ist und stürmt aus dem Büro. Er wird alle Kräfte darauf sensibilisieren, nach Holger Finkeisen Ausschau zu halten, der möglicherweise irgendwo wartet, ob mit oder ohne schwarzen AMG. Die Beamten werden sich darauf konzentrieren, ob jemand in einem Auto sitzt und augenscheinlich auf eine Begleitperson wartet.

Frau Sommer hat aus der Handtasche zwischenzeitlich ein Smartphone zum Vorschein gebracht und legt es auf den Tisch. In dem Moment, als ich danach greifen will, fängt das Gerät an zu vibrieren. Christine Neu will sich darauf stürzen, aber Ken hält sie zurück. Staatsanwältin Sommer ist schneller als ich, schaut aufs Display und hält es mir vor die Nase.

Holger ruft an.

28.

Draußen wartet Holger Finkeisen auf eine Nachricht von Christine. Eine andere Erklärung habe ich im Augenblick nicht.

»Ich rufe Rudi!«, beschließe ich und wende mich an Frau Sommer. »Ihr sorgt dafür, dass Frau Neu so schnell wie möglich ins Präsidium gebracht wird. Wir müssen los! Geh schon mal vor, Marius! Nimm Ken mit, ihr wisst, was zu tun ist.«

Ich informiere Rudi und lege Christine Neu sicherheitshalber die Handschellen an, dann mache ich mich auf den Weg.

Ken hat an alle Posten durchgegeben, dass sie nach einem Mann Ausschau halten sollen, der gerade telefoniert, aber diese Durchsage kommt meiner Einschätzung nach zu spät. Über die Zentrale fordere ich weitere Einsatzkräfte aus der näheren Umgebung an; sie sollen mir wenigstens so viel Personal schicken, dass wir die Hauptachsen der Ausfallstraßen überwachen können.

Minuten später stehen wir vor dem Landratsamt und halten Umschau. Viel Betrieb ist in der Wilhelm-Heinrich-Straße an diesem Morgen nicht, die Lage ist überschaubar. Marius und Ken nehmen sich jeweils eine Straßenseite vor und schauen im Vorbeigehen in jedes Auto. Die Straße endet in einer Sackgasse mit Wendehammer, in den zwar am Ende eine steile Nebenstraße einmündet, aber das ist eine sehr enge Einbahnstraße. Ich bleibe vor dem Landratsamt und halte Funkkontakt. Wer aus der Wilhelm-Heinrich-Straße raus will, muss zwangsläufig an mir vorbei.

Die meisten Passanten sind in meinem oder weiter fortgeschrittenen Alter. Eine junge Frau mit Kinderwagen. Marius und Ken sind bereits auf dem Rückweg; bisher ohne Ergebnis. Als Nächstes nehmen sie sich die Einfahrten und Hinterhöfe vor. Marius verschwindet in einer Gasse, von der wir wissen, dass sie auf einem Lagerhof endet. Wenige Augenblicke später meldet sich der Oberkommissar.

»Ich habe den AMG! Ohne Zweifel, das ist er. Der Wagen ist leer. Finkenstein ist zu Fuß unterwegs!«

Ich gebe die Meldung an alle Einsatzkräfte weiter; Bushaltestellen werden überwacht und die Taxizentrale informiert. Die Streifenwagen sind auf Kontrollfahrten in den umliegenden Seitenstraßen unterwegs. Die Kneipen und Cafés müssen kontrolliert werden. Ab sofort suchen wir die Nadel im Heuhaufen. Die Hundestaffel würde uns nicht weiterhelfen, weil wir kein Vergleichsstück mit dem Geruch von Holger Finkeisen haben. Wenn er den Stadtrand erreichen kann, wird er sich über Wald- und Wanderwege oder querfeldein weiterbewegen, und die Suche kurzfristig kaum zu einem Erfolg führen.

Die Zeit verrinnt, ohne dass sich ein Fahndungserfolg einstellt. Seit der Auktionseröffnung ist mittlerweile fast eine Stunde vergangen. Langsam gebe ich die Hoffnung auf. Ein Streifenwagen fährt vorbei, ich halte ihn an und weise mich aus, denn die jungen Kollegen kennen mich nicht.

»Und?«, frage ich der Form halber. »Wo kommt ihr her?«

»Nichts!«, antwortet der Kollege auf der Beifahrerseite. »Am Bahnhof ist er nicht. Kein AMG, keiner, der im Auto sitzt und telefoniert, keiner, der der Zielperson gleicht. Nichts, außer ein paar Schülern.«

»Wer ist am Bahnhof?«

Die beiden Polizisten schauen mich entgeistert an.

»Äh … niemand! Wir sind vom Einsatzleiter abgezogen worden.«

Scheiße!

Mein Bauchgefühl! Da ist es wieder!

»Ich steige bei euch ein! Schnell zum Bahnhof zurück!«

»Da kommen wir gerade her!«

»Egal! Los! Wann geht der nächste Zug?«

»Keine Ahnung!«, sagt der Kollege völlig unbedarft.

Das ist das Ergebnis einer falschen Sparpolitik zulasten der Ausbildung angehender Polizisten! Uns hatte man beigebracht, wie Rundumsicherung funktioniert, bei den neuen Kollegen liegt der Ausbildungsschwerpunkt offensichtlich woanders. Es ist nicht der richtige Zeitpunkt, um das zu analysieren. Mit Blaulicht rasen wir zum Ottweiler Bahnhof und halten mit quietschenden Reifen vor dem Eingang. Am Busbahnhof nebenan steht nur ein Bus, dessen Fahrer offensichtlich Pause macht und die Zeitung liest.

»Frag den Busfahrer!«, rufe ich dem Kollegen zu und springe aus dem Auto. »Der andere Kollege bleibt am Funk! Ich gehe zum Bahnsteig.«

Ich renne so schnell ich kann und bin völlig außer Atem, als ich am Bahnsteig ankomme. Luft schnappen. Der Bahnsteig ist menschenleer. Auf der gegenüberliegenden Seite sitzt eine junge Frau und traktiert ihr Handy. Während ich japse, denke ich nach.

Holger ruft an.

Das sagt nichts aus über die Person, die angerufen hat, nur über die Nummer, die bei Christine Neu gespeichert ist. Ich Idiot! Vielleicht suchen wir nach der völlig falschen Person! Wer sagt mir, dass am anderen Ende tatsächlich Holger Finkeisen war? Es könnte genauso gut diese junge Frau auf der anderen Bahnsteigseite gewesen sein, sofern sie Finkeisens Handy hat; und sogar das könnte manipuliert sein. Vielleicht mache ich es komplizierter, als es ist. Das Mädchen auf der anderen Seite hat mit der Sache jedenfalls nichts zu tun, dafür ist sie zu jung.

Der Fahrplan!

Richtung Neunkirchen ab 10:44. Den kann er nicht genommen haben, der war zu früh. Der Nächste geht in einer Viertelstunde. So viel Zeit hat Finkeisen nicht; er muss weg!

Richtung St. Wendel ab 11:07. Das war vor drei Minuten! Ankunft dort 11:16. In sechs Minuten! Falls er einen Zug genommen hat, dann den!

Ich sprinte zurück zum Einsatzfahrzeug, winke den Kollegen herbei und springe auf den Beifahrersitz.

»Wir müssen in fünf Minuten am Bahnhof St. Wendel sein! Los!«

»Das ist nicht zu schaffen«, behauptet der Fahrer, schaltet das Blaulicht ein und gibt Gas.

Ich rufe die Polizeiinspektion in St. Wendel an und gebe durch, um was es geht. Das Revier liegt nur einen Steinwurf vom Bahnhof entfernt. Von den Kollegen vor Ort müsste es zu schaffen sein. Unser Fahrzeug rast über die B41, überquert vier Straßenkreuzungen bei Rotlicht und donnert nach der Ortsgrenze mit Vollgas über die Landstraße. Während ich telefoniere, versuche ich, mich mit der freien Hand so gut es geht am Haltegriff über der Tür festzuhalten. Den Ausbildungsschwerpunkt der jungen Polizisten scheint man seit Neuestem auf den Nürburgring verlegt zu haben. Für mich ist diese Raserei der reinste Horror.

Ich telefoniere mit Ken und Marius, bei ihnen gibt es keine neuen Erkenntnisse. Als ich ihnen von meiner Vermutung erzähle, dass der Gesuchte nach St. Wendel unterwegs ist, halten sie das für möglich aber wenig wahrscheinlich. Sie sind der Überzeugung, dass unser Mann weiterhin zu Fuß unterwegs ist. Mein Bauchgefühl sagt etwas anderes. Wir werden sehen, wer recht behält.

Die Raserei geht weiter; wir hätten es vielleicht rechtzeitig geschafft, wenn uns nicht drei Kreisverkehrsanlagen in die Quere gekommen wären. Auf der Abfahrt St. Wendel staut sich der Verkehr in zwei hintereinander geschalteten Kreiseln. Auf den parallel zur Straße verlaufenden Gleisen sehe ich die Schlusslichter eines Zuges, der sich anschickt, in den Bahnhof einzufahren. Falls Finkeisen tatsächlich dort drinnen sitzt, bin ich ihm zwar auf etwa 100 Meter nahe gekommen, trotzdem ist er für mich im Augenblick unerreichbar, als befände er sich auf dem Mond.

Selbst mit Sirene und Blaulicht kommen wir nicht weiter, weil kein Platz ist und dort, wo eine Gasse gebildet werden könnte, die Verkehrsteilnehmer offensichtlich nicht wissen, wie sie sich verhalten sollen. Anstatt rechts ran zu fahren, glotzen einige mit offenen Mündern in den Rückspiegel und verhalten sich wie das stocksteife Kaninchen vor der hypnotisierenden Schlange. Die Fahrer winken, ich winke, aber wir kommen nur langsam vorwärts.

Im zweiten Kreisel offenbart sich der Grund für den Rückstau: ein Auffahrunfall mitten im Kreisverkehr! Ein Mann und eine Frau diskutieren heftig. Ausgerechnet jetzt und ausgerechnet hier! Je lauter das Gehupe wird, desto wütender wird der Mann. Ich steige aus und bringe die Unfallbeteiligten zum Schweigen.

»Fahren sie aus dem Kreisel raus und rechts ran! Die Kollegen kommen gleich. Machen sie Platz! Los, wir sind im Einsatz!«

Der Mann will sich beschweren, aber ich gebe ihm keine Chance.

»Wenn sie nicht gleich machen, dass sie hier wegkommen, nehme ich sie auf der Stelle wegen Behinderung eines Polizeieinsatzes fest. Beide!«

Die Frau beeilt sich, der Mann steigt nur widerwillig in seinen Wagen. Wir haben mindestens fünf Minuten verloren, der Zug dürfte mittlerweile im Bahnhof angekommen sein.

»Falls ihr Mann nicht in St. Wendel aussteigt, sondern weiterfährt, sind die Spatzen gefangen«, sagt der Polizist auf der Rückbank.

»Ich glaube nicht, dass der weiterfährt. Je länger er drin sitzt, umso größer die Gefahr für ihn, dass wir die Zeit nutzen, um die anderen Bahnhöfe dichtzumachen. Nee, wenn er drin sitzt, steigt er hier aus!«

Als sei unser Pech nicht schon groß genug, geraten wir am nächsten Kreisel, direkt vor dem Polizeirevier, erneut in einen Verkehrsstau. Diesmal liegt die Vermutung nahe, dass der Polizeieinsatz weiter vorne am Bahnhof schuld an der Blechlawine ist. Quer über die Gegenfahrbahn in falscher Richtung durch den Kreisverkehr und durch die Einbahnstraße der Ausfahrt vom Busbahnhof brettert unser Einsatzfahrzeug an den Bussen vorbei und hält schließlich mit quietschenden Reifen vor der Seitentreppe zum Bahnsteig.

»Mitkommen!«, rufe ich den Polizeibeamten zu und springe aus dem Fahrzeug.

Vor dem Bahnhofsgebäude regelt ein Polizist den Verkehr und scheucht die Schaulustigen weg. Ich renne zwischen den

Autos hindurch zu ihm hin, nenne Namen und Dienstgrad und lasse mir die Sachlage erklären.

»Als wir ankommen, sind die Passagiere gerade ausgestiegen. Wir verteilen uns auf den Bahnsteig, die Vorhalle und den Seitenausgang. Kollege Christensen war hier vorne postiert. Er wollte eine Person ansprechen, aber die hat sofort die Flucht ergriffen. Der Mann ist in Richtung Bahnhofstraße abgehauen, die Kollegen sind hinterher.«

»Okay. Lassen sie das hier und kommen sie mit, ich brauche jemanden, der ortskundig ist. Ihr zwei«, ich deute auf die Kollegen, die mich hergebracht haben, »übernehmt hier den Verkehr!«

Wir überqueren die Straße vor dem Bahnhof, dort ist der Verkehr nahezu vollständig zum Erliegen gekommen. Mein Begleiter hat ständig das Ohr am Funkgerät und fragt nach, wo sich seine Kollegen gerade befinden. Eiligen Schrittes bewegen wir uns durch die Bahnhofstraße.

»An der Ecke Parkstraße wartet ein Kollege«, erklärt er.

Wenige Augenblicke später sind wir vor Ort. Der Beamte, der uns erwartet, hat ein Tablet in der Hand, auf dem ein Luftbild der Innenstadt abgebildet ist.

»Wir stehen hier«, zeigt er und gibt mir einige Erläuterungen zur Orientierung. »Ein Kollege ist in Richtung Mia-Münster-Platz unterwegs, zwei Kollegen kontrollieren rechts und links die Bahnhofstraße. Der linke geht vor bis zum Schlossplatz und wird dort auf den anderen Kollegen vom Münster-Platz treffen; das ist die linke Schleife! Die rechte Schleife geht vorne über die Beethoven- und Schillerstraße und schließt den Kreis über die Goethestraße hierher zur Parkstraße. Mehr kann ich mit meinem Personal nicht abdecken. Wenn er außerhalb der Schleifen gelangt, ist er weg; dann kann ich es nicht ändern!«

»Und ihr glaubt sicher, dass er unser Mann ist?«, frage ich und weiß im selben Augenblick, wie bescheuert diese Frage ist.

»Jedenfalls ist er sofort getürmt, als er den Kollegen vor dem Bahnhof entdeckt hat. Es kann natürlich jemand anderes sein, der Dreck am Stecken hat.«

»Ich kenne mich hier zu wenig aus, um euch wirklich helfen zu können«, erkläre ich. »Ich gehe nach vorne zu dem Kollegen an der Ecke Schillerstraße, dann kann der weitergehen. Sie bleiben hier und beobachten die Parkstraße«, sage ich zu dem Kollegen aus Ottweiler. »Und sie kommen mit mir und geben mir mit dem Ding Orientierungshilfen.«

Wir gehen die Bahnhofstraße entlang und schauen uns achtsam um. Die Autos stauen sich in Zweierreihen, weil weiter vorne ein Streifenwagen quer steht. Rechts und links drängen Passanten über die Bürgersteige; Frauen mit Einkaufstüten, Männer in Anzügen, Schüler mit Smartphones und Ohrhörern. Einige verschwinden in einer Passage. Eine Frau mit Kinderwagen hält an und beruhigt den Nachwuchs. Ein Mann mit Rollator schlurft über den Gehweg. Was ist, wenn Finkeisen im Café gegenüber im zweiten Stock oder im Wartezimmer einer Arztpraxis sitzt und in Ruhe abwartet? Nein! Für diese Strategie bräuchte er ein dickes Nervenkostüm, und das hat er nach meiner Einschätzung nicht; oder nicht mehr, sonst wäre er nicht Hals über Kopf abgehauen.

Einige Passanten bleiben stehen und beäugen uns misstrauisch, andere lassen sich in ihrer Hektik nicht unterbrechen und eilen an uns vorbei. Eine junge Frau rempelt mich an, weil sie mich schlichtweg übersieht. Der Chat im Smartphone und die Stöpsel in den Ohren nehmen sie derart in Beschlag, dass sie ihre Umwelt nicht wahrnimmt – die moderne Form von Realitätsverlust.

»Da vorne steht ein Mann, der beobachtet uns!«, behaupte ich und zeige in die Richtung.

»Nein, das ist der Pappkamerad vor der Glockenapotheke«, erklärt mein Begleiter. »Stellt den Apotheker selber dar. Ein Werbegag, der Mann ist ein Unikum.«

»Täuschend echt«, bemerke ich und überlege, wann ich zum letzten Mal beim Augenarzt war.

»Geht über den Hinterhof der Buchhandlung!«, tönt es aus dem Funkgerät. »Da soll einer durchgerannt sein. Ich komme oben rum über die Schillerstraße.«

Mein Begleiter rennt los, ich hinterher, so schnell ich kann, aber der Altersunterschied macht sich sofort bemerkbar; ich sehe gerade noch, wie er um die Ecke hinter einer Buchhandlung verschwindet, die ich erst einige Sekunden nach ihm erreiche. Dort mündet ein schmaler Fußweg in einen Hinterhof, der als Lieferzone angelegt ist. Von dort aus führt eine Zufahrt über eine Rampe und eine Stichstraße direkt auf eine Seitengasse, wo der Kollege bereits angekommen ist und mir zuwinkt. Ich solle ihm folgen. Als ich endlich dort ankomme, bin ich völlig außer Atem, aber der Polizist ist schon eine Ecke weiter. Ich bin zu alt für diese Schnitzeljagd, aber ich habe keine Wahl. An der nächsten Ecke sehe ich nur noch die Absätze des Kollegen – jetzt reicht's aber, ich bin kein Windhund! Mittlerweile pumpe ich wie ein Maikäfer kurz vor dem Abflug. Von rechts kommt der Kollege angetrabt, den wir an der Ecke Sparkasse zurückgelassen hatten.

»Im Stadtpark!«, ruft er im Vorbeirennen. Das soll eine Aufforderung sein, hinterher zu jagen. Unmöglich, ich bin platt! Ich schaue ihm nach und entdecke weiter vorne eine Meute rennender Polizisten. Von der gegenüberliegenden Seite kommt ein Einsatzfahrzeug mit Blaulicht und Sirene angebraust und hält mit quietschenden Reifen. Drei Beamte springen aus dem Wagen und sprinten auf eine Grünfläche.

Ich schnaufe erstmal durch! Wenn die Kollegen ihn ohne mich nicht kriegen, wird es mit mir auch nichts werden; die simple Ausrede eines alternden Hauptkommissars ohne Kondition. Ohne in Hektik zu verfallen, mache ich mich auf in Richtung Stadtpark. Nach kurzer Strecke führt ein Fußweg rechts abbiegend in die Grünanlage. In der entferntesten Ecke des

Parks, gut 150 bis 200 Meter entfernt, tut sich etwas, aber ich kann keine Details erkennen.

Als ich näher ran komme, sehe ich, dass ein Mann bäuchlings auf der Wiese vor einem Gebüsch liegt, die Hände auf dem Rücken fixiert. Ein Beamter kniet auf ihm, tastet ihn ab und durchsucht ihn. Ich lasse den Kollegen seine Arbeit zu Ende bringen, ehe ich zu ihm hin gehe. Der Mann auf dem Boden schreit und flucht; Tiraden von Schimpfwörtern übelster Art. Den Beamten beeindruckt das nicht.

»Sauber!«, sagt der Polizist und steht auf. Zwei andere Beamte helfen dem Gefesselten auf die Beine.

»Arschlöcher!«, schreit der. »Was wollt ihr Wichser von mir? Lasst mich sofort los!«

Ich lasse den Mann reden und schaue ihm ins Gesicht. Eine gewisse Ähnlichkeit mit dem Phantombild besteht, aber ob das tatsächlich Holger Finkeisen ist, kann ich nicht sagen.

»Warum sind sie abgehauen, Herr Finkeisen?«

»Ich bin nicht abgehauen, du Arsch! Und ich heiße nicht Fickdingsbums oder so! Was wollt ihr von mir? Ich bringe euch vor Gericht! Das ist Freiheitsberaubung und Körperverletzung!«

»Okay tun sie das! Wie heißen sie?«

»Müller!«

»Wie noch?«

»Äh … Franz!«

»Wohnhaft?«

»Das geht euch einen Scheiß an!«

»Keine Papiere?«, frage ich den Beamten, der den angeblichen Franz Müller durchsucht hat.

Der schüttelt den Kopf. Im gleichen Moment tritt ein weiterer Beamter aus dem Gebüsch kommend auf uns zu.

»Ich habe gesehen, wie der Mann etwas weggeworfen hat, kurz bevor wir ihn gestellt haben«, erklärt er und hebt an zwei Fingern eine Geldbörse in die Höhe. »Vielleicht das hier!«

Ich nehme ein Papiertaschentuch aus der Jackentasche und übernehme das Teil vorsichtig und lege es auf ein angereichtes Stofftuch.

»Filmt das bitte jemand! Sicherheitshalber! Ich brauche Handschuhe!«

»Moment! Im Wagen«, erklärt einer der Beamten und sprintet los.

Während wir warten, schaue ich Finkeisen ins Gesicht. Starrer Blick ins Leere. Er sagt kein Wort. Er überlegt und weiß, dass es vorbei ist. Der Kollege kommt mit den Handschuhen. Sekunden später halte ich einen Führerschein in die Höhe.

»Holger Finkeisen! Der Mann auf dem Foto hat eine frappierende Ähnlichkeit mit Ihnen, Franz Müller! Oder ist das ihr Zwillingsbruder?«

»Arschloch!«, zischt Holger Finkeisen.

»Holger Finkeisen, ich nehme sie vorläufig fest unter dem dringenden Tatverdacht …«

Ich leiere ihm die ganze Litanei der Straftaten vor, derer wir ihn verdächtigen. Finkeisen schweigt weiterhin.

»Schafft mir den Kerl aus den Augen!«, bitte ich die Kollegen. Dann rufe ich Rudi Closter an, aber der meldet sich nicht. Stattdessen erreiche ich Marius Sorg; der ist ziemlich überrascht.

»Wo steckst du? Wir versuchen dauernd, dich zu erreichen. Über den Polizeifunk haben wir mitbekommen, dass ihr in St. Wendel hinter einem Verdächtigen her seid.«

»Tut mir leid, ich hatte zu tun. Wir haben ihn! Sichert den AMG, setzt K4 in Marsch, das übliche Programm. Wir sehen uns später im Präsidium.«

»Erzähl!«

»Später! Ich muss erstmal runterkommen!«

»Alles okay bei dir?«

»Alles gut, bis später.«

Nachdem ich das Gespräch beendet habe, bedanke ich mich bei den Beamten.

»Super Arbeit, Jungs! Die Kollegin natürlich auch, 'tschuldigung! Klasse gemacht! Danke!«

Die Kollegen fahren mich nach Ottweiler zu meinem Wagen. Bevor ich mich nach Saarbrücken auf den Weg mache, schaue ich im Büro des Landrats vorbei. Im Witwenpalais ist nichts davon zu spüren, dass vor kurzem wenige Kilometer entfernt eine der kompliziertesten Ermittlungen der letzten Jahre ein erfolgreiches Ende gefunden hat. Die Bürokratie der Kreisverwaltung hat wieder das Zepter übernommen.

Landrat Meng empfängt mich sofort und beendet sein Telefonat abrupt, als ich in sein Büro trete. Mit erwartungsvoller Miene tritt er mir entgegen und fragt, ob alles in Ordnung sei. Staatsanwältin Sommer habe ihn informiert, dass in St. Wendel ein Zugriff erfolgt sei – ein großer Erfolg.

»Ja, das kann man sagen«, erkläre ich nicht ohne Stolz. »Daran habt ihr alle einen großen Anteil und dafür möchte ich mich bedanken. Ich gebe zu, dass ich zeitweise gezweifelt habe, ob dieser Weg zum Erfolg führen kann, aber ... naja, am Ende zählt das Ergebnis!«

Ich berichte von den wesentlichen Ereignissen. Sören Meng hört mir sichtlich entspannt, aber aufmerksam zu.

»Da müsste man einen Krimi drüber schreiben«, stellt er lächelnd fest.

»Ja, das Leben liefert die besten Geschichten! Ich muss los, die Arbeit fängt jetzt erst richtig an. Im Präsidium warten sie auf mich. Eine Bitte hätte ich allerdings!«

»Gerne, wenn es in meiner Macht steht.«

»Wenn das alles in ein paar Tagen oder Wochen vorbei und Ruhe eingekehrt ist, möchte ich gerne mehr über Walter Bernstein, seine Werke und die Gemälde hier im Landratsamt wissen. Was man mir bisher erzählt hat, konnte ich nicht wirklich verinnerlichen, aber das Interesse ist geweckt. Vielleicht sind bei mir in kultureller Hinsicht Hopfen und Malz noch nicht verloren.«

»Liebend gerne! Ich werde einen exklusiven Abend arrangieren, da lasse ich mir etwas einfallen!«

»Bitte im kleinen Kreis, da blamiere ich mich weniger. Frau Sommer muss nicht unbedingt dabei sein!«

»Sie hält große Stücke auf sie, das sollten sie bedenken!«

»Hat sie das etwa gesagt?«

»Ihnen gegenüber würde sie das nie zugeben«, lacht der Landrat. »Aber ich versichere ihnen, dass sie bei mir nur in den höchsten Tönen über sie spricht. Aber verraten sie mich nicht!«

»Gut zu wissen!«, murmele ich und verabschiede mich.

29.

Die Arbeiten der folgenden Tage und Wochen erweisen sich als mühselig und kleinteilig. Zunächst verweigern sich Christine Neu und Holger Finkeisen jedweder Kooperation und verschanzen sich hinter den Erklärungen und Formalismen ihrer Rechtsanwälte. Das ist ihr gutes Recht und sowohl wir als auch die Staatsanwaltschaft müssen schauen, wie wir damit klarkommen.

Während wir den Beschuldigten ihre wahren Identitäten sehr schnell nachweisen können, was auch die Rechtsbeistände widerspruchslos anerkennen müssen, ist der Nachweis der Tatbeteiligungen ein mühevolles Puzzle anhand von Spurenlagen, Ergebnissen der Rechtsmedizin, der Ermittlungen von K4, Vernehmungsprotokollen, Zeugenaussagen, Bewegungsmustern und Kontenbewegungen der Opfer.

Im Laufe der Vernehmungen verstricken sich Christine

Neu und Holger Finkeisen zunehmend in Widersprüche, wobei vor allem die Beschuldigte einige Kontenbewegungen nicht erklären oder überhaupt keine Aussagen machen kann. Er bleibt indessen den eindeutigen Beweis schuldig, dass sein Geld aus legalen Geschäften stammt. Dass sie den Namen Goldstein verwendet hatten, tut das Duo als Marotte ab und verweist auf die angebliche Familientradition von Finkeisen, womit wir beim nächsten Problem angekommen sind.

Die Familienverhältnisse der Goldsteins, Finkeisens, Neus, Frommingers und wie sie alle heißen, sind kompliziert und mit normalen Maßstäben nicht zu messen. Uneheliche Kinder, die in manchen Fällen den Namen der Mutter angenommen hatten. Wieder andere übernahmen den des Vaters. Mal ist der Vater unbekannt, mal die Mutter verschollen. Scheidungen, Wiederverheiratungen, ein einziges Chaos, das uns endlos beschäftigt. Mir ist letztendlich nur klar, dass Holger Finkeisen letztendlich mit seiner Halbschwester gebumst hat.

Während dieser Phase der konzentrierten Recherche und Beweisführung arbeite ich fast rund um die Uhr. Ich will um jeden Preis verhindern, dass uns das Duo wegen nachlässiger Polizeiarbeit am Ende ungeschoren davon kommt. In zahlreichen Telefongesprächen mit Marion, kommt sie zu dem Schluss, dass mit mir außerhalb des Polizeipräsidiums im Augenblick recht wenig anzufangen sei, weil mir nicht der Kopf danach steht, etwas anderes zu tun, als mich mit dem Fall zu beschäftigen. Deshalb treffen wir uns nur am Wochenende, wobei ich sie zum Essen in die feinsten Häuser einlade, was mich dem Ruin ein gutes Stück näher bringt.

Für Außenstehende ist es kaum nachvollziehbar, dass kleinste Ermittlungsfehler oder Unachtsamkeiten bei der Protokollierung und Aktenführung vor Gericht für die Staatsanwaltschaft zu verheerenden Folgen führen können. Entsprechend akribisch arbeiten wir. An den Rand der Belastbarkeit gelangen wir schließlich, als wir endlich die Freigabe erhalten, zusammen mit den Kollegen aus Luxemburg, die gemeinsame Wohnung der Beschuldigten in Schengen zu inspizieren.

Die Auswertung der dort gefundenen Unterlagen, Spuren, Computerdateien, Telefonverbindungen und etlichem mehr, bringt schließlich den Durchbruch. Mit den Fakten konfrontiert, raten sogar die Anwälte ihren Klienten zur Kooperation. Die Staatsanwaltschaft lehnt einen strafmildernden Deal konsequent ab, dafür sind die Beweise ihrer Meinung nach zu erdrückend und das Ausmaß der zur Last gelegten Taten zu groß.

»Sie können vielleicht darauf hoffen, dass das Gericht ihren Mandanten ein gewisses Maß an Zugeständnissen entgegenbringt«, erklärte Staatsanwältin Sommer. »Die Staatsanwaltschaft ihrerseits sieht keine Veranlassung, sich mit Ihnen auf ein mildes Strafmaß zu verständigen, da ihre Kooperationsbereitschaft nur feststellbar ist, wenn die Beweislage Ihnen ohnehin keinen Spielraum lässt. Insofern folgen sie dem Zwang des Notwendigen und das reicht der Staatsanwaltschaft in keinster Weise aus!« Damit ist die Tür zur Verständigung zu und die Kleinarbeit geht weiter. Am Ende unserer Ermittlungen liegt der Fall sauber aufgearbeitet auf dem Tisch und die Staatsanwaltschaft formuliert ihre seitenlange Anklageschrift.

Unsere Recherchen haben ergeben, dass die kriminelle Karriere der Halbgeschwister bereits vor etwa fünfzehn Jahren begonnen hatte. Der Vater, Notar Robert Goldstein hatte sein eigenes und das von seinem Vater Dr. Robert Goldstein ererbte Vermögen lieber in Kunst, schöne Frauen und einen aufwendigen Lebensstil investiert, als sich um seine nicht ehelichen Kinder zu kümmern, deren genaue Anzahl er mit ins Grab genommen hat. Goldstein jr. war zwar nach einem Schlaganfall nicht mehr derselbe wie zuvor, aber noch in der Lage, seine Kanzlei etliche Jahre lang zu führen, allerdings nicht ohne zusätzliche Hilfe. Christine Neu, damals gerade in zweiter Ehe getrennt lebend und unter permanenter Geldnot leidend, hatte ihrem Vater vorgeschlagen, bei der Büroorganisation und anderen Aufgaben zu helfen, gegen Bezahlung cash auf die Hand, versteht sich! Der Alte hatte zugestimmt, nicht ahnend, was für eine Laus er sich damit in den Pelz gesetzt hat.

Christine Neu entdeckte schnell, dass man mit Urkunden und Bescheinigungen aller Art nebenher gute Geschäfte machen konnte, erst recht, weil die handwerklichen Utensilien wie Stempel, Vordrucke, Siegel und ähnliche Zutaten, griffbereit auf dem Präsentierteller lagen. Der Alte bekam davon nichts mit.

Die Geschäfte waren so einträglich, dass Christine an ihren Halbbruder Holger Finkeisen herantrat und ihn aufforderte ihr zu helfen. Der hatte in seinem Leben zwar nichts zustande gebracht, war aber immerhin an der Uni im Fach Rechtswissenschaften eingeschrieben und hatte somit zumindest Grundkenntnisse, über die Christine nicht verfügte. Die Wissenslücken wurden durch Nachfragen bei Professoren, Kommilitonen, in der Bibliothek oder in Seminaren geschlossen.

Das ebenso neue wie illegale Geschäftsmodell war überaus erfolgreich. Nie zuvor hatten die Halbgeschwister soviel Geld zur Verfügung. Mit der Zeit aber wuchsen die Ansprüche und die Gier wurde unersättlich. Als der Alte starb, drohte die Katastrophe. Das Notariat wurde geschlossen und die Geldquelle versiegte. Ein anderes Geschäftsmodell musste her.

Holger Finkeisens Grundkenntnisse über das Erbrecht, seine Kaltschnäuzigkeit und Christines Cleverness wuchsen zu einer grandiosen Symbiose zusammen. Ihre kriminelle Energie war beachtlich. Mittlerweile hatten beide ihre gegenseitige Zuneigung zum Körper des jeweils anderen entdeckt. Ungeachtet der Blutsverwandtschaft stiegen sie miteinander in die Kiste und auch hier kannte die Gier keine Grenzen.

Die Idee mit den alleinstehenden älteren Damen kam laut Holger Finkeisen von Christine Neu, die ihrerseits behauptete, dass ihr Stiefbruder der Initiator gewesen sei. Nach einigen Testläufen hatten sie festgestellt, dass Versammlungen und Reisen der Obst- und Gartenbauvereine eine günstige Plattform für

Kontaktaufnahmen waren. Die Opfer waren ausnahmslos Frauen, deren Vertrauen sich das Duo auf schamlose Art und Weise erschlich. Kunst, Schmuck, Bares oder Immobilien, das verbrecherische Duo nahm skrupellos alles, was es bekommen konnte.

»Zu Lebzeiten rücken die zwar keinen Cent raus«, behauptete Holger Finkeisen mit unverschämtem Grinsen, »aber über das Erbe kannst du sie kriegen, da sind sie weniger vorsichtig; Hauptsache die Beerdigung ist finanziert.«

Am liebsten hätte ich ihm für diese Bemerkung eine reingehauen, aber ich habe gelernt, mich zu beherrschen, auch wenn es manchmal schwerfällt. Christian F. Finkeisen mit ins Spiel zu bringen, sei eine Schnapsidee von Holger gewesen, behauptete seine Halbschwester.

»Ich habe gleich gesagt, dass das nicht gut geht«, sagte sie aus.

Wer auf die Idee mit dem Thallium gekommen war, konnte letztendlich nicht abschließend geklärt werden. Fakt ist, dass Holger Finkeisen das Zeug in Form von Tierködern im Beneluxraum zusammengekauft hatte, das konnten wir in drei konkreten Fällen nachweisen. Kenntnisse über Anwendung und Wirkung hatte er aus dem Internet und kriminalistischen Handbüchern aus der Uni-Bibliothek erworben. An der Verabreichung waren beide beteiligt, wobei bei Susanne Spaniol ihre Leidenschaft für Pilzgerichte zugutekam. Die Idee mit den Pilzen stammte von Christine, die herausbekommen hatte, von wem die alten Damen beliefert wurden. Dass Markus John verdächtigt wurde, war zwar nicht eingeplant, kam den beiden aber gerade recht. Während der Treffen beim Obst- und Gartenbauverein hatte sie davon erzählt und bei genau abgestimmten Höflichkeitsbesuchen hatten sie die Dosen heimlich dem Essen oder bei anderen Gelegenheiten den Getränken beigefügt. Die Ess- und Trinkgewohnheiten hatten sie in belanglosen Gesprächen hinterfragt; das Ganze war an abgrundtiefer Schamlosigkeit nicht zu überbieten.

Angesprochen auf die Frage, warum das Duo so lange auf die Anmeldung des Erbanspruches gewartet hatten, erklärte Finkeisen, dass er habe abwarten wollen, bis sich die ersten Emotionen gelegt hatten und man sicher sein konnte, dass nicht noch andere unvorhergesehene Erbansprüche formuliert wurden. Er und Christine hätten das Ganze sehr genau beobachtet und die Entwicklung verfolgt. Christine Neu sagte aus, dass sie von vorneherein dagegen gewesen sei, zu warten, aber der Holger habe das für besser gehalten.

»Wenn wir gleich gehandelt hätten, wären wir schon über alle Berge und würden nicht hier sitzen!«

Es sei Christines Idee gewesen, auf die Stiftungsanzeige zu reagieren, sagte Holger Finkeisen aus. Letztendlich sei es kein Verdienst der Polizei, dass er geschnappt worden sei, vielmehr sei die Dusseligkeit von Christine daran schuld, dass es so gekommen sei.

Christine Neu ist eindeutig die Gierigere von beiden. Das Wort Reue scheint ihr völlig fremd zu sein, während ihr Bruder wenigstens ansatzweise zugibt schuldig zu sein.

Drei Morde können wir zweifelsfrei nachweisen, bei zwei weiteren besteht der dringende Tatverdacht. Die Anklage lautet im Kernpunkt auf gemeinschaftlich begangenen Mord in mindestens drei Fällen. Ob es für eine Sicherheitsverwahrung nach der geforderten lebenslangen Haftstrafe reichen wird, muss im Prozess geklärt werden.

Wir haben von Beginn der Ermittlung bis zur Ergreifung der Täter zwölf Tage gebraucht, das war angesichts der Komplexität der Ermittlungen ein vertretbarer Zeitraum; doppelt so viel Zeit verstreicht, bis wir die Akten zur Anklageerhebung an die Staatsanwaltschaft weiterreichen können. Damit ist unsere Arbeit zwar noch nicht beendet, aber ich kann mich vorerst aus dem Fall zurückziehen. Es wird Zeit! Freitags um zwölf Uhr stehe ich vor Kriminalrat Rudi Closters Schreibtisch.

»Rudi, ich mache ab sofort drei Wochen Urlaub! Ich kann

den Laden hier für eine Weile nicht mehr sehen!«

»Drei Wochen am Stück?«, fragt Rudi überrascht. »Das war noch nie da!«

»Ich kann zwanzig Tage einzeln nacheinander nehmen; mir ist das egal!«

»Dann mach mal, Josch! Hast du das mit der Urlaubsvertretung geregelt?«

»Marius und Ken schaffen das schon. Und du bist auch noch da!«

»Und Frau Sommer!«

»Die auch, aber die werde ich nicht fragen!«

»Musst du nicht. Fährst du weg? Mit Marion?«

»Weiß ich nicht. Sie weiß nicht, dass ich Urlaub nehme.«

»Einfach hat sie es mit dir nicht!«

»Wer sagt denn, dass es gut wäre, wenn sie es einfach hätte?«

»Du musst es wissen! Anscheinend mag sie dich so, wie du bist.«

»Ich werde die Zeit nutzen, um mich weiterzubilden«, erkläre ich auf dem Weg zur Tür.

»Computerkurs oder Kochen?«

»Weder noch! Kunst! Malerei! Bernstein!«

»Oh Gott! Du? Das glaube ich nicht!«

»Doch, Rudi. Ich habe mein Faible für die Bildenden Künste entdeckt.«

»Dann kannst du demnächst die Phantombilder alleine erstellen.«

»Banause!«

Typisch Rudi! Unterschätzt mich nicht, ihr werdet schon sehen!

Erstmal nach Hause unter die Dusche. Klamotten wechseln, aufräumen und Marion abholen. Ich freue mich auf ein kühles Pils bei Mico. Mal sehen, wie es weitergeht.

Epilog

Es wäre vermessen, zu behaupten, dass ich für meinen Urlaub einen konkreten Plan hätte. Dass ich mich drei Wochen lang ausschließlich mit Bernstein und der Malerei befassen werde, kommt nicht in die Tüte! Einen oder zwei Tage, aber dann ist es auch gut! Einen Kurzurlaub mit Marion kann ich mir vorstellen, aber drei Wochen lang am Stück – ich fürchte, das geht schief!

Zu Hause, im Garten und in der Wohnung wartet eine Menge Arbeit, andererseits läuft mir die nicht davon. Nein, ich will meinen Urlaub genießen, ohne von Aufgaben und Verpflichtungen erschlagen zu werden. Ich bin jedoch ein Typ, der einen Plan braucht, sonst kann ich nichts mit mir anfangen. Einfach in den Tag hinein leben, funktioniert bei mir nicht oder nur zwei, drei Tage lang.

Mit diesem Dilemma im Gepäck tauche ich unangemeldet bei Marion auf und verschweige fürs Erste, dass ich Urlaub habe. Während des Wochenendes können wir dieses Thema in aller Ruhe diskutieren.

Zu diesem Zeitpunkt kann ich nicht wissen, dass mir alle Entscheidungen drei Stunden später bei Mico an der Theke abgenommen werden.

Marion freut sich riesig über mein plötzliches Auftauchen am Köppchen und die Mitteilung, dass ich ab sofort das Wochenende einläute.

»Wurde Zeit, dass du mit dem Krempel endlich fertig bist. Viel länger hätte unsere Beziehung das nicht ausgehalten«, erklärt sie und küsst mich leidenschaftlich.

»Beziehung? Sonst nennt ihr mich Lebensabschnittsgefährten oder Wochenendhausbesetzer! Hast du dich vorsorglich nach Alternativen umgesehen?«

»Weiß man's? Eifersüchtig?«

»Wer ist es?«

»Neugierig?«

»Vergiss es! Lass uns zu Mico gehen, ich habe Lust auf ein Bier. Gegessen habe ich bereits zuhause.«

Wenig später stehen wir in unserer Stammkneipe im Kreise der üblichen Gäste, von denen einige offensichtlich schon länger da sind. Der harte Kern der Siedler vom Köppche hat sich ebenfalls eingefunden. Da ich sie seit der Beerdigung von Susanne Spaniol nicht mehr gesehen habe, fällt die Begrüßung entsprechend herzlich aus. Ich muss Fragen über Fragen beantworten und erklären, was die Presse nur undeutlich formuliert hat: die Hintergründe zum Mord an den alten Damen. Nach einer halben Stunde ist alles Wissenswerte erzählt, und ich widme mich Marion und den anderen Gästen. Die spanische Witwe ist auch anwesend und geht dem sizilianischen Wirt offensichtlich gewaltig auf den Wecker.

»Äh, Commissario!«, spricht er mich an und zieht mich beiseite. »Kannsde du dasse Weibe nicht einfache einspärre? Nurre für eine paare Tage, bisse iche weg bin!«

»Wie? Weg bin?«

»Iche fahre fier drei Wocke nach bella Sizilia. Olivenernte! Der dumme Kuh will unbedingte mit!«

»Ja und? Nimm sie mit!«

»Bisse du beklopp? Da bricht vor Schreck der Aetna aus! Lieber lasse iche meine Olive an die Baum verfaule!«

»Sagtest du Olivenernte?«

»Wasse sonst? Glaubst du, ich züchte da unten Wassermelonen?«

»Harte Arbeit?«

»Kennst du Arbeit, wo nix hart ist?«

»Brauchst du Hilfe?«

»Brauche ich immere, abere nicht von diese keifende Weib!«

»Moment! Ich habe eine Idee!«

Eine Woche danach sitzen Marion, Mico und ich am Brunnen in Alessandria della Rocca.

»Ach ja«, schnurrt Mico. »Hier bin ich ein ganz anderer Mensch!«

»Schade, dass ich nur eine Woche bleiben kann«, seufzt Marion. »Aber mehr gibt mein Resturlaub leider nicht her.«

»Tröste dich!«, antworte ich. »Wenn du weg bist, fängt für uns die Arbeit erst an.«

»Naja, ob du Mico eine große Hilfe bist …«

»Auf jeden Fall besser als die spanische Witwe«, interveniert Mico in akzentfreiem Deutsch, dass er nur auf Sizilien spricht, weil der Akzent in seiner Kneipe zum Geschäft gehört. »Sag mal: Wie hast du es geschafft, dass die plötzlich das Interesse verloren hat, mit mir hierher zu fahren?«

»Das war nicht sonderlich schwer«, antworte ich. »Ein paar Anrufe bei maßgeblichen Leuten aus der Kulturszene und schon hatte sie eine Rolle in dem Musical an der Seite des jugendlichen Liebhabers. Jetzt hat Ehl sie an der Backe; am Freitag hat sie ihre erste Probe.«

»Genial!«

»Die Sache hat für sie einen Haken«, schmunzele ich.

»Und der wäre?«, fragt Marion.

»Sie hat keinen Text und muss den Ehl küssen.«

Sizilien ist eine wunderbare Insel, wenn nur diese blöden Oliven nicht wären! Ich liebe Pfirsiche!

ENDE

Danksagung

Danksagungen laufen im Prinzip immer nach gleichen Mustern ab. Bei der Verleihung von Film-, Fernseh- und Musikpreisen nehmen sie oft die Hälfte der gesamten Veranstaltungszeit ein. Autoren danken dem Verleger, dem Lektorat, noch einem Lektorat, dem Umschlaggestalter und der Druckerei!
Ich mache es kürzer!
Danke an alle, die mich aushalten, wenn ich schreibe, allen Veranstaltern meiner Lesungen, all meinen Lesern, aber auch all meinen Kritikern, denn jede faire Meinung ist Anlass, sich selbst zu überprüfen.

Über den Autor

Klaus Brabänder, Jahrgang 1955, ist im saarländischen Neunkirchen geboren und bekennender Saarländer. Im Hauptberuf ist er als Bauingenieur tätig und lebt heute in Bexbach und Spiesen-Elversberg.
Zum Schreiben kam er spätberufen und veröffentlichte seine ersten Werke in einem Düsseldorfer Verlag.
Als sich 2012 eine Begegnung mit dem Verleger Thomas Störmer ergab, wurde schnell die Idee einer saarländischen Krimireihe im Verlag Edition Schaumberg geboren. Inzwischen sind in der »Schwarzen Reihe« vier Krimis veröffentlicht worden.
Mittlerweile erfreuen sich die Fälle um Hauptkommissar Joachim »Josch« Schaum großer Beliebtheit, zumal Brabänder es geschickt versteht, die lokalen Charaktere und Besonderheiten in die Handlungen einzubauen. Dabei schaut der Autor den real existierenden Anwohnern der Siedlung »Am Köppschen« in Spiesen genauso »aufs Maul«, wie auch dem sizilianischen Wirt der dort ansässigen Kultkneipe oder einigen lokalen Amtsträgern aus der Politik.
Alles miteinander verwoben und in außergewöhnliche Kriminalfälle eingebettet, ergeben sich daraus Kriminalromane, die sowohl spannend als auch humorvoll sind.

In der Schwarzen Reihe sind bislang erschienen

Sumpf

Schaumbergs Schwarze Reihe I
2. Auflage, Taschenbuch 13 x 21 cm
400 Seiten
ISBN 978-3-941095-23-6
14,80 Euro

Hauptkommissar Joachim Schaum ist mit Leidenschaft Kriminalbeamter. Nach über dreißig Dienstjahren glaubt er, dass ihn so leicht nichts mehr erschüttern kann. Das ändert sich, als auf dem Friedhof von Elversberg die Leiche eines erschlagenen Obdachlosen gefunden wird. Ein nahegelegenes Nobelhotel rückt als Tatort in den Fokus von Schaum. Welche Rolle spielt der zwielichtige Hotelmanager? Warum soll vertuscht werden, dass hochrangige Personen in diesem Hotel verkehren? Zeugenaussagen werfen mehr Fragen auf, als dass sie Antworten geben. Als eine weitere Leiche gefunden wird, nimmt der Fall kuriose Formen an. Kommissar Schaum vertraut nur noch einer einzigen Person. Beide geraten in einen Sumpf von Verrat und Erpressung. Der Fall findet schließlich ein Ende, mit dem niemand rechnen konnte.

Steinbruch

Schaumbergs Schwarze Reihe II
1. Auflage, Taschenbuch 13 x 21 cm
320 Seiten
ISBN 978-3-941095-29-8
12,80 Euro

Als die Leiche eines erfolgreichen Architekten in einem Steinbruch gefunden wird, geht die Polizei von einem Unfall aus. Als kurze Zeit später sein Büro ein Opfer der Flammen wird, scheint ein technischer Defekt die Ursache zu sein.
Frührentner Dieter Lukas und der ebenfalls pensionierte Polizist Ewald Müller kommen mehr oder weniger zufällig dahinter, dass an der Sache etwas faul ist. Bei näherer Betrachtung tauchen zwielichtige Personen auf und Zusammenhänge, die die Kriminalpolizei offensichtlich nicht erkennt.
Müller und Lukas ermitteln zunächst auf eigene Faust und lenken die Polizei mit Witz und Intelligenz auf die richtige Spur. Um die reaktionsträge Bürokratie endlich in Marsch zu setzen, muss sich Dieter Lukas einiges einfallen lassen.

Für Eich

Schaumbergs Schwarze Reihe III
2. Auflage, Taschenbuch 13 x 21 cm
232 Seiten
ISBN 978-3-941095-36-6
12,80 Euro

Hauptkommissar »Josch« Joachim Schaum steht in Micos Kneipe, als in unmittelbarer Nähe Am Köppchen in Spiesen-Elversberg eine Garage in die Luft fliegt.
Die Siedlung ist in heller Aufregung, denn jemand wird vermisst – der Besitzer! Der ist zwar bald gefunden, schweigt aber – für immer!
Es folgt eine weitere Explosion – Josch ermittelt in einem undurchsichtigen Fall. Dass ihn die Anwohner vom Köppchen bei seinen Recherchen unbedingt unterstützen wollen und Staatsanwältin Sommer einen eigenen Arbeitsstil pflegt, macht die Sache für den Hauptkommissar nicht einfacher.
Neben einem spannenden Kriminalfall erwartet den Leser eine Milieuschilderung in einer typisch saarländischen Gemeinde.